KB234501

성홍근 장편소설

대각의 길 떠나다
大覺

성홍근 장편소설

K(주)학은미디어

　헤아려보니 내가 열 살이던 해의 첫겨울 어느 날이다. 하늘은 잔뜩 찌푸리고 싸늘한 바람이 두 겨드랑이로 파고드는 날씨였다. 한 이웃이 찾아오면서 어른들의 표정이 갑자기 어두워졌다. 주고받는 이야기에 귀를 기울여 보니 가까운 도시에 나가 공부하던 중학생이 간밤에 제사 모시러 집에 왔다가 어떤 사람들에게 불려나가 처참하게 죽음을 당했다는 것이다.

　67년 세월에 그가 누구이며 어느 댁 아들이었는지 모두 잊어버렸으나 가슴에 새겨졌던 아픔만은 지워지지 않고 남아 있다.

1

이야기는 한월당 김유탁이란 사람으로부터 시작된다.

그는 1875년(고종 12년) 경주에서 태어났다. 운양호(雲揚號) 사건이 일어나던 해라면 기억하기 쉬울 것 같다. 이 사건으로 이듬해에 조선과 일본 사이에 병자수호조규(丙子修護條規)가 체결되어 조선이 문호를 개방하자 개화의 물결이 밀려왔다.

김유탁은 어려서부터 서당에 다니며 한학을 익혀 향리에서 학식이 풍부하고 행실이 돈독한 젊은 선비로 알려졌다. 신학문을 배울 기회는 없었으나 자기 나름으로 견문하여 날로 달라져 가는 세상 물정은 웬만큼 이해할 수 있었다.

그는 서른여섯이던 1910년 봄에 느닷없이 영일 땅 오천으로 이주한다. 갑자기 고향을 떠난다는 소문은 모두를 어리둥절하게 만들었다. 본가와 처가에서 물려받은 전답으로 살림살이는 풍족한 편이었고 많은 선비들과 사귀어 외롭지도 않던 사람이었다. 왜 하루아침에 척박하고 낯선 타향으로 옮겼을까?

김유탁은 열일곱 살에 혼인했다. 한 살 위였던 아내 광산댁은 스승 상촌(桑村)의 무남독녀였다. 상촌은 일찌감치 아들 셋을 얻었으나 모두 홍역으로 잃어버리고 하나 남은 이 늦둥이 딸을 애지중지 키웠다. 보기 드문 미색이고 재주도 남달랐지만 귀한 자식 흔히 그렇듯 자기만 알고 버릇이 없는 편이었다.

상촌은 학덕이 높은 선비여서 그 댁에 드나들며 글 읽는 젊은이가 많았다. 딸이 차츰 자라나자 여러 문하생들이 너도나도 스승의 눈에 들어 사위가 되고 싶어 했다. 몇몇 제자를 저울질하던 그는 어느 날 김유탁을 불러 놓고 뜬금없이 물었다.

"아내가 병이 났다면 남편이 어떻게 처신해야겠나?"

"외도하지 말아야 합니다."

너무나 직설적인 뜻밖의 대답이었다.

"외도하지 말아야 한다고? 무슨 까닭인가?"

"비록 반듯한 부덕을 갖춘 아녀자라 할지라도 병이 들면 마음이 허약해져 남편의 외도를 참아내기 어려워집니다. 혹시 원망하는 마음이라도 생기면 부부간의 신의가 깨어질 수 있습니다. 자제함이 옳지 않겠습니까?"

남편의 외도나 축첩이 매우 예사롭고 이를 함부로 투기하지 못하던 시대였다. 아내가 병약하여 정상적인 부부생활이 어렵다면 말릴 명분마저 없다. 그런 경우에도 남편이 아내를 배려하고 부부간의 신의를 지켜 자제해야 한다니, 딸 가진 부모에게 이보다 더 반가운 말이 있을까?

"과연 유탁이구나!"

상촌은 그를 돌려세워 놓고 무릎을 탁 쳤다. 딸이 너무 병약하여 걱정스럽던 참이라 나이 열일곱에 그토록 대견한 마음을 가진 것에 감탄했다. 다른 제자 여럿에게도 물어보았지만 고작 부위부강(夫爲婦綱)이나 부부유별(夫婦有別) 따위의 삼강오륜(三綱五倫)을 내세워 아내를 거느리고 보살피는 책무를 다한다는 대답이었다. 책에 쓰인 그대로여서 이치에 틀린 말은 아니었지만 어딘가 아쉬움이 남았다. 그런 위인들은 걸핏하면 부도(婦道)만 앞세우고 칠거지악(七去之惡)을 들먹여 딸의 행복을 지켜 주지 못할 것이 뻔했다.

상촌의 염려는 결코 헛것이 아니었다. 그녀는 시집오자마자 시름시름 앓기 시작하더니 일년 내내 약사발을 끼고 살았다. 혼인 7년이 지나도록 자녀를 생산하지 못했을 뿐만 아니라 마침내 남편과 잠자리를 함께하기도 어렵기에 이르렀다.

김유탁은 동문수학한 이성각과 각별히 친하게 지냈다. 박학하고 달변이며 놀기 좋아하는 풍류객 이성각은 그를 만날 때마다 아픈 곳을 이리저리 찔러 가며 짓궂게 농을 걸어왔다.

"뭐, 아내 병났을 때 외도하지 말아야 한다고? 핫 핫, 집토끼는 못 잡고 산토끼도 쫓지 말라면 도대체 사내들은 어쩌란 거야."

"그게 바른 길이라면 어쩔 수 없지 않겠는가?"

"허 허, 이런 꽉 막힌 사람 봤나. 바른 길도 분수가 있다네. 주색잡기(酒色雜技)는 친구 따라 즐긴다는데, 자네가 이 모양이니 나 혼자서 무슨 재미가 있어야지."

"걱정 말게. 안사람 병 나으면 자네 따라 기방(妓房) 휘젓고 다닐게."

"핫 핫, 아주머니 강건하면 자네 바람 피우게 고이 풀어 놓을까? 쯧쯧, 어쩌자고 스승을 장인으로 모셨나? 처가에만 가면 고양이 앞에 쥐가 되다니…."

"고양이 앞에 뭐라고? 억측하지 말게, 이 사람아."

“왜? 듣기 싫은가? 내 말은 소실을 얻어서라도 자식을 낳아야 한다는 것이야. 틀렸어?”

“또 그 소린가?”

어느 날 이성각은 자기 생일이라며 한잔 사겠다고 자청했다. 김유탁은 썩 내키지 않았으나 막무가내로 끌려간 곳은 쪽샘에 있는 남천루(藍泉樓)였다. ‘쪽샘’이라면 경주에서는 삼척동자도 다 아는 술집 마을이고, 남천루는 추녀를 맞대고 늘어선 그 많고 많은 술집 가운데서 첫째 둘째로 꼽혔다. 깨끗하고 아늑한 방에 자리 잡고는 기생 둘을 불렀다. 하나는 이성각과 정분이 깊은 설매화(雪梅花)고 다른 하나는 삼월향(森月鄉)이란 예명의 새로 온 기녀였다. 삼월향이 김유탁의 짝이 되었다.

그녀는 자태가 아름답고 시문에 능한 데다 거문고를 잘 다루었다. 말하자면 교양과 기예를 함께 갖춘 미모의 기생이었다. 그에 걸맞게 콧대도 높아 엔간한 사내는 돌아보지도 않았다. 경주 땅에 소문이 파다하자 허다한 한량들이 한번 연분을 맺어 보려고 줄서다시피 했으니, 단골 이성각의 청이 아니었으면 불러 앉히기도 어려웠을 것이다.

삼월향은 김유탁이란 사내를 마주하자 적잖게 놀랐다. 손님들 입에 자주 오르내리는 그 이름을 들으며 과연 어떻게 생겼는지 궁금했는데 가까이서 보니 과연 명불허전이었다. 대장부답게 훤칠하고 의젓하고 이목구비가 뚜렷하여 선뜻 마음이 끌리는 데다 이야기를 주고받을수록 시원시원한 말솜씨와 높은 식견이 돋보였다.

기방에 익숙하지 못한 김유탁이 술 마시기를 조심해 자리가 따분해지자 이성각이 분위기를 바꿔 보려 했다.

“자, 우리 둘러 가며 자작 시조 한 수씩 노래하기로 하세.”

　그는 삼월향으로 하여금 먼저 술 한 잔을 김유탁에게 따르게 한
다음 스스로 장구채를 잡고 장단을 맞춰 가며 불렀다.

　　반가운 벗님네야 이 술잔 잡으시게
　　어릴 적 큰 뜻 품고 상촌(桑村)에서 만났었지
　　따갑다 버들회초리 꿈결에도 아롱져.

　　덧없는 인생 백년 찰나에 다하는데
　　내 살던 발자취는 어디에 남을 건가
　　머리 푼 자자손손이 가슴마다 새기리.

　이성각은 목청이 유창하고 장구 솜씨가 가히 달인의 경지였다.
창이 시작되자마자 설매화가 일어나 춤을 추었고 삼월향은 거문고
로 가락을 따라갔다.
　그는 김유탁에게 다음 차례를 잇도록 권했으나 아직 취기가 돌지
않아 머뭇거리자 삼월향이 거문고를 고쳐 잡고 나섰다.

　　먼 산이 봄을 맞아 아지랑이 아른아른
　　정 주고 떠난 사람 설마 날 잊을까요
　　잔 속에 꽃잎 띄우고 나비 날까 기다려.

　　찬 서리 내리더니 낙엽이 굴러가네
　　내 님이 그리워라 여섯 현(絃) 희롱하니
　　이 밤은 언제 다할까 시름 더욱 깊어라.

그녀는 스스럼없이 김유탁을 마음어 둔 시조를 읊는다. 김유탁도 마냥 듣고만 있을 수는 없었다. 그녀를 넌지시 바라보자 거문고로 장단을 맞춰 준다.

♪♫♪
　　　　짓궂은 벗을 따라 남천루 올라 보니
　　　　서산에 해가 져서 계림에 바람 일고
　　　　둥근달 높이 솟더니 가지 끝에 걸렸네.

　　　　넘치는 한 잔 술에 맑은 가락 흘러나고
　　　　치마폭 허공에서 날갯짓 펄럭펄럭
　　　　내 이건 차마 못 다할 한 자락의 꿈인가.

자기의 춤추는 모습을 치켜세운 것에 기분이 으쓱해진 설매화가 차례를 기다렸다는 듯 장구로 장단을 짚으며 목청을 돋운다.

　　　　그 누가 봄을 찾나 등걸에 흰 눈 남아
　　　　창밖에 흩날리니 매화 향기 차가워라
　　　　낭군님 오실 밤까지 녹지 않게 품으리.

　　　　무심한 구름은 때가 오면 산을 넘고
　　　　나그네 할 일 없어 달빛에 혼자 걷나　　　♪♫♪♪
　　　　가슴에 숨긴 마음을 실바람에 띄울까.

그녀는 무심한 구름과 한가한 나그네로 두 남자의 로맨틱한 모습을 그려내었다.

이들 넷의 노래는 술자리에서 즉흥적으로 불러진 것이었으나 모두가 그 장면에서 주어진 자기 나름의 뜻과 기풍을 담고 있었다.

분위기가 무르익자 마침내 김유탁도 주저 없이 술잔을 주고받았다. 그는 취할수록 더욱 당당하고 꿋꿋해지면서 두 눈이 총총하게 빛났다. 기생 희롱 일삼고 곤드레만드레 몸 가누지 못하는 여느 선비들의 진부한 틀을 깨뜨리고 있었다. 삼월향이 흠뻑 반해서 어쩔 줄 모르다가 바짝 다가앉으며 스스로 유식한 체 소옹(邵雍)의 시 한 구절을 인용하여 슬그머니 의중을 떠 보았다.

"이목총명이 남자 몸[耳目聰明男子身]이라더니 한당의 풍모가 소녀의 마음을 사로잡습니다."

당시에는 김유탁의 아호가 한당(閑堂)이었다.

"삼월향은 따르는 이가 워낙 많다고 들었소. 용렬한 나로서는 감히 용기가 나지 않는구려. 나비가 많이 날면 내게 무슨 꿀이 남겠소?"

그렇다. 헤아릴 수 없는 나비가 앞다퉈 그 꽃으로 모여들고 있다. 하지만 삼월향은 이 사내가 여느 나비들과는 달리 결코 쉽지 않은 상대라고 직감했다. 남녀관계란 밀고 당기는 법이다. 멀어질수록 그립고 어려워질수록 더욱 쏠린다. 김유탁이 주춤 물러서자 어떻게든 정분을 맺고 싶은 마음에 정성과 재능을 다하여 술자리를 이끌어 갔다.

네 사람은 멋지게 그 밤을 보냈다. 그칠 줄 모르는 즉흥시는 갈수록 더욱 낭랑해졌고, 이성각의 장구와 삼월향의 거문고에 맞춰 비단 옷자락 펄럭이는 설매화의 춤은 오색 저녁노을 펼쳐진 듯했다. 한창 분위기가 무르익자 이성각이 김유탁을 돌아보며 말했다.

"늘 나보고 난봉꾼이라며 뒤통수에 대고 흉봤지?"

"난봉꾼이라니. 자네야말로 진정한 풍류객일세."

"삼월향에게 한마디 해줄 말은 없나?"

"잊지 않겠다고 읊었으니 더 바랄 게 있나. 오늘 밤을 오래토록 기억하겠네."

오래 기억하는 것만으로 끝나지는 않았다. 흥에 겨운 김유탁은 마음껏 통음하여 크게 취했고 삼월향은 마침내 그가 집으로 돌아가지 못하도록 붙잡는 데 성공했다.

둘은 한동안 죽자사자 밀회를 거듭했다. 이성각은 어떻게든 그들을 짝지어 보려던 자기의 음모가 성공한 것에 회심의 미소를 지었다.

"점잖은 줄 알았더니 천하의 오입쟁이구나. 자네를 오늘부터 한당(閑堂)이 아니라 한월당(閑月堂)이라 부르겠네."

한월당이란 아호는 이미 쓰고 있던 한당의 두 글자 사이에 삼월향(森月鄕)의 월(月)자를 끼워 넣은 것이다. 기녀 삼월향의 치마폭에서 놀아났던 낭만을 기념하고 비아냥거리는 작명이었다. 익살스러운 뜻을 모를 리 없었지만 김유탁은 이 아호를 평생토록 즐겨 썼다. 마음 한편으로는 역시 그녀와의 정분을 잊기 어려웠을까?

한월당은 한 달 넘게 부지런히 기방을 드나들었다. 아내 광산댁은 남편이 외박을 거듭하고 이상한 소문까지 나돌자 참다 못하여 친정으로 쪼르르 달려갔고 이어서 그도 불려갔다.

"아내 병들었을 때 바람피우지 않는다더니, 자네답지 않은 빈말이었나?"

병석에 누워 다시 일어나기 힘들어진 노쇠한 장인의 말씀이 그의 폐부를 찔렀다. 당시의 기준으로 보면 상촌의 극성도 참으로 대단했다.

둘의 밀회는 더 이상 이어지지 않았으나 삼월향은 그때의 정분으로 임신했다. 입덧이 생기고 배가 불러 올 즈음에 그녀는 한월당을 청하여 은밀하게 만났다. 그가 소생이 없음을 이미 알고 있어 기대가 적지 않았을 것이다.

"서방님께 꼭 드릴 말씀이 있습니다."

"무슨 일이오? 내 이미 그대에게 남녀의 정분이 일장춘몽이라고 말하지 않았소?"

"오로지 정분만으로 생각한다면 그 말씀이 백번 옳을는지도 모릅니다. 서방님께서 빈 밭에 씨를 뿌렸으니 응당 거두셔야 하지 않겠습니까?"

그는 뜻밖의 이 말에 놀랐다.

"씨를 뿌리다니, 그게 정말이오?"

"거짓을 아뢰겠습니까?"

"내 모른다고 하지 않겠소."

"빈 밭은 다시 묵혀 두실 작정이십니까?"

아이를 책임지겠다는 언질을 받자 어미인 자신을 소실로 삼아 달라는 의미의 말이었다.

그는 삼월향이 자기 아이를 밴 것이 마음속으로 크게 반가웠다. 이성각 앞에서는 큰소리치면서도 사실은 어떻게 자식을 얻어 대를 이을까 늘 걱정하고 있었다. 그녀를 좋아하는 마음도 여전했으나 젊은 나이에 기생 첩을 두는 것이 남 보기 민망스러운 데다 무엇보다도 아내의 투기심이나 장인의 견제가 만만치 않았다. 한참 생각하다 입을 열었다.

"내가 저질렀던 일에 비춰 정분을 이어 가자는 뜻도 무리가 아니오. 다만 아직 나이 젊어 남의 눈이 두렵고, 그대야말로 이제 막 피어나는 한 떨기 꽃이니 다른 좋은 일이 없지 않을 것이오. 못난 나에게 매달려 평생토록 구차하게 살기보다는 넓고 넓은 천지간을 훨 훨 날아 새 길을 찾아보소."

"……"

"친가가 어디요?"

"울산입니다."

"친가로 돌아가 은밀하게 출산하고 아들이 됐든 딸이 됐든 내게 기별하기 바라오. 사람을 보낼 것이오."

콧대 높은 그녀는 고개 돌리고 남모르게 눈물을 삼킬지언정 더 이상 치근대고 요구하지 않았다. 곧바로 기생 노릇을 그만두고 울 산 친정으로 돌아갔다. 경주 한량들에게는 반반한 기생 하나가 온 다 간다 말 없이 사라진 것이 못내 아쉬웠지만 곧 잊혀졌다.

삼월향은 달이 차서 사내아이를 낳았다. 한월당이 스물여섯이고 그녀가 열아홉이던 1900년이었다. 사람을 보낸다던 김유탁은 첫칠 이 지날 즈음에 유모를 데리고 직접 찾아갔다. 그녀는 자리에서 몸 을 일으키며 만족스러운 듯 얼굴에 웃음을 띠고 말했다.

"서방님, 사람을 보내시겠다더니 수고롭게도 몸소 오셨네요. 아 이, 고마워라."

"그대가 뱃속에서 열 달이나 길렀고 산고도 적지 않았을 터인데, 그에 비하면 내가 걸음한 노고는 지극히 가벼운 것이네. 앉아 있기 힘들 테니 그만 눕게. 산후는 어떠신가?"

"좋습니다. 서방님 원려하신 덕분입니다. 아기 이름을 어떻게 부 를까요?"

"길 영(永)자 터 기(基)자, 영기라고 지었네. 약속한 대로 내가 데 려가서 잘 기를 것이니 아기 일은 잊어버리시게."

"서방님 말씀에 따르겠습니다."

“고맙네.”

“서방님, 오늘 밤은 구차하게 객관(客館)을 찾지 마시고 여기에서 유하십시오. 셋이 함께할 기회가 언제 다시 오겠습니까?”

경주에서 울산은 하루해로 다녀올 수 있는 길이 아니었다. 김유탁은 청을 받아들여 함께 하룻밤을 지내면서 그녀의 손을 잡아 주며 좋은 말로 위로하고 앞날을 빌었다.

“그대는 가냘픈 아녀자가 아니라고 알고 있소. 아기와 헤어지는 것을 너무 안타까워하지 말고 의연하게 스스로 앞날을 도모하소. 반드시 광영의 날이 올 것으로 믿소.”

“소첩도 결심하고 있습니다. 너무 심려치 마십시오. 아무쪼록 영기가 잘 자라도록 천지신명께 빌겠습니다.”

대답은 시원스러웠지만 이튿날 아침에 아기를 내주면서 끝내 눈물을 감추지 못했다.

경주 사람들에게는 벌써 잊혀진 그녀가 친정에서 김유탁의 아이를 낳았다는 사실은 알려지지 않았다. 산후조리를 끝내고 한동안 친정에 머물다가 아픈 마음을 달래기 어려웠던지 훌쩍 서울로 떠나 버렸다.

김유탁의 아내 광산댁은 병을 얻은 뒤로 회임은커녕 남녀의 정을 모르고 살면서도 투기만은 꽤 심했다. 그러나 영기에게는 전혀 딴판이었다. 남편이 다른 여자에게 정 주는 것이 참기 어려웠고 혹시나 첩으로 들여 두고두고 눈 시린 꼴 보게 될까 두려웠지 자식으로 대를 이어야 한다는 믿음조차 없지는 않았다. 불평 한마디 않고 넙죽 받아서 자기가 낳은 아이처럼 정성으로 길렀다. 병석에 누워 지낼 때가 많아 이웃 출입이 드물었던 탓에 임신하지 않았다고 의심하는 사람도 없었다. 이성각을 뺀 어느 누구도 삼월향이 한월당의 아들을 낳은 것을 눈치채지 못했다.

삼월향은 서울에서 나이 많은 만석꾼의 측실로 들어가 정성껏 모시다가 머지않아 그가 죽자 유족으로부터 적잖은 재산을 얻고 고향으로 돌아왔다. 그녀는 고향인 울산어 농지를 마련하는 한편 부산에 내려가 상회를 차리고 일본 무역을 시작했다. 4~5년이 지나 부산의 사업이 얼마쯤 자리 잡히자 경주로 찾아와서는 한월당에게 만나기를 청했다. 그때 영기는 열 살이었구.

"서방님, 문안인사 올립니다."

"오랜만이네. 그동안 평안하셨나?"

"소첩은 무고합니다. 영기는 잘 크지요?"

"물론이지. 아주 영특하고 늠름하다네."

"서방님 피를 받았으니 어련하겠습니까?"

"자네를 닮아서 그런 것이지. 내 듣기로 큰 재산을 모았다더군."

"큰 재산이라니요? 부산에 작은 상회를 열고 울산에다 약간의 전장(田庄)*을 마련하였을 뿐입니다. 그저 먹고살 만큼이지요."

"몇 해 사이에 상회에다 전장이라…."

"부끄럽습니다."

"이렇게 보니 반갑소만, 날 만나자는 뜻이 무엇이오?"

"영기도 궁금하고요…."

"말 자르기 매정타만 영기는 잊어버리라 하지 않았소."

"솔직히 말씀드리자면 소첩의 가슴에 새겨진 서방님 그림자를 지울 수가 없었습니다. 용서해 주십시오."

"그대는 내게 벅찬 여자요."

"자기 핏줄을 잊지 못하고 한번 맺은 정분의 끈을 놓지 못하는 것이 여자의 마음이 아니겠습니까? 한때 철없이 못난 짓을 했습니다

*
논밭

만 이제는 단연코 아닙니다. 서방님께서 이런 마음을 헤아려 저를 가까이 두십시오.”

“안될 말이오. 그대의 허물을 말하는 것이 아니라 나의 처지를 생각하는 것이네.”

“정녕 그러시면 이번에는 그냥 물러가겠습니다만, 한번 마음이 바뀌면 그때 일은 저도 장담할 수 없습니다.”

그녀는 광산댁이 워낙 병약하여 오래 살지 못할 것을 내다보고 언젠가는 옛날 정분을 되살려 함께 살기 위한 실마리를 남기고 싶었을 것이다. 하지만 김유탁은 난공불락의 성채였다. 비록 장인에게 약속한 바가 없었다고 할지라도 아내가 앓아누운 것을 기화로 첩을 얻을 심사는 아니었다.

삼월향이 마음먹고 퍼뜨렸다고 보기는 어렵지만 어떻든 그즈음부터 영기를 어느 기생이 낳았다는 소문이 간간이 떠돌았다. 천출(賤出)에 대한 법적·제도적 차별은 이미 사라졌으나 관습이란 하루아침에 변하기 어렵다. 신라 천년의 터전이었던 경주는 전통을 소중히 여기고 보수성이 유달리 강한 고장이다. 결벽한 성미의 한월당은 경주 사람들이 모두 본처가 낳았다고 믿고 있는 영기를 기생 출신에다 한때 남의 소실 노릇까지 했던 여자의 소생으로 만들고 싶지 않았다. 마침내 고향을 떠나기로 결심했다.

이런저런 준비로 늦어져 그는 이듬해인 1910년에 영일군 일월면 용덕동으로 이주해 왔다. 영기는 열한 살이었다. 그 일월면 용덕동은 행정구역 개편으로 1914년에 영일군 오천면 용덕동이 되었다가 1995년의 시군 통합으로 지금은 포항시 남구 오천읍 용덕리다. 인구 1만에 3천8백여 세대가 살고 있다.

2

20세기에 접어들 무렵에 오천은 가난하고 한적한 고장이었다. 앞에서 보듯이 1914년에 일월면(日月面)이 개편되어 오천면(烏川面)이 생겼다. 이 지명은 원래 신라 시대의 근오지현(近烏支縣)에서 유래한 것이고 그 별칭이 오천현(烏川縣)이었다고도 한다. 고려 말의 충신이요 동방성리학(東方性理學)의 원조(元祖)로 일컬어지는 포은(圃隱) 정몽주(鄭夢周)가 읊은 시 〈諸坡驛夜雨〉(저성역의 밤비)에도 오천이란 두 글자가 나온다. 시의 마지각 네 줄만 소개한다.

永川田宜稻　영천 논에는 벼가 잘 자라고
烏川食有魚　오천에는 먹을 만한 고기가 있어
我能兼二者　나에게는 이 두 가지가 모두 있건만
但未賦歸歟　돌아가는 글은 짓지 못하는구나.

(포항시사 2010년판에서)

요즘에 와서 포항과 영천이 포은 정몽주를 서로 자기네 고장 사람으로 말하는데 위의 시에서 보면 선상은 두 곳을 모두 그리운 고향으로 생각했던 것 같다. 선생의 본가는 포항의 오천읍이지만 외가가 있는 영천에서 태어났다. 오천읍의 문충리(文忠里)는 시호인 문충공(文忠公)에서 따온 지명이고, 유허비와 유허각이 있는 구정리(舊政里)는 옛 정승이 살았다고 하여 붙여진 이름이다.

지명이 말하듯 오천은 내[川]의 고장이다. 언덕에 올라 내려다보면 높은 산들은 남쪽에 몰려 경주를 등지고 있고 개울은 낮은 언덕 사이의 좁은 평지 가운데를 지나 북으로 흐른다. 저수지가 없고 제방이 미비하던 50년 전만 해도 큰비가 내리면 가까운 산골짜기에서 한꺼번에 쏟아지는 물이 터무니없이 넓은 바닥을 이리저리 휩쓸면서 곧바로 영일만으로 들어갔다. 물이 맑고 차가워 찬내 또는 냉천(冷川)이라 하나 이는 주로 하류를 가리키고, 마을 사람들에게는 그저 '큰거랑'이었다.

이 개울에는 은어가 흔했다. 맑은 물에서 자라는 귀한 고기다. 짐작컨대 포은 선생께서 그 은어를 두고 '먹을 만한 고기'라고 읊었을 것이다. 또한 사람들이 별로 반겨하지 않고 '까악까악' 우는 소리가 들릴 적마다 부정 쫓는다고 '퉤 퉤' 침 뱉는 검은 까마귀도 떼지어 모여들었다. 까마귀 오(烏) 내 천(川)의 '까마귀 내'는 어쩌면 이런 풍경에 딱 맞는 이름이었다.

하천이 넓은 데 비하여 양안의 농토는 좁고 척박한 데다 수리 시설이 빈약하다 보니 논보다 밭이 많았다. 대부분의 주민이 가난할 수밖에 없었다. 김유탁은 선대로부터 물려받은 경주 땅의 기름진 전답을 대부분 그대로 두어 소출을 가져다 쓰고 오천에서는 농사를 짓지 않았다. 영기의 출생을 둘러싼 소문이 잦아들면 다시 고향으로 돌아가려는 마음이었는지도 모른다.

"저녁때만 되어 봐라. 온 마을에 시래기죽 냄새가 진동한다."

아내 광산댁은 1년에 한두 번 친정에 가면 그렇게 투덜거렸다. 빈촌으로 이사 온 데 대한 불평이었다.

김유탁이 정착한 용덕동(龍德洞)은 당시에도 이미 큰 취락이었다. 1914년부터 1991년까지 77년 동안은 오천면 소재지였다. 각성바지 마을이어서 들어온 사람이 살기 좋았다. 마을 동쪽에는 '마장터'라 부르는 낮고 평탄한 언덕이 바짝 다가와 있고 서쪽으로는

'큰거랑'이 넓게 흘렀다. 남으로 세계동, 북으로 구정동과 닿았다. 꼬불꼬불한 골목마다 집들이 빼곡히 들어앉아 있었다. 농토는 변변찮은데 그 많은 사람들이 뭘 먹고 살았던지?

그의 사랑채는 언제나 붐볐다. 마을의 나이 든 사람들은 사랑방에 모여들어 하루해가 짧은 듯이 그가 펼치는 유식한 담론에 빠져들었다. 경주나 인근 고을에서 이성각을 비롯한 선비들이 뻔질나게 찾아와 밤 새워 세상을 한탄하고 학문을 토론했다. 사랑채 방 하나는 독서당으로 삼아 청년들이 스스로 찾아와서 글을 읽게 하였다. 매달려 가르치지 않고 간혹 지도해 주면서 사례금은 없었다. 마을 사람들은 박학하고 점잖은 그를 존경하여 마지않았다.

아들 영기는 눈에 띄게 총명하고 마을 또래들 사이에서 잘 어울렸다. 적극적이고 쾌활하고 인정스럽고 외모가 훤칠한 청년으로 자라났다. 30여 리 떨어진 장기초등학교를 졸업하자 구라파(歐羅巴)로 유학하고 싶다 했다.

"아버지, 지금 서양 문물이 밀려오고 있습니다. 소자는 덕국(德國)이나 영국(英國)으로 가서 신학문을 배워 오고 싶습니다."

김유탁은 공자 맹자만 읊으면서 세상 돌아가는 것에 고개 돌리는 케케묵은 선비가 아니라 이미 젊은 시절에 자신이 옛 학문에서 헤어나지 못한 것을 한탄해 왔던 사람이었다. 반대할 까닭이 없었으나 혹시 무슨 일이 일어나 대가 끊길까 봐 얼른 승낙할 수 없었다. 한참이나 생각하다 불쑥 한마디 내뱉었다.

"빨리 장가들어 자식 하나만 두고 가도록 해라."

"아버지. 제가 드리는 말씀은…."

"내가 안다. 유학 가서 신학문 배우겠다는 것은 매우 좋은 생각이다. 하지만 후손을 얻을 일도 걱정해야지 않겠나? 그동안 영국 말이나 덕국 말 배우고 유학 갈 준비나 해 둬라. 꼭 보내 주마.”

외아들인 영기는 아버지의 이 말씀을 거스르지 못했다.

그날 이후 마음이 바빠진 김유탁은 백방으로 며느릿감을 알아보고는 영기가 스무 살 되던 1919년 정초에 장기면 마현(馬峴)에 사는 이승조의 막내딸을 찾아냈다. 마현은 장기 읍내에 동쪽으로 인접한 마을이라 오천에서 멀지 않았고 사돈 될 이승조는 오랜 친구로 점잖고 올곧은 선비였다. 그는 딸의 나이가 아직 어리다고 망설이다가 결국은 응낙해서 음력 사월 초닷새 날에 혼례를 치르기로 정했다.

새해에 열다섯이 된 신부 말리(末里)는 착한 행실로 마을에서 소문이 났고 집에서 아버지로부터 글을 배워 바야흐로 사서오경에 입문한 수준이었다. 신학문을 익히려고 늦게나마 보통학교에도 다니고 있었다. 김유탁은 이 모든 것으로 보아 장차 해외에 유학 갈 아들에게 맞는 배필이라 생각했다.

날 받고 며칠 지나지 않은 양력 3월 1일에 한양에서 만세운동이 일어나 전국 방방곡곡으로 번지고 있다는 소문이 돌았다. 영기는 도시로 가서 시국을 살펴보겠다며 집을 떠나 여러 날이 지나도록 돌아오지 않았고, 그러자 일본 헌병들이 몇 차례 찾아왔다. 김유탁은 그 헌병들을 통하여 영기가 몇몇 곳에서 만세운동에 가담한 사실을 알았다. 이제 영기는 쉽게 집으로 돌아올 수 없는 처지인 것 같았다. 혼인 날짜가 하루하루 다가오자 김유탁은 크게 걱정되었다. 혼례를 미룰 수도 없고 그대로 두었다가 때맞춰 돌아오지 않는다면 신랑 없는 혼례를 치러야 한다. 속이 바짝바짝 타들어가면서 잠이 오지 않았다.

친영(親迎)*이 열흘 앞으로 다가온 날 새벽에 머슴이 방문 앞에

---

* 신랑이 신부 집에 가서 아내를 맞이하는 예식

와서 말했다.

"어르신네요. 마당 쓸러 나가 보니 대문 틈에 이 종이쪽지가 꽂혀 있었습니다."

"어디 보자."

얼른 쪽지를 받아 펼쳐 보았다. 첫줄에 '父主前上書'라고 쓰여 있어 한눈에도 영기가 몰래 보낸 것이 분명했다. 내용인즉 사람을 시켜 쪽지를 전한다면서 혼례 때 일본 헌병이 잡으러 올 것 같아 버젓이 나타나기는 어려우나 해 저물 무렵에 신부 댁이 있는 마현리 마을 입구에서 뵈올 것이니 걱정하시지 말고 다만 혼례 시각을 늦춰 달라고 했다. 그는 곧바로 사돈 될 이승조에게 사람을 보내 사정이 그렇기에 혼례를 초저녁으로 늦추자고 약조했다.

혼례 날 김유탁은 먼동이 트자마자 자리에서 일어나 찬물에 목욕 재계하고는 벽면을 마주하여 눈을 지그시 감고 조상에게 아들 장가 보내는 일을 마음으로 고했다. 자신을 이어 갈 하나뿐인 아들이요 삼월향이 낳아 곡절 끝에 데려다 길렀으니 그 감회가 남달랐다. 영기가 과연 약속한 대로 나타날 것인지 혹은 무슨 일이 일어날는지 알 수 없어 자꾸만 불안스러워졌다. 〈대학(大學)〉을 펴놓고 소리 내어 첫줄부터 읽어 가며 가까스로 마음을 가라앉혔다. 책 한 권을 거의 읽었을 즈음에 방 안이 훤하게 밝아 오고 있었다.

아침을 먹고서도 꼼짝 않고 사랑방에서 글을 읽었다. 늦게 떠난다고 미리 일러두었건만 머슴은 마음이 급해서 마구간을 들락날락하며 타고 갈 조랑말을 손질했다.

아내는 요즘 들어 누워 지내는 시간이 늘어나면서 사랑방으로 건너오는 일은 거의 없어졌다. 점심상을 물리고 한참이나 지나자 비로소 안으로 들어가 손질해 놓은 도포로 갈아입고 갓을 쓰며 말했다.

“임자, 내 다녀오리다.”

이제나저제나 남편 떠나기를 기다리던 그녀는 걱정스러운 표정으로 쳐다보며 나지막하게 말했다.

“영기가 때맞춰 찾아올까요?”

“임자는 걱정 마소. 영기가 어떤 아이요? 사돈댁에 실수하는 일은 결코 없을 것이오.”

“헌병들이 잡으러 오면 어떡하죠?”

“큰 죄 지은 일 없는데 아무러면 혼례 치르는 애를 잡으러 오겠소? 사정 봐 가며 대처할 것이니 걱정 말고 탕약이나 때맞춰 드소.”

김유탁은 세상일에 어두운 아내를 좋은 말로 안심시키고는 밖으로 나왔다. 머슴이 조랑말 고삐 잡아 따르고 영기의 마을 친구 하나가 끼어 일행은 모두 셋이었다.

그는 급할 것 없다는 듯 느긋했다. 산과 들은 수줍은 신록의 빛깔로 단장하여 맑고 따뜻한 오후의 햇볕을 즐기고 있었다. 가벼운 봄바람에 길게 드리운 도포 자락이 흥겨운 듯 춤췄다. 장기면 마현리까지는 삼십 리를 넘지 못한다.

장승백이 고개를 오르면서 뒤돌아보니 멀리 형산강 하구의 아득한 들녘이 한눈에 들어온다. 온갖 생각에 어지러웠다. 영기는 지금쯤 저 어디에 있을까? 어디에 머물기에 오늘 참례하겠다고 장담했을까?

가파른 고개를 다 오르자 말에서 내려 쉬는데 따라온 영기의 친구가 불안해서 물었다. 그는 영기가 함께 가지 못하는 사정을 대충 알고 있었다.

“어르신, 영기가 틀림없이 오겠지요? 신랑 없는 혼례를 치를까 걱정입니다.”

"염려 말게. 우리끼리 신부 댁에 들어서지는 않을 걸세."

그가 고개를 갸웃거리며 물러서자 머슴이 물었다.

"주인어르신. 혼례도 시각이 정해졌을 터인데요?"

"괜찮다. 우리가 가는 바로 그때니라."

일행은 대곡·신계를 지나 창지에서 다시 쉬고 서촌을 거쳐 돌고개 내리막길을 내려오다 읍내 입구에서 왼쪽으로 꼬부라졌다. 그 첫 마을이 마현리다. 김유탁은 겉으로는 태연한 척했지만 영기가 과연 나타날는지 몰라 마음이 어지러웠다. 이승조의 큰아들 상수가 집안 젊은이 하나를 데리고 마을 어귀로 마중 나와서 맞았다.

"먼 길 오시느라 고생하셨습니다. 저를 따라오십시오."

"그러세."

대답을 하면서도 고개 쳐들고 사방을 살피느라 바빴다. 그때 가까이 있는 산자락의 곳집* 뒤에서 갑자기 영기가 불쑥 얼굴을 내밀었다. 아들을 보자마자 눈시울에서 눈물이 핑 돌았다. 영기는 성큼성큼 다가와 땅바닥에 엎드려 넙죽 절했다.

"소자 문안 올립니다. 그동안 강녕하셨습니까?"

"그래, 왔구나. 몸 성하냐?"

"소자의 불효가 너무나 큽니다."

"그렇지 않다. 어서 일어나 서둘러라."

지켜보는 마을 사람들을 의식해서 그러고는 입을 다물었다. 집 떠난 지가 석 달에 가까운데도 행색은 생각보다 초라하지 않았다. 머슴도 감격해서 눈에 눈물이 고였다. 따라온 마을 친구가 다가서서 서로 손을 잡는다. 상수는 미리 자리를 마련해 둔 옆집으로 일행을 안내했다.

사실은 낮에 헌병 앞잡이가 신부 집을 한 차례 다녀갔었다. 영기가 나타날 것이라고 보고 염탐했던 것이다. 그놈은 장기 땅에서 소문난 망나니로 요즘은 헌병 보조원이라며 위세 부리고 다닌다. 사람들이 여기저기서 손가락질하고 수군거리는데도 마당에 쳐놓은 차일 안으로 들어가 뻔뻔스럽게 하객들 틈에 끼었다. 상을 받아 술 몇 잔을 마시고는 한참을 기다리다 2시가 되도록 신랑이 나타나지 않자 할 일 없어 가 버렸다.

어느덧 해가 뉘엿뉘엿 서산을 넘어가고 있었다. 잔치에 왔던 손님들도 거의 돌아가고 일가친척과 혼례를 구경하려는 마을 부녀자들만 남았다. 낮에 비하면 한결 한산해 보였다.

날이 어두워지자 마당과 대청마루에 열도 넘는 등촉과 청사초롱을 밝혔다. 초례청 준비가 일찌감치 끝나 있어 신랑이 왔다는 말이 전해지자마자 혼례가 시작되었다. 관복에 사모관대를 갖춘 신랑이 함진아비를 앞세워 나무 기러기를 안고 신부 댁으로 들어섰다. 홀기(笏記) 부르는 데 따라 초롱 든 하인의 안내로 세 번 읍(揖)하고 곧장 초례청에 올랐다.

먼저 나무 기러기를 상 위에 놓고 신랑이 두 번 절하는 전안례(奠雁禮)를 행하자 신부 어머니가 나무 기러기를 들고 안으로 들어가더니 활옷 차림에 족두리를 쓰고 두 손으로 흰 명주수건을 떠받쳐 얼굴을 가린 신부가 두 하님의 부축을 받고 나와 마주섰다. 다시 홀기를 부르자 신랑이 재배(再拜)하고 이어서 신부가 사배(四拜)하는 교배례(交拜禮)와 신랑신부가 술잔을 교환하는 합근례를 행했다. 무병장수하고 아들 많이 낳으라는 뜻으로 집안 어른들이 밤과 대추를 신랑 오지랖에 던져 주면서 초례청의 행사가 끝이 났다.

신부가 신방으로 들자 다음 순서는 눈이 빙빙 돌아갈 만큼 빨리 진행되었다. 신랑이 신방에 들어오면서 야찬상(夜餐床)도 따라 들어가자 신부 댁 췌객(贅客)들과 친척 젊은이들이 몰려와서 신방 문을 활짝 열어젖히고 다짜고짜 야찬상을 빼앗아 갔다. 빼앗기는 것은 허술하게 차린 거짓 상이다. 한두 차례의 상 빼앗기는 전해 오는 풍속이라 신랑신부가 먹을 상은 이제 장난이 끝났다는 암시를 받고서야 제대로 차려낸다.

마침내 진짜 야찬상이 들어가고 신방 문이 닫히자 열도 넘는 젊은 아낙네들이 우르르 문 앞으로 모여들었다. 거침없이 툇마루 위로 올라가 손가락에 침을 발라 소리 없이 방문의 촘촘한 빗살 사이 창호지에 구멍을 뚫고 신랑과 신부가 어떻게 하는지 들여다본다. 얼마 지나지 않아 마침내 신방 불이 꺼졌다. 방 안이 칠흑처럼 어두워지자 아낙네들은 눈 대신 귀를 문구멍에 들이댔다.

음력 초닷새라 달빛이 있는지 없는지 분간하기 어렵고 무수한 별들만 앞 다퉈 빛나고 있었다. 바로 그때 집 밖에서 '다닥다닥' 말발굽 소리가 들려왔다. 집안에 있던 사람들은 대부분 그 소리를 들었다. 사랑에서 사돈과 마주 앉아 있던 이승조는 소스라쳤다. 검은 그림자가 얼굴을 스쳐 갔다.

말 두 필이 집 앞 대문 밖에 멈춰서고 두 녀석이 내렸다. 사립문에 걸어 둔 초롱불 옆을 지날 때 왼팔의 '헌병(憲兵)'이란 붉은 글씨 완장이 눈에 들어왔다. 장기 주재소 파견대장 사사키(佐佐木) 상등병과 그의 부하 대원 가토(加藤) 일등병이었다. 사사키는 긴 칼을 차고 가슴팍에 권총을 지녔으며 가토는 어깨에 장총을 메어 총 끝이 멀리서도 보였다. 낮에 왔다 간 조선인 앞잡이도 다시 나타났다. 사람들은 서로 돌아보며 수군거렸다.

"겐뻬이[憲兵]. 겐뻬이가 왔다."

술 취해 주고받던 시끄러운 말소리가 한순간에 뚝 그치고 온 집

안이 싸늘하게 얼어붙었다. 성큼성큼 마당으로 들어선 세 녀석은 신방 앞에 이르렀다. 문 앞에는 불 꺼진 신방에서 들려오는 부스럭 소리 한 토막이라도 놓치지 않으려는 아낙네들이 툇마루에 올라선 채로 방문 앞을 겹겹이 에워싸고 있었다. 자기네 바로 뒤에 누가 와 있는지, 무슨 일이 일어났는지도 모르고 여전히 문구멍을 서로 차지하려 이마를 들이대는 싸움을 계속했다.

사사키가 아낙네들을 향해 일본말로 뭐라고 하자 앞잡이가 다가가서 고함쳤다.

"비켜요, 비켜."

제대로 문구멍을 차지하지 못하고 밀려나 있던 한 아낙네가 뒤돌아보고는 기겁하며 물러섰다.

"겐뻬이다."

다른 아낙네들은 모두 신방의 기척에 정신이 팔려 아직도 등 뒤로 헌병들이 다가오는 것을 깨닫지 못하고 있었다. 그때 안에서 뭔가 나지막하게 두런거리고 옷자락 스치는 소리가 들리더니 신부가 날카롭게 외쳤다.

"설사 만나 뒷간 갔어요. 뒷간에요."

그 말을 알아들은 앞잡이가 헌병에게 다급하게 통역했다.

"벤조에 이끼마시다(변소에 갔다)."

농촌에서는 뒷간을 대문 밖에 두는 집이 많았다. 마당 좁은 두메 산골 오두막에서 자란 앞잡이는 자기 나름으로 얼른 그처럼 바깥을 생각했다. 두 헌병이 뒷간을 찾느라 두리번거리다가 앞잡이가 손가락질하는 걸 보고는 뭐라고 중얼거리며 황급히 밖으로 달려 나갔다. 앞잡이는 헌병들을 뒤따르다 말고 갑자기 이런 큰 집이라면 안에도 뒷간이 있으리란 생각이 들어 마당 가운데 엉거주춤 멈춰 섰다. 문 앞에 진을 친 아낙네들 중의 몇몇은 아직도 문구멍에서 귀를 떼지 않고 있었다. 그때 신방 뒷문이 왈칵 열리며 신랑이 밖으로 나가 높지 않은 뒷담을 훌쩍 뛰어넘는 소리가 들렸다. 담 너머는 보리밭이다. 보리밭을 가로질러 재빨리 달아났을 것이다.

대문 밖으로 나갔던 헌병 둘이 다급하게 돌아오더니 파견대장 사사키가 앞잡이를 향하여 두 손바닥을 펴 보이며 고함쳤다.

"나이(없어)!"

아직도 문 앞에 진을 치고 있던 아낙네 몇이 그 소리에 놀라 돌아서면서 무슨 영문인지 모르겠다는 듯 눈을 둥그렇게 뜨고 서로 쳐다보았다. 사사키가 가죽장화 신은 채 뚜벅뚜벅 마루에 올라 그 아낙네들을 밀쳐내자 집안 청년 하나가 다가와서 양팔을 펼치며 가로막았다.

"여기는 신방이오. 들어가지 마소."

"바까야로!"

사사키가 독기를 품고 청년의 왼뺨 오른뺨을 철썩철썩 때리자 청년은 두 손으로 맞은 뺨을 감싸고 물러났다. 사사키는 신방 문을 활짝 열어젖혔다. 방 안은 먹물처럼 깜깜한 어둠에 묻혀 있었다.

앞잡이가 안을 향해 날카롭게 소리 질렀다.

"불 켜요, 불."

아무런 반응이 없자 다시 소리 질렀다.

"불 켜라니까."

그 말 한마디로 신방에서 불 켤 리가 없다고 깨달았던지 툇마루에 걸어 놓았던 청사초롱을 걷어 와 열린 문 앞에 들이댔다. 방 안이 밝아지자 신부가 족두리를 쓰고 옷고름이 매어진 그대로 태연하게 앉아 있는 옆모습이 드러났다. 고개를 돌리기는커녕 숨조차 멈춘 듯했다. 문 앞에 모여든 아낙네들은 불 끄기 전에 신랑이 족두리를 벗기고 옷고름을 풀어 주는 것까지 두 눈으로 똑똑히 보았다. 그런데 흩어진 자신의 모습을 드러내기 싫었던 신부가 재빠르게 손을 써서 품위 있는 모습으로 되돌려 놓았던 것이다. 사사키가 그 엄숙하고 정연한 기풍에 질려 멈칫하고선 안을 두리번거리더니 앞잡이를 돌아보며 놓친 것이 아쉽다는 듯이 말했다.

"나이자나아(없잖아)!"

셋은 집을 한 바퀴 둘러보고 다른 방과 마구간이며 헛간을 일일이 기웃거렸지만 신랑을 찾을 수 없었다. 그 시간이라면 벌써 두 마장* 넘게 도망갔을 것이다. 깜깜한 담 밖을 한참이나 응시하던 사사키가 앞잡이를 불렀다.

"니겠따(도망쳤다). 주인을 연행하겠다."

앞잡이가 고개를 흔들었다.

"주인은 이 지방에서 명망 높은 유지요. 어차피 주인도 도망간 곳을 알지 못할 텐데 말썽이 일어나면 이로울 것 없소."

사사키는 어떻게 해볼 도리가 없다는 듯 얼굴을 찡그리고 고개를 절레절레 내저으며 뚜벅뚜벅 밖으로 걸어 나갔고 졸개들도 뒤따랐다.

한 아낙네가 조용히 웃으며 나지막하게 중얼거렸다.

"뒷간 갔다는 말에 깜빡 속았네. 히히. 왜놈 겐뻬이 자식, 새신랑은 첫날밤에 뒷간에 안 간다는 걸 몰랐나 보네."

옆에 있던 아낙네들도 거든다.

"저 칼 찬 사사키, 여간 표독한 놈이 아니라더라."

"육혈포(권총) 지녔지? 귀신도 눈이 삐었다. 저런 쪽발이 안 잡아가는 걸 보면."

*　
*1마장은 400미터

"간사한 앞잡이가 더 나쁜 놈이야."

헌병들이 하릴없이 돌아가자 신부 댁은 다시 조용해졌다. 두 사돈은 대반(對盤)과 함께 사랑에서 상을 받아 놓고 막 술 한 잔씩을 나누던 참에 그런 일을 당했다. 약속이나 한 듯이 둘 다 눈을 지그시 감고 사태가 돌아가는 것에 귀를 기울이고 있었다. 그때 신부 오라버니 상수가 방으로 들어왔다.

아버지 이승조가 다급하게 묻는다.

"어떻게 됐나?"

"신방에 불이 꺼지자마자 놈들이 들이닥쳤는데 문 앞에 부인네들이 모여 있어 제때에 방문을 열지 못했습니다."

"그래서?"

"그때 말리가 신랑이 뒷간에 갔다고 외쳐 헌병들이 대문 밖으로 몰려가자 그 틈에 신랑이 뒷문을 열고 나가 담을 넘어 보리밭으로 도망쳤습니다."

상객은 눈을 내리깔고 긴 담뱃대를 고나문 채 고개를 끄덕이며 아무런 말도 없이 듣고 있었다. 신부 아버지가 말을 이었다.

"불행 중 다행이구나. 그래, 새신랑은 어디로 갔나?"

"어디로 갔는지 모릅니다. 동생들이 담 밖으로 찾으러 나갔습니다."

"찾는다고 나타나겠나. 가 보아라."

"이만 가겠습니다."

상객을 향해 인사한다.

"사장어른, 편히 주무십시오."

"애썼네."

상수는 문을 열고 나갔다. 나가면서 생각하니 사장어른은 아들이 장가와서 첫날밤도 치르지 못하고 도망갔는데 어떻게 그리 태연한지 짐작하기 어려웠다. 글 많이 읽은 선비는 역시 다른가?

한바탕 소동이 끝날 즈음 신부는 온갖 상념에 빠졌다. 야찬상을 사이에 두고 신랑과 마주 앉아 술 한 잔 씩을 주고받은(그녀는 술잔을 입에 가볍게 대었을 뿐 마시지는 않았다.) 다음 신랑이 족두리를 내려놓고 옷고름을 풀어 주면서 촛불을 끄고 어둠 속을 더듬어 두 손을 잡았을 때는 억누를 수 없도록 가슴이 두근거리고 온몸이 뜨거워졌다. 일찍이 상상할 수 없었던 새로운 느낌이었다. 마주 쥔 손을 통하여 서로의 영감이 오가고 아무것도 볼 수 없게 만든 방 안의 어둠조차도 그들을 축복하는 것만 같았다. 하지만 잠시, 한순간이었을 뿐이었다.

야차(夜叉) 같은 일본 헌병의 기척이 들리자 피어오르던 행복은 갑자기 멈춰서고 '이 사람을 지켜야 한다.'는 긴박한 절대 명제만 주어졌다. 뒷간 갔다는 말로 따돌려 용케 피신시켰지만 방을 나가 담을 넘은 뒤에는 어떻게 되었는지 알 수가 없다. 어디에서 몸을 숨기고 있는지, 혹시 잡히지나 않았는지 불안했다. 평생을 함께할 낭군을 맞자마자 그의 생사조차 알 수 없게 되어 버린 것에 기가 막혔다. 어머니가 가르쳐 준 대로 몸을 섞어 보기는커녕 이불 밑에 함께 발 넣을 틈조차 없었다. 뭐라고 말 한마디 못했다.

말리의 눈에는 자신도 모르게 눈물방울이 굵게 맺혀 흘러내렸다. 눈물을 닦지도 않은 채 어둠 속에서 우두커니 앉아 있을 때 어머니가 문밖에 와서 나지막하게 물었다.

"얘야, 괜찮니? 불편한 것 없니?"

"어머니, 괜찮아요."

"엄마가 들어갈까?"

"아뇨. 아무 일 없어요. 혼자 있겠어요."

신부는 정말 혼자 있고 싶었다. 15년 동안이나 품에 안아 주던 엄마도 끼어들게 하고 싶지 않았다. 말 한마디조차 나누지 못했던 짧은 시간이었지만 신랑이 남기고 간 체취와 행복의 꽃길을 걷던 자신의 영감이 깨뜨려질까 봐 누구의 간섭도 싫었다. 다시 돌아와 자기 앞에 앉을 때까지 그에 관한 모든 것을 하나도 흐트러지지 않게 지키고 싶었다.

"반달이가 가까이 있으니 무슨 일 있으면 부르렴."

"예, 어머니."

신랑이 있든 없든 신방은 신방이라 친정어머니도 내일 아침까지는 마음대로 들고 날 수 없는 불가침의 영역이다. 가슴이 조여 왔지만 끝내 문고리에 손대지 못하고 숨죽이며 툇마루에 잠시 앉았다가 한숨만 길게 내쉬고는 돌아갔다. 툇마투 끝에는 집에서 부리는 반달이가 표정 없이 걸터앉아 있다. 밤새 신방을 지킬 것이었다.

앞으로 어떻게 될까? 혼례는 치렀으나 신랑은 기약 없이 떠나 버렸고, 헌병 놈들 짓거리를 보면 한동안 들어오기 어려울 것이다. 양반 가문에서 양쪽 부모가 사돈 맺기로 한 약속은 쉽게 깨지 못한다. 하물며 혼례까지 치렀으니 말리에게는 운명의 올가미가 씌워졌다. 신랑이 집으로 돌아오든 말든 말리가 친정 떠날 계획이 마련되었다.

신부가 완전한 시집 식구가 되려면 보통 1년이 걸린다. 신랑이 장가오는 친영(親迎), 두 번째로 처가에 오는 재행(再行), 신부가 시집으로 가는 우귀(于歸), 처음으로 친정에 다니러 오는 근친(覲親)의 절차를 차례로 거쳐야 하기 때문이다. 근친 왔다 몇 달 지나 시가(媤家)로 돌아가야 본격적인 시집살이가 시작된다. 봄에 친영을 치렀으면 대개 가을에 우귀하기 마련이다. 시아버지 김유탁은 뜻밖에도 우귀를 한 철 늦추자고 했다.

"우귀는 내년 봄이 어떨는지요? 보통은 철 바뀌면 곧 하지만 우리는 사정이 다릅니다."

"나이가 어려 걱정이 없지 않았는데 사돈께서 배려해 주시니 고맙습니다."

이승조는 반갑게 받아들였다. 신랑이 집에 없다는 것은 서로의 입 밖에 비치지도 않았다. 차마 말 꺼내기 민망하고 절대적인 조건도 아니었기 때문이다. 그렇게 물려진 우귀 날짜는 혼례 열한 달 뒤인 이듬해 3월 열아흐레로 잡혔다.

3

첫날밤에 뒷문으로 도망간 신랑이 돌아오기만을 손꼽아 기다리는 동안 해가 바뀌어 열여섯 살이 된 말리가 우귀를 치러 시집으로 왔고, 곧이어 근친 갔다 추석 지내고 돌아와 완전한 시집 식구가 되었다. 그녀는 친정 마을 이름을 따서 '마현댁'이란 택호를 얻었다.

남편이 있든 없든 마현댁의 시집살이는 하루하루 이어졌다. 30년 가까이 앓아 오던 시어머니의 병세는 며느리 맞기를 기다렸다는 듯 갑자기 더 나빠졌다.

근친 갔다 돌아오고 한 달 넘게 지난 어느 날 밤에 병석의 시어머니가 며느리를 불렀다. 툇마루에 나서니 사랑방에는 아직 불이 켜져 있고 시아버지의 글 읽는 소리가 휑한 마당으로 차분히 내려앉고 있었다. 머리맡에 다가앉자 시어머니가 말했다.

"아가야, 시집살이가 힘들지?"

"아닙니다, 어머님."

"내 병수발하느라고 애 많이 쓴다."

"별말씀을 다 하십니다. 정성이 모자라 빨리 회복되지 못하시니 죄송스러울 따름입니다. 하루빨리 쾌차하십시오."

"아니다. 정성이 모자라다니…. 너를 들여놓고 죽게 되었으니 그나마 눈을 감을 수 있을 것 같다. 죽기 전에 일러주고 싶은 말이 있다. 지금 말하지 않으면 영영 묻혀 버리고 말는지도 모르겠네."

"어머님, 말씀하십시오."

"실은 영기가 말이다. 영기는…."

"서방님이 어떻다고요?"

"영기는 내가 낳은 아들이 아니란다."

"옛?"

마현댁은 전기 충격을 받은 것처럼 소스라쳤다. 한순간에 가슴이 마구 뛰었다. 얼마쯤 가라앉을 즈음에 ㅅ 어머니 말씀이 이어졌다.

"영기 생모는 한때 경주에서 기생 노릇하던 삼월향이란 여자란다."

"삼월향이라고 하셨나요?"

"그래. 삼월향이라고 분명히 들었다. 경주 땅에서 이름난 기생이었지. 본 적은 없다만 얼굴 잘생기고 가무에 능한 데다 글도 꽤 읽어 한다 하는 뭇 사내가 침을 흘렸다더라. 그애가 일편단심 네 시아버지만을 좋아해서 둘이 정분이 생겼던가 봐. 내가 악쓰고 대들어 일찌감치 갈라서고 말았으나 그 사이에 영기가 들어섰던 거야."

이야기는 계속되었다.

"너의 시아버지 친구에 이성각이란 분이 계시는데 이름난 풍류객이고 못 말리는 오입쟁이지. 아기 태어날 때가 가까워 오자 그분이 찾아오셨다. 나더러 일이 그렇게 되었는데 아기가 태어나면 받아 키우겠느냐고 물었어. 내 친정아버지가 네 시아버지의 스승이었잖아? 삼월향 데리고 놀다 장인에게 혼쭐난 다음이라 애 생겼다니까 감당 못하고 친구에게 털어놓았을 거야. 삼월향의 부탁을 받았는지도 모르겠어. 넌 그 심정 모를 거다. 야속하고 미운 마음은 동짓날 가마솥에 팥죽처럼 부글부글 끓어올랐지만 내가 애를 생산하지 못하니 어쩌겠어? 속으로 꿀꺽 삼키며 받아 키우겠다고 했어. 다만 아기를 빌미로 어미를 유모로 들이거나 첩으로 삼아 뒤끝을 남겨서는 안된다고 아예 못박았어. 그 말이 네 시아버지께 전해졌나 봐."

"그렇군요."

숨이 가쁜 듯 잠깐 쉬었다 다시 잇는다.

"이제 생각하면 내가 잘못한 거야. 젊은 시절의 가당찮은 투기가 불러온 큰 실수였어. 어차피 이 마을로 이사 올 것이라면 영기를 제 낳은 어미가 돌보도록 옆에 두었으면 얼마나 좋았겠나. 입단속 잘하면 서출이란 소문 안 내고 할 수 있었던 것을…."

"어머님, 너무 상심 마셔요. 어머님이 생모 아니라고 의심하는 사람은 아무도 없습니다. 생모 못지않게 정성을 기울였기 때문이 아니겠습니까? 더구나 서방님은 이제 어린애가 아닙니다. 생모가 키웠든 어머님이 키웠든 새삼스럽게 말할 것 없잖아요?"

"영기에게 온갖 정성 쏟았지. 어느 생모도 내처럼 하기 어려울 게다. 하지만 지금은 다 큰 영기 걱정이 아니다."

"옛, 무슨 말씀을요?"

"일이 그렇게 되다 보니 내 죽고 나면 식구 없는 이 집에서 너의 시아버지가 너무 외롭지 않겠나? 그걸 어쩌나? 어쩌면 좋겠어?"

"아, 아버님이요?"

시어머니는 베갯잇으로 흘러내리는 눈물을 닦지도 않은 채 말을 잇는다.

"네게 부탁한다. 어디에 사는지는 모르겠다만 내 죽은 다음에 혹시라도 그 삼월향이 나타나거든 네가 너그럽게 받아들여 시아버지가 외롭지 않도록 마음 써 다오."

"어머님 분부 가슴에 새기겠습니다."

"투기는 칠거지악의 하나라는데, 내 어리석은 투기가 이런 결말에 이르다니…. 죽어 저승 가면 김 씨 가문 조상님들께 용서받기 어렵겠구나. 그나마 하늘이 무심치 않아 착한 너를 맞게 되었다."

부부란 무엇인가? 부부의 정이란 도대체 무엇일까? 수십 년 동안 아내 노릇 한번 제대로 못하고 지내면서도 투기의 끈을 놓지 않던 여인이 죽음을 앞두고 남편의 외로움을 걱정하다니…. 남편과는 마주 앉아 손 한 번 잡아 본 경험밖에 없는 그녀였지만 자기도 모르는 사이에 콧등이 시큰거리며 숙연해졌다.

시어머니는 그해 음력 시월 열이렛날에 숨을 거두고 말았다. 남은 가족이라고는 홀아비가 된 시아버지와 첫날밤도 치르지 못한 며느리가 모두였고 그 밖에는 경주에서 따라온 머슴 억수와 그의 아내인 찬모 연산댁이 있었다. 집에서 직접 짓는 농사라고는 100평도 못되는 채마밭뿐이어서 머슴은 하루하루 집안일을 성실하게 보살폈다. 주재소 순사들이 가끔 찾아와서 영기가 소식을 보내거나 집에 다녀가지 않았느냐고 물어보곤 했다. 그로 미뤄 아직 잡히지 않은 것으로 짐작하고 어디엔가 살아 있다고 믿으면서 한 가닥 위안으로 삼았다.

4

마현댁이 어느덧 스물셋이 되던 해 늦은 봄이었다. 따뜻한 햇살이 함빡 내려앉는 마당 한가운데서 목탁 소리가 들렸다. 내다보니 나이가 제법 들어 보이고 얼굴이 가무잡잡한 키 작은 스님 한 분이 찾아들어 시주 쌀을 얻으려고 했다. 여느 때 같으면 연산댁이 내주겠지만 마침 집에 없었다. 마현댁이 냉큼 곳간으로 가서 바가지에 반 되가 넘는 쌀을 퍼 담아 마당으로 내려섰다.

대체로 시주 쌀은 그저 한줌이다. 아예 주지 않는 집도 많았다. 인심이 나빠서라기보다는 양식 걱정 않고 사는 집이 드물었다. 더욱이 보릿고개 철이 아닌가? 스님은 어깨에 멘 바랑을 열고 쌀을 받으면서 유달리 많은 것에 놀란 표정으로 고개를 들어 물끄러미 바라보았다. 그러고는 합장한다. 쌀을 바랑에 다 쏟아 부은 마현댁도 따라 합장했다.

“이 댁 며느님이시죠?”

“예.”

“오래 기다리셨군요.”

“뭐라고요?”

“이제 때가 가까웠습니다. 나무아미타불.”

마현댁이 이번에는 말을 놓치지 않고 분명히 들었다.

“스님, 때가 가까웠다니요? 무슨 때입니까?”

“기다리던 분을 만날 때입니다. 다만 운세는 저절로 오지 않습니다.”

그 순간 용수철이 튕기듯 고개를 쳐들어 스님을 바라본다. 갑자기 얼굴이 붉어지더니 애절하게 묻는다.

"서방님을요?"

"나무아미타불."

"스님, 정말입니까? 정말 서방님을 뵈올 수 있습니까?"

"소승이 어찌 부인께 거짓을 놓하겠습니까?"

"어떻게 하면 됩니까?"

슬픈 얼굴로 쳐다보는 마현댁의 두 눈에서는 한순간에 뜨거운 눈물이 주르르 흘러내렸다.

"부처님께 빌어 보십시오. 때가 이르렀습니다만 부처님이 보살펴야 만나집니다. 나무아미타불."

"스님, 자세히 가르쳐 주십시오."

"소승은 오어사에서 왔습니다. 부인께서는 다음 달 초이렛날 새벽 일찍 절에 오셔서 아흐레 동안 불공을 드리십시오. 지극한 정성이 모아지면 반드시 소원을 이룰 것입니다. 나무아미타불 관세음보살."

"시아버님께 승낙을 받아야 합니다."

"오어사에서 맹추가 다녀갔다고 말씀드려 보십시오."

"그렇게 하겠습니다."

"아무도 눈치채지 못하게 오셔야 합니다. 남이 알면 절대로 안됩니다. 조심 또 조심하십시오. 나무아미타불 관세음보살."

"명심하겠습니다."

"그럼 이만."

"스님, 살펴 가십시오."

합장하여 스님을 보낸 뒤 오래지 않아 시아버지께서 돌아오셨다. 마현댁은 저녁상을 들고 사랑으로 들어가 시아버지 앞에 내려놓고는 마주 앉는다. 태연하려 애쓰는데도 가슴이 콩닥콩닥 방망이질하고 얼굴이 화끈 달아오른다. 시아버지는 이상하다는 듯이 쳐다보았다. 상을 내려놓으면 선 채로 방을 나가고 조금 있다가 숭늉그릇을 들고 와서 상을 내가기 마련인데 고개 숙이고 마주 앉은 것이다.

"얘야, 무슨 할 말이 있는 모양이구나."

며느리는 잠깐 망설이다가 무거운 입을 열었다.

"예, 아버님."

"말해 보아라."

"오어사 스님께서 다녀가셨습니다."

"어떻게 생긴 분이던가?"

"키가 작은 편이고 연세가 좀 드신 듯 보였습니다. 오어사에서 맹추가 다녀갔다면 아실 거라고 하셨습니다."

시아버지는 어이없다는 듯 웃음 지었다. 둘이 만날 때만 쓰는 짓궂은 별명을 며느리에게 자기 이름으로 내세운 것이 우스웠다.

"허허, 맹추라고? 스스로 맹추라…. 그래, 뭐라던가?"

일찍이 한학을 공부하면서 불도(佛道)를 멀리해 왔으나 어쩌다 맹추스님과 친해졌다. 스스럼없는 사이가 되어 만나기만 하면 허물없이 서로 말장난을 일삼았으나 그가 높은 경지에 이른 승려라는 것을 한눈에 짐작할 수 있었다. 언젠가 농지거리 주고받을 때였다.

"이 맹추 같은 돌중아, 목탁 소리도 시끄러운데 뒤통수는 왜 그리 번쩍이나?"

"한당(閑堂)이면 됐지, 한월당(閑月堂)이 뭐고? 계집 月자 끼워 넣으려면 불알 堂자는 빼 버리게."

"핫 핫 핫."

"핫 핫 핫."

한바탕 통쾌하게 웃은 다음부터는 서로가 '맹추' 와 '한월이' 라고 불렀다. 김유탁은 맹추가 한월이라고 부를 때마다 경주에서 삼월향과 죽자사자 할 적에 운해 이성각이 자기 아호에 월(月)자를 끼워 넣어 불러 주던 일이 생각났다. 달 월자를 계집 월이라 부른 맹추는 자기의 지난날을 꿰뚫어보고 있을는지 모른다고 생각한 적도 있었다.

며느리가 맹추스님의 말을 얼른 대답하지 못하자 다시 물었다.

"맹추가 뭐라던가?"

마현댁은 바짝 긴장하면서 부끄러운 듯 고개 숙여 대답했다.

"아무도 모르게 오어사에 와서 아흐레 동안 불공을 드리면….."

"불공을 드리면?"

"서방님을 만나게 될 것이라고 말씀하셨습니다."

시아버지는 깜짝 놀라면서 며느리를 물끄러미 쳐다보았다. 첫날밤도 치르지 못한 새댁이 오로지 법도에 따라 열여섯에 시집와서 어느덧 스물셋에 이르렀다. 한 번도 외로움을 내색하거나 짜증 부리지 않은 채 시집살이한 지가 벌써 몇 래던가? 어떻게 낭군 생각하는 마음이 없었겠나? 어떻게 애타는 그리움이 없고 사무친 슬픔이 없었겠나? 새삼스럽게 측은한 마음이 들면서 절에 보내 줘야겠다고 생각했다. 불공드리면 만나볼 수 있다는 말은 어쩌면 녀석이 살아 있다는 것을 암시한다. 그걸 권유한 이가 맹추라면 믿어 보지 못할 것도 없다.

"그렇게 해라. 언제가 좋다던?"

"다음 달 초이레라고 말씀하셨습니다."

"내 잊지 않고 그때 채비를 마련해 주마—."

"아버님, 고맙습니다."

"아가야, 너무 상심하지 마라. 헤어져 사는 것도 나라 잃은 백성의 아픔이 아니겠나?"

며느리는 더 말을 잇지 못하고 흐느끼며 일어선다. 눈물방울을 방바닥에 뚝뚝 떨어뜨리며 고개 돌리고 물러서서 문밖으로 나간다.

마현댁은 불공드리러 갈 날이 오기를 애타게 기다렸다. 맹추스님 말씀처럼 지극한 정성이 모아지면 여덟 해 동안 한 조각 소식도 없는 그이를 정말 만날 수 있을까? 부처님은 어디에 있는지도 모르는 남편을 과연 내 앞에 데려다 주실까? 그녀는 눈을 감은 어둠 속에서 남편의 모습을 그려 보았다. 초례청에서 얼핏 훔쳐보았던 당당한 체구와 훌쩍한 키, 첫날밤 촛불 밝힌 신방에서 족두리를 내리고 옷고름을 풀어 주었을 때 쳐다보았던 이목구비 또렷한 그 얼굴이 자꾸만 떠올랐다.

절에 갈 날이 다가온 초엿샛날, 아침상을 들고 사랑방에 들어갔다.

"얘야, 좀 앉아라."

마현댁은 다소곳이 앉아 다음 말씀을 기다렸다. 시아버지는 한지로 돌돌 말아 싼 밤알만 한 물건을 건네주며 말씀하신다.

"이건 네 시모가 지니던 은가락지다. 쌀 두세 가마니 값은 될 것이니 시주해라. 쌀은 갖고 가기 힘들고 남의 눈에 뜨인다. 맹추스님 만나면 안부 전해라. 비록 불문(佛門)에 들었지만 존경받을 만한 분이니라."

"예, 아버님 분부대로 하겠습니다."

"자시(子時)*에 연산 댁을 데리고 떠나거라. 절 앞에 이르거든 곧 돌려보내어 묘시(卯時)* 전에 집에 닿도록 하고, 이 일을 절대로 발설하지 말라고 단단히 일러두어라."

"예, 아버님."

"부처님께 빌든 신령님께 빌든 모든 게 오로지 마음 가운데 있느

*자시는 밤 12시. 묘시는 오전 6시

니라. 네 마음이 소망을 이뤄 준다는 것을 잊지 마라."

"명심하겠습니다, 아버님."

시아버지 앞을 물러나온 마현댁은 불공도 드리기 전에 가슴부터 두근거렸다. 맹추스님의 막연한 말씀 한마디가 그녀에게 남편을 만날 수 있다는 새로운 희망을 안겨 준 것이다. 그 남자는 손끝에 한 번 닿았다가 잡기도 전에 멀리 가 버린 사람이었다. 번개처럼 나타났다 연기처럼 사라졌다. 눈 감으면 아련히 떠오르다 산산이 부서지고, 산산이 부서진 조각조각이 다시 모이기를 끊임없이 거듭하는 환상일 뿐이었다.

지루한 하루하루를 보낸 끝에 초엿샛날 밤이 되자 마현댁은 부엌으로 가서 미리 떠놓은 샘물로 목욕하고 초저녁잠에 빠진 연산댁을 깨웠다. 연산댁은 새댁이 남편을 위해서 빌겠지만 만나려는 희망을 갖고 절에 간다는 것까지는 모르고 있었다.

툇마루에 걸린 벽시계의 열두 번 종소리가 끝나기도 전에 둘은 살그머니 집을 나서서 발자국 소리를 죽여 가며 어둠 속에 잠든 마을을 빠져나왔다. 이웃 개 한두 마리가 요란하게 짖었으나 흔히 있는 일이라 내다보는 사람은 없다. 가벼운 발걸음으로 보통학교 앞을 지나고 경찰 주재소 앞에서 용산 쪽으로 틀자마자 물 마른 개울을 건넜다. 마을을 벗어나니 왼쪽으로 말등처럼 불거진 천마산(天馬山)의 산마루가 어렴풋이 드러날 뿐 사방이 깜깜하다. 길이 겨우 보이고 어지러운 개구리 울음소리가 가깝게 들린다. 초엿새, 반의 반 조각달이 이미 져 버린 맑은 하늘은 온통 별 치레다. 곧게 뻗은 자갈길을 걸어 높지 않은 산이 왼쪽으로 성큼 다가설 즈음에 또 한 번 물이 말라 버린 작은 도랑을 건넜다. 이 부근은 무섭다고 알려진 곳이다. 연산댁에게는 그 무서움을 떨쳐낼 수다가 필요했다.

“작은마님, 여기가 어딘 줄 아세요?”

“내가 어떻게 알겠소? 유별난 데는 아닌 것 같다만.”

“송골 입새*라 해요.”

“송골 입새라면 저 안 골짜기가 송골이란 말이오?”

“그건 모르지만 여우가 사람으로 둔갑해서 이 길로 지나가는 사람을 호린답니다.”

“말이 그렇지, 여우가 어떻게 사람으로 둔갑하나? 둔갑한들 우리처럼 두 사람이 함께 갈 때 나타났다는 이야기는 듣지 못했으니 지레 겁먹지 마오.”

둘은 잠깐 사이에 다래골을 뒤로 하고 산모퉁이를 돌아 마치 검은 장막처럼 가로막는 울창한 소나무 숲을 마주 보기에 이르렀다. 오른쪽으로 틀어 조금 가니 왼쪽으로 들어가는 샛길이 보인다.

“연산댁, 여기가 어디쯤이오?”

“저 길로 가면 문충인데요.”

혼처가 정해졌을 때 시집갈 곳이 오천이라며 문충공 포은 정몽주 선생의 고향이 오천면 문충이라 하시던 친정아버지 말씀이 떠올랐다. 포은 선생의 아버지가 길 나섰다 돌아오며 청림 마을의 숲에 이르러 잠시 쉬려고 바위에 기대앉아 깜빡 졸다 해가 입에 들어오는 꿈을 꾸자 입을 꾹 다물고는 집에 닿아 아내 손목을 끌고 안방으로 들어가 품은 끝에 선생을 잉태했다는 이야기도 들려주셨다. 서방님도 언젠가는 해가 입에 들어오는 꿈을 꾸어 자기 손목을 잡고 방으로 들까? 얄궂다는 생각으로 어둠 속에서 방긋 웃었다.

선래점(仙來店)에 이르니 산세가 한결 깊어진다. 다시 작은 개울을 건너고 협곡을 빠져나와 항사 마을로 접어들었다. 좌우 산등성이가 싸늘한 냉기를 품고 높이 솟아올라 하늘 가장자리에 맞닿아 있

다. 아직은 여명의 기운이 보이지 않았으나 어둠에 익숙해져 걷기에
불편함이 없었다. 개들이 숨 넘어갈 듯 짖어댔다. 산짐승 보고 짖는
일이 잦아 사람들은 그만한 일로 놀라거나 잠을 깨지는 않는다.

마을이 끝나자 산 중허리로 약간 올라가서 절 문 앞에 이르렀다.
깊숙한 안 골짜기에서 불어오는 바람이 가벼운 풋내를 풍긴다.

"연산댁, 날 데리고 오느라 고생했어요. 이제 그만 돌아가소. 빨
리 가서 아버님께 무사히 왔다는 말씀 전하고 내 없을 동안 잘 보살
펴 드리세요. 불공 마치는 날 저녁때 갈 터이니 데리러 오지 말아
요. 떠날 때 말한 대로 내가 여기 절에 왔다는 것을 어느 누구에게
도 말하면 절대로 안되오. 연산댁이 입 무거운 것은 잘 알지만 남이
알면 부정 탄다고 해요. 모처럼 기도하러 왔는데 혹시 부정 타서 부
처님이 노할까 봐 다시 한 번 당부하니 잊지 마소."

"예, 작은마님. 그럼 저는 가겠습니다. 집 걱정은 마십시오."

연산댁을 돌려보낸 마현댁이 절 마당으로 들어서니 법당 문에 희
미한 불빛이 비쳐났다. 두 시간이 넘도록 어둠 속을 걸어오다 보는
불빛이 반가웠다. 한 가닥 목탁 소리가 새벽의 적막을 깨뜨린다. 돌
계단을 올라 헛기침 몇 번으로 사람 온 것을 알리고는 조용히 문을
열고 안으로 들어섰다.

향 타는 냄새가 코를 찌른다. 부처님 앞에 그린 듯이 앉아 있는
분이 첫눈에도 지난번에 다녀가신 맹추스님이었다. 다른 젊은 스님
한 분과 열 살 안팎의 동자스님이 옆에 자리 잡고 있었다. 동자스님
이 힐끗 쳐다보는데 두 스님은 곁눈질도 없다. 그녀는 정면의 석가
모니부처와 양쪽 불보살, 불화로 그려내어 좌우 벽에 걸린 여러 나
한(羅漢)과 신장(神將) 앞에 차례로 절하고 살그머니 앉아 독경 소
리에 귀를 기울였다.

새벽예불이 끝나 다른 스님과 동자스님이 서둘러 밖으로 나가자 맹추스님이 돌아앉아 마주 본다. 마현댁은 얼른 일어나 세 번 절하고 스님 앞에 앉았다.

"잘 오셨소. 빈도(貧道)의 법명은 일각이라 하오. 한 일(一)자 깨달을 각(覺)자를 쓰지요."

부드러우면서도 또박또박 분명한 말씨다. 일각이란 법명을 듣고는 적이 놀랐다. 맹추스님이 아니라 일각스님이던가? 하긴 맹추란 변변찮은 사람이란 뜻이다. 그게 법명이 아니라 짓궂은 별명이란 것을 깨닫자 입가에 가벼운 웃음이 스쳐간다.

"소녀, 일각 큰스님의 가르침을 받들겠습니다."

"큰스님이란 당치 않소. 그저 맹추 같은 중이지요."

스스로를 맹추라고 하는 말을 듣자 하마터면 스님 앞에서 큰 웃음을 터뜨릴 뻔했으나 억지로 참았다. 말씀이 이어졌다.

"오늘부터 아침예불과 저녁예불에 참례하고 밤에는 혼자서 불공을 드리도록 하오. 동자스님이 도와줄 것이오. 처음 이틀은 이곳 법당에서 드리고 셋째 날은 밤이 되면 절 뒤편 자장암에 올라가도록 하오. 그러기를 세 번 거듭하면 끝나는 것이오."

"스님께 말씀드리기 송구스러우나 은밀하게 오느라고 시주 쌀을 가져오지 못했습니다. 그 대신 시아버지께서 은가락지 한 벌을 주셨습니다. 너무 적지 않을는지요?"

"적다니요. 오히려 너무 많습니다만 부처님께 드리는 것이니 그냥 받겠소. 상단에 올려놓도록 하오."

"그렇게 하겠습니다."

"자, 이제 일어나소. 공양하러 갑시다."

일각스님이 일어나자 마현댁도 밖으로 따라 나왔다.

공양주 유동댁이 일러준 절의 식솔은 모두 일곱이었다. 주지 일각스님, 자장암을 맡아 있는 지선스님, 젊고 키 큰 원각스님, 동자스님 삭불이, 한 달에 두세 차례 와서 허드렛일 거들고 밥 얻어먹는다는 머슴 이용대와 자기라고 했다.

이용대는 용덕에 사는 사람이라는데 처음 듣는 이름이고 마을에서는 한 번도 만나보지 못했다. 말미 얻어 어제 집으로 돌아가고 마침 절에 없었다.

그녀는 아침공양하고 부엌으로 가서 공양주를 도와 설거지를 마치고 텃밭에 나가 고추 모종을 옮겼다.

점심공양 뒤에 공양주가 말했다.

"새댁이 여기서 여러 날 불공드릴 모양인데 낮에 좀 자지 그래. 밤새 불공드리고 꼭두새벽에 예불이 시작되니 낮잠을 자 두지 않으면 배겨나기 어려울 거야. 잠깐 눈 붙이도록 하소."

"불공드리러 와서 낮잠을 잘 수야 있겠습니까? 한번 견뎌 보고요."

말은 그랬지만 법당에서 일천 배를 올리고 공양주의 골방으로 돌아오니 눈꺼풀이 무겁게 내려앉았다. 자정에 집을 나서 이십 리 길을 걸어온 데다 밭일을 거들었고, 부처님께 일천 배를 올렸다. 참으려고 애썼으나 피곤한 몸을 벽에 기대자마자 그냥 잠들고 말았다.

저녁예불이 끝난 뒤 공양을 마치고 역시 설거지를 도운 다음 술시(戌時)＊부터 그녀만의 불공이 시작되었다. 큰스님이 직접 나오셔서 요령을 하나하나 짚어 주고 동자스님도 도와주었다. 불공은 자정까지 이어졌고, 잠깐 눈을 붙였다가 인시(寅時)＊에 일어나 아침예불에 끼어들었다.

마현댁은 오어사에 이틀을 머물러 자장암으로 갈 차례가 되었다.

동자스님을 따라 동쪽 샛문을 나와 뒷산 가파른 비탈길을 올라가니 절벽 위에 암자가 있었다. 암자가 깔고 앉은 좁은 터에서 동쪽으로 낮은 등성이가 고개를 쳐들었고 그 양편으로 두 갈래 길이 나 있다. 오른쪽은 방금 올라온 길이고 왼쪽은 완만하게 내려가는데 동자스님 말은 그 길을 따라가면 대송면 대각 마을이라고 했다. 그 밖의 삼면은 깎아지른 절벽이었다.

법당 앞에 서니 높은 산이 가로막아 있고 발 아래 큰절 법당 지붕과 골짜기가 아득하게 내려다보인다. 암자 서쪽으로 돌아서자 더 높은 봉우리가 마주 섰다. 동자스님은 그쪽 운제산 정상 가까이에 대왕바위가 있다고 했다. 용덕 집에서 툇마루에 서면 맑은 날에는 대왕바위가 긴가민가하게 아련히 건너다보였다. 마을 사람들로부터 대왕바위 쪽에 구름이 모여들면 비가 내린다는 말을 자주 들어 왔었다.

지선스님이 나와 정중하게 맞이하고는 동자스님에게 맡겨 두고 큰절로 내려가 버린다. 잠깐 사이에 날이 어두워지자 초여드레 상현달이 맑은 하늘 가운데 떠오르고 별은 드문드문 빛난다. 어디선가 풀벌레 소리가 가벼운 바람을 타고 들려온다. 사방의 골짜기가 깊은 어둠에 묻히자 암자가 외롭게 갇혀 버렸다. 갑자기 슬픔이 사무쳐 왔다. 흐르는 눈물을 훔치고 부처님 앞에 섰다.

"손 한 번 잡아 보고 떠나 버린 낭군님은 지금 어디에 계실까? 간절한 소원이 이루어져 정말 나를 만나러 오시려나?"

백팔배를 마치고 동자스님이 내주는 불경을 펼쳤다. 손때 묻은 낡은 언문 필사본이다. 몇 차례 거듭 읽으니 그녀를 덮어 누르던 의구심은 저절로 사라진다. 옆에 앉아 있던 동자스님이 잠을 이기지 못하고 고개를 꾸벅이다 옆으로 픽 쓰러졌다. 멀리서 산짐승의 울부짖는 소리가 들린다. 시골 마을 개 짖는 소리 같으면서도 토막토막 끊어지지 않고 길게 이어진다. 어쩌면 아기 울음소리를 닮은 것이 늑대가 분명하겠지만 두려움 따위는 일어나지 않았다. 부처님의 법력을 믿어서일까? 열 살 남짓한 동자스님이 옆에 있기 때문일까? 꾸벅꾸벅 졸던 그녀도 마침내 옆으로 쓰러졌다.

남편이 붉은 말을 타고 달려와서 바로 앞에 멈춰 서더니 풀쩍 뛰어내린다. 원망의 눈길로 바라보며 말했다.

"당신은 저 같은 것 잊어버렸죠? 얼마나 당신을 그리워했는지 아시나요? 얼마나 기다렸는지 모르시죠?"

"잊다니요? 알아요. 왜 모르겠소. 하지만 지금 나는 바빠요."

남편은 민망한 듯 고개 돌리고 말에 훌쩍 뛰어오르더니 채찍질하여 달려가고 어느새 멀어져 버린다. 뒷모습을 우두커니 바라보다 중얼거린다.

"겨우 말 몇 마디 건네자 뒤돌아보지도 않고 가시다니…. 저 같은 것 잊어버렸냐고 하는 말이 그렇게도 서운했던가? 내가 미쳤지. 어쩌자고 만나자마자 원망만 늘어놓아 섭섭해서 가 버리게 만들었나? 신방에 들었을 때처럼 손이라도 마주 잡았으면 좋았을 것을 왜 못했나? 쓸데없이 말장난하다 아까운 기회를 놓쳐 버리다니…."

문득 잠을 깼다. 꿈을 꾼 것이다. 동자스님이 어깨를 흔들고 있었다. 큰절에서 아침예불 목탁 소리가 잦아지더니 오래지 않아 아침공양을 마친 지선스님이 암자로 올라왔다.

동자스님과 함께 큰절로 돌아오니 공양주가 반갑게 맞았다.

"새댁, 내가 아침공양 남겨 뒀으니 먹어요."

"그러지 않아도 괜찮아요."

"부처님께 비는 것도 배가 불러야지. 힘이 있어야 절이라도 하는 거야.”

“고맙습니다.”

“고맙기는….”

“할머니 댁은 어디예요?”

“내가 무슨 집이 있나. 떠돌아다니는 팔자 아닌가. 실은 원각스님이 내 아들이야.”

“며느리 보셨나요?”

“며느리는 청하 보경사 공양주로 가 있어.”

“여기 머물지 왜 보경사에?”

“형편이 그렇게 되었어. 형편 따라 사는 거지 별수 있나.”

“스님마다 모두 부인이 계시나요?”

“마누라 있는 스님이 많아. 일본 중들은 모두 마누라가 있다 하더라. 그걸 본딴 게지. 조선 사람 중이라고 꼭 혼자 살 것 없잖아? 주지스님은 홀아비 비구승이야. 세속에 있을 때 장가갔었는데 마누라 죽고 곧바로 출가해서 그 뒤로는 고집스럽게 혼자 산다는군. 속가에 딸 하나가 있다더라. 자장암 지선스님은 속가에서 물려받은 재산이 좀 있어. 마누라가 암자 너머 아랫마을 대각에서 살림해.”

“그렇군요.”

“절 살림이 어려워. 해마다 흉년이 들어 가을걷이가 시원찮으니 스님들 탁발이 별로야. 양식이 있어야 나눠먹지. 참, 새댁은 시주 얼마나 했나?”

“얼마쯤 시주해야 될까요?”

“아무래도 쌀 닷 말*은 해야겠지?”

닷 말이라면 반 가마니다. 공양주는 그녀가 빈손으로 온 것을 알 터이고, 그렇다고 은가락지 들고 왔다고 말할 수는 없어 적당히 둘러댔다.

"시아버지께서 쌀 한 가마니 보내실 것입니다. 부처님께 올리는 상단 밥그릇이 넉넉해야겠죠."

"암, 그렇고말고. 이 보릿고개에 쌀 한 가마니라니, 그 댁은 마음씨가 넉넉하네. 하긴 마음 넉넉한 사람이 부자로 산다더라."

유동댁은 좀 수다스러웠다. 공연히 집이 어디냐고 묻다가 이야기가 길어지고 쌀 한 가마니 보낸다는 거짓말을 내뱉어 구업(口業)을 짓고 말았다. 그녀는 더 이상 말하지 않으려고 입을 다물었다. 불공 드리러 와서 잡스러운 이야기에다 거짓말까지 입에 올리는 것은 아무래도 옳지 않을 듯했다.

마현댁은 하루하루를 고되게 지내면서 여덟째 날까지 채워 불공도 그럭저럭 막바지에 이르렀다. 자장암에 올라가 오늘 밤만 지내면 끝난다고 헤아렸지만 남편은 나타날 기미가 없다. 하긴 불공드린다고 소원이 곧장 이루어진다는 말은 듣지 못했다. 자장암에 갔던 첫날 이후로는 꿈에도 영 나타나지 않았다. 성의가 모자라는 탓일까? 꿈에서 짜증스럽게 원망했던 탓일까? 오늘 밤엔 정성을 다해 부처님께 빌어 오랜 소원을 꼭 이루고야 말겠다고 다짐했다.

저녁예불과 공양을 마치고 공양주를 도와 설거지를 끝내자 동자 스님이 왔다.

"마님, 자장암으로 올라가요. 이제 마지막 날 밤이죠?"

동자스님의 얼굴에 아쉬움이 담겨 있다.

"그러네. 올라가요."

유동댁이 말하기로 동자스님은 어릴 적에 부모를 잃고 누나와 함께 살다가 누나마저 돌림병으로 죽어 절에 맡겨졌다고 했다. 상냥한 마현댁을 누나처럼 여겨 그동안 정이 들었던 탓에 함께 자장암에 가는 것이 즐겁고 신났다.

그녀는 동자스님을 앞세워 절의 동쪽 옆문을 나왔다. 구름인지 안개인지 짙게 드리워 암자는 물론 사방의 산이 모두 모습을 감추고 있었다. 동자스님은 가파른 비탈을 평지처럼 거침없이 뛰어오른다. 암자에 닿아 보니 발 아래로 두터운 구름이 깔려 큰절이나 깊은 골짜기는 오간 데 없고 여러 산봉우리가 함께 구름 위에 두둥실 떠 있다. 정말 그렇게 두둥실 떠오르고 훨훨 날아 낭군님 계신 곳에 닿았으면 좋겠다는 생각에 빠져들었다.

동자스님이 문을 열고 성큼성큼 법당 안으로 들어가자 바깥에 오래 서 있기가 눈치 보였다. 무거운 몸을 끌고 안으로 들어와 여러 부처와 보살에게 삼배를 올리고 정좌하자 동자스님이 옆에 앉아 낡은 필사본 불경을 꺼내서 읽어 준다. 그녀는 다시 일어나 불경 소리를 들으며 절을 계속했다.

해시(亥時)*나 되었을까? 거의 삼천 배에 이르렀을 때 동자스님이 말했다.

"마님, 큰절에 다녀오겠습니다."

혼자 남는다고 생각하니 덜컥 겁이 났다.

"무슨 일이 있나요?"

"스님께서 해시 지나면 내려오라 하셨어요. 겁나세요?"

"아뇨. 부처님이 계시는데 두려울 게 뭐가 있나요?"

"혼자서 괜찮겠어요?"

"괜찮고말고요."

"그럼 다녀오겠습니다. 좀 쉬었다가 하세요."

그녀는 가볍게 고개를 끄덕였다. 두려울 게 없다고 장담했지만 본심은 아니었다. 동자스님이 나가고 절을 계속하는 동안 차츰 마음이 편안해지면서 사천 배에 이르자 혼자라는 생각도 사라졌다.
오줌이 마려워 밖으로 나오니 어느새 활짝 갠 하늘 한가운데 내걸
린 둥근 보름달이 빙그레 웃으며 아래 세상을 내려다보고 있었다.
"그리운 아내여, 여기 내가 왔노라!" 하면서 나타난 낭군님 얼굴처
럼 보였다. 나뭇잎이 가볍게 흔들리며 시원한 바람이 등골에 닿는
다. 멀리서 또 늑대 우는 소리가 들려왔다.

법당 안으로 되돌아와 절을 계속했다. 어느덧 5천을 헤아렸다.

"오늘 밤 안으로 1만 배를 채울 수 있을까? 1만 배를 다 채우면
부처님 자비로 낭군님을 만나려는 염원이 이루어질까? 실제가 아니
라도 좋다. 꿈에서라도 그 믿음직스런 얼굴을 다시 보고 그 억센 팔
에 한번 안길 수 있을까?"

바깥바람에 맑아졌던 정신이 절을 거듭하면서 차츰 몽롱해졌다.
힘겹게 일어서서 다시 엎드렸지만 더는 일어나지 못했다. 이마가
마룻바닥에 닿은 채 옆으로 쓰러지며 잠 속으로 빨려 들어갔다.

5

며느리가 절에서 돌아올 날이 내일로 다가오자 김유탁은 잠이 오
지 않았다. 누운 몸을 이리저리 뒤척이며 생각하니 아무래도 맹추
말에 속은 것 같았다.

"오고 못 오고는 영기 사정인데 부처에게 빈다고 오지 못할 녀석
이 올까? 절 양식이 모자라면 차라리 점잖게 한 가마니 내놓으라고
할 것이지 나도 없는 사이에 찾아와서…."

생각을 돌린다.

"아니지 아니야. 맹추가 적어도 그런 위인은 아니잖아? 그만큼 천

지만물의 이치를 깊이 헤아리는 중도 없고, 그만큼 속이 탁 트인 중도 드물지. 석씨(釋氏)는 물론이거니와 공자·맹자에다 노자·장자까지 한 줄에 꿰차고 있으니 말하자면 유불선일이관지(儒佛仙一以貫之)한 사람이다. 그렇잖음 내 입으로 괜히 친구하자고 했을까?"

어떻든 생과부로 지내는 며느리 보기가 민망스럽던 참에 죽은 아내 은가락지를 선뜻 내준 것이 후회스럽지는 않았다.

그러다 어렴풋이 잠이 들까 말까 할 때 어느 집 개 짖는 소리가 들렸다. 예사로 여겼는데 가벼운 발자국 소리가 차츰 가까워져 문 앞에서 멈추더니 누군가 조심스럽게 방문을 두드렸다. 잘못 들은 것일까? 아니다. 분명히 누가 왔다. 환하던 방 안이 갑자기 어두워졌다. 윗몸을 반쯤 세워 고개를 쳐드니 달빛 드는 방문을 사람의 그림자가 덮고 있었다. 이번에는 헛기침 소리가 들리자 그제야 벌떡 일어나 앉았다.

"그 누구요?"

"아버지, 접니다. 영깁니다."

김유탁은 귀를 의심했다. 그 나지막한 한마디는 아들 목소리가 분명하다. 누운 몸을 벌떡 일으키며 방문을 왈칵 열어 보니 건장한 사내가 눈부신 보름달을 가로막고 우뚝 서 있다. 달을 등져 얼굴이 빛을 받지 못했으나 윤곽으로 보아 아들이 분명했다. 급하게 달려왔던지 숨을 가쁘게 몰아쉬었다.

"영기야! 너 영기구나!"

알아보는 순간에 몸이 쏟아지듯 방 안으로 들어오며 다급하게 묻는다.

"아버지! 어머니는요?"

그는 와락 덤벼들어 두 팔로 아들 목을 껴안으며 대답했다.

"어미는 몇 해 전에 죽었다. 지병을 잡을 수 없었다."

"결국 어머니가…. 어머니…."

울먹이며 어머니를 부르고 흐르는 눈물을 소매로 닦는다.

"그동안 어디 있었나?"

"중국에 있었습니다. 동지들과 함께 만주로 갔다가 지금은 중국으로 건너가 임시정부에서 일보고 있습니다."

"역시 그렇구나. 내 짐작이 틀리지 않는구나. 그래, 며느리 일은 왜 묻지 않나?"

"누구요? 며느리라면 마현 처녀 말씀이죠? 그 처녀는 어떻게 되었습니까?"

"처녀라니. 시집왔지, 어떻게 되긴? 혼례 올린 이듬해에 우귀(于歸)해서 너만을 기다리며 여덟 해째를 살고 있느니라."

"저를 기다렸다고요? 여태까지…. 지금 어디에 있습니까? 어느 방에요?"

"절에 불공드리러 가고 없다. 내일이면 올 게다."

"그렇습니까? 저는 지금 곧 가야 합니다. 내일까지 기다릴 수가 없습니다."

"네 아내를 꼭 만나보고 가거라. 한 번만이라도 만나보아라. 불공드리면 너를 만날 수 있다고 해서 절로 갔느니라. 이럴 줄 알았으면 보내지 않는 건데…."

"저를 만날 수 있다고요?"

"그렇다니까."

그때다. 이 골목 저 골목에서 뛰어다니는 발자국 소리가 어지럽게 들리고 이웃집 개 여러 마리가 한꺼번에 숨 넘어갈 듯 짖어댔다. 영기는 다급하게 말했다.

"아버지, 지금 가야 합니다. 아내가 어디로 갔다고 했습니까? 어느 절요?"

그도 급해졌다.

"오어사로 갔다. 아무도 모르게 갔으니 꼭 만나보아라. 어떤 일이 있어도 꼭 만나야 한다."

여러 골목으로 흩어졌던 발자국 소리가 대문 앞쪽으로 모여들고 있었다.

"그렇게 하겠습니다, 아버지. 이 불효자식을 용서해 주십시오."

한마디로 작별한 영기는 용수철처럼 튀어 나갔다.

"불효라니? 당치 않다."

아마 영기는 아버지의 이 마지막 한마디를 미처 듣지 못했을 것이다. 문밖으로 고개를 내밀자 환한 달빛에 담을 훌쩍 넘어가는 시커먼 모습이 보였다. 아들을 지켜 줄 아무런 방도가 없다는 것을 깨닫자 방문을 닫고 자리에 도로 누웠다. 곧이어 골목에서 조선말 일본말이 뒤섞인 여러 사람의 말소리가 들리고 누군가 뭐라고 고함치며 대문을 마구 흔들었다. 어둠을 빠져나가 바람처럼 황야로 달려가는 아들 모습이 망막에 그려졌다. 그 모습이나마 온전하게 간직하려는 마음으로 아무 일도 없었다는 듯 눈을 감아 버렸다.

6

마현댁은 자장암 법당 앞에 서서 오어사 골짜기를 내려다보았다. 짙은 구름이 덮고 있어 아래로는 아무것도 보이지 않는다. 암자가 구름 위로 솟아나 두둥실 떠다닌다. 사방을 둘러싼 산봉우리들도 함께 떠다닌다. 융단처럼 펼쳐진 구름 위 저쪽에서 붉은 말이 힘차게 날갯짓을 하며 날아오고 있다. 어떤 사람이 말을 타고 다가온다. 군복 차림으로 허리에 긴 칼을 차고 늠름한 모습으로 나타난 이는 남편이다. 반갑게 웃고 있다. 손을 잡으려고 가까이 다가가려니 두 텁게 깔린 구름에 발이 푹푹 빠져 걸음을 옮길 수가 없다. 죽을힘을 다하는데 어느새 옆에 와서 선다. 그가 윗몸을 구부리고 오른손을 내밀어 자기 왼손을 잡고 "부인, 부인." 하면서 끌어당긴다.

"부인, 부인."

자기를 부르는 소리에 엎드린 채로 잠들었던 마현댁이 깨어났다. 꿈을 꾼 것이다. 밖에 누가 온 것이 분명하다. 꿈에서 본 남편이 심하게 끌어당겼기에 깨어났을까? 밖에서 연거푸 부르는 소리를 잠결에 들었나? 바람이 한 차례 지나가며 나뭇잎을 가볍게 흔드는 소리가 멎자 다시 나지막하면서도 묵직한 사내의 말소리가 들려왔다.

"부인! 부인 안에 계시오?"

눈을 번쩍 뜨고 귀를 기울였다. 이 깊은 산속 외딴 암자에서 누가 부인이라고 부르는가? 잘못 들은 것인가? 방금 말 탄 남편은 무엇이던가? 꿈과 현실이 뒤섞여 가려지지 않는다.

"부인. 안에 계시나요? 나 왔소. 나요 나. 당신 남편이오."

다시 부르는 소리가 들릴 때는 이미 문이 열리고 바깥바람에 법당 안이 갑자기 서늘해지면서 한 사내가 들어오고 있었다. 깜짝 놀라 상반신을 일으켜 세우면서 돌아보니 서산으로 넘어가는 달이 그의 왼쪽 뺨을 비춰 준다. 자신도 모르게 '아!' 하고 소스라치면서 한눈에도 그가 여덟 해 전에 장기 주재소 헌병에게 쫓겨 담 넘고 도망간 남편임을 알아보았다. 갑작스런 일에 어쩌지 못하고 입을 벌린 채로 쳐다본다.

"나요, 나. 날 알아보겠지요?"

마현댁은 갑자기 가슴이 콱 막히고 혀가 굳어져 말이 나오지 않았다. 경계심을 버린 표정을 읽은 영기가 마주 앉았다. 그가 손을 잡는 순간 여덟 해 전에 야찬상을 사이에 두고 앉았던 그 장면이 떠올랐다.

"이제야 당신을 찾아왔소. 미안하오. 정말 미안하오. 당신이 보고 싶었소. 당신이 그리웠소, 여보!"

"서방님⋯."

마현댁은 떨리는 목소리로 겨우 이 말밖에 못했다. 두 눈에서 눈물이 왈칵 쏟아져 입 언저리로 흘러내렸다. 흐르는 눈물 이상의 말이 있을 수 없었다. 한참 만에 막혔던 숨이 뚫린다. 영기는 두 팔을 벌려 안겠다는 자세를 취했고 그녀는 빨리듯이 품속으로 들어왔다.

"여보. 당신이 보고 싶었지만 이토록 간절하게 날 기다리고 있다고는 미처 생각지 못했소."

"서방님, 무슨 말씀을요."

"어떻게 나도 없는 집에서⋯."

"저는 서방님의 아내예요. 기다렸어요. 서방님이 그리웠어요. 죽도록 보고 싶었어요. 제가 여기 있다는 걸 어떻게 알았나요?"

"방금 집에 갔다 오는 길이오. 아버지가 알려 주셨소. 절에 닿아 보니 일주문 앞에 서 계시던 스님이 이리 가라고 시켰소."

"집에 갔었다고요? 아, 큰절 스님이요?"

"그렇소. 쉰 넘어 보이는 스님이었소."

"아이, 고마워라."

"그동안 시집살이에 얼마나 고생했소. 나는 당신이 친정에 있을 것으로 생각해 왔소."

"서방님 아내인 제가 시집에서 사는 건 너무나 당연하지 않아요.

친정이라니요?"

"당신은 진정한 내 아내요. 시어머니 병수발하고 홀시아버지 모시느라 얼마나 고생이 많았소. 정말 고생하셨소."

"사람이 해야 할 일입니다. 위로받을 것도 없고 칭찬받을 일도 못 돼요. 서방님이야말로 집을 떠나 얼마나 고생하셨어요. 그동안 어디 계셨나요?"

"중국에 가 있었소. 김좌진 장군을 따라 만주 청산리에서 일본군대와 싸워 크게 이겼지요. 그러다 중국으로 건너가 임시정부에서 일하고 있소. 왜놈들을 몰아내고 내 나라를 되찾을 것이오."

"장하십니다. 정말 자랑스러워요, 서방님!"

"지금 곧 떠나야 하오. 경찰이 날 잡으려고 눈 벌겋게 찾고 있어요. 국내에 들어온 것을 알고서 말이오."

"벌써 가시겠다고요? 언제 다시 오실 건데요?"

"언제라고 말씀드릴 수가 없소. 나라를 되찾는 날에 돌아올 것이오."

그녀는 이 말을 듣는 순간에 또다시 숨이 콱 막혔다. 그러다 곧 정신을 가다듬어 차분하게 말했다.

"독립운동하시겠다는 서방님의 장한 뜻을 가로막지 않겠어요. 홀로 계신 아버님을 버려 두고 따라나서지도 못합니다. 제가 할 수 있는 일이 아무것도 없네요. 돌아오실 날까지 기다리겠어요."

"정말 고맙소. 만일 내 뜻이 이루어진다면 그 모두가 당신의 공이오."

"별말씀을요. 그런데 우리는 아직 반쪽 부부란 걸 잊지 않으셨죠? 그래서 제가 시집오지 않고 친정에 그냥 머물러 있으리라고 생각했죠?"

"미안하오. 당신을 사랑하오. 당신을 품고 싶소. 당신을 품어서 우리 사이를 완전한 부부로 만들어 두고 싶어요. 하지만 여기는 부처님 계시는 법당이 아니오?"

"고마우신 부처님. 바로 그 부처님이 우릴 이렇게 만나도록 해 주셨어요."

"아하 당신! 당신이 그리웠소."

그는 안고 있던 마현댁을 마룻바닥으로 내렸다. 첫 경험의 아픔이 지나가자 오래 막혔던 사랑의 뜨거운 희열이 화산처럼 솟구치고 폭풍처럼 그녀를 휘몰아쳤다. 이윽고 둘은 일어나 앉았다. 문으로 고개를 돌리던 영기는 깜짝 놀랐다. 어느새 문살이 훤하게 드러나고 있었다. 집에서 오는 데도 아마 두세 시간이 걸렸을 것이었다.

"이런! 벌써 날이 밝았네. 여보, 이젠 가야 하오. 미안하오. 내 반드시 돌아와 당신을 다시 만날 것이오."

"알겠어요, 서방님. 반드시 돌아오세요. 살을 도려내는 아픔을 겪어도, 내 머리 백발이 되는 날까지라도 참고 견디며 서방님을 믿고 기다리겠어요."

"반드시, 반드시 올 거요."

영기는 주섬주섬 옷을 챙겨 입고 문밖을 살핀 다음 살그머니 나간다. 어느새 매무새를 바로잡은 마현댁도 따라가 댓돌 아래로 내려선다.

"잘 있어요. 그만 들어가요. 나오지 말아요."

"잘 가세요. 반드시 돌아오세요. 반드시…."

그녀는 슬픔을 이기지 못하고 법당 안으로 들어와 쓰러져 운다.

7

지난 가을에 아내를 데리고 용덕으로 이사 온 이용대는 마을 사람이 비워 둔 오두막에 들어 살았다. 그는 한 달에 보름쯤 오어사에 머물며 뒷산에 가서 나무를 해 오고 장작을 패거나 텃밭을 갈아엎는 등 잡일을 했다. 절에서는 벼 너더덧 섬의 새경을 줘 가며 일 년 내내 잡아두고 부릴 만한 여유가 없어 세끼 밥이나 먹이고 형편 따라 양식을 조금씩 나눠주는 조건이었다. 하지만 일꾼 축에 끼지 못하는 그는 이 어설픈 머슴살이를 감지덕지 받아들였다. 혼인한 지 5년이 가까워 오면서도 아직 아기는 없었다.

이용대의 아버지는 함경도에서 돛단배로 마른 명태를 실어와 형산강 하류의 부조장 상인들에게 넘기는 장사꾼이었다. 19세기 말에 부조장은 동해안의 건어물을 내륙으로 중개하는 큰 시장이었고 그 바닥에서 '함경도 이 생원'이라면 모르는 사람이 없었다. 1905년의 경부선 개통으로 부조장은 물류 기능이 위축되면서 차츰 쇠퇴했으나 그동안에 번 돈으로 이미 많은 농토를 마련해 두었던 그는 고향으로 돌아가지 않고 이곳에 정착했다.

그 외아들이었던 이용대는 아버지 생전에 대송면 대각동 중농 집안의 예쁜 처녀를 아내로 맞아 남부러울 것이 없었다. 이런 영화도 잠시, 아버지 어머니가 잇달아 죽은 뒤 투전판에 빠져들어 물려받은 논밭을 몽땅 날리고 살던 집까지 빚쟁이에게 빼앗겼다. 하루아침에 거지 신세가 되자 마을에서 살 수 없어 용덕으로 옮겨왔다.

그는 겉보기에 늠름하고 훤칠하게 생긴 미남이었으나 거짓말을 일삼고 술주정이 심해 마을 사람들은 아무도 좋아하지 않았다. 땅

없는 사람이 먹고 살려면 부지런히 품팔이를 해야 할 텐데 부잣집 외아들로 자란 탓에 농사일이 서툴고 천성이 게을러 그마저 어려웠다. 장모가 이웃에 사는 어느 스님의 부인에게 부탁하여 오어사에서 일하도록 주선해 주었다.

그의 아내 화전댁은 얼굴도 예뻤지만 성미가 깔끔하고 빈틈없는데다 음식 솜씨가 좋고 바느질도 잘해서 마을 사람들의 호감을 샀다. 남편이 술주정이 잦고 서로의 성격 차이가 심하다 보니 부부 금슬이 좋지 않았다. 먹고 살기 어려워 친정에 가 있을 때가 많았다.

용대가 절에서 일하다 단오(端午) 이튿날 집으로 내려오니 아내가 보이지 않았다. 이웃 아낙네들은 그녀가 어제 낮에 외상 술값 받으러 온 주막집 여편네와 한바탕 크게 싸우고 나서 친정으로 갔다고 일러 주었다. 선걸음에 처가로 달려가니 아내는 무엇에 뒤틀렸는지 본 체 만 체 고개를 획 돌려 버렸다.

"내가 단오 지내고 곧 내려온다 하지 않았나? 뻔히 알면서 친정으로 와 버리면 어떻게 해? 내일 당장 집으로 가."

"단오 지내고요? 단오를 지내든 추석을 지내든 여기는 왜 왔소? 여기가 당신 집이오? 무일푼 주제에 외상술 퍼마시면 내가 몸 팔아서 갚으란 거요? 양식도 다 떨어졌는데 굶고 앉아 당신 오기만 기다릴까요? 이젠 진절머리가 나요. 꼴도 보기 싫어요. 그만 살 작정하고 왔으니 그렇게 알고 당장 돌아가요. 당신은 당신대로 나는 나대로 살아요."

"순순히 말로 할 때 듣지 그래."

"말로 안하면 어떻게 할래요. 몽둥이로 패려고요? 얻어맞고 참을 사람 있겠어요? 이제 더는 못 참아요. 마음대로 해보시구려."

처가가 아니었으면 막말하고 덤벼드는 아내를 그냥두지 않았을 것이다. 욕을 퍼붓고 머리채를 휘어잡아 마당으로 끌어내서 장작개비나 빨랫방망이로 마구 두들겨패는 것이 일상의 버릇이었다. 지켜보던 장모가 딸을 거들었다.

"이 사람 이 서방, 제발 정신 좀 차리게. 입에 풀칠도 못하는 주제에 대낮부터 외상술 퍼마시고 주정부리며 돌아다닌다니 그게 제정신인가? 주막집 여편네가 저애더러 주막에서 손님들 술시중 들어 외상 갚으라고 했다더라. 그 말 들으니 속이 확 뒤집히네. 내 딸을 작부(酌婦)로 팔아넘길 작정인가? 이 무슨 창피하고 가당찮은 소린가? 어떻든 이번에는 결판 짓세. 그런 꼴 보고 내 딸 다시 보내고 싶지 않네."

용대는 그제야 정신이 번쩍 들었다. 주막집에서 밀린 외상 안 갚으면 술 주지 않겠다기에 마누라를 팔아서라도 떼먹지 않고 갚을 테니까 걱정 말라고 큰소리쳤던 것은 사실이지만, 그 여편네가 아내더러 그런 말을 내뱉을 것으로 생각지는 않았다. 속으로 찔리는 데다 아내가 어떻게 일러바쳤는지 이번에는 장모의 눈초리가 영 심상치 않다는 것도 느꼈다. 완력을 썼다가는 이웃에 사는 처가 일가붙이들에게 무슨 봉변을 당할지도 알 수 없었다. 장인 장모가 마음먹기 따라서는 처가에서 쫓겨나 모든 것이 끝장날는지도 모른다. 혈혈단신의 타향이다 보니 자기를 편들어 줄 친척도 전혀 없다. 약삭빠른 그는 결국 장모에게 싹싹 빌었다.

"어쩌다 실수했습니다. 앞으로는 그런 일 없도록 조심하겠습니다. 술도 줄이고 열심히 일해서 제 식구 덕여 살리겠습니다. 맹세합니다. 한번 지켜보십시오."

"어쩌다가 실수? 흥. 어쩌다가 실수를 밥 먹듯이 하나? 말이야 번지르르…. 어디 한두 번 속았나?"

아내는 코웃음치고 밖으로 나가 버렸다. 정말 돌아서 버릴 기세였다. 옛날처럼 부자라면 돌아서든 말든 콧방귀 뀔 테지만 지금은 아니다. 평생을 홀아비로 살며 남의 집 머슴으로 전전하다 비참하게 일생을 마치는 사람도 여럿 보아 왔다. 그는 절레절레 고개를 흔들며 울컥 치미는 분을 삭였다. 절로 가지 않고 용덕으로 돌아가지도 않은 채 처가에 머물며 장인 장모에게 환심 사려고 여러 날 술을 끊고 묵묵히 농사일을 거들었다. 하지만 남달리 깔끔한 성미에다 번번이 속아 왔던 그녀의 마음은 좀처럼 풀리지 않았다. 잠자리를 함께하지 않았고 말을 건네도 대답조차 없이 고개를 돌려 버렸다.

여러 날이 지나자 남편을 친정에 마냥 붙여 놓기 민망해진 그녀가 물었다.

"절에는 안 가요? 그만뒀나요?"

"그만두긴 누가 그만둬."

"그럼 왜 이렇게 눌러붙어 있는가요? 여기에서 일 거든다고 시집간 딸 먹여 살릴 줄 알아요?"

"당신 마음 풀리기를 기다리고 있소. 오늘 밤에 내 방으로 건너오소."

"마음 풀리기를 기다린다고요? 허구헌 날 술주정에 걸핏하면 행패 부리는데 어떻게 마음이 풀리나. 정나미가 뚝 떨어져요. 집안 오빠들에게 멱살 잡히기 전에 어서 돌아가소."

"열흘 가깝게 열심히 일하면서 술 한 모금 안 마신 걸 잘 알잖소? 앞으로는 그렇게 살겠소. 당신 마음 풀리기 전에는 절에 안 가요."

"마음대로 하소."

"여보, 그러지 말고 한번만 봐주구려. 오늘 밤만…."

"그게 무슨 말이죠?"

"오늘 밤 내게 건너오소. 여자 냄새 한번 맡아 봅시다."

"흥, 주제에 여자 냄새?"

"꼭 한 번만 봐주소."

"뭘 봐주란 거요?"

"오늘 밤, 꼭 한 번만 같이 자요."

"오늘 밤에 같이 자면 내일 일하러 가나요?"

"그렇게 하겠소."

"좋아요. 그렇지만 꼭 한 번이요 한 번. 그 대신 내일은 새벽 일찍 일어나 절로 가라고요. 난들 여기 있고 싶어 있는 줄 아세요? 양식도 다 떨어졌는데 뭘 먹고 살겠다고 이렇게 늘어져 있나요?"

그는 열흘이나 공 들여 겨우 아내와 절반쯤 화해하고 한방에서 하룻밤을 지낸 뒤 절로 돌아가야 했다.

장모는 사위가 안쓰러웠다. 술주정 버릇은 괘씸했지만 여러 날 술을 입에 대지 않고 여편네와 같이 자지도 못하면서 기죽어 지냈던 것이 측은했다.

"이 서방, 내일 절로 간다며?"

"그러기로 했습니다."

"가서 열심히 일하고 주지스님 눈 밖에 나지 않도록 하게. 절에서 쫓겨나면 뭘 해 먹고 살 텐가? 제발 외상술은 삼가게. 그뿐인가. 가장 노릇 옳게 하려면 약한 여자 손찌검하는 고약한 버릇도 고쳐야지 않겠나?"

"앞으로는 조심하겠습니다."

"일꾼들 먹이려고 술 걸러서 부뚜막 위에 두었네. 새벽에 떠날 때 몰래 한 잔 하고 가도록 하게. 꼭 한 잔이야 한 잔."

"장모님, 고맙습니다."

용대는 새벽에 눈을 떠 옆에서 곤하게 자고 있는 마누라를 깨우지 않은 채 주섬주섬 옷을 입고 말없이 방을 빠져나왔다. 깨워 보았자 잠 못 자게 군다고 투덜거릴 것이 뻔하고, 그보다 장모가 몰래 일러주던 술을 마실 기회가 사라질는지도 모른다. 살금살금 부엌으로 들어가서 더듬어 보니 부뚜막에 막걸리가 한 단지 가득 있었다. 쪽박으로 휘휘 젓고 철철 넘치도록 떠서 꿀꺽꿀꺽 마시니 목구멍으로 넘어간 차가운 술이 짜릿하게 아랫배로 뻗쳐 내린다. 한 번으로 그만두려니 너무 아쉬웠다.

"에라 모르겠다."

세 쪽박을 거듭 들이켜고 마당으로 내려서서 아내와 자던 방으로 눈길을 돌렸다. 술기운이 몸에 퍼져 우쭐한 기분이 들면서 열흘 동안이나 처가에 빌붙어 참고 지내다 손바닥 닳도록 빌어 겨우 지난 밤을 함께 잤던 자신이 역겨워졌다.

"지독한 년, 네년이 친정이라고 날 괄시해? 더럽다 더러워, 퉤 퉤."

댓돌에 침을 탁 뱉고는 뒤도 돌아보지 않고 성큼성큼 사립문을 빠져나왔다. 골짜기를 타고 내려온 싸늘한 새벽바람을 가슴에 마주 안자 속이 후련해진다.

대각에서 오어사는 10리도 못 된다. 운제산 주봉과 자장암 사이의 좁은 계곡으로 들어갈 수도 있으나 절이 가까워지면 길도 없고 며칠 전에 비가 내렸으니 골짜기는 개울이 되어 물이 흐를 것이다. 그보다는 운제산 주봉 맞은편의 완만한 비탈을 올라 자장암을 거쳐 내려가면 훨씬 편하다. 당연히 자장암 쪽을 택했다.

암자에 가까웠을 즈음에는 보름달이 서산을 넘어가고 새벽이 훤하게 밝아 왔다. 늑대나 살쾡이가 흔히 지나다닌다지만 그따위는 두렵지 않았다. 엷은 안개가 축축한 냉기를 머금은 채 소나무들 사이로 재빠르게 빠져나가고 있었다. 빈 창자에 막걸리가 들어가 얼큰하게 취한 탓에 걸음걸이가 고르지 못했다.

그때 맞은편에서 발자국 소리가 났다. 한 건장한 사내가 산을 내려오며 가까워지더니 좁은 오솔길에서 얼굴을 돌린 채 어깨를 스칠 듯이 지나갔다. 무엇에 쫓기는지 걸음걸이가 꽤나 다급하다. 한 발짝 두 발짝 멀어져 가는 그를 뒤돌아보았다.

"그 이상하네. 누굴까? 이 꼭두새벽에 어디에 갔다 오지? 절에 왔던 좀도둑일까?"

어깨를 쫙 펴고 당당하게 걸어가는 사내의 모습을 보니 좀도둑 같지는 않았다. 길은 자장암을 거쳐 그 아래 오어사로 통하는 외갈래다. 연신 고개를 갸웃거리며 암자에 이르렀다. 조용하다. 이 시간이면 지선스님은 암자를 비운 채 큰절에 갔을 것이다. 뭔가 챙겨 갈 것이 없는지, 아니 그보다는 혹시나 불공드리러 왔던 부잣집 여편네가 스님 몫으로 떡 몇 개라도 남겨 뒀는지 궁금해서 법당 문을 열었다. 깜짝 놀랐다. 한 여자가 엎드려 어깨를 들먹이며 울고 있었다. 문을 닫고 물러서며 중얼거렸다.

"어떤 여편네가 불공드리러 와서 저러고 있담. 내 참."

우선은 상관없는 일이었다. 빨리 큰절에 닿으려 암자를 뒤로 하고 비탈길을 급하게 내려왔다. 절반쯤 왔을 때 술기운에 어지러워 나뭇가지를 잡고 섰다. 그때 문득 깨달았다.

"그렇구나! 그 사내가 저 계집년을 만나고 갔네. 고얀 것들…. 불공드리는 암자까지 찾아와 자고 간다면 필시 남편은 아니겠지. 간부(間夫)구나 간부! 그러니까 고개 돌리고 지나갔지. 어쩐지 좀도둑은 아닌 듯했어. 쯧 쯧 쯧, 그 화냥년이 법당에다 불경스럽게 샛서방을 불러들이다니…."

혀를 껄껄 차면서 두세 걸음 내려오다 다시 멈칫 섰다.

"그렇지! 샛서방 불러 밤새 놀아나다 새벽에 보내는 음탕한 계집년이라면 나라고 안될 것도 없잖아. 계집년 다루는 솜씨로 말하자면 내가 어디 예사 사낸가? 말 안 들으면 화냥질한 것 확 불어 버리겠다고 겁줘 버릴까? 간밤에 마누라 년, 그렇게 속곳 잡고 매달렸는데도 이 대단한 서방을 우습게 보고 고작 한 번 벗으며 이러니저러니 온갖 유세 다 부리더니 정작 쉬운 계집은 따로 있었네."

그는 내려오던 비탈을 다시 성큼성큼 뛰어올라 서슴없이 법당 문을 왈칵 열고 들어갔다. 그때 이미 마현댁은 일어나 앉아 있었다. 난데없이 나타난 사내를 보고 깜짝 놀라 외쳤다.

"앗! 누구요? 당신 누구요?"

"누구냐고? 누군 누구야, 새서방이지! 새로 맞을 서방 말이다. 히히."

마현댁의 놀란 물음에 콧방귀 뀌면서 옆으로 엉거주춤 다가앉아 냉큼 왼손목을 잡았다. 술 냄새를 확 풍겼다. 그녀는 획 뿌리치며 두 손으로 사내 가슴을 힘껏 떠밀고는 발딱 일어나 문밖으로 달아났다. 사내는 엉덩방아를 찧고 벌렁 넘어졌다. 적잖게 취한 데다 너무 쉽게 생각하여 엉성하게 덤비다 당한 것이다. 하지만 한창 나이의 청년이다. 다시 일어나 그녀를 잡으려고 밖으로 나왔다. 일이 이렇게 된 바엔 그냥 놓아 줄 수 없다. 이판사판 끝장을 봐야 할 것이었다.

"이 계집년이 어딜 가나. 어디로 도망칠 건데? 나하고 한판 붙자. 내가 예사 사낸 줄 아나?"

마현댁은 달리 도망칠 곳이 없어 암자 뒤로 달아났으나 곧 따라

왔다. 법당을 한 바퀴 돌고 두 바퀴째 돌아 앞으로 나오자 점점 가까워져 녀석의 손끝이 옷자락에 닿을 듯 말 듯하며 막 잡히려는 순간이었다. 이 무인지경의 산꼭대기에서 무지막지한 녀석에게 잡힌다면 끝장이다. 방금 만났던 남편의 얼굴이 떠올랐다. 그녀는 남편이 사라져 간 숲을 향하여 두 팔을 내뻗치고 자신도 모르게 부르짖었다.

"서방님— 날— 살려요—!"

그 순간 뒤통수에서 쫓아오던 소리가 멎고 '아 아 앗!' 하는 나지막한 괴성이 들렸다. 멈칫하며 고개를 돌려 보니 녀석의 발이 돌부리에 걸린 듯 기우뚱하면서 중심을 잃고 벼랑 끝에서 뭘 잡아 보려고 한동안 두 팔을 허공에서 허우적거리더니 몸을 가누지 못하고 절벽 아래로 곤두박질해 버렸다. 눈 깜짝할 순간에 일어난 일이었다.

마현댁은 아찔해서 두 손으로 얼굴을 가렸다가 다시 목을 쑥 빼서 사내가 떨어진 아래쪽을 내려다보았다. 새벽안개가 자욱하여 아무것도 보이지 않는다. 놀라서 쿵쿵 뛰는 가슴을 두 손으로 억누르며 크게 한숨 쉬고 잠깐 섰다 법당으로 들어갔다.

주지스님은 아침공양을 마치자 동자스님을 불렀다.

"삭불아, 심부름 갔다 오너라."

"예."

"불공드리는 새댁이 오늘은 웬일로 늦네. 곤해서 잠이 들었나? 자장암에 올라가서 새댁에게 어서 내려오도록 일러라."

"아직 늦지는 않았는데요?"

"뭐라고? 내가 늦다면 늦은 것이지. 냉큼 갔다 오지 못해."

"아, 아닙니다. 다녀오겠습니다."

"빨리 다녀와야 하느니라. 중도에서 꾸물대지 말고 곧바로 올라가거라."

"예, 스님. 곧 다녀오겠습니다."

"꾸물대지 말고….'

"예, 스님."

"곧바로 올라가야 한다."

"예, 스님."

삭불이는 네 번 다섯 번 다짐하는 주지스님의 당부를 뒤로 하고 절 샛문을 나와 자장암으로 가는 비탈길을 올랐다. 아이들 몸은 가볍다. 어른들이 숨차서 허덕이는 가파른 오르막이지만 저들에게는 평지나 다름없다. 절반 넘게 올라왔을까? 문득 어젯밤 찬장 안 구석에 감춰 둔 떡이 생각났다. 갈평 조부잣집에서 재 지내며 상에 올렸던 맛 좋은 찰떡 한 조각을 몰래 감춰 두었다. 봄에는 식량이 귀하다 보니 떡 구경하기가 쉽지 않다.

"늙은 고양이 같은 공양주가 냄새 맡고 찾아 먹어 버리면 어떡하지? 안돼. 안되고말고."

혼자 중얼거리며 오르던 비탈을 되돌아 내려가 찬장 구석으로 손을 더듬어 감춰 둔 떡을 찾아냈다. 공양주 손길이 닿지 않아 정말 다행이었다. 왼손에 쥐고 절을 나오자마자 기분 좋게 한 입 꽉 깨물며 다시 비탈을 오르기 시작했다.

막 자장암에 발길이 닿기 직전이었다. 성긴 나무그루 사이로 법당 댓돌이 눈에 들어왔으니 두세 발자국이면 암자의 좁은 마당에 올라설 참이었다. 무슨 일일까? 불공드리던 마님이 암자 뒤편에서 무엇에 쫓겨 허겁지겁 달려나오는데 어떤 사내가 따라붙고 있었다. 당장 알아보았다. 사내는 절에 일하러 오는 용대였다. 마님에게 손을 뻗쳐 저고리 등받이에 닿을 듯 말 듯하였는데, 그때였다. 마님이 날 살리라고 외치자 용대가 돌부리에 칼이 걸린 듯 갑자기 기우뚱거리며 무엇을 잡으려고 두 팔을 허공에 허우적대더니 바로서지 못하고 한순간에 벼랑 아래로 떨어져 버렸다. 계곡에 울리는 마지막 절규가 가냘픈 여운을 남겼다.

삭불이는 온몸에 찬 새벽바람이 스며드는 듯 한기를 느꼈다. 아직 어렸지만 마을 소년들과는 달리 절을 찾는 많은 사람들과 만나고 바깥세상과 부딪히며 살다 보니 뭔가 마음에 짚이는 것이 있었다. 비탈을 곧바로 올라가기 두려워 아래쪽으로 몇 걸음 주춤거리며 물러나서 다음을 지켜보았다. 마님은 아무것도 보지 않으려는 듯 고개 돌리고 두 손으로 얼굴을 감싸더니 다시 손을 놓고 고개를 쑥 빼서 벼랑 아래를 내려다본다. 어느새 날이 밝아 왔기에 새하얗게 겁에 질린 표정을 읽을 수 있었다. 그녀는 한동안 멍청하게 서 있다가 어쩔 수 없다는 듯 풀 죽은 얼굴이 되어 법당 문을 열고 안으로 들어가 버린다.

맥이 탁 풀렸다. 용대는 분명히 죽었을 것이다. 스무 길 서른 길도 넘는 절벽이니 살 수가 없다. 고개를 숙여 왼손에 들고 있는 먹다 남은 작은 떡 조각을 내려다보았다.

"늦지도 않았는데 빨리 가 보라고 여러 차례 당부하던 주지스님 말씀이 괜한 것이 아니었네. 시키는 대로 곧바로 올라왔으면 저런 일이 벌어지지 않았을 터인데 왜 오다 말그 이 말라빠진 떡 한 조각을 찾으러 갔던가?"

대충 그런 뜻으로 후회하며 남은 떡 조각을 오른손에 옮겨 돌팔매질하듯이 울창한 숲 속으로 휙 던져 버리고는 멍청하게 한참 서 있다가 좁은 암자 마당으로 올라섰다.

8

오어사에서 불공을 마친 마현댁은 곧바로 집으로 돌아왔다.

"아버님, 다녀왔습니다."

"그래 불공은 잘 드렸나?"

"예."

"영기는 어젯밤 집에 다녀갔다. 넌 만났나?"

부끄러운 듯 고개를 숙이더니 나지막하게 대답한다.

"예, 자장암에서 만났습니다. 아버님께서 일러 주신 대로 오어사에 닿고 보니 주지스님께서 절문 앞에 나와 기다리고 계시다가 자장암에 가 보라고 알려 주셨답니다."

"절 앞에서 기다리고 있다가 자장암으로 보냈다고? 맹추 그 화상(和尙)이 정말 예사롭지 않구나. 그래, 영기가 뭐라던?"

"중국에 계신다고 했습니다. 반드시 돌아오겠다며 떠났습니다."

"소원을 이뤘으니 다행이다. 여태까지 생사를 모르다가 그 얼마나 반가운가? 며느리 마음이 천심이라 하늘이 돌보았던 게지. 중국에 있다는 말 나도 들었다. 반드시 돌아오겠다는 말 믿어야 하지 않겠나. 꼭 돌아올 게다. 암, 오고말고. 아무튼 마음 크게 먹어라."

"예, 아버님."

대답하는 며느리의 얼굴이 유달리 붉어지고 입가에 엷은 미소가 떠나지 않는 것을 보며 둘 사이의 일을 짐작했다. 빙그레 웃으며 말을 이었다.

"절 살림이 어떻던가?"

"매우 어려워 보였습니다. 공양주 말로는 양식이 넉넉지 못하다

했습니다.”

“신세졌으니 그냥 넘겨서야 되겠나? 내 며칠 뒤에 쌀 두어 가마니 보내도록 주선하마. 그만하면 한두 달 나겠지?”

“고맙습니다, 아버님.”

둘이 주고받은 말은 이것이 모두였다. 자기를 덮치려던 사내 일은 물론 말하지 않았다. 혼자만의 가슴에 꽁꽁 묻어 버렸다.

마을에서는 영기가 집에 다녀갔다는 것밖에는 알려진 것이 없었다. 밤중에 개들이 유별나게 짖었고, 순사 둘이서 이 골목 저 골목을 뛰어다니다 마침내 김유탁의 집에 들어간 것을 처음에는 도둑을 잡으려는가 생각했지만 며칠 뒤 주재소에서 흘러나온 이야기가 번지면서 차츰 영기가 몰래 다녀갔다고 아는 사람들이 늘어났다.

화전댁은 친정에서 며칠 더 머물다 집으로 와 보니 남편이 아직 돌아오지 않았다. 절로 간 지 얼마 되지 않았으니 당연하게 여기고 빨리 오기를 기다리는 마음도 전혀 아니었다. 다시 며칠이 지나서 용대의 죽음이 알려졌다. 운제산에 갔던 한 나무꾼이 오어사 뒷산 절벽 아래에서 소나무 가지에 걸린 시신을 발견하여 주재소에 신고했었다.

마을 사람들은 그가 신세를 비관하고 자살했거나 술 취해서 실족했을 것이라고 입을 모았다. 절벽에서 떨어지며 불거져 나온 바위 모서리에 여러 차례 부딪혀 주검은 끔직하고 참혹한 모습이었다. 화전댁은 울지도 않았다. 친정아버지가 마을 일꾼 둘을 사서 거적에 싼 시신을 지게로 지고 가 일월동 공동묘지 한구석에 묻었다. 그녀는 공동묘지에 따라가지 않았고 남편 묻힌 곳을 알려고 하지도 않았다.

처음에 마현댁은 자기를 덮치려다 절벽에 떨어진 자가 어디 사는 누군지 전혀 몰랐다. 죽었는지 아닌지조차 꼭이 알지 못했다. 연산댁이 마을 나갔다 와서 작년에 이사 와 빈 오두막에 살고 있는 화전댁의 남편이 오어사 뒷산에서 죽어 공동묘지에 묻었다고 하는 이야기를 듣고서야 그게 누구인지를 짐작하게 되었다. 며칠 더 지나서 연산댁은 그자가 죽은 것이 처가에서 여러 날 머물다가 절로 돌아가는 도중이었으며 술을 많이 마셨으니 크게 취했을 것이라고 그의 장모가 순사(巡査)*에게 증언했다는 사실까지도 알아 왔다.

마현댁은 속으로 깜짝 놀라면서 한동안 가슴이 멍멍했다. 연산댁을 마주 볼 수 없어 얼른 얼굴을 돌리고 말았다.

"하필이면 용덕 사람이라니…. 이 무슨 얄궂은 일인가?"

위급했던 그 순간이 다시 떠올랐다. 죽은 것이 불쌍하지만 자기는 낯선 남정네가 무지막지 덤벼들어 도망다녔을 뿐이고 어떤 잘못도 없다. 만일 그자가 절벽에 떨어지지 않았다면 자기가 살아남지 못했을 것이니, 부처님이 보살피고 하늘이 도왔는지 모른다. 쫓고 쫓겼던 그 일을 아는 사람도 없다. 절에서 돌아온 날 연산댁으로부터 순사들이 밤중에 집에 밀어닥쳐 샅샅이 뒤졌다고 들었을 때는 일각스님이 절에 아무도 모르게 오라고 당부했던 이유가 그 순사들을 따돌리기 위해서였다고 믿었다. 그런데 지내 놓고 보니 어쩌면 스님께서 자장암 사건이 일어날 것도 미리 짐작했을는지 모른다는 생각이 들었다. 어떻든 그 일은 입에 담을 필요도 없어 애써 잊어버리기로 작정했다.

마을 부인네들은 화전댁이 앞으로 어떻게 할는지를 두고 말이 많았다. 주정뱅이 용대에게 신물이 나 있었고 남긴 자식이나 눈치 봐야 할 시집 식구도 없으니 곧 친정으로 돌아가거나 다른 서방을 얻어 살러 갈 것이라고 입을 모았다. 하지만 보란 듯이 그냥 용덕에서 살았다.

가을이 되자 화전댁이 애를 뱄다는 소문이 파다했다. 아침마다 마을 우물에 물 길러 나오는 그녀는 틀러 오는 배를 감출 수 없었다. 억지로 감추지도 않았다.

얼마 뒤에 마현댁도 애를 가졌다는 소문이 나돌았다. 마을 사람들은 순사가 들이닥치던 밤에 영기가 돌래 다녀가면서 집에 머물던 그녀가 임신했다고 억측했다. 점잖다고 소문난 그 댁 며느리가 잠깐 남편을 만난 짧은 시간에 어떻게 아이를 만들 수 있었던가에 입방아를 찧었다.

마현댁은 친정으로 가서 사내아이를 낳았다. 그녀는 방금 태어난 아기를 내려다보며 자장암 법당에서 남편에게 안기던 일을 다시 떠올렸다. 나라를 되찾는 날에 돌아오겠다던 남편에게 뭐라고 했던가?

"우리는 아직 반쪽 부부란 걸 잊지 않으셨죠? 그래서 내가 시집오지 않고 친정에 그냥 머물러 있으리라그…."

부끄러움 없이 내뱉었던 그 말 한마디가 일본 경찰에 쫓기는 숨막히는 상황에서도 자기를 품도록 만들어 이 아이가 태어났다고 생각하자 갑자기 그런 말을 할 수 있었던 자신의 용기가 대견해서 흐뭇하게 웃음 지었다.

손자 창우를 얻은 김유탁의 기쁨은 이루 말할 수 없었다. 장기 사돈 이승조가 해산 소식을 서신에 담아 머슴 편에 전해 오자 곧장 답신과 함께 미역국 감으로 살찐 수탉 한 마리를 보냈다. 아기의 이름은 창우라고 지어졌다. 삼칠일이 지나 며느리가 돌아왔을 때는 산고를 위로하고 치하하여 마지않았다. 오어사에도 넉넉하게 시주하여 일각스님에게 사례했다.

창우를 안고 시가로 돌아온 마현댁은 화전댁 역시 친정에서 자기
와 같은 날 아들을 낳아 돌아왔다는 이야기를 들었다.

"하필이면 같은 날에…."

그녀는 께름칙한 기분을 지울 수 없었다.

9

이용대의 유복자는 이름이 동수였다. 어느 누구도 그의 출생을
반겨 주지 않았고 특히 외가에서는 눈엣가시처럼 여겼다. 그 때문
이었던지 동수 어머니는 친정에 별로 의지하지 않고 혼자서 어린
아들을 키우며 가난하게 살았다. 평판 나빴던 남편이 마을 사람들
에게서 차츰 잊혀지며 음식 솜씨가 좋은 탓에 잔칫집마다 불려 다
니고 틈틈이 삯바느질에 매달려 겨우 굶지 않을 수 있었다.

동수가 돌이 되어 갈 무렵 친정에서 한번 다녀가라는 기별이 왔
다. 딸을 보자 업힌 아기 손을 만지며 친정어머니가 말했다.

"우리 동수가 그새 많이 자랐네. 쯧쯧, 이 핏덩이 키워서 무슨 큰
영화(榮華) 보겠나? 넌 지금도 이 서방이 그립나?"

"그립기는 뭘 그리워. 그 귀신 살아 있을 때 어떻게 했다고…. 투
전판에 가서 하룻밤에 벼 열 섬도 잃고, 논 닷 마지기도 날리고….
어디 그뿐인가? 날이면 날마다 곤드레만드레가 되어 행패 부리고
손찌검하고…. 꿈에 보일까 겁나. 아닌 게 아니라 죽고 없으니 사람
살 것 같구먼."

"그래도 이년아, 젊은 게 기나긴 겨울 밤을 적적하게 혼자 누워
있어 봐라. 이불 속이 뻥 뚫렸는데 왜 사내 생각 안 나겠나? 송곳
꽂을 땅도 없는 년이 어떻게 입에 풀칠하고 무엇으로 이 유복자 키

우나."

"어쩌겠어. 사는 대로 살지."

"팔자가 기박해도 분수가 있지. 꽃같이 핀 얼굴에다 한창 물 오른 청춘인데 독수공방이 웬 말인가? 너 보기 싫어 내 어떻게 사나."

"사람 팔자 누가 아나? 여자 팔자는 서방 팔자라는데 혹시 부자 서방이나 만날는지."

"부자 서방 나타나면 눈 딱 감고 살러 갈래?"

"가지 뭐. 내가 남원 고을 춘향인가? 이 서방이 책방 도령이던가? 못 갈 것도 없지."

"작정이 그렇다면 내 말 잘 들어 봐라. 택전에 사는 정 뭐라는 사람이 둘째 얻으려나 봐. 아주 부자라더라."

"엄마, 부자면 뭘 하나? 둘째 들이는 이가 셋째라고 싫다 하겠나? 재물 좀 있답시고 계집 줄줄이 엮어다 놓고 속 썩이는 사내 만나기보다는 차라리 혼자 사는 게 편해."

"그게 아니라 아들 낳아 줄 여자 얻는데. 마누라가 딸 다섯 낳고 아들을 낳지 못했다나. 덕동댁 셋방 사는 중 각시 있잖아? 옛날에 이 서방을 오어사에 소개해 준 지선스님 가누라 말이야. 택전 사는 정 아무개가 자기 친정 피붙이인데 참한 색시 구해 달라고 부탁하더란 거야. 실은 그것 땜에 널 불렀지. 어떤가? 한번 알아볼까?"

"엄마 마음대로 해. 언제는 내 마음대로 시집갔나?"

"그래, 알았다. 방에 들어가서 애기 내려놓고 좀 기다려라. 스님 댁에 금방 다녀올게."

친정엄마가 나가더니 곧바로 한 젊은 부인을 데려왔다.

"이분이 지선스님 색시다."

"잘 오세요."

"새댁 참 예쁘네."

"솔직히 말하겠네. 색시, 우리 딸 그 택전 산다는 정 씨에게 중매해 줄래? 딸린 것이라곤 돌 다 된 이 아이 하나뿐이야. 얼굴 예쁜데다 음식 솜씨 바느질 솜씨가 나무랄 데 없지. 아직 젊고 몸 튼튼하니 애 잘 낳고 서방 잘 받들 거다. 죽은 이 서방을 색시가 절에 말해 줘서 참 고마웠는데 그 사람 같잖은 놈이 그렇게 되고 말았으니 내 면목이 없다만 다시 한 번 봐줘. 색시가 불쌍한 우리 딸을 아우처럼 생각하고 잘 좀 이야기해 주시게. 일만 잘되면 두고두고 그 은공 갚을게."

지선스님 색시가 수다스럽게 말했다.

"애기 엄마, 시집갈래? 저쪽에서 받아 준다면야 팔자 한번 고치지. 고치고말고. 정삼달, 자기 땅만 밟고 다닌다는 연일 부자 아닌가? 그 삼달이가 내 친정 조카뻘이야. 종손에다 외아들인데 여편네가 딸만 내리 다섯을 낳았어. 그런데도 남자 곁눈질한다고 강짜만 부리고, 논 두마지기 떼 주고 들여놓은 씨받이를 머리채 잡아 흔들어 쫓아냈다나. 참다 못한 시아버지가 들고 일어나 집안 어른들 모아 놓고 문중 공론에 부쳤더니 아들 못 낳는 주제에 투기만 일삼는다고 칠거지악으로 내치란 거야. 아무튼 시끌벅적 야단났지. 그 여편네 성깔도 예사 아니지만 온 가문이 벌 떼처럼 나서는데 별수 있나? 친정아버지가 사돈 찾아와서 어떤 색시를 들이든지 참견 못하게 단단히 타이르겠으니 제발 소박맞지 않도록 해 달라며 손발이 닳도록 빌었다더라. 여편네도 종내에는 살려 달라고 매달렸대. 삼달이 그 위인이 워낙 착하고 순해서 여태까지 참고 지내 왔던 것이지. 색시, 그 사람 만나서 아들 하나만 쑥 낳아 봐라. 꽃방석에 앉힐 것이야, 꽃방석에…. 정말 시집갈래?"

"좋아요. 다만 여편네가 성질이 몹시 사납다니 그 댁에 안 들어가면 좋겠어요. 마음 편하게 따로 살았으면 해요. 사나운 삽살개 옆에는 가까이 가지 않는 게 상책이잖아요. 그래만 해 준다면 갈래요. 중매해 주세요."

딸이 뜻밖에도 적극적으로 나서자 오히려 친정어머니가 주춤하면서 난감한 표정으로 참견했다.

"여편네가 강짜 심하다면 어떻게 살겠나?"

"아주머니는 걱정도 팔자지. 구더기 무서워 장 못 담겠어요? 어떤 색시 들여오든 말든 처분대로 하라면서 살려 달라고 매달렸다니까요. 아주 혼쭐이 났지."

"하지만 여편네 성질 그렇다면 좀 찜찜하네."

딸이 가로막고 나섰다.

"아유 엄마도. 그래서 따로 살겠다고 했어. 사람도 착하고 순하다고 하잖아? 모두가 내 하기 달렸어."

이튿날에 당장 정삼달이 왔다. 그는 한번 보더니 색시 얼굴에서 눈을 떼지 못했다. 바탕이 예쁜 데다 시골 여자 치고는 재치 있고 아주 깔끔한 인상을 풍겼다. 그녀가 가볍게 웃음 짓자 한눈에 반해 버렸다.

"색시, 몇 살인가?"

"스물다섯입니다."

"우리 집에 들어가지 않고 따로 살아야 한다면서?"

"서로에게 마음이 편합니다. 제가 마음이 편해야 서방님 마음이 편하고 집안이 평온하겠지요. 그렇게 해 주세요."

"애기는 언제 낳았나?"

"닷새 뒤에 돌입니다요."

“호적 했나?”

“했습니다. 달리 맡길 데가 없으니 제가 데리고 있어야 합니다. 그 대신 아이 일로 서방님께 감추고 속이지는 않겠습니다.”

“감추고 속이지 않겠다는 색시 말이 마음에 꼭 드네. 서로 믿어야 집안이 편안한 거라. 생각하면 불쌍한 아이 아닌가. 나도 애를 잘 돌봐 줄 것이네. 돌 해먹고 곧 바로 내게 오게.”

“그렇게 하겠습니다, 서방님.”

혼담이 성사되자 정삼달은 화전댁에게 용덕에다 집을 사주고 새 살림을 차렸다. 그는 매우 흡족해 마지않았고 택전 본가보다 이쪽에 더 많이 머물렀다. 죽은 이용대와 살 때 불화의 씨앗이 되었던 그녀의 깔끔한 성미가 그에게는 오히려 마음에 들었다.

마을 사람들은 화전댁을 이미 좋게 평가하고 있는 데다 옛 서방과 새서방을 견주면서 그녀가 신 바꿔 신기를 아주 잘한 일이었다고 입을 모았다. 소실이라고 얕보거나 손가락질하는 사람은 아무도 없었다. 이제야말로 제대로 된 남자를 만난 것처럼 보였다.

화전댁은 정삼달과 맺어지자마자 임신했다. 차츰 그녀의 배가 불러 와 눈치 빠른 아낙네들이 하나둘 알아차리면서 마을에서는 심심찮게 이야깃거리가 되었다. 새벽 우물가에서 그녀 이야기를 빼놓지 않았다.

“화전댁 애 밴 것 맞나?”

“그렇다니까.”

“하늘만 보았다 하면 별은 쉽게도 따네.”

“어째서?”

“동수 밸 때도 있잖아. 죽은 아비가 처가에까지 찾아가서 날마다 치근대는데도 어미가 꼴 보기 싫다고 딴 방 거처했다나. 그러다 마지못해 마지막 날 딱 하룻밤 같이 자고 동수 배었다더라. 그날 밤 한 이불 밑에 안 들어갔으면 동수는 태어나지 않았을 거라나.”

“하늘만 보면 별 딴다? 딱 하룻밤만 같이 잤다고 누가 그러던?”

“양포댁이 말했어. 양포댁 모르는 게 있나?”

“꼭 한 이불 밑에 들어가 본 사람 같네.”

“이 여편네, 말이면 다 하나?”

“호 호 호.”

“호 호 호.”

어디서 누가 들춰내는지 모르지만 여자들이 우물가에 나서면 정말 모르는 게 없었다.

화전댁은 정삼달의 기대 이상으로 애를 잘 배고 잘 낳았다. 그것도 모두 사내였다. 첫아들 원도가 태어나고 두 해 지나서 둘째인 원호를 낳았고 다시 두 해 뒤에 셋째아들 원구가 태어났다.

정삼달은 보답이나 하듯이 화전댁과 처음 만났을 때의 약속을 끝까지 잘 지켰다. 마음이 후덕한 그는 동수를 친자식처럼 배려했다. 애들끼리 서로 싸우면 동생을 꾸짖고 동수 편을 들어 줄 적이 많았다. 정작 쉽게 화합하지 못한 측은 동수였다. 바로 밑의 의붓동생 원도를 싫어하여 함께 놀려고 하지도 않았다.

창우네와 동수네 집은 한 집 건너에 있었다. 둘은 같은 날에 태어난 아이답게 함께 마당 한구석에서 흙장난을 즐기거나 꼬불꼬불한 골목을 뛰어다녔고, 더 자라나자 떼놓을 수 없는 단짝이 되었다.

마현댁은 아무에게도 눈치 보이지 않았지만 둘이 함께 어울리는 것이 달갑지 않았다. 동수를 볼 적마다 자장암에서 벌어졌던 일이 생각나고 자기를 쫓던 사내의 얼굴이 떠올랐다.

10

　창우와 동수는 열 살이던 1937년 4월에 함께 보통학교에 들어갔다. 일본은 그해 7월에 지나사변(支那事變)이라고 이름 붙인 중일 전쟁을 시작했고 12월에는 남경(南京)을 점령하면서 수십 만 중국인을 무참하게 죽이는 남경학살사건을 일으켰다. 5학년이던 1941년 12월 8일에 일본은 하와이의 미국 해군 기지 진주만을 기습 공격하여 태평양 전쟁을 일으켰다.

　1943년에 둘은 포항읍에 새로 생긴 공립 중학교에 입학했다.

　입학식 이튿날 첫 시간 수업이 시작되자 창우는 통로 건넌 옆자리 녀석에게 눈길이 갔다. 반짝이는 두 눈과 헬쑥한 얼굴에는 선생님의 말 한마디도 놓치지 않겠다는 열성과 긴장이 쓰여 있었다. 손에 쥔 심홍색 연필이 곱고 자극적인 색깔 때문에 얼른 눈에 들어왔다. 연필을 아주 정성스럽게 깎은 것만 봐도 학업을 소홀히 하는 학생이 아닐 듯했다. 어쩐지 만만찮은 경쟁 상대가 될 것 같았다.

　수업이 끝나 변소를 다녀온 그가 두리번거리며 책상 위에 놓아둔 연필을 찾다 창우를 보고 말했다.

　"내 연필 못 봤나? 빨간색인데."

　"굴러떨어졌겠지. 아, 저기 바닥에 떨어져 있구나."

　그의 의자 밑에서 찾아 주었다.

　"고맙다."

　"예쁜 색깔이네. 넌 빨간색을 좋아하나?"

　"아버지가 사 주신 거야. 의미 있는 색깔이라면서…."

　"무슨 의미?"

"붉은색은 노동자 농민이 혁명에서 흘린 피를 상징한다더라."

"혁명이라 했나? 혁명에서 흘린 피를?"

확인하듯 묻자 갑자기 안색이 달라지며 조심스럽게 주변을 살피더니 말을 바꿨다.

"아냐, 아니다. 아무런 의미도 없을 거야."

"네 아버지께서 생각이 깊으신가 봐."

"아니래도. 아무 의미도 없는데 착각했을 뿐이라고. 어떻든 우리 알고 지내자. 난 박강석이다. 넌 이름이 뭐냐?"

"김창우다. 너는 어느 학교 나왔니?"

"포항국민학교 나왔어."

"좋은 학교 나왔구나. 공부 잘했겠네."

"남들만큼 했어. 넌 오천서 다녔다며? 수재라더군."

"누가 그러던?"

"바로 쟤가 그러더라."

건너편에서 책보를 정리하는 동수를 가리켰다.

"수재는 무슨 수재. 저애는 내 친구 이동수다. 우리 셋이 친하게 지내자."

"좋다."

마침 동수가 다가오자 셋은 그 자리에서 서로 악수하고 친구가 되었다.

그들 셋은 모두 학교 생활에 충실했고 학과 성적이 좋았다. 특히 창우와 강석은 언제나 선두를 다투는 막상막하의 경쟁 상대였다. 급우들은 이 셋을 'Three Star'라고 불렀다.

창우네 집은 본래부터 잘사는 편이었고 동수도 의붓아버지에게 얹혀 일찌감치 부잣집 아들이 되어 있었다. 그러나 강석은 어머니가 돌아가신 데다 아버지가 위장병으로 누우면서 어려움을 겪었다.

태평양 전쟁이 막바지에 이르자 모두가 삶이 피폐해지고 끼니를 굶는 사람이 잇달았다. 창우는 강석이가 월사금(月謝金)＊이 여러 달치가 밀려 몇 번이나 선생에게 불려 나가고 쩔쩔매는 것을 안타깝게 지켜보았다.

3월 들어 2학기의 마지막 금요일이었다. 이제 내일이면 종업식을 치러 1학년이 끝날 참이었다(당시는 4월 학제였다). 창우는 6교시 수업을 마치자마자 강석을 찾았으나 잠깐 사이에 어디로 갔는지 보이지 않았다. 이리저리 기웃거리다 마침 교무실로 들어가려던 그를 발견했다.

"강석아, 나 좀 보자."

"왜 그래?"

창우는 그를 운동장 한구석으로 데리고 가 호주머니에서 꺼낸 것을 내밀었다.

"강석아, 이것 받을래?"

"이게 뭔데?"

강석이 받아 펴 보니 돈이었다. 꼬깃꼬깃 겹친 5원짜리 네 장. 20원이라면 적은 돈이 아니었다. 깜짝 놀랐다.

"웬 돈이냐?"

"밀린 월사금 내라."

"아냐, 받을 수 없어. 어디서 난 건데?"

"할아버지가 주신 용돈 모아 둔 거다. 떳떳한 돈이니 걱정 말고 받아."

"너무 큰 돈이야. 넌 떳떳하겠지만 아무 까닭 없이 받으면 내가 떳떳하지 않아. 미안해."

＊ 매월 내는 수업료

약간 불쾌한 기색이 얼굴을 스쳐 가더니 고개를 힘주어 쳐들며 돈을 다시 돌려주었다. 그러고는 한 손을 호주머니에 넣고 뭔가를 만지작거렸다.

"아무에게도 말하지 않았어. 동수어게도 영원히 비밀로 하겠다. 그냥 주는 게 아니다. 학교 졸업해서 돈 벌거든 갚아라. 너무 사양하면 내가 무안하잖아."

표정을 늦춘 강석이가 간곡하게 말했다.

"고맙다, 김창우. 너의 우정을 잊지 않을게. 다른 이유가 있는 것이 아니라 남의 도움을 받고 싶지 않을 뿐이야. 오해하지 마라. 교무실에 좀 다녀오겠다."

돌아서려는 강석의 옷깃을 붙잡고 창우가 말했다.

"기다려. 내 말 들어 봐. 이건 너를 돕는 게 아니라 실은 나 자신을 돕고 있는 거야. 그동안에 너를 이기려고 공부 열심히 했고 그래서 학교가 더 재미있었어. 월사금 못 내서 그만두면 너는 세상살이가 더 힘들어지겠지만 나도 어렵긴 마찬가지다. 우리가 서로 앞서거니 뒤서거니 했는데 그만두면 난 누구랑 경쟁하지?"

사실이었다. 창우에게 강석은 유일한 경쟁 상대였고 강석에게도 창우가 아니면 아예 상대가 없었다. 강석은 한참 망설이다 눈물을 글썽이며 돈을 받았다. 자기 안에서 남의 도움을 받지 않겠다는 자존심과 창우에 앞서겠다는 자존심이 서로 싸워 후자가 이긴 것일까? 그날 이후 강석의 월사금은 모두 창우가 댔고 그로써 학업은 계속되었다.

태평양 전쟁이 시작되면서 일본은 총동원 체제에 들어가 학생들을 군사 훈련에 내몰고 교사도 군복 입고 긴 칼을 차는 등 학교가 병영으로 변했다. 징병제와 학병제를 만들어 이 땅의 젊은이와 학생들을 전쟁터로 보냈다. 그 밖의 남자는 징용으로 광산이나 전쟁터로 끌려가고 처녀나 과부들은 정신대(挺身隊)로 차출되었다. 식량과 온갖 전쟁 물자를 수탈하고 총알 만든다며 놋그릇도 싹 쓸어 갔다.

일제는 1941년부터 오천면 일월동과 바다 쪽의 청림동에서 구정동을 거쳐 용덕동과 세계동까지 넓게 뻗친 낮고 평탄한 언덕 위에 군용 비행장을 닦았다. 그 언덕은 옛날에 관아에서 쓰는 말을 방목하던 곳이었다.

한때 면소재지였던 일월동은 마을 대부분이 뜯기면서 대대로 살던 주민들은 뿔뿔이 흩어졌다. 부역에 동원된 흰 바지저고리의 조선 사람들이 흙을 가래로 파내고 지게로 져 나르느라 하얗게 언덕을 뒤덮었다. 일월동 공동묘지 대부분이 부지 안에 들어가면서 연고자가 나타나지 않아 미처 옮겨지지 못한 무덤이 마구 파헤쳐지고 백골은 그냥 벌판에 버려졌다. 낮에는 개 떼가 몰려와 사람 뼈다귀를 물고 다니고 밤에는 시퍼런 불덩이가 바람 따라 굴러다닌다고 했다. 허깨비가 나타난다거나 누가 허깨비에게 홀렸다는 소문도 흔히 나돌았다.

김유탁에게 큰 걱정거리가 생겼다. 비행장 건설이 거의 끝나 가던 1943년에 용덕동의 마장터에 병영이 들어서면서 마을 한가운데를 뚫고 지나가는 진입 도로에 물려 집이 헐리게 된 것이다. 마을 동쪽으로 바짝 다가선 낮은 언덕 위의 소 매어 두는 풀밭을 사람들은 마장터라 불렀다. 아이들이 뛰노는 놀이터이기도 했다.

일제의 쌀 공출이 가중되어 집집마다 양식이 바닥나고 밥 짓는 연기가 끊긴 집도 한둘 아니었다. 온갖 물자가 귀해져 자재를 구하기 어려워진 데다 그는 집 짓는 일 따위에 전혀 경험이 없었다. 때마침 도구에 사는 제자 안대기로부터 자기 아버지 회갑연에 와 달라는 기별을 받고 찾아갔다. 일본 관리들 감시가 심해서 잔치를 벌일 수 없다며 몇몇 사람만 모시고 조촐한 술자리를 마련했던 것이다. 안대기는 집이 헐린다는 스승의 딱한 사정을 듣자 터만 구하면 자기가 목수와 미장을 불러 모아 새집 짓는 일을 맡겠다고 약속했다.

저녁때가 되자 몇 번이나 자리에서 일어서려 했으나 겨우 5리 길이라며 마구 붙잡아 해가 넘어간 다음에야 길을 나섰다. 마을 끝자락을 빠져나와 드넓은 언덕 위로 올라섰을 때는 이미 어둠이 짙게 내려앉아 있었다. 큰 걱정거리가 해결되어 기분은 더없이 좋았다. 술기운에 발걸음이 약간 흐트러지고 흥에 겨워 한시(漢詩)를 웅얼거렸을 뿐 정신은 말짱했다. 마을을 벗어나자 부슬부슬 내리던 가랑비가 그쳤으나 옅은 안개가 깔렸고 초승달도 이미 서산으로 기울었다.

공동묘지가 많이 비행장에 들어가면서도 일월못은 그대로 남아 어슴푸레한 어둠 속에서 수면이 얼음처럼 차갑게 빛나고 있었다. 파헤친 무덤에서 드러난 백골도 바로 저런 색깔일 것이라는 생각이 들자 께름칙한 상상을 지워 버리려고 왼쪽으로 고개를 돌렸다. 그때 어디선지 한 사내가 나타나 가까이 다가왔다. 어둠 속에서도 얼굴이 환하게 빛나는 그를 보는 순간에 어쩐지 섬뜩했으나 치밀어

오르는 술기운이 두려움을 뭉개 버렸다. 사내가 말했다.

"한월당 어르신네, 어디 다녀오시는지요?"

"날 알아보나?"

"그럼요. 어르신네 모르는 이는 없죠."

"그래. 대기 아버지 회갑연에 갔다 오네. 자네는?"

"저도 도구에 가서 안대기 만나고 옵니다."

"안대기 만났다고? 내가 그 집에서 자네를 못 보았는데…. 무슨 일로 갔던가? 회갑연에 초청받았나?"

"장차 안대기와 사돈 맺을 겁니다."

"사돈이라니?"

"아들을 그 댁에 장가보내려고요."

"날은 잡았나?"

"날은 아직 안 받았고요. 요즘 바깥에 나가 잤더니 고뿔이 들어서 혼수 이불 한 채 미리 보내 달라고 부탁했죠."

"방 안이 아니라 바깥 잠을 잤다고?"

"그렇다니까요."

어처구니없는 수작이다. 아직 얼음이 얼지는 않았지만 서리가 내리는 쌀쌀한 날씨에 바깥에 나가 잔다는 것이 턱없는 일인 데다 장가보낼 날도 받지 않았다면서 며느리 시집올 때 가져올 혼수 이불을 미리 내놓으라는 어이없는 억지를 부렸으니 말이다.

"부탁은 들어주던가?"

"안된다나요."

"허, 그참. 자네는 어디 사는 누군가?"

"일월동 사는 동수 아빕니다."

"동수 아비라…. 동수 아비라…."

김유탁의 머리에 문득 창우의 친구 동수가 떠올랐다. 그 아비는 죽었잖아? 근 20년 전 오어사 뒷산 낭떠러지에 떨어져 죽어 있다 나무꾼 눈에 띄어 이곳 일월동 공동묘지에 묻었다고 들었다. 머리털이 쭈뼛해지고 소름이 돋았지만 정신을 가다듬고 녀석의 아래쪽을 내려다보았다.

"앗!"

사내의 아랫도리가 보이지 않았다. 허깨비는 아랫도리가 없다고 흔히 말한다. 다리가 없다는 뜻이다. 그 말이 맞는다면 이게 사람이 아니고 허깨비란 말인가? 지금 허깨비에게 홀렸는가?

얼음 조각이 염통에 와 닿는 듯 짜릿한 전율에 움츠렸지만 학문을 닦은 선비답게 곧장 정신을 바짝 조이고 숨결을 가다듬었다. 잡귀를 물리치려면 주문을 외워야 한다는 생각이 들었으나 한평생 공자 맹자의 글만 익혀 왔으니 주문 따위를 알 리가 없다. 문득 떠오르는 논어 한 구절을 연거푸 외웠다.

"자 불어는 괴·력·난·신[子不語怪力亂神]이러시다. 자 불어는 괴·력·난·신이러시다. 자 불어는 괴·력·난·신이러시다….."

공자는 괴이한 것과 무력과 난리와 귀신을 말하지 않았다는 말이다. 오직 인의(仁義)의 정도(正道)만 좇을 뿐 괴이(怪異)한 귀신 따위에는 아랑곳하지 않겠다는 뜻이었다. 따라오던 녀석은 주춤 멈춰서며 난감하다는 듯이 흘겨보더니 살기등등해서 말했다.

"이놈의 영감쟁이가 날 괄시하네. 어디 두고 보자."

녀석은 그를 왈칵 밀어 쓰러뜨리고는 어둠 속으로 쏜살같이 달아났다. 땅바닥에 넘어져서 정신을 놓지 않으려고 이를 악물고 고개를 쳐들었다. 그가 멀어져 가는 모습은 시퍼런 불덩어리 하나였다.

깊은 한숨을 내쉬어 자신이 살아 있다고 깨닫고는 털고 일어났다. 깜깜한 하늘을 쳐다보니 어느새 안개가 걷혀 별이 모래처럼 흩어져 있다. 혼자 중얼거렸다.

"이게 귀신의 세상인가 사람의 세상인가? 분명히 사람의 세상이다. 귀신 따위가 감히 나를 어쩌랴?"

한순간에 술이 확 깨면서 온몸에 식은땀이 주르르 흐르는 것을 느꼈다. 끝까지 침착하게 집으로 찾아왔으나 이튿날은 자리에서 일어나지 못했다. 며느리를 불렀다.

"내가 어젯밤 도구에서 일월 공동묘지 지나 오다가 이상한 녀석을 만났다."

"아버님, 누구를요?"

"그게 말이다. 누구냐고 물었더니 일월동 사는 동수 아비라 하더라. 동수가 누굴까? 혹시나 창우 친구 동수가 아닐까?"

며느리가 두 눈을 동그랗게 뜨며 놀란다.

"에쿠, 동수 아비가 공동묘지에 나타났다면 허깨비 아닙니까?"

"그러게 말이다. 동수 아비 죽었을 때 일월동 공동묘지에 묻었다고 했던가?

"그렇게 들었습니다."

마현댁은 자신도 모르게 무서움으로 부르르 떨었다. 시아버지가 허깨비를 만났기 때문이 아니었다. 그동안에 잊고 있었던 옛날 일이 생각났다. 인적 없는 자장암 법당을 두 바퀴째 돌며 뒤따라오던 녀석의 손끝이 등에 닿고 옷자락이 잡힐 듯 말 듯하는 막다른 상황에서 그가 제풀에 낭떠러지로 떨어지며 위기에서 벗어났다. 잘못이 있든 없든 자기야말로 그자의 죽음의 현장에 있었던 오직 한 사람이요 그 죽음과 끈이 닿았던 사람이 아닌가? 그가 스스로 낭떠러지

에 떨어져 죽지 않았다면 자기가 이 서상에 살아남을 수 없었을 것
이라는 생각도 들었다.

"그놈 말이 바깥에서 잤더니 고뿔 걸렸다는 거야."

"저런! 허깨비가요?"

"분명히 그랬지."

마현댁이 한동안 뭔가 생각하더니 말했다.

"방 안이 아니라 바깥에서 잤다면 혹시 그 무덤이 어떻게 되어 유
골이 밖으로 드러났다는 뜻이 아닐는지요? 일월동 공동묘지가 마구
파헤쳐졌다는 소문을 들었습니다."

"며느리 생각이 그럴듯하네. 비행장 안에 든 무덤 수백 쌍을 파냈
다더구나."

"아버님께 달리 해를 끼치지는 않았습니까?"

"뭐라고 욕하더니 날 왈칵 밀치고는 달아나 버렸다."

"저런, 큰일 날 뻔하셨습니다. 약을 몇 첩 지어 올까요?"

"약은 무슨 약. 이대로 며칠 쉬겠다. 내가 동수를 한번 만나보고
싶구나. 창우에게 말해서 만나잔다고 일러주겠나?"

"예, 아버님."

마현댁이 창우를 시켜 동수가 불려오고 둘이 마주했다.

"할아버지 어디 편찮으십니까?"

"고뿔이 걸렸구나. 곧 낫겠지. 자네는 요즘에 어떤가?"

"공부 열심히 하고 학교 잘 다닙니다. 창우와도 사이좋게 지냅니
다."

"고맙구나. 뭣 하나 물어보자. 너의 아비 무덤이 어디 있는지 알
고 있나?"

동수는 갑작스런 물음에 어리둥절해서 고개를 흔들었다.

“아니요. 모릅니다.”

“어머니가 알려주지 않던가?”

“언젠가 어머니에게 여쭤보았는데 없다고 했습니다. 그래서 화장한 것으로 생각해 왔습니다. 묘가 없다면 화장한 것이 맞겠지요?”

김유탁은 잠깐 망설였다. 어떻게 할까? 남의 일에는 좀처럼 끼어들지 않는 성미다. 하지만 비행장 닦느라 임자 없는 무덤이 파헤쳐져 백골이 벌판을 굴러다닌다니 끔찍한 일이다. 허깨비가 바깥에서 잔다고 했으니 며느리 말처럼 동수 아비의 무덤이 그런 꼴이 되었을는지도 모른다. 달아나면서 ‘어디 두고 보자’고 하던 그 한마디도 어쩐지 께름칙했다.

“그렇겠지. 어머니께 다시 한 번 여쭤보아라. 네가 어리니까 그렇게 말했을는지도 모른다. 만일에 무덤이 있다거든 한번 찾아가도록 해라. 옛날에 성현 공자도 어려서 아버지를 잃고 그 뒤에 어머니가 돌아가시어 두 분을 합장하려 했는데 아버지 묘가 어디 있는지 몰라 마을 사람에게 물어 찾아냈다고 전한다. 지금까지 몰랐던 것은 네 허물이 아니다. 한번 알아보아라.”

“예, 말씀하신 대로 알아보겠습니다.”

김유탁은 그렇게 동수를 돌려보냈지만 허깨비가 안대기 딸에게 아들을 장가보내려 한다거나 이불 얻으러 갔다고 하는 이야기는 며느리나 동수에게 말하지 않았다. 그야말로 실체가 없는 허깨비의 허무맹랑한 말로 제자 이름이 입에 오르내리고 남에게 옮겨지면 쓸데없는 소문이 나돌는지도 모른다. 발설하지 않는 것이 옳다고 생각했다.

동수는 창우 할아버지 앞을 물러나와 어머니에게 가서 물었다.

“엄마, 하나 묻겠는데 대답해 줄래요?”

“뭔데. 뭘 묻겠다는 거냐?”

“엄마, 아버지 묘가 어디에 있지? 내게 좀 알려줘. 나도 이만큼 자랐으니 아버지 묘가 어디 있는지 알아야 할 것 아닌가?”

화전댁은 속으로 움찔했지만 우선 딱 잡아뗐다.

“없다고 했잖아. 화장해 버렸는데 무덤이 어디 있어?”

“엄마, 그러지 말고 바로 말해 줘. 내가 들은 것이 있어서 그래.”

“누가 뭐라 하던?”

“혹시 일월동 공동묘지에 있는 것 아닌가? 엄마, 말이 나온 김에 아버지가 어떻게 돌아가시고 어디에 묻혔는지 말해 줘.”

화전댁은 동수의 태도가 예사롭지 않다고 느꼈다. 저만큼 자랐으면 마냥 입 닫고 있을 수 없다고도 생각했다.

“내가 시집가서 몇 해 지나서다. 너의 아비가 투전판에 빠져들어 할아버지로부터 물려받은 그 많은 재산을 모두 날리고, 살던 집조차 빚쟁이에게 빼앗겨 하루아침에 거지 신세가 되어 이 동네로 이사를 왔어. 끼니를 때울 길이 없어 너의 아비는 때때로 오어사에 가서 일해 주며 밥 얻어먹었고, 나는 친정에 가 있었다. 어느 날 처가로 날 찾아왔다가 새벽에 절로 돌아갈 때 몰래 부엌에 들어가 술을 너무 많이 마셨던가 봐. 일꾼들 먹이려고 걸러 놓은 막걸리를 말이다. 취해서 절로 돌아가다 자장암에서 발을 헛디뎌 절벽 아래로 떨어졌다는구나. 외할아버지가 일꾼 둘을 사서 일월동 공동묘지에 묻었다 하더라. 네가 태어날 줄은 꿈에도 몰랐지. 너의 아비가 외가로 날 찾아왔을 적에 들어섰던가 봐. 그래서 열 달 뒤에 네가 유복자로 태어난 거다. 그 사연을 알면 마음에 상처만 생길 것 같아 덮어 버리고 지내 왔던 거야. 네가 이만큼 자라 알고 싶어 하니 말하지 않을 수 없구나.”

동수의 눈에서는 눈물이 한 방울 두 방울 흘러내렸다. 화전댁도 새삼스럽게 눈물이 났다. 마침내 두 모자는 서로 붙잡고 엉엉 울었다. 한참 만에 동수가 다시 물었다.

"엄마, 묘 있는 곳을 가르쳐 줘. 일월동 공동묘지를 모두 파내어 비행장을 닦고 있다 하잖아? 아버지 묘가 어떻게 되었을는지도 몰라."

"장사지낼 때 나는 여자라고 따라가지 않았으니 어디 있는지 몰라."

"그러면 갔던 사람이 누군지는 알고 있겠지?"

"네 외할아버지가 모산 양반과 창수 아비를 데리고 갔는데 외할아버지와 모산 양반은 그새 돌아가셨고 창수 아비에게 물으면 알는지도 모르겠네."

이튿날 동수는 이웃에 사는 창수 아버지에게 가서 사정을 말하고 반쯤 파헤쳐진 아버지 무덤을 찾아내어 새로 묻었다.

12

김유탁은 세계동 등위 마을에 집터를 마련하고 12월에 들자마자 안대기에게 맡겨 일을 시작했다. 크고 작은 집이 빼곡히 들어앉아 골목이 미로처럼 얽힌 용덕과는 달리 이 마을에는 고작 대여섯 집이 드문드문 자리 잡고 있었다. 관청과 장터가 가깝고 동해면 도구로 넘어가는 길이 마을 앞으로 지나갔다. 안대기는 날마다 새벽 일찌감치 현장에 나와 목수와 미장들을 부려 공사를 서둘렀다.

창우는 방학을 맞자 날마다 안대기를 따라다니며 심부름을 하고 힘을 모았다. 그는 안대기가 일꾼들 다루고 일 처리하는 솜씨가 능란한 데 놀랐고 안대기도 그를 매우 좋아하는 눈치였다. 창우네는 설이 사흘밖에 남지 않은 이듬해 1월 하순에 벽도 채 마르지 않은 새집에 들 수 있었다.

창우와 동수는 3학년이던 1945년 여름방학 중에 해방을 맞았다. 해방의 감격으로 한반도가 들끓었다. 곧 방학이 끝나 학교에 나가 보았으나 10월 15일까지는 임시 휴교라 했다. 돌아 나오는 교문 앞에서 박강석과 마주쳤다.

"강석아! 잘 있었지?"

"그래, 창우구나. 잘 지냈나?"

"해방이다 해방! 왜놈들이 쫓겨 가고 이젠 우리 세상 되었네."

"정말 감격스러워. 원자탄 두 방에 기겁한 왜놈들이 두 손 번쩍 들었어. 승승장구한다고 날마다 나팔 불더니 모두 새빨간 거짓말이었어. 네 아버지도 곧 돌아오시겠지?"

"기다리고 있어."

"우리 가슴 쫙 펴고 살아 보자."

"그럼. 우리 한번 잘해 보자."

휴교를 끝내고 학교가 다시 열렸다. 일본 사람들이 한꺼번에 자취를 감춰 버려 새로 교장 선생이 임명되고 이런저런 분들이 교사로 부임했다. 학생들은 마음이 들떠 분위기가 어수선하고 수업이 제대로 이루어지지 못했다. 초등학교 신입생처럼 '가 갸 거 겨 고 교…' 하면서 한글을 배우느라 정신 없었고, 우리말 노래도 재빨리 보급되었다.

세상 모든 것이 하루가 다르게 변하고 있었다. 38선이 그어지고 남과 북에 각각 미군과 소련군이 진주하여 군정이 실시되었다. 좌익들은 해방되는 그날부터 재빨리 정치 활동을 시작했다. 서울에서 건국준비위원회가 조직되자 읍내에서도 건국준비위원회 영일군 지부가 만들어지고 곧이어 인민위원회도 결성되었다.

창우는 강석의 창백하던 얼굴에 차츰 생기가 도는 것을 볼 수 있었다. 병으로 누워 있는 그의 아버지가 좌익 운동가였다고 했다. 점심 시간에 나무그늘에서 영어 단어장을 들고 있는 그에게 가까이 다가갔다.

"열심이구나. 아버지 병세는 좀 어떠신가?"

"별로 좋아지지 않았어."

"아버지가 사회주의 운동가였다지?"

"아버지는 조선 공산당의 지도자 박헌영 선생과 먼 친척뻘이다. 일관되게 그분의 노선을 따라 오셨지. 그분은 지금 서울에서 정치 활동이 대단하시다는데 아버지는 병으로 누워 계시니 어쩌겠어? 앞날에 대한 기대만큼은 큰 것 같아."

"누구와 친척 된다고? 박헌영 선생이라 했나?"

"그래. 조선 공산당의 우두머리야."

"아버지 건강이 빨리 회복되시기를 빈다."

"고맙다, 창우야."

해방 뒤 우리 사회는 차츰 좌우 대립의 모양새를 보였다. 포항 읍내에도 인민위원회가 구성되어 몇몇 간부들이 당장에 군수나 경찰서장이 된 것처럼 거드럭거리고 다녔다. 우익 청년들도 뒤늦게 활동을 시작했다.

10월이 막바지에 이르자 날씨가 쌀쌀해지고 산과 들이 가을빛으로 가득했다. 토요일 오후에 창우는 영어 사전을 새로 사려고 서점으로 갔다. 점방 안쪽에 여학생 셋이서 책꽂이의 책을 살피고 있었다. 그중의 하나는 어디선가 본 얼굴이었는데 곧 생각이 났다. 2년

전 집을 지을 때 심부름으로 안대기 씨 집에 가서 잠깐 만나본 그 댁 딸이었다. 그녀가 가까이 다가오더니 가볍게 웃는 얼굴로 인사했다.

"안녕하세요. 한월당 선생의 손자 김창우 씨 맞죠?"

"안녕하십니까? 도구 안대기 어른 따님이네요."

"맞아요. 집 지을 때 아버지 심부름 오셨죠?"

"그랬어요. 아버님께서는 평안하십니까?"

"예, 잘 지내십니다. 할아버님 기력은 어떻습니까?"

"좋습니다. 집 지을 때 아버님이 힘 많이 써주셔서 참 고마웠습니다. 좋은 말씀도 많이 들었지요."

"저희 아버지께서는 창우 씨를 아주 훌륭한 청년이라고 늘 칭찬했어요. 정말 반갑습니다."

"여자중학교에 다니시나요?"

"2학년입니다."

"읍내에서 하숙하십니까?"

"동부국민학교 앞에 있는 친척집에서 다녀요. 바다 경치가 좋은 곳이죠. 한번 오세요."

"초청해 주십시오."

"초청하면 오시겠어요?"

"그럼요."

그녀가 일행이 알아듣기 어렵게 들릴 듯 말 듯 나지막하게 말했다.

"내일 10시에 동부학교 앞으로 오세요."

선뜻 말했지만 그녀의 얼굴은 한순간에 빨갛게 물들었다.

"그때 뵙겠습니다."

거침없이 대답하자 그녀는 곧장 돌아서서 함께 왔던 여학생들과 어울려 서점 문을 밀치고 밖으로 나갔다. 어깨를 나란히 하여 저들끼리 뭐라고 지껄이고 웃으며 멀어져 가는 모습이 출입문 유리창 너머로 보였다.

창우는 돌아오면서 괜히 기분이 좋아 혼자서 휘파람을 불다가 지나가는 사람들에게 눈치 보여 그만뒀다. 저녁 먹고 책을 펼쳤으나 그녀의 명랑하고 시원시원한 모습이 자꾸만 눈에 아롱졌다.

"책방에서 우연히 만나지다니."

잠자리에 누워서도 천장에 얼굴이 그려졌다.

창우는 이튿날 10시에 동부국민학교 정문 앞으로 갔다. 하늘이 활짝 개고 영일만 잔잔한 바다는 아침 햇살에 금빛으로 반짝였다. 가까운 두무치산과 멀리 장기곶이 좌우로 가로막아 영일만은 마치 엄청나게 큰 호수처럼 보였다. 해안 가까이서 고기잡이하는 두세 척 작은 배 주위에는 갈매기 여러 마리가 맴돌고 있었다. 명옥이가 다가왔다.

"창우 씨 오셨어요?"

"명옥 씨 안녕하십니까?"

"환호동 바닷가로 가시겠어요? 두무치재 넘으면 금방이오."

둘은 천천히 걷기 시작했다. 창우는 어쩐지 서먹해서 한동안 할 말이 떠오르지 않았다. 명옥이가 먼저 입을 열었다.

"아버님에게서 무슨 연락이 왔었나요?"

"아무런 기별이 없네요."

"해방되고 벌써 두 달 반이 지났잖아요? 저희 아버지가 궁금해하십니다."

"아직도 임시정부 사람들이 돌아오지 않았다는군요."

숲 속으로 난 길을 따라가니 낮은 고개가 나왔고 그걸 넘어서자 평탄한 밭이 바다까지 이어졌다. 바닷가에 이르러 오른쪽으로 돌며 나란히 걸었다. 넓은 바다와 마주 선 높다란 벼랑 아래로 파도가 밀려들었다. 길은 끊어져 버렸고 파도는 발끝에서 하얗게 부서진다.

명옥이 먼저 입을 열었다.

"바닷바람이 시원하죠?"

"그렇군요. 수평선이 아주 멋집니다."

"저는 바다로 나와 수평선 바라보는 것을 참 좋아해요. 꽁꽁 닫혔던 마음이 활짝 열리거든요."

벼랑에서 떨어져 쌓인 조각돌을 밟아 가며 조심조심 걸어 작은 어부 마을 설머리에 이르렀다. 길게 펼쳐진 백사장을 지나 항구의 입구에 닿으니 건너편의 송도 숲이 바짝 다가선다. 병목 지점이다. 수십 척의 크고 작은 배가 닻을 내린 부두에는 뱃사람들이 바쁘게 설친다. 둘이 함께 떡국을 파는 좌판 앞에 앉자 할머니가 말없이 빙그레 웃으며 맞았다. 창우가 말했다.

"할머니 떡국 두 그릇 주세요."

"처녀도 앉으소."

할머니는 썰어 둔 떡을 덜어내어 그릇에 담고는 옆에 걸어 놓은 냄비에서 뜨거운 국물을 끼얹어 양념을 치고 내놓는다. 명옥이가 물었다.

"많이 팔리나요?"

"양식이 모자란다고 아우성이야. 음식 장사가 힘들어. 이제 막 추수가 끝나서 이나마 팔 수 있지.

"할머니, 해방되어 좋죠?"

"게다짝 쪽발이 놈들이 눈앞에서 사라지니 속이 시원하구만. 징용 간 아들이 빨리 돌아와야 이 짓을 그만둘 텐데."

둘은 사공에게 부탁해서 작은 나룻배를 타고 송도로 건너갔다. 숲에 들어서자 총총한 소나무들 사이로 짙푸른 바다가 내다보이고 서늘한 바람이 소나무 아래에서 마구 자란 잡목들 잎을 흔들면서 지나간다. 창우가 먼저 입을 열었다.

"명옥 씨 댁은 농사도 짓고 수산업도 하신다죠?"

"그래요."

"수산업이라면 배 타고 먼 바다로 나가서 고기잡이하는 거요?"

"가까운 해안에 우리 어장이 있어요. 어장에 그물을 쳐요. 배 타고 먼 바다로 나가는 고기잡이도 곧 다시 시작할 거예요. 창우 씨 댁은 선비 집안이라 고기잡이가 천하다고 생각하시죠?"

"천하다니요. 지금은 그런 낡은 사고방식을 버릴 때입니다."

"큰돈 벌려면 농사보다는 고기잡이가 빨라요. 어부에게는 푸른 바다가 논이고 밭인걸요. 좁은 농토에 매달리기보다는 저 넓은 바다로 나가야지요. 일본 사람들은 수산업으로 돈 많이 벌었어요. 아버지는 그들과 당당하게 맞서려 했지만 조선 사람이라고 허가를 내 주지 않아 어려움을 많이 겪었어요."

"해방되었으니 이젠 잘되겠죠."

"그럴 테죠."

"할아버지께서는 명옥 씨 아버지가 아주 유능하신 분이라고 늘 칭찬하셔요. 저도 집 지을 때 모셔 보니 배울 것이 참 많았어요. 명옥 씨도 아버지를 닮은 것 같아요. 그 아버지에 그 딸입니다."

"아버지야 훌륭한 스승을 만난 덕분이겠죠. 그 스승에 그 제자예요. 저는 창우 씨에게 배울래요."

"제가 뭘 안다고요? 하 하 하."

“호 호 호.”

웃음에 서로 장단이 맞았다.

“형제는 몇 분입니까?”

“위로는 언니, 아래로 남동생 둘이 있어요.”

“와! 넷이요? 많군요. 저는 혼잡니다.”

“넷이 많나요? 둘씩 갈라져 있으니 많다는 생각은 전혀 없답니다.”

“갈라지다니요?”

“서울 큰아버지 큰어머니께서 자식을 낳지 못해 남동생 하나는 그쪽에 양자로 들어갔고 언니도 따라갔어요. 막내와 저만 남았죠. 언니와 저는 쌍둥이랍니다.”

“쌍둥이라고요?”

“그래요. 10분 먼저 나온 언니가 선옥이, 10분 나중에 나온 저는 명옥이요.”

한동안 말없이 숲 속을 걷다 명옥이 묻는다.

“학교 졸업하고 뭐 하실 작정이세요?”

“글쎄요. 중학교 졸업하고 세상에 뛰어들기는 뭣해요. 더 공부해야죠. 아버지는 영국이나 독일로 유학가시려 했거든요. 기미년 만세운동에 나서면서 그 계획이 무너졌답니다. 나는 미국으로 가고 싶지만 할아버지께서 보내 주실는지 모르겠어요. 아버지가 빨리 돌아오시면 좋겠어요.”

“창우 씨도 아버지처럼 장가보내서 대 이을 증손자가 태어난 다음이라야 유학을 허락하시겠네요. 창우 씨 아버지도 그러셨다 하던데요?”

“그걸 어떻게 아시죠?”

“아버지께 들었어요.”

“유학은 역시 아버지 돌아오신 뒤에 결정되겠죠.”

“아버지 돌아오셔서 창우 씨 유학 가면 저도 같이 갈래요. 미국이 아니라 세상 끝까지라도 따라가고 싶어요.”

말이 너무 앞서 나갔다 싶었던지 명옥은 붉어진 얼굴을 두 손으로 감쌌다. 손을 내렸을 적에 그녀의 눈이 붉어져 있었다. 창우는 갑자기 가슴이 뭉클했다. 마주 보기 민망해서 먼 바다를 주시하며 명옥이와 짝이 되어 연락선을 타고 망망대해를 가로질러 먼 나라로 유학 가는 모습을 그려 보았다.

둘은 어느새 숲을 벗어났다. 송도 해수욕장이다. 멀리 수평선으로 활짝 열린 코발트색 바다와 베틀에서 내린 명주 풀어 놓은 듯 아득하게 펼쳐진 모래밭이 잘 어울린다. 파도가 끊임없이 몰려오다 모래톱에서 곤두박질치며 흰 거품을 일으킨다. 보면 볼수록 신기하고 아름답다. 잠깐 무엇인가 생각하던 명옥이 불쑥 말했다.

“창우 씨! 정말 제가 좋으셔요?”

창우는 세상 끝까지 따라오겠다는 그녀 앞에서 더 머뭇거릴 수가 없었다.

“그럼요. 명옥 씨를 사랑합니다.”

“어머나! 부끄러워요. 하지만 저도 창우 씨 사랑해요.”

둘은 힘차게 마주 안았다.

13

창우는 이튿날 등교하다 교문에서 동수와 마주쳤다. 요즘 들어 그는 어쩐지 말수가 적고 소침해졌다. 뭔가를 골몰하게 생각하는 눈치다. 넘겨짚기로 물어보았다.

"동수야! 넌 요즘에 좀 이상하네?"

"이상하긴 뭐가 이상해."

"영 말도 않고 말이다. 이동수! 솔직하게 고백해라. 내 눈은 속일 수 없다."

"사실은 말이야. 사실은….”

머리를 긁적이며 머뭇거리자 꼬투리를 잡은 창우가 바짝 보챈다.

"뭔데 그렇게 질질 끄나? 사실이 어떻다는 건가?"

"한 계집애가 있는데….”

"뭐, 계집애하고 연애한다고? 이동수, 정말 대단하구나. 상대가 누군데?"

"왜 이래? 누가 연애한다고 했어? 그저 여학생이 있다는 거지. 지금은 누구라고 말할 수 없어."

"여중 다니나? 몇 학년이지?"

"말할 수 없다고 하잖아."

"그애도 널 사랑하나?"

"앞으로 그렇게 되겠지. 아직 고백하지는 않았어."

"너만 일방적으로 사랑한다? 그게 바로 짝사랑이란 거야. 사랑을 가슴에만 묻어 두면 상사병 걸린다더라. 털어놓고 고백해 버려라."

"어떻게? 어떻게 고백하나?"

"살짝 손 잡고 은근하게 말하는 거야. 같은 값이면 영어로 하면 멋지겠지. I love you.”

"뭐라고?"

"핫 핫 핫.”

"핫 핫 핫.”

창우는 동수가 짝사랑하는 여학생이 누군지 무척 궁금했으나 어제 종일토록 함께했던 명옥이가 온통 머릿속을 가득 채우고 있어서 남의 일은 생각할 겨를이 없었다.

교실로 들어가니 끼리끼리 모여 해방 정국 이야기에 정신을 팔고 있다. 며칠 전 미국에서 귀국한 이승만 박사, 해방되자마자 정치 활동을 시작한 여운형과 박헌영, 소련군과 함께 북한에 들어왔다는 김일성, 아직도 귀국하지 못하여 중국에 머물고 있다는 김구 선생 등이 자주 입에 오르내리는 인물이었다.

해방 후 좌익은 가장 먼저 정치 활동을 시작하여 가난한 사람이나 부자나 할 것 없이 모든 재산을 함께 나눠 갖는 좋은 세상을 만든다는 바람에 그 세력이 날로 늘어나고 있었다.

11월 하순 중국에 머물던 임시정부 제1진이 김구 선생을 모시고 귀국한다기에 잔뜩 기다렸으나 창우 아버지는 오시지 않고 그 대신 편지를 지닌 사람이 찾아왔다.

편지에서 아버지는 중요한 일로 소련의 수도 모스크바로 출장 가게 되어 당장 귀국할 수 없다면서 일 마치는 대로 돌아오겠다고 하셨다. 얼마 만의 소식인가? 편지 한 장으로 살아 있는 것을 확인한 가족들은 모두 기뻐 어쩔 줄 모르면서도 아무튼 돌아오지 않은 것이 아쉬움으로 남았다. 할아버지는 몹시 서운하신 듯했고, 어머니는 아무 말씀도 못하시고 뒤돌아 앉아 눈물을 삼켰다.

10월에 개학했던 학교가 어느덧 겨울방학을 맞았다. 방학하는 날 창우는 강석에게 다시 한 번 아버지의 안부를 물었다.

"아버지 병세는 좀 어떠시냐?"

"하루하루 나빠지는 것 같아. 별로 가망이 없어 보여."

"무슨 병이신데?"

“의사 말로는 위궤양이라 하더라.”

“위장병 앓는 사람이 참 많은가 봐. 속 아프다고 소다 사먹는 사람이 줄 섰다 하더라.”

“그렇다는군.”

“부디 용기를 잃지 마라. 내가 도울 일 있으면 언제든지 말해 줘.”

“걱정해 줘서 고맙다.”

“방학 끝나면 만나자. 건강하게 잘 있어.”

“그래. 방학 잘 지내.”

며칠이 지나 한 해가 저물 무렵이었다. 미국·소련·영국 세 나라 외상이 모스크바에 모여 한반도를 5년간 신탁통치하겠다고 발표하자 서울을 비롯한 전국 각처에서 반대 시위가 벌어졌다. 포항 읍민들도 좌·우익 할 것 없이 모두 극장에 모여 신탁통치 반대 궐기대회를 열었다는 소식이 들려왔다. 하지만 곧이어 스탈린의 지령을 받은 좌익계 사람들이 갑자기 신탁통치를 찬성하는 쪽으로 돌아섰다는 소문도 났다.

이듬해에 방학이 끝나 학교로 나가 보니 마침 교실에서 몇몇 학생들이 강석을 삥 둘러싸고 이야기를 듣고 있었다. 옆에 있던 진수가 창우를 따로 불렀다.

“어이, 김창우! 이리 와 봐.”

옆으로 다가가니 묻는다.

“어떻게 생각하나? 5년간 신탁통치하자는 것에 말이야.”

“우리가 원하는 것은 독립이야.”

“우리나라가 막바로 할 수 있을 것 같아? 5년간 신탁통치 받으며 착실하게 준비해서 독립하자는 것인데 그드 못 참아?”

"5년 동안 신탁통치 받는다고 뭐가 달라지겠나? 얼마나 기다리던 독립인데…. 이제 겨우 해방되었는데 다시 다른 나라에 통치를 맡긴다면 온 세계 사람들이 어떻게 볼까? 우리가 토인(土人)인가? 자존심 상해. 우리 힘으로 뭐든지 할 수 있는 문화 민족이야. 그렇잖아?"

강석이가 끼어들었다.

"바로 독립하면 좋겠지만 지금의 국제 정세로 보아 쉽지 않을 거다. 어떻든 미 군정이 빨리 끝나야지. 소련의 붉은 군대는 북조선에 해방군으로 와 있다 하잖아."

동수가 불쑥 나섰다.

"뭐, 해방군이라고? 지금 북조선에서는 소련 군대가 수풍 발전소 발전기를 떼어 가고 있다던데? 손으로 강도질하며 말만 갖고 해방군 되나?"

강석이가 변명했다.

"헛소문일 거다. 유언비어가 워낙 많은 세상이니 믿을 수 있겠나? 어떻든 해방군은 인민을 일제에서 해방시키는 군대라는 뜻이 아니겠나? 점령군과는 다르겠지."

"월남한 사람들 말로 소련 군인들은 손목시계 찬 사람 만나면 닥치는 대로 빼앗아 손목에서 팔꿈치까지 한 팔에 다섯 개 여섯 개씩 차고 다닌다더라. 조선 사람 손목을 시계에서 해방시켜 주는 해방군인가?"

"핫 핫 핫."

"핫 핫 핫."

둘러앉은 모두가 소리 내어 웃고 강석은 얼굴이 붉어졌다. 때마침 종이 울리자 창우가 분위기를 정리했다.

"강석이 말처럼 유언비어도 많고 헛소문이 판치는 세상이니 좀 더 지켜 보자고. 이런 때일수록 냉철한 판단이 필요하다. 자, 모두 자기 자리로 돌아가자. 시작 시간이 됐어."

"미국을 믿지 말고 소련에 속지 마라 한다더라."

동수가 돌아서며 한마디 던지자 누군가 덧붙였다.

"일본은 일어선다는데?"

사람들은 차츰 좌익과 우익으로 갈라섰다. 좌익은 농토를 농민들에게 골고루 나눠준다면서 집집마다 다니며 남로당에 가입하는 도장을 찍으라고 권유했다. 3월에 들어서자 결국 북조선에서는 지주들 땅을 강제로 빼앗아 공짜로 나눠주는 토지개혁을 단행했다는 소문이 나돌았다. 자기 땅 없는 소작농이나 품팔이 농사꾼들의 마음이 흔들리고 있었다.

박강석은 좌익 편에 섰지만 소극적이고 신중해서 눈에 띄는 활동은 없었다. 동수는 소련군이 수풍댐 발전기 떼어 가고 손목시계 빼앗는다고 누구나 다 아는 이야기를 떠벌렸을 뿐 사실은 어느 편도 아니었다. 창우는 단연코 좌익 편에 가담하지 않았다. 내 것 네 것 없는 세상을 만든다지만 실현될 수 없는 선동에 불과하며, 그들이 받드는 소련은 이상적인 사회도 아니고 우리를 알뜰하게 보살펴 줄 나라도 아니라고 생각했다.

봄이 되자 물가가 하늘 모르게 치솟더니 5월 중순에 '조선정판사 위조지폐사건'이 터졌다. 미 군정청의 발표에 따르면 일제 치하에서 조선은행권을 찍던 원판으로 공산주의자들이 몰래 돈을 찍어내어 정치자금으로 뿌렸다는 것이다. 위즈화폐가 엄청나게 돌아다녔으니 경제 혼란은 피할 수가 없었다.

이 사건을 계기로 38선 무허가 월경이 금지되었으며 9월에 들어서자 공산당 간부 박헌영, 이강국 등은 당국의 눈을 피하여 월북했고 이주하 등이 체포되었다. 공산당의 정치 활동이 불법화되고 공산주의자들은 지하 활동에 들어갔다.

동수가 멋모르고 좋아한 여학생은 창우와 교제하고 있던 안명옥이었다. 그는 지난봄 개학하던 날에 털어놓고 고백하라던 창우의 충고를 떠올리며 혼자만의 고민을 떨치고 과감히 행동에 옮기기로 작정했다. 몇 차례 편지를 보냈지만 답장을 받지 못하던 중에 방학을 앞두자 조바심이 났다. 며칠 동안 하숙집 부근을 배회하던 끝에 돌아오는 그녀를 만났다.

"명옥 씨 안녕하세요?"

"동수 씨네요. 여기서 뭘 하시나요?"

동수는 큰맘 먹고 적극적으로 의사를 표현했다.

"명옥 씨를 찾아왔습니다."

"저를요? 무슨 볼일이 있나요?"

동수는 가슴이 떨려 말이 잘 나오지 않았으나 명옥의 대답은 태연했다.

"제가 보낸 편지를 받지 않았습니까?"

"받았어요."

"저의 뜻을 받아주시겠습니까?"

"그럴 수 없어요. 아버지가 아시면 크게 야단맞아요. 아마 쫓겨날걸요."

"우리가 만나고 사랑하는 것까지 아버지께서 알지는 못하겠지요?"

"아버지를 속이라고요? 동수 씨라면 모르지만 나로서는 생각조차 할 수 없어요. 뿐만 아니라 동수 씨에게 사랑 같은 것 느끼지 않고 있어요."

"저의 진심을 이해해 주십시오. 저를 이해하는 날까지 기다리겠습니다."

"그러지 마세요. 만나고 싶지 않습니다."

"만나고 싶지 않은 이유가 있습니까?"

"이유까지 말씀드려야 하나요? 그러죠. 사랑하는 사람이 있습니다."

"그게 누굽니까?"

"별것 다 묻네."

"저는 끝까지 포기하지 않겠습니다. 포기할 수가 없습니다."

"보자 하니 정말 어처구니없는 사람이군."

그녀는 안색이 싹 달라지며 휙 돌아서더니 한걸음에 하숙집으로 쪼르르 들어가 버렸다. 동수는 기가 막혔다. 단념하지 못한 채 괴로워하던 어느 날 명옥의 후배 순자를 만나 그녀가 창우와 열애 중이라는 이야기를 들었다. 아찔했다. 하필이면 창우라니….

창우는 여름방학 중이던 8월 중순 어느 날 기별을 받고 학교로 와 보니 학생들이 많이 모여 있었다. 강석이나 동수의 얼굴은 보이지 않았다. 좌익 학생들의 발호에 맞서기 위하여 며칠 전인 7월 31일 서울에서 전국학생총연맹(학련)이 조직되었으니 포항에서도 지역 단체를 만들자는 이야기가 오갔다. 8월 20일에 학련 포항 특별지부가 결성되어 창우는 총무부장 자리를 맡았다. 강석이가 눈에 띄지 않은 것은 당연할는지 몰라도 동수가 보이지 않아 마음에 걸렸다. 학련이 본격적으로 우익 활동을 시작하면 강석이와 마주칠 일이 걱정이었다.

개학날이 다가왔다. 창우는 강석이와 동수가 왔는지 눈망울을 굴리던 참에 동수가 나타나 먼저 말을 걸어왔다.

"창우야, 그동안 잘 있었니? 더워서 어떻게 지냈나?"

"더위? 견딜 만했어. 요즘에는 왜 보이지 않았나? 어디 갔었나?"

"강석이 소문 들었니?"

"아니. 무슨 소문? 그러잖아도 지금 막 학교 왔는지 살피고 있었어."

"강석이 아버지 병세가 오늘내일 하는가 봐. 다른 가족이 아무도 없으니 강석이가 매달려 있단다. 당분간 출석 못한다고 선생님에게도 이미 말씀드렸다는군."

"우리 문병 가 볼까?"

"안 가는 게 좋을 거다."

"왜 그래?"

"강석이네 집에는 지금 경찰과 남로당의 눈길이 모아져 있을 거야. 남로당 사람들이 내놓고 드나들지는 못하지만 아마 신경 쓰고 있겠지. 넌 학련 간부 아닌가? 눈에 찍힐 거다."

"친구 아버지 문병 가기도 어려워졌나? 참 안됐구나. 그건 그렇고 넌 학련에 들어오지 않을래?"

"더 생각해 봐야 하겠어. 실은 아직 아버지 승낙을 얻지 못했어. 성은 다르지만 내게는 역시 아버지 아닌가?"

"그렇고말고. 당연히 승낙을 받아야지."

"이해해 줘서 고마워."

동수의 말은 어쩐지 힘이 빠지고 부자연스러워 보였다. 학련에 가입하지 않는 것은 사실은 의붓아버지의 승낙이 없어서가 아니었다. 안명옥 때문에 의욕을 잃고 있었다. 매정하게 돌아서던 태도나 창우와 열애 중이라던 순자의 말이 큰 못이 되어 가슴에 박혔다.

동수는 창우가 미워지기 시작했다. 초등학교 때부터 줄곧 한 교실에서 공부했는데 한 번도 따라잡지 못하면서 그 창우의 우위를 당연하게 여겨 왔다. 그런데 갑자기 자격지심이 생기고 라이벌 의식이 솟구쳤다. 창우 아버지는 독립운동에 나선 자랑스러운 애국지사인데 자기 아버지는 노름에 미쳐 물려받은 재산을 모두 날리고 주정이나 부리며 떳떳하지 못하게 살았던 사람이었다. 술 취해 절벽에서 떨어져 죽어 거적에 싼 채 지게로 지고 가서 공동묘지 한구석에 아무렇게나 묻었다. 어머니는 아버지가 죽자 곧바로 첩살이를 시작했다. 이런 여러 가지로 그는 분명히 뼈대가 있는 집안이고 자기는 아니라 생각하자 더 만나고 싶지 않아졌다. 학련에 들어가면 함께 활동하게 되는 것이 싫었다.

창우는 동수의 생각을 알 리 없었다. 9월 마지막 날 창우가 학교 공부를 마치고 학련 사무실로 가려던 참에 동수의 의붓동생 원도가 나타났다.

"형! 잘 있었어요?"

"원도구나. 오랜만이다."

"형이 이웃에 살 때는 참 좋았는데…."

"왜?"

"가까이 있으면 본받고 많이 배우잖아요."

"내가 가르쳐 준 것이 뭔가? 너도 공부 잘한다고 소문났더라."

"형, 난 학련에 들어가면 안되나요?"

"들어올 수 있어. 하지만 먼저 아버지 승낙을 얻도록 해라."

"이미 승낙하셨어요."

"동수 얘기로는 아버지가 승낙하시지 않아 가입할 수 없다던데?"

"아니, 거짓말이에요. 학련 가입 때문에 동수 형과 다퉜어요. 나는 우리나라가 공산주의 되는 것을 반대해요."

"알겠다. 나와 같이 본부로 가 보자. 형의 말을 함부로 거짓이라고 단정하지 마라. 의견이 달라도 형을 존중해 줘야 한다."

창우는 원도의 말 한마디에 동수를 의심하고 싶진 않았다. 그를 따라간 원도는 곧장 학련에 가입해서 활동하게 되었다.

10월 들어 결국 강석의 아버지가 돌아가셨다. 그 얼마 전이었다. 강석이가 혼자 병석을 지키고 있는 밤에 밖에서 가볍게 문을 두드리는 소리가 들렸다. 들어온 사람은 전에도 본 적이 있는 친척 박돌쇠였다. 머리맡에 앉아 아버지께 문안인사를 드렸다.

"형님, 좀 어떻습니까?"

"돌쇤가?"

"밖에 동지들이 와 있습니다."

"모두 들어오라고 이르게."

박돌쇠가 문을 열고 부르자 어둠 속에서 기다리던 세 사람이 들어왔다. 셋 중에서 가장 가까이 다가앉은 사람이 말했다.

"형님, 좀 어떻습니까? 차도가 있습니까?"

"난 이제 다 됐어. 가망이 없어. 혁명의 성공이 하루하루 다가오는데 보지 못하고 죽자니 너무 억울하네."

"형님 곧 나을 것입니다. 마음 편히 하십시오."

"아니야. 자네들 함께 모여 있을 때 부탁 하나 하겠네."

"말씀하십시오."

"자식 말하기는 좀 뭣하다만 우리 강석이는 아주 똑똑한 녀석이다. 촌구석에서 그냥 썩을 아이는 아니지. 박헌영 선생께서 북조선으로 가셨다고 하니 내 죽거든 강석이를 그곳으로 데려다 주시게. 하나뿐인 내 아들을 그분께 맡기고 싶네."

"형님, 그렇게 하겠습니다."

"돌쇠야, 네가 배편으로 좀….."

"걱정하지 마십시오."

"강석아, 돌쇠 아저씨 따라 북으로 건너가 박헌영 선생께 내 아들이라 말하고 그분을 도와드려라. 알겠나?"

"예, 아버지."

"내 아들이라면 잘 돌봐 줄 게다. 선생의 혁명 사업을 도와 입신양명하고 우리 고향의 동지들에게도 번듯이 보여 줘라."

박강석은 공산주의에 대한 뚜렷한 신념도 없었고 북조선에 대한 관심도 적었다. 아버지가 평소에 박헌영을 따르자고 입버릇처럼 말해서 관심이 갔을 뿐이었다. 그러나 죽음에 앞서 여러 후배 동지들 모인 자리에서 월북하여 입신양명하기를 유언하자 효심이 깊던 강석은 크게 마음이 기울었다. 불쌍한 아버지 뜻을 거슬러 가며 달리 생각할 여유가 없었다. 처음에는 어쩐지 내키지 않는 마음이 남아 있었지만 마지막으로 돌쇠가 나타나 배편이 준비되었다고 하자 결국 월북키로 결심했다.

그는 가까운 친척들 도움으로 아버지 장례를 마친 뒤 일 주일쯤 지나서 학교에 나타나 급우들의 위로를 받았고 창우와 동수도 만났다. 그러다 이튿날에는 다시 보이지 않았다. 학련 간부들 사이에서 불러 조사해 보자는 말이 나왔으나 창우는 그가 상중(喪中)이니 지켜보자고 만류했다. 강석이가 해방 직후 좌익 사상을 옹호했던 것은 사실이나 최근에 아무 말이 없고 좌익 학생을 편들거나 그 활동을 주도하는 실제적인 행동도 전혀 없는 것을 보면 자중하고 있는 것 같다고 주장했다.

강석이는 북으로 떠나기 전에 가장 친하게 지내던 창우와 동수를 꼭 만나보고 싶었다. 우선 은밀하게 동수를 만났다.

"너도 학련에 들어갔니?"

"아니. 왜 물어?"

"안 들어가길 잘했다. 장차 공산주의 혁명이 성공하는 날에는 모든 인민 대중이 내 것 네 것 없이 잘살게 되어 있어. 그게 마르크스 레닌의 탁월한 사상이지. 자본주의는 몇몇 자본가와 지주들만을 위한 사상이야. 이제 곧 인민 대중이 떨치고 일어나 한줌 거리도 안되는 자본가와 지주들을 타도할 거다. 공산주의 혁명이 성공한다는 것이지. 우리가 어느 편을 들어야겠니? 당연히 공산주의야. 네가 일단 학련에 몸을 담으면 그때 가서 크게 후회할 게다. 알겠나?"

"그럴까?"

"창우도 만나서 이런 이야기를 들려주고 싶어. 우린 서로 친구 사이니 그가 옳지 못한 길로 가지 않도록 충고해야지."

"창우는 아마 어려울 거야. 녀석은 학련 총무부장 아닌가?"

"그래도 끝까지 설득해 보고 싶다. 어쩌면 시간이 없어 만나지 못할는지."

"왜 시간이 없니? 뭣 때문에 바빠?"

"네겐 말하지 않을 수 없네. 나는 우리의 영도자 박헌영 선생을 뒤따라 곧 북조선으로 간다."

"월북한다고? 정말?"

"내일 어떤 사람과 접촉하기로 약속되어 있어. 이건 절대 비밀이다. 내가 가서 자리 잡고 네게 연락하마. 우리 같은 무산 계급은 남조선에서 별 볼일 없어. 넌 언제까지 여기에서 의붓아버지 눈칫밥 얻어먹고 살 건가? 함께 손잡고 노동자 농민의 새로운 조국을 건설하는 혁명에 앞장서자. 그래서 가난하고 서럽게 자란 우리 인생을 한번 확 바꿔 보자. 오랫동안 친구로 지냈던 창우를 우리 편으로 돌아세울 방법도 생각해 보자."

"네 말이 맞다. 이제 우리 인생을 바끄자. 너만 믿는다. 학교에는 안 나갈 작정인가?"

"갈 시간 여유가 없어. 분위기도 그렇고. 내가 보이지 않거든 너 혼자 짐작만 하고 있어라. 알겠나?"

"그래. 성공하기 바란다."

"내가 가고 나면 박돌쇠란 사람이 너를 찾아내 소식을 전해 줄 것이다. 박돌쇠다. 이름을 꼭 기억해 둬라."

"박돌쇠라고? 알았어."

"그만 간다. 잘 있어."

"몸조심해라. 잘 가."

강석은 굳센 악수를 나누고 동수와 헤어져 혼자 터벅터벅 걸어가다 읍사무소 앞에 이르렀다. 읍사무소는 붉은 벽돌 건물이지만 그 중심에서 우뚝 솟아나 사방으로 난 창문가다 긴 나팔을 쑥 내밀고 있는 정방형 망루는 흰 벽이었다. 어둠 속에서도 쉽게 드러나는 망루를 쳐다보는 순간에 창우가 떠올랐다. 말 한마디 없이 떠나려니 아무래도 마음에 걸렸다. 그가 아니었으면 어떻게 학업을 계속할 수 있었을까? 벌써 그만두고 일본 놈 상점의 점원 노릇이나 하다가 해방을 맞았겠지. 그는 누가 뭐래도 저 망루처럼 우뚝 솟아난 하나뿐인 친구다. 어쩌면 붉은 읍사무소 건물은 좌익인 자기요 그 위에 올라선 흰 망루는 우익인 그다. 그가 언제나 그렇듯 자기 꼭대기에 있다는 생각이 들자 바쁘지만 찾아가 보기로 작정했다. 창우 하숙집 입구 골목에서 한참 기다리다 돌아오는 그와 만났다.

"김창우!"

창우는 깜짝 놀라 멈칫하더니 어둠 속에서 이내 강석이를 알아보았다.

"강석이 아닌가?"

"그래, 나다."

"웬일이냐?"

"이야기 좀 하려고."

"네게 여러 가지로 미안하다. 아버지 돌아가셨는데 문상도 못하고 변변히 위로할 틈도 없었네. 용서해라."

"사정이 그렇게 되지 않았나?"

"정말 안됐다. 너무 슬퍼하지 마라."

"아버지는 병이 깊어 어쩔 수 없었어."

"집에 들어가자. 들어가서 이야기하자."

"아니야. 여기에서 얼른 말하고 가겠다."

"잠깐 들어갈 여유도 없나? 할 말이 뭔지는 모르겠다만 바깥이 춥다. 따뜻한 방으로 들어가자."

"그냥 밖에서 이야기하고 가겠다. 창우야, 단도직입적으로 묻겠다. 넌 학련 그만두면 안되니?"

"그럴 수 없어. 나는 너 만나서 좌익 사상 접어 버리고 학련에 들어오라고 권할 생각이었어."

"그렇구나. 사상이 우리를 갈라 놓네."

"오해하지 말고 내 말을 잘 들어 봐. 너는 아버지 그늘에서 벗어나야 한다. 합리적으로 생각하고 스스로 판단해라. 너에겐 너의 인생이 있고 너만의 길이 있는 법이다. 너의 길을 걸어야 뒷날에 후회가 없을 게다. 아버지의 길이라고 반드시 따라가는 것은 옳지 않아."

"널 설득하려다 도리어 설득당하겠다. 나는 스스로 내 노선을 지키겠다."

"그래? 하는 수 없구나. 하긴 내게 설득당할 박강석이 아니지. 하지만 우리 서로 미워하지는 말자."

"고맙다. 학련에서 날 조사하려는 걸 막아 줬다는 이야기를 들었다. 그래, 누가 뭐라 하든 우리는 서로의 이념을 존중해 주자. 사상이 다르다고 미워하지 말고 오늘의 우정을 끝까지 지키자. 그만 간다. 잘 있어, 창우."

그들은 골목 어귀까지 함께 걸어가 악수하고 헤어졌다. 어쩐지 걸음이 무거워 보이면서 곧 돌아설 것 같은 예감이 왔다. 아니나 다를까 저만치 가던 강석이 되돌아서며 말했다.

"잠깐 기다려 창우야."

"그래. 뭔데?"

가까이 다가서자 두 손을 잡으며 말했다.

"해방 전에 학비 도와준 것 정말 고마웠어."

"새삼스럽게 무슨 말이냐? 별소리를 다 하는구나. 지난 일은 잊어버리자."

"어떻게 잊을 수가 있겠어? 처음 20원을 주려고 네가 부를 때 난 담임선생에게 자퇴원을 내려고 교무실로 막 들어가려던 참이었어. 자퇴 원서를 써서 며칠째 호주머니에 넣고 다니다 제출하려고 말이야. 네가 돈을 내놓을 때 그걸 보여 줄까 망설였는데 절대로 물러설 것 같지 않아 그만뒀어. 너와 헤어지는 거 너무 아쉽기도 했고. 자퇴 원서를 선생님께 제출해 버렸으면 돈을 받지 않았을 거다. 딱 시간 맞춰 날 구해 줬어."

"내가 20원을 주었던가?"

"그랬어. 너에게서 모두 95원을 받았어. 누구나 어려웠던 그 시절에 말이야. 난 결코 잊을 수가 없다. 창우야 고맙다."

"95원이라고? 넌 역시 기억력이 좋구나. 자꾸 그러면 내가 민망해. 언젠가 내가 어려워서 너의 도움을 받아야 할 때도 있지 않겠나?"

"그렇겠나? 그럴 때가 오면 망설이지 않고 널 돕겠다. 우리는 둘도 없는 친구 아닌가?"

"그렇고말고. 영원한 친구지."

"잘 있어, 창우야."

"내일 학교에서 보자."

강석은 내일 보자는 말에 아무런 대답도 않고 돌아서서 손 흔들며 멀어져 갔다. 그 모습이 어둠 속에 묻혀 버리자 어쩐지 강석이를 다시 못 만날 것 같은 예감이 들었다. 왜 대답 없이 갔을까? 꼭 어디로 떠날 사람같이 느껴졌다. 물어보지는 못했지만 작별을 예정하고 있어서 경우 바르고 남에게 신세지기 싫어하는 그가 새삼스럽게 돈 받은 이야기를 꺼냈을 것같이 여겨졌다.

박강석은 이튿날 학교에 모습을 드러내지 않았다. 그 다음날도 결석이었다. 며칠 지나서 그가 북쪽으로 넘어갔다는 소문이 돌았다. 창우는 곧바로 동수에게 물어보았다.

"동수야, 강석이가 학교에 계속 안 나오네. 왜 그러지?"

"나도 몰라."

"북으로 갔다는 소문이 떠도는데 사실인가?"

"내가 어떻게 알겠어. 나도 방금 소문으로 들었어."

머리 좋고 성실하여 친구 삼기에 모자라지 않았던 강석이가 북으로 간 것이 창우는 못내 서운했다. 어쩌면 잘된 일 같기도 했다. 학련은 좌익에 맞서겠다는 우익 학생 단체고 그는 학련이 타도해야 할 좌익 세력이다. 하지만 우정으로 생각하면 어떤 경우에도 지켜 줘야 할 둘도 없는 친구다. 아닌 게 아니라 여러 달 동안 마음이 불편했다.

동수는 학교에서 창우를 피하는 눈치였고 학련에도 여전히 모습을 드러내지 않았다. 창우는 동수에게 뭔가 변화가 오고 있음을 느꼈다. 그 뻣뻣한 태도는 무엇인가? 털끝만큼도 서운하게 해 주지 않았는데 요즘 들어 사뭇 달라진 그를 이해할 수 없다. 창우에게 강석이가 이성적인 친구라면 동수는 감성적인 친구다. 강석은 중학교에 입학하면서 서로를 견줘 보며 선택되었으나 동수는 같은 날 태어나 이웃에서 함께 자라며 저절로 맺어졌다.

어느덧 겨울을 지나 다시 봄이 오고 여름을 맞았다. 남한의 좌익들은 그새 완전히 지하 활동과 무장 투쟁에 들어가 깊은 산속으로 숨고 빨치산이 되었다. 밤이면 시골 지서를 습격하여 경찰관을 살해하고 외딴 마을 구장*이나 지주와 그들에게 협력하지 않는 사람들을 납치 살해하고 집을 불살랐다. 경찰과 국방경비대(뒷날의 국군)는 그 빨치산을 토벌하고 협력자를 색출했다.

강석의 월북은 시간이 지나면서 차츰 잊혀졌으나 창우는 동수가 여전히 학련에 들어오지 않는 것이 마음에 걸렸다. 요즘 들어 중병 앓는 것 같은 창백한 얼굴이어서 보기 민망스럽기도 했다. 주변의 학우들은 벌써부터 동수를 의심하고 있었다. 함께 활동하는 윤지명이 드러내 놓고 말했다.

"창우야, 아무리 생각해도 동수가 수상쩍다. 동수쯤 되면 응당 학련에 가입하고 간부 맡아 활동해야 하는 것 아니냐? 1년이 가깝도록 따로 논다는 게 말이 되나? 그 자식을 불러다 따져야 해."

"동수는 내가 잘 아는데 가정적으로 그렇게 못할 처지다. 건강도

---

* 동장. 큰 동네가 1구, 2구… 등으로 나누어져 있어서 구장이라 불렀다.

좋지 않게 보여. 이해해 줘라.”

“그 녀석 병은 꾀병이다. 의붓아버지가 반대한다고? 아냐. 의붓아버지 본가가 우리 마을 택전에 있잖아? 내가 그 집 사정을 잘 아는데 연일면 대지주다. 반대할 이유가 없어. 아버지가 반대한다면 동생 원도는 어떻게 가입했나?”

“그보다는….”

“정신적으로 무슨 고민이 있다는 말이지?”

“말 못할 이유가 있을 게다.”

창우는 동수가 명옥에게 사랑을 고백했으나 단박에 거절당한 사실을 이미 알고 있었다. 명옥이와 도구 숲을 거닐 때 들었다. 이제는 창우도 동수를 만나기가 마음으로 부담스러웠다.

14

강석이와 헤어지고 서너 달 뒤 어떤 낯선 사람이 하숙집으로 동수를 찾아왔다. 작은 키에 체구가 다부지고 얼굴은 검은 편이었다.

“학생이 오천 사는 이동수 맞나?”

“그런데요.”

“나는 박돌쇠라는 사람이다. 박강석이가 내 말 하지 않던?”

동수는 곧바로 기억해 냈다.

“아, 예. 강석이가 어르신 말씀을 했습니다.”

“강석이는 지난해 가을에 북조선으로 무사히 넘어갔다. 내가 데려다 주었다.”

“어떻게요?”

“내가 뱃사람 아닌가? 배 태워 보냈지. 바다에 38선 있나 뭐. 닷

새 전에도 잠시 다녀왔어."

"강석이는 북조선에서 어떻게 지내던가요?"

"이번에 가 보니 박헌영 선생 밑에 있으면서 대학에 다닌다더라. 머리 좋다고 소문이 났대. 앞으로 혁명전선에서 크게 활약할 거다. 네게도 밖으로 드러나지 않게 조심하그 은밀하게 남로당을 도와주라 당부하더군."

사실 동수는 그동안 좌익도 우익도 아니었다. 좌익 학생들은 동수가 한 마을에 사는 창우와 한편이려니 생각했다. 언젠가 소련군이 수풍 발전소 발전기를 떼어 가고 손목시계를 빼앗아 간다고 말한 것도 모두들 기억하고 있었다. 우익 학생들은 학련에 가입하지 않는 것으로 보아 동수가 박강석 편이고 좌익에 가깝다고 의심해 왔다. 극렬하게 좌익 운동을 하던 학생들은 그동안 모두 학교에서 자취를 감췄으나 그는 아니었다. 그런데 박돌쇠가 전하는 말을 듣고 강석이가 떠날 때 했던 이야기를 연상하며 이제 와서야 자신을 좌익의 일원으로 마음에 받아들이고 있었다. 북조선에서 잘나간다는 강석이가 부럽기도 했다.

"조심해야죠. 내가 함부로 나서지 않았기 때문에 바람맞지 않고 이렇게 탈 없이 지낼 수 있었던 것이 아니겠습니까?"

"그렇겠지. 헌데 말이야, 강석이가 또 다른 것을 부탁했어."

"뭡니까."

"김창우라는 친구 있지."

"있어요."

"그애를 잘 설득해서 남로당에 입당시키라더군."

"그건 어려워요."

"왜?"

“그 친구는 학련 간부예요.”

“나도 알아. 학련 간부라면 용서할 수 없는 반동인데 강석이가 그 녀석을 꼭 설득시키라고 당부했으니 당원으로 받아들이겠다는 거지. 쉽게 말 들을 아이는 아니겠지만 한번 해보지.”

“그게 될까요?”

“내가 해보겠어. 그애를 만나게 해 줘. 집이 어딘가?”

동수는 요즘 들어 많이 달라졌지만 아직도 창우를 친구로 생각하고 있어서 남의 손에 맡겨 두고 싶지는 않았다.

“일단 기다려 보세요. 제가 시간을 두고 설득하겠어요.”

“녀석이 계속 학련에서 활동하면 우리에게 이로울 건 없잖아?”

“창우는 총무부장이니 행동대는 아닙니다. 선비 스타일이라 적극성도 없고요. 강석이를 변호해 준 적도 있고 우리에게 해로운 일에 앞장서지 않을 것입니다.”

“정말 그럴까?”

“저를 믿고 기다리세요.”

“알겠다. 노력해 보게, 이동수 동지! 그럼 이만 간다.”

“강석이 소식 또 전해 주세요.”

“그러마.”

동수는 창우를 좌익 편으로 끌어넣는 데 노력하겠다고 약속했지만 실제로는 손 놓고 있었다. 사상이 어떻든 창우는 지하 활동 따위에 가담할 사람이 아니다. 말해 보았자 그의 논리를 이겨내기 어렵고 오히려 설득당할는지도 모른다. 명옥이가 그 녀석 때문에 자기에게 콧방귀 뀌고 있다고 생각하면 구태여 함께하고 싶지도 않았다. 근엄하고 절제된 창우 할아버지의 모습이 떠오르면서 철부지로 자랄 때 몰랐던 서로의 간극이 이제야 절실하게 느껴졌다.

그즈음에 동수는 건강이 좋지 않다며 학교를 빼먹는 날이 많고 한약방에 자주 드나들었다. 사지는 멀쩡했으나 안명옥으로 인한 고민에서 헤어나지 못하여 괴롭고 우울한 나날을 보냈다. 생부가 술 취해서 벼랑에 떨어져 죽고 자기가 엉뚱한 사람의 아들이 된 것에도 비애를 느꼈다. 학련에 가입하라는 요구를 차일피일 미루려고 건강을 핑계 삼다 보니 스스로 병자라는 생각에 빠져들었다. 어쩐지 멀게 느껴지는 의붓아버지와 성이 다른 세 형제들, 자기에게 전혀 관심 두지 않는 어머니, 그 모두가 저만큼 멀리 떠나 있는 듯했다. 때로는 하루빨리 강석이 따라 월북하여 자기를 얽어맨 온갖 상황을 단숨에 벗어나고 싶었다. 그쪽으로 데려다 줄 박돌쇠가 나타나기를 은근히 기다리게 되었다.

한동안 아무런 연락이 없던 박돌쇠가 동수 앞에 나타난 것은 10월이 거의 지나갈 무렵이었다. 밤중에 하숙집을 찾아왔기에 방으로 불러들였다.

"이동수 동지, 그동안 잘 지냈나?"

"예, 어르신. 왜 아무런 소식이 없었나요? 이제나저제나 기다렸지요."

"숨어 다니느라 오기 어려웠어. 개자식들이 눈을 부릅뜨고 찾아다녀서."

"그렇군요."

"김창우 문제는 어떻게 되었지?"

"쉽지 않네요."

그는 고개를 기웃하다가 다시 물었다.

"날 기다렸다고 했지? 왜 기다렸나?"

"박강석에게 데려다 주세요."

이 말은 정신적인 방황 끝에 그가 선택한 현실 탈출구였고 박돌쇠에게는 기다리던 답이었다.

"잘 생각했다. 남조선에서 활동하기가 차츰 어려워지고 있어. 널 찾아오기도 쉽지 않더군. 그러잖아도 다음달에 배 탈 작정인데 그때 데려다 주마. 그런데 먼저 처리해야 할 일이 있어."

"무슨 일인데요?"

"자금을 확보해야 돼. 마음대로 나다니지 못하다 보니 자금 마련하기가 어려워. 자네가 힘을 좀 써야겠어."

"제가 어떻게요?"

"자네 집에 돈 있지?"

"없어요."

"내가 다 알고 왔어. 논 사려고 돈 가져다 두었잖아?"

"그건 어머니 몫으로 잘개들 논 열닷 마지기 사려고 준비해 둔 건데요."

"거봐, 내가 용케도 알지? 네 의붓아버지는 땅이 너무 많아. 지금도 대지주인데 열닷 마지기나 더 사 보태다니 말이 되나?"

"더 사 보태려는 것이 아니라 연일에서 좋은 논을 열 마지기나 팔아 왔어요."

"어떻든 땅이 너무 많다. 한 뼘도 갖지 못한 사람들이 얼마나 많은가? 그 논 사려는 돈을 우리가 혁명 사업에 좀 빌려 써야겠어. 밤중에 찾아가서 칼 들이대고 뺏기보다는 자네가 몰래 가져오는 것이 서로에게 좋겠지?"

"그 돈 가져오면 나는 어머니에게 쫓겨날 거예요."

"어차피 자네는 집에 있을 일이 없어. 북조선으로 가겠다면서? 마침 박강석이가 김창우를 잘 설득해서 함께 오도록 하라는 전갈을 보냈어. 그러니까 김창우를 전향시켜 네가 데리고 가는 거야. 월북 자금이라고 생각해. 배 몰고 넘어가려면 기름 값은 적게 드는 줄 알아?"

"김창우를 어떻게 설득시키나요?"

"넌 맨날 그 소리냐? 날 대면시켜라. 내가 알아서 할게. 한번 찾아가자. 집이 어딘가?"

"집이야 오천면 세계동이지만 그애는 집에 가지 않아요. 거의 시내에 머무르는데 거처를 비밀로 하고 있어요."

"영악한 놈이군. 언제든 집에 갈 때가 있을 테니 잘 알아보고 연락해 줘. 내가 직접 만나서 강석이가 전해 준 말로 설득해 보겠네."

"강석이가 뭐라 했어요?"

"천천히 알게 될 게다. 어떻든 집 나올 때 돈 가져오는 것 잊지 말고."

"돈은 얼마면 되죠?"

"얼마긴 얼마라. 몽땅 가져와도 모자라."

"그 큰 돈을 모두요?"

"혁명 성공하면 한 푼 안 떼먹고 모두 갚는다. 넌 공로훈장 받을 거고."

"훈장 받는다고요?"

"창우 녀석 거처나 집에 가는 걸 알아내면 연락해. 날 만날 일이 있으면 대문 옆 울타리 판자에 백묵으로 공표를 그려 놓아. 내가 시키는 사업을 서둘러. 알겠어?"

"알겠어요."

박돌쇠는 말을 마치자 밖으로 나가 주변을 살피더니 어둠 속으로 사라졌다.

15

　창우는 11월 28일이 음력으로 시월 열엿새라서 할머니 제사 드는 날이라고 기억하고 있었다. 해 질 무렵에 헌 중절모를 눌러쓰고 주인집에서 빌린 옷으로 적당히 변장한 다음 경찰서로 최 순경을 찾아갔다. 낮에 만났을 때 그가 저녁 7시경에 트럭을 몰고 장기 지서로 간다고 듣고 오천까지 태워 달라고 이미 부탁해 놓았다. 빨갱이들이 학련 간부 학생을 노린다는 소문이 돌아 아무도 모르게 집에 다녀올 작정이었다.

　트럭이 오천 지서 앞을 지나 마른 개울을 건너고 장터 옆 비탈길을 힘에 겨워 느릿느릿 올라갈 때 옹기점 입구에서 적재함 뒤로 뛰어내렸다. 조심스럽게 주변을 둘러보니 눈에 뜨이는 사람이 없다. 왼쪽으로 난 골목을 지나 텅 빈 장터를 가로질러 가면서 고개를 들어 보니 동쪽 산마루에 열엿새 둥근 달이 환하게 빛나고 있었다. 미행이 있는지 다시 뒤돌아보니 길게 뻗은 자신의 달그림자뿐이다. 한참 걷다 개울을 건너고 집 앞에 이르러 대문 안으로 성큼성큼 들어갔다.

　우선 사랑방으로 들어가 할아버지에게 인사를 올렸다.

　"할아버지 그간 잘 계셨습니까?"

　"네가 왔구나. 우리 손자가 할머니 제삿날을 잊지 않고 있었네."

　할아버지는 창우가 올 것을 뻔히 알면서도 기뻐했다.

　부엌에서 제사 음식을 준비하던 어머니도 얼굴에 함빡웃음을 띠고 사랑방에 들어왔다.

　"창우야, 저녁 먹어야지?"

"포항에서 일찌감치 먹고 출발했어요. 어머니 그동안 잘 지냈습니까?"

"그래. 나야 우리 아들 걱정해 주는 덕분에 잘 있었지."

창우는 그 말씀에 싱긋 웃어 답하고는 어머니 얼굴을 건너다보았다. 나이 마흔세 살, 이젠 잔주름이 늘어나고 있었다. 헤아릴 수 없는 외로움을 삭혀낸 인내의 흔적처럼 보였다.

그는 할아버지를 모시고 큰방으로 건너왔다. 방바닥이 한결 따뜻해서 집에 온 기분이 났다. 방문 앞 아랫목에 자리 잡은 할아버지는 걱정스러워했다.

"좌익들이 널 보면 장난칠 텐데 이렇게 나다녀도 괜찮겠나?"

"제가 온 것을 아무도 모릅니다."

그 말이 막 끝났을 때 문밖에서 부르는 소리가 들렸다.

"창우야! 창우 있나?"

모두가 흠칫 놀라는 중에 부엌에 있던 어머니의 말소리가 떨렸다.

"누구요?"

밖에서 더 뚜렷한 소리가 들렸다.

"어머니, 저 동숩니다. 안녕하세요?"

"동수라고? 이 밤에 웬일로?"

마현댁은 예나 지금이나 동수가 별로 반갑지 않다. 하지만 단 한 번도 티를 낸 적은 없었다.

할아버지도 한마디 덧붙였다.

"동수가 늦은 시간에 웬일인가?"

"예, 할아버지. 그동안 잘 계셨습니까?'

그때 벌써 목소리를 알아들은 창우는 싱글벙글 웃는 얼굴로 툇마루 끝에 나가 섰다. 그러잖아도 요즘에 만나기 어려운 동수가 제 발로 찾아온 것이 반가웠다. 마당에 들어선 그가 마루 끝에서 대여섯 발짝 떨어져 서 있었다.

"동수구나. 어쩐 일이지? 어서 들어와. 들어오라니까."

"할아버지 계시는데 안 들어갈래. 나와 봐라. 잠깐 이야기하고 가겠다."

"무슨 이야긴데?"

"잠깐 보자."

"그래."

창우가 마당으로 내려서자 동수가 손을 잡고는 할 말을 얼른 꺼내지 않고 한 발짝 두 발짝 바깥으로 끌었다. 상대가 동수인 데다 할아버지나 어머니에게 저들의 이야기가 들리지 않도록 멀리 떨어지려는 듯 느껴져 창우는 자신도 모르게 이끌려 반쯤 열린 대문 밖으로 한쪽 발을 걸쳤다.

"빨리 이야기해라. 뭔데?"

창우의 다그치는 말이 채 끝나기도 전에 담 바깥에 몸을 숨기고 있던 사내 둘이 와락 덤벼들어 창우의 목을 조르고 두 손목을 잡아비트는 것과 동시에 또 다른 사내가 재빨리 수건으로 입을 꽉 틀어막으며 집 안에서 보이지 않도록 담벼락 밑으로 끌고 갔다. 대문간이 어둡고 눈 깜짝할 사이에 벌어진 일이라 안에서는 움직임을 볼 수 없었다. 놀란 창우가 뭐라고 말하려 했지만 소리가 입 밖으로 나오지 못했다.

입을 막은 자가 나지막하고 무겁게 말했다.

"해치지 않을 테니 가만있어."

그의 말에 창끝 같은 날카로움이 느껴졌다. 몸을 움직여 벗어나려 하자 더 센 힘으로 잡고는 끈으로 손목을 묶었다. 창우는 기가 막혀 뒤에 서 있는 동수를 돌아보았다.

"동수야, 이거 뭐하는 짓이야. 왜 불러냈어?"

그러나 벙어리 흉내만 냈을 뿐 입이 막혀 말소리가 밖으로 나갈 수 없었다. 알아듣고 변명이라도 하려는 듯 동수가 말했다.

"창우야, 이분들이 너하고 할 이야기가 있는 모양이야. 시끄럽게 하지 않으면 이러지 않을 거야. 조금만 잠자코 있어 봐."

창우가 이 사람들이 누구냐는 듯 다시 쳐다보자 동수는 더 이상 말하지 않았다. 사내들은 창우를 끌고 가을걷이가 끝난 넓고 메마른 밭을 가로질러 갔다. 사방을 둘러봐도 인기척이 없고 집 문밖으로 새어나오는 희미한 불빛만 멀리 여기저기에 흩어져 있을 뿐이었다. 창우는 다시금 저항하는 몸부림을 쳐 보았지만 힘이 미치지 못했다.

그들은 창우를 끌고 장기로 뻗은 신작로를 건너 마른 논바닥으로 들어서면서 천마산 마을 쪽으로 갔다. 집에서는 아마 500m 넘게 왔을 것이고, 해가 지면 왕래하는 사람이 거의 없는 곳이다. 그제야 입을 막았던 사내가 손짓하여 일행은 멈춰 섰다. 수건을 입에서 걷어내며 그 사내가 물었다.

"김창우, 해치지 않을 테니 묻는 대로 말해라. 너 학련에서 뭘 맡고 있지?"

"총무부장요."

"박강석하고 친하지?"

"친해요."

옆에 있는 이동수를 가리키며

"이동수하고도 친하지?"

“알면서 왜 묻나요?”

“네가 박강석 동지와 이동수하고 아주 친한 사이라고 알고 있다. 뭣 때문에 미국 놈들 앞잡이가 되어 학련에서 일하니?”

“나는 미국 앞잡이가 아닙니다.”

“너희 학련은 자본주의를 편들고 있잖나? 미국 놈 앞잡이고 악질 자본가와 악덕 지주 앞잡이 아닌가? 우리 동지들을 못살게 굴잖아? 꼭 그렇게 무산 계급과 소작인을 착취하는 자본가와 지주 편에 서야 하겠니? 난 네가 정의의 사나이라고 생각한다. 머리가 잘 돌아가는 수재라더라. 동수에게 들으니 네 아버지도 삼일 만세운동에 떨치고 일어나 중국으로 망명했다며? 그런 네가 미국 놈 앞잡이 짓이라니 말이 되나?”

“나는 아버지처럼 우리나라가 빨리 독립해야 된다고 생각해요. 당신네들은 독립보다 신탁통치에 찬성했고 정부 수립에 반대하고 있잖아요.”

“야 이놈 봐라. 이 자식아! 신탁통치가 독립의 길이란 것을 모르나? 넌 꼭 미국 놈 개노릇 해야 속 시원하겠니?”

“나는 공산주의자가 되고 싶지 않아요. 집에 보내 주세요. 제발 좀 보내 주세요. 할아버지와 어머니가 지금쯤 얼마나 걱정하고 계실는지 생각만 해도 끔찍해요. 제발 보내 주세요. 동수야, 말 좀 해 봐라. 너하고 나는 같은 마을에서 같은 날에 태어나 형제처럼 살아 왔잖아? 왜 밤중에 끌어내어 이렇게 욕보이니?”

“이분들이 널 욕보이려는 것이 아니다. 학련 그만두고 올바른 길로 가도록 충고하는 것 아니냐?”

입을 막던 사내가 말했다.

“김창우, 들어 봐라. 박강석 동지는 평양으로 가서 박헌영 선생 밑에 들어가 곧 모스크바로 유학 떠난다고 하더라. 모스크바에서 공부하고 돌아오면 조국을 위해 큰일을 맡게 될 게다. 박강석에 뒤지지 않는 네가 왜 그런 좋은 기회를 걷어차 버리나? 왜 하필 미국놈 편에 붙어 설치나? 박 동지가 특별히 너와 함께 일할 수 있도록 해 달라고 간절히 부탁했어. 여기 있는 동수처럼 지금이라도 마음을 바꿔."

"나는 미국을 믿지 않지만 소련에 속아 넘어가기도 싫어요. 박헌영이 누군지도 몰라요. 공산주의자가 뭘 생각이 없어요."

"지독한 골수 반동이구나. 철저한 사상 교육이 필요해. 동지들, 우리 아지트로 데려가."

옆에 있던 녀석이 물었다.

"대장 동지, 어떻게 할까요?"

"어떻게 하긴? 재갈 물려."

지금까지 창우를 설득하는 녀석이 대장인 모양이었다.

"제발 집으로 보내 주세요."

창우는 다시 한 번 간절하게 빌었지만 두 녀석은 들은 척도 않고 끈과 수건으로 다시 창우의 입을 틀어막았다. 그로서는 어떻게 해 볼 도리가 없었다. 버티며 힘 줄 때마다 무지막지하게 발길질하며 끌고 갔다. 뒤돌아보니 동수는 5~6미터 뒤떨어져 아무 말도 없이 따르고 있었다.

창우는 동수에게 속아서 따라 나온 것이 후회스럽고 원통했다. 어른들이 흔히 '사상에 물들면 부모형제도 없다'고 말하는 것을 무심히 들어 왔다. 동수가 이런저런 핑계로 학련에 들어오지 않아 약간은 의심스러웠지만 설마 이렇게 자기를 납치하려고 빨갱이를 끌고 나타날 줄은 몰랐다. 이유가 뭔가? 스스로 나섰을까, 녀석들이

동수를 협박했을까? 내가 집에 제사 지내러 온 것을 어떻게 알았을까? 그를 따라 집 바깥으로 걸어 나오지 않았으면 녀석들이 날 그냥 버려 두었을까?

온갖 생각이 창우의 정신을 짓이겨 놓았다. 옅은 안개가 끼었는지 동쪽 하늘 가장자리에 천마산 등성이가 윤곽을 어렴풋이 드러내고 있을 뿐 사방이 깜깜하다. 송골 입새와 다래골을 거치고 문충을 비키며 꺾어지더니 선래점 마을을 지났다. 곧이어 마른 개울을 건너고 다시 오른쪽으로 돌아 항사동 골짜기로 들어섰다. 길 좌우와 산비탈에 민가가 있었지만 불을 밝힌 집은 보이지 않고 개 짖는 소리만 자지러진다. 좌익이 설치든 우익이 설치든 밤이면 불을 끄고 쥐 죽은 듯이 지내는 것이 산골 마을의 행태다.

일행은 마을을 그냥 지나고 오어사 옆으로 개울 따라 올라가더니 오른쪽 벼랑 밑 후미진 곳에서 걸음을 멈췄다. 깎아지른 암벽이 뒤를 둘러싼 그곳에는 바위틈에 뿌리박고 자란 큰 소나무가 있었다. 뿌리 일부가 바깥으로 드러난 데다 둥치는 억지로 휘어잡아 길러낸 분재처럼 비틀어지고 큰 가지 하나는 거의 땅에 닿을 듯 옆으로 뻗어 있었다. 도무지 소나무답지 않았다. 바위틈이라 바로 자라지 못했을까? 대장은 옆으로 뻗은 가지에 등을 기대고 섰고 나머지 둘은 나무 앞에 놓인 편편한 바위에 걸터앉았다. 잠시 쉬는 듯했다. 항사 골짜기는 짙은 안개가 깔려 오어사는 물론 벼랑 꼭대기의 자장암도 모두 어둠 속에 숨어 버렸다. 그제야 물린 재갈을 풀어 주었으나 두 손은 묶인 채로다.

동수는 창우 가까이 서 있기가 민망했던지 다섯 발자국쯤 떨어져 있었다. 창우는 다시금 동수가 원망스러웠다.

"동수야, 너 말 좀 해 봐라. 내가 왜 이곳에 끌려와야 하는 거야?

네게 잘못한 것이 뭐냐?”

대장이 동수를 난처하지 않도록 가로막고 말했다.

“이 자식아! 입 닥쳐. 너, 죽고 싶나?”

창우는 칼날 같은 그 말에 새삼스럽게 소스라쳤다. 밤중에 납치되어 아무도 모르게 이십 리 넘게 떨어진 이곳 깊고 외진 산속에 끌려왔다. 친구인 동수는 이제 제3자가 되고 말아 상대는 오로지 저들이다. 저들이 마음만 먹으면 어떤 해코지도 할 수 있는 상황이라고 깨달았다.

“제발 좀 풀어 주세요. 제발 집에 돌아가게 해 주세요.”

“마지막으로 한 번 더 묻겠다. 학련에서 반동분자 노릇 계속할 텐가, 혁명 사업에 동참하고 동수와 함께 북조선으로 갈 텐가? 저쪽에서 박강석 동지가 박헌영 선생의 오른팔이 되어 남조선 동지들을 지원하고 있다. 그곳으로 가면 박헌영 선생이 너를 돌봐 줄 게다. 넌 누가 뭐래도 장래가 촉망되는 똑똑한 아이가 아닌가? 잘 생각해 봐라.”

“학련도 그만두고 공부만 할래요. 일절 활동하지 않겠다고 약속하겠어요. 홀어머니와 할아버지를 두고 먼 곳으로 갈 수는 없어요. 제발 집에 돌려보내 주세요.”

“이봐, 김창우! 박강석 동지가 기다리고 있어. 널 북으로 데려와 위대한 혁명 사업에 함께하겠다고 했어. 박강석 동지의 우정을 배신할 테냐?”

“제발 날 그냥 보내 주세요. 강석이가 함께 일하자고 한 적이 없어요. 한패가 되자고 말하지도 않았어요. 서로 미워하지 말자고 약속했을 뿐이오. 정 그렇다면 아예 학교도 그만두겠어요. 이봐, 이동수. 뭐라고 말 좀 해 다오. 집에서 어머니와 할아버지가 기다리고 계셔."

"창우, 내 말 들어 봐."

동수가 가까이 다가오면서 무슨 말을 하려 했지만 대장은 동수를 밀어내고는 돌쇠에게 귓속말로 뭐라고 일렀다. 돌쇠는 고개를 끄덕이고 창우를 소나무 가까이로 끌고 갔다. 그때였다. 녀석이 등 뒤로 와락 덤벼들더니 창우를 억세게 껴안고 소나무 가지에 기대어 서자 대장이 허리춤에서 단도를 꺼내 창우의 옆구리를 콱 찔렀다. 한순간이었다.

"으악!"

창우는 외마디 소리를 내질렀다. 옆에 있던 자가 쥐고 있던 일본도(日本刀)를 빼서 이번에는 가슴을 연거푸 찌른다.

"으악!"

다시 창우는 외마디 소리를 내었으나 녀석에게 두 번째로 찔리자 아무 말도 못하고 축 늘어진다. 가슴에서는 뜨거운 피가 뿜어 나오고 돌쇠가 껴안았던 팔을 풀자 힘없이 땅바닥에 고꾸라진다. 대장은 단도에 묻은 피를 창우 옷에 닦아 허리춤에 간직하고는 아무 말도 못하고 겁에 질려 서 있는 동수에게 다가와 말한다.

"저 녀석은 어차피 우리 혁명을 방해할 놈이다. 장해물일 뿐이야. 이 외딴 곳까지 잡혀 와서도 끝내 거부하는 지독한 독종이다. 살려 둬서 이로울 게 없어. 이동수! 반동분자를 무자비하게 처단하는 것이 혁명의 첫걸음이다. 넌 지금 일로 마음 흔들려서는 안된다. 알겠나? 여기 있는 돌쇠가 너를 북조선으로 데려다 줄 게다. 북조선에 가서 혁명 사업을 완수하고 금의환향해라. 남북이 합쳐지는 그날에 붉은 기 들고 너를 다시 만나겠다."

대장은 창우의 주검을 가리키며 두 녀석에게 말했다.

"이봐, 동지들! 우리의 혁명을 방해하는 악질 반동분자의 말로가 어떻게 된다는 것을 보여 주도록 해요.'

이 말을 들은 두 녀석이 주검에게로 다가갔다.

"얏! 얏!"

한 녀석이 잇달아 기합을 넣어 가며 긴 칼, 일본도를 마구 휘둘러 난도질하자 돌쇠가 토막 난 주검을 소나무 가지 여기저기에 내걸었다. 싸늘한 바람에 실린 피비린내가 온통 골짜기를 덮었다. 세 녀석은 동수를 데리고 개울을 따라 대각 마을로 넘어가는 쪽으로 사라졌다.

오어사 주지 만각스님은 새벽불공을 드리려고 요사채를 나와 마당으로 내려섰는데 어쩐지 우울한 마음이었다. 곧장 법당 안으로 들어가고 싶지 않아 어둠 속의 앞산을 응시하며 서성이고 있을 때 갑자기 뒤쪽 골짜기에서 '으악!' 하는 간말마가 들려왔다. 조용한 밤이기에 들을 수 있는 가냘픈 소리였다. 곧장 뒤로 돌아서서 그쪽을 응시하며 귀를 기울였다. 겨우 들리는 그 소리가 한 차례 거듭되더니 다시 조용해졌다. 그는 반사적으로 두 손을 모으고 합장하며 중얼거렸다.

"저 골짜기에 빨갱이들 아지트가 있다건데…, 나무아미타불 관세음보살. 나무아미타불 관세음보살. 나무아미타불 관세음보살."

창우가 동수 따라 나갈 때부터 느낌이 좋지 않았던 마현댁이 부엌에 있다가 10여 분이 지나도 아무 기척이 없자 밖으로 나갔다.

"창우 뭘 하는지 나가 봐라."

큰방에서 시아버지가 하시는 조용한 말씀이 들렸다.

"예."

대답할 때 이미 마현댁은 대문간에 있었다. 아무도 보이지 않는다. 이리저리 살피다 마을길까지 돌아보았으나 창우나 동수는 없었다. 집 안으로 들어와 머슴 부부를 불렀고 시아버지도 낌새를 알아차리고는 밖으로 나왔다. 네 사람은 여기저기 흩어져 애타게 부르고 찾았지만 소용이 없었다.

김유탁은 그 길로 지서로 달려갔고 경찰과 청년 단체 사람들이 나서서 밤새 찾아다녔다. 경찰은 천마산에서 밤중에 오줌 누러 나왔던 노인이 어둠 속으로 너덧 사람이 지나가는 것을 담 너머로 보았다는 정보를 얻어냈다. 곧 그 방면으로 수소문하자 선래점에서 한 노파가 울타리 구멍으로 몇 사람이 지나가는 것을 보았으며 항사에서는 몇몇 마을 사람이 기척을 들었다고 했다. 밤길을 다니는 사람이 거의 없던 시절이라 그들일 가능성이 충분했다. 운제산 어딘가에 아지트를 두고 오천면과 대송면 일대에서 암약하는 빨갱이들이 있다는 소문이 나돌던 참이었다. 운제산 계곡에서 자장암을 쳐다보고 왼쪽으로 가면 대송면이고 오른쪽은 오천면이다.

아침 해가 떠오를 즈음에 오천 지서 주임은 여러 갈래로 탐문한 정보를 종합하여 대충 사태를 파악하고 뒤따르는 박 순경을 돌아보며 말했다.

"빨갱이들이 항사 골짜기로 끌고 들어간 게 틀림없다니까."

지서 주임은 마을을 그냥 지나쳐 오어사로 들어갔다. 늦은 아침의 따뜻한 햇볕이 퇴락한 대웅전 지붕 위에 말없이 내려앉고 있었다. 일주문 앞에서 서성이던 만각스님과 마주쳤다.

"주지스님, 안녕하십니까? 오천 지서 주임입니다."

"잘 오십시오. 어떻게 오셨습니까?"

"사람을 찾으러 왔습니다."

"누구를 찾습니까?"

"김창우라는 학생입니다."

"누구요? 김창우라고요?"

"어젯밤에 빨갱이들이 끌고 갔소."

스님은 소스라쳤다. 김창우! 그가 태어나던 사연을 지켜보았으며 자라는 동안 어머니와 함께 꾸준하게 찾아왔었다. 부르르 떨면서 말했다.

"절 뒤쪽 자장암 벼랑 아래로 가 코십시오. 그 저주받은 땅으로…. 나무아미타불 관세음보살. 나무아미타불 관세음보살."

"고맙습니다."

지서 주임이 순경과 청년들을 데리고 골짜기로 들어가더니 잠깐 뒤 놀라서 함께 부르짖는 목소리가 들려왔다.

"아이쿠."

"아이쿠, 이게 뭐냐?"

절 옆문으로 나와 있다가 희미하게 그 소리를 들은 스님은 눈을 지그시 감고 연신 아미타불을 부르고 있었다.

"극락왕생 나무아미타불."

"극락왕생 나무아미타불."

수색 나갔던 사람들이 창우의 시신을 수습해서 돌아오자 어머니는 한순간에 숨이 콱 막혀 기절해 버렸다. 꿈꾸듯 남편을 만나고 오직 한 번 그 품에 안겨 얻은 창우를 스무 살이 되도록 길렀다. 창우가 죽었다는 것, 창우가 이 세상 사람이 아니라는 것을 도무지 믿을 수가 없었다. 세 번 네 번 실신하다 자리에 눕고 말았다.

할아버지도 마찬가지였다. 오로지 창우 하나를 얻고자 영기의 유학을 미뤘고 그 영기마저 해방 2년이 넘도록 소식이 없다. 여태까지 창우는 손자가 아니라 자기의 분신이고, 장차 삶을 마치는 날에는 세상에 남길 그 자신이라고 생각해 왔었다. 겨우 몸을 일으켜 시신을 받아들었다.

오어사 주지 만각스님은 경찰과 청년들이 창우의 주검을 수습하는 동안 그 자리를 떠나지 않았다. 함께 슬퍼하고 함께 분개하며 지켜보았다. 오랜 수행으로 터득한 공(空)은 슬픔으로부터 떠나고 슬픔을 초월하는 것이기보다는 만인과 슬픔을 나누는 것이었을까?

학련 친구들은 그 소식을 듣자 즉시 출동하여 사건을 수습하고 여러 방면으로 정보를 수집하여 범인을 밝히는 데 협력했다. 창우의 죽음으로 공산주의의 잔인성이 여실히 드러났다. 지금까지 중립적이거나 어쩌면 기회주의적이던 많은 사람들은 공산주의가 만들고자 하는 사회는 결코 받아들일 수 없다는 것을 깨달았다.

김유탁은 허깨비 만났던 일을 떠올렸다.

"어디 두고 보자더니 녀석의 아들이 결국 내 하나뿐인 손자를 죽였구나. 난 그래도 파헤쳐진 제 무덤을 손보도록 일깨워 주었는데 은혜를 모르는 귀신이구나."

하지만 허깨비 일을 입 밖에 내지 않았고 더는 생각하지 않았다. 그는 워낙 귀신 따위를 믿지 아니하는 철저한 유학자였던 것이다.

16

만각스님이 창우의 어머니를 처음 본 것은 어린 나이에 이제 막 절에 맡겨져 일각스님 밑에서 잔심부름이나 하던 시절이었다. 이름도 아직 속계에서 부르던 삭불이로 통하고 있었다. 그는 불공드리러 왔던 마현댁이 누나처럼 좋았다. 돌림병으로 죽은 누나가 살아 있을 때 그에게 베풀었던 포근한 정을 그녀에게서 다시 느꼈다. 사흘마다 함께 자장암에 기도하러 올라갈 적에는 저절로 신바람이 나 앞장서서 뛰어갔다. 그러다 절 머슴 용대가 벼랑에 떨어져 죽는 뜻밖의 일이 벌어졌다.

스님은 그 뒤로 한 해에 두세 차례 아들을 데리고 절에 오는 마현댁을 볼 적마다 죽은 용대를 떠올렸다. 특히 백중날에 한 번도 빠지지 않고 절을 찾아오는 것은 인정 많은 마님이 비명에 죽은 용대에게 측은한 마음을 느끼기 때문이라 믿었다. 그럴수록 감춰 두었던 떡 한 조각에 마음을 빼앗겨 스승의 기대를 저버린 자신이 부끄러웠다. 용대가 죽은 것은 스스로의 음욕 때문이었지만 자신의 식탐이 없었다면 제시간에 닿아 그 변고를 막을 수 있었을 것이다. 요컨대 일각스님의 뜻을 빨리 깨닫지 못하여 비극이 일어났다. 자기 법명인 늦을 만(晩) 깨달을 각(覺)의 '만각'도 사실은 용대의 죽음을 두 눈으로 본 다음에야 깨달은 것을 자책하여 지어졌다.

"스님께서 마님이 남편 만날 소원을 빌러 오게 하여 자장암에다 자리를 마련해 주신 게지. 그래서 내게 일찍 내려오라 하셨던 거야. 그러고는 용대가 덤벼들지 못하게 지키라고 빨리 올라가 보라 하셨지. 내가 미련한 놈이었어."

뒷날 마현댁이 어린 아기를 업고 절에 찾아왔을 적에 일각스님과 그녀가 나눈 대화는 오래 기억에 남았다.

"이 녀석, 자장암 정기를 받았으면 좋을 것인데 풍운의 제 아비를 쏙 빼닮았네. 쯧 쯧."

마님은 그 말씀에 개의치 않고 남편 일을 입에 올렸다.

"애 아버지가 무사한지 어떤지 아버님께서도 늘 염려하고 계십니다."

"풍파가 많은 사람이긴 하지만 크게 걱정하지는 마소."

만각스님은 자장암 정기 운운한 그 말씀의 의미를 곱씹고 당시의 일들을 추리해 보며 혼자 중얼거렸다.

"이 무슨 끊지 못할 인연인가?"

그때 누나 같았던 마님이 자장암에서 부처님께 기도하여 얻은 아들이 용대가 떨어져 죽은 바로 그 자리에서 용대 아들로 인하여 비참하게 죽었다. 엄마 등에 업혀 와 귀염둥이 노릇하던 아기가 어느덧 스무 살 늠름한 청년으로 자라나서는 사지가 토막 나는 죽임을 당했다. 인연이란 참으로 모질다고 한다. 이로써 끝나지 않고 앞으로 그 땅에서 또 무슨 악연이 꼬리 물고 일어날 것 같은 두려움에 온몸을 부르르 떨었다.

이런 때에 일각스님이라도 계셨으면 마음 놓일 것인데 금강산에 가시겠다며 절을 맡겨 놓은 채 십여 년 전에 홀연히 떠나시고는 여태까지 소식이 없다. 지난봄에는 일각스님의 외손녀가 외할아버지를 만나러 왔다가 금강산에 가고 계시지 않는다고 하자 모시고 오겠다며 떠났다. 양쪽 군대가 물샐 틈 없이 지킨다는 삼팔선을 어떻게 넘겠냐고 아무리 말려도 종교를 탄압한다는 공산당 치하에 그냥 계시게 할 수 없다던 그녀 역시 감감무소식이다.

"삼팔선에 발이 묶였을까? 연세가 많으시니 그동안 어디에서 열반하신 걸까? 기어코 찾으러 가겠다던 그 고집스런 왈가닥 외손녀는 삼팔선을 무사히 넘어갔을까?"

창우의 참변은 용대가 죽었을 때와는 견주기 어려운 큰 충격이었다. 만각스님은 그냥 지켜볼 수 없었다. 그가 죽고서 이레째 되는 12월 5일은 음력으로 시월 스무사흘이었다. 아무에게도 말하지 않은 채 한밤중에 목탁과 염주만 들고 서쪽으로 난 절 샛문을 나와 어슬렁어슬렁 벼랑 밑으로 다가갔다. 죽은 창우의 재(齋)를 올려 주려는 생각이었다. 유가족의 부탁을 받지는 않았지만 자신의 어지러운 마음을 달래기 위해서라도 그렇게 하고 싶었다. 떡이나 과일 등을 진설하는 상차림이 전혀 없고 지방(紙榜)을 붙이거나 그 밖의 불교 의례와 관행적인 모든 갖춤도 생략되어 있었다. 하긴 상차림 따위가 없다고 재가 아닌 것은 아니다.

스님은 구부러진 큰 소나무 앞에 서서 여느 재 올릴 때와 똑같이 목탁을 두드리고 불경을 외우며 자장암 쪽을 향하여 부처님께 절했다. 재를 끝냈으나 마음이 가라앉지 않자 다시 편편한 바위 위에서 가부좌하여 눈을 감고 참선에 들어갔다. 잠깐 지나는 동안에 정신이 맑아지면서 자기가 방금 비참하게 살해된 창우의 재를 올렸다는 것이나 소나무 앞에 앉아 있다는 것들을 모두 잊어버렸다. 자기를 떠나고 자기를 버린 상태로 빠져 들어갔다.

시간이 얼마나 흘렀을까? 갑자기 서늘한 바람이 등에 닿으면서 한기를 일으킨 듯 몸이 으스스 떨리더니 어느새 죽은 창우의 혼령이 생전의 모습으로 앞에 나타났다. 스님은 참선 중이어서 놀라지 않았다. 혼령이 눈물을 흘리며 말했다.

"스님, 고맙습니다. 이렇게 재를 지내 주시다니요."

"괘념하지 마라. 스스로 하고 싶었을 뿐이다."

"스님, 너무 억울합니다. 친구가 그렇게 배신할 줄은 차마 몰랐습니다. 어머니와 할아버지가 가련합니다."

"모두 잊어라. 모두 버려라. 일체가 다 공(空)이라지 않던가? 이제는 사랑도 없고, 미움도 없고, 어머니와 할아버지도 없고, 너 또한 있다고 할 수 없느니라. 나무아미타불."

스님은 처음에는 입속에서 중얼거리다 차츰 높아져 가는 자기 목소리에 스스로 소스라치며 참선에서 벗어났다. 혼령도 눈앞에서 사라졌다. 꿈을 꾼 것인가? 참선한답시고 졸았을지도 모른다. 왜 목소리가 커졌던가? 스스로 감정을 다스리지 못하여 흥분하고 있었을까? 정말 무념무상의 삼매경에 이르렀던가? 삼매경이라면 죽은 이의 혼령 따위와 이야기를 주고받는 잡스러움에 빠져들 까닭이 없다고 생각했다.

스님은 재 지낼 때 혼령이 나타난 것에 의문을 풀어내지 못하여 어지러운 마음으로 한 주일을 보냈다. 그러다 무엇에 이끌리듯 다시 벼랑 밑 소나무 앞으로 갔다. 두 번째 재 날은 12월 12일, 음력으로는 동짓달 초하루였다.

산속은 칠흑같이 어둡고 바위틈에서 물 떨어지는 소리가 적막을 깨뜨렸다. 골짜기 바람이 한 차례 앙상한 나뭇가지를 설렁설렁 흔들자 땅에 떨어진 낙엽들이 바스락바스락 소곤거리며 이리저리 굴러간다. 독경하고 난 다음 지난번과 같은 미망(迷妄)에 빠지지 않겠다고 스스로 다짐하며 참선에 들어갔다. 그러나 다시 청년의 혼령이 나타났다.

"스님, 그간 강령하십니까?"

"그렇다네."

"스님, 아무리 생각해도 억울합니다. 20년을 함께 어울려 형제같이 지내던 친구의 배신으로 청춘에 세상을 등지다니요? 날 잃고 슬픔에 사무칠 어머니와 할아버지가 너무 가련합니다."

"또 그 소린가? 한번 들었던 것으로 족하네. 나무아미타불."

다시 말하지 말라는 뜻으로 성난 이처럼 언성을 높였던 스님은 역시 자기 목소리에 놀라며 참선에서 벗어났다. 아직도 의문은 풀리지 않았다. 깜빡 졸면서 꿈을 꾼 것인가? 진정한 혼령의 현신이었던가?

12월 19일에 세 번째 재 날이 돌아왔다. 음력 동짓달 초여드레다. 바람은 한결 쌀쌀해지고 음산한 어둠이 골짜기를 덮고 있었다. 상현달은 이미 높다랗게 쳐다보이는 산등성이 뒤로 넘어가 버리고 하늘에는 별이 드문드문 보인다. 독경을 하고 난 다음에 지난번과 같이 참선에 들어갔다. 이번에도 혼령이 나타났다.

"스님, 그간 강령하십니까?"

"나야 잘 지낸다만, 부질없이 왜 또 왔는가?"

"저는 이 절로 말미암아 세상에 태어났습니다. 스님은 알고 계시죠?"

"짐작하고 있다네."

"짐작만 하시나요?"

"아니, 그렇게 알고 있네."

"애통하게도 일찍 이승을 하직하고 말았습니다만, 제가 삶을 얻었던 이 절에서 스님의 위로를 받으니 그나마 다행입니다."

"나무아미타불 관세음보살."

"저와 인연이 깊은 이 절에 관하여 좀 알려 주십시오. 예사 절이 아니라고 생각해 왔습니다."

"그야 뭐 어렵겠나? 내 말하겠네. 본래 이 절은 항사사(恒沙寺)라고 불렀는데 한때 신라의 큰스님 혜공대사(惠空大師)와 원효대사(元曉大師)가 이 절에서 수행하였느니라. 그때 구름사다리를 타고 저 산봉우리를 오르내렸다고 해서 산 이름이 구름 운(雲)자, 사다리 제(梯)자, 운제산(雲梯山)이다. 항사사가 어떻게 오어사로 이름이 바뀌었나? 원효와 혜공이 수도하시던 중 저 아래 개울에서 물고기를 잡아 잡수시고 그 개울에다 똥을 누었는데 먹었던 물고기가 똥 속에서 다시 살아나 개울을 헤엄쳐 갔다고 한다. 그걸 보고 두 스님이 '이건 내 고기다.' '이건 내 고기다.' 하고 서로 다퉜다는구나. 그로부터 '나 오(吾)자' '고기 어(魚)자'의 오어사로 부르게 되었다. 운제산 오어사야말로 먹었던 고기를 살려낸 생명의 가람(伽藍)이고 부활의 정토(淨土)란다."

"오어사는 생명의 가람이고 부활의 정토라고요? 듣고 보니 정말 좋은 절이군요. 참 그렇지! 나도 이 절에서 삶을 얻었잖아요?"

"그렇구나. 정말 그러네."

12월 26일에 네 번째 재가 치러졌다. 동짓달 보름. 달은 짙은 구름에 흔적 없이 묻혔으나 낮부터 내린 눈에 어둠은 한결 옅어졌다. 소매 끝을 스치는 찬바람에 산골짜기 타고 급하게 내닫던 물도 눈 속에 숨었다. 스님이 독경을 마치고 참선하던 중에 역시 창우의 혼령이 나타났다.

"또 왔느냐? 오늘은 무엇을 물어보려느냐?"

"스님, 오늘은 정말 중요한 것을 묻고자 합니다. 솔직하게 일러 주십시오."

"중요한 것이라니, 그게 무엇인가?"

"아무리 생각해 보아도 저의 죽음은 너무 억울하고 너무 원통합니다. 뱃속에 들어갔던 물고기가 다시 살아나 개울에서 헤엄치게 했던 원효와 혜공, 그 두 분의 신통한 기운이 제게 닿아 잃었던 생명을 되찾고 다시 세상에 나아가 할아버지와 어머니에게 돌아갈 수는 없을는지요?"

"부질없는 생각이다. 세상 인연이 이미 끝나서 다음 세상에 이어지는 것이 마치 개울을 흐르는 물과 같다. 이 골짜기를 흐른 오늘의 물이 내일은 저 강을 흘러가듯 이제까지 이승을 살던 너 또한 다른 세상으로 나아간다. 흘러간 물이 본래의 개울로 돌아올 수 없듯이 지나간 삶이 다시 이승에서 거듭될 수는 없다. 더구나 삶은 이승에서만 있는 것이 아니다. 시방세계(十方世界)가 모두 삶의 터전이다."

"스님, 그렇군요. 세상으로 다시 돌아가겠다는 것이 옳은 생각은 아니군요."

"그래. 내가 네 인생의 처음과 마지막을 이 두 눈으로 직접 보았으니 그 태어남의 기쁨과 죽음의 슬픔이 유별나다는 것을 잘 안다. 어떻게 안타까운 마음이 없겠나? 그래서 좋은 세상으로 가라고 이렇게 이레마다 너를 위해 재를 올리는 것이다. 나무아미타불."

"고맙습니다, 스님."

1947년, 한 많은 한 해가 지나갔다. 참으로 슬프고 불행한 세월이었다. 좌우 대립으로 해방의 감격은 싸늘하게 식어 버리고 3천만 민초들은 한숨과 눈물로 살아야 했다. 그 저주스러운 해가 다하여 1948년 새해가 밝아온 이튿날인 1월 2일에 다섯 번째 재가 치러졌다. 개울을 흐르는 물은 꽁꽁 얼고 찬바람이 칼날을 세워 빠져나가는 아픔으로 좁은 골짜기가 신음하고 있었다.

"세월도 모질고 날씨도 참 모질구나."

혼자 중얼거리며 만각스님이 어슬렁어슬렁 절을 나와 전처럼 재를 올리고 나자 창우의 혼령이 나타나 말했다.

"스님 말씀에 따라 이승의 미련을 끊고 저승으로 가려고 생각해 보았으나 자꾸만 마음이 흔들립니다. 스님께서도 아시다시피 오어사는 저를 이승에 있게 했습니다. 일각스님께서 앞일을 훤히 내다보시고 어머니를 불공드리러 오시게 해서 아버지를 만나게 마련하고 저를 세상에 내놓았습니다. 자비로우신 부처님! 나의 태어남의 축복은 바로 부처님이 내리신 자비라 해도 지나치지 않습니다. 옛날에 혜공대사와 원효대사께서 구름사다리를 타고 저 산봉우리를 오르내리시며 잡수신 고기를 다시 살려내었다면 그런 이적(異蹟)이 부처님께서 마련해 주신 오늘의 저에게도 없을 수 없을 것입니다. 비록 일천수백 년 세월에 여러 대를 거쳤지만 원효대사의 신묘한 법을 이심전심(以心傳心)으로 물려받아 단박에 깨우침을 얻은 분이 일각스님이요, 일각스님을 모시고 날마다 닦고 닦아 법을 받든 분이 또한 스님이 아니십니까? 스님께서는 능히 옛 이적을 행할 수 있다고 생각합니다. 어떻게 저의 혼령을 환생시켜 남들처럼 천수를 누리며 행복하게 살도록 해 주십시오.”

“가당찮은 소망이구나.”

“아니, 이승에서 행복하게 살겠다는 과욕은 버리겠습니다. 다만 얼굴도 모르는 아버지를 만나고 어머니가 아버지와 다시 짝을 이루며, 할아버지의 뜻처럼 후대가 이어지는 것을 두 눈으로 볼 수 있도록 잠깐 동안이라도 삶을 허락해서 전법(傳法)하신 부처님의 자비로움을 입게 해 주십시오. 사랑하는 명옥이가 미소 짓는 모습을 단 한 번만이라도 다시 보게 되도록 살펴 주십시오. 이레 전에 스님과 헤어진 뒤로 열 번 백 번을 생각해 보아도 깊이 한 맺힌 이 마음을 결코 안돈(安頓)시킬 수 없었습니다. 나무아미타불 관세음보살.”

만각스님은 창우의 그 절절한 한마디 한마디 말에 더 이상 둘러 댈 수가 없었다. 한동안 침묵하다가 대답했다.

“너의 말에 대꾸할 바가 궁하구나. 내 한번 깊이 생각해 보기로 하자. 오늘은 몹시 피곤하다. 이만 헤어지자.”

“스님, 정말이십니까? 정말 제가 나아갈 바를 생각해 보시겠습니까? 당장 이 자리를 피하고 보자는 뜻은 아닐 것이라 믿습니다. 고맙습니다. 고맙습니다. 나무아미타불.”

여섯 번째 재는 1월 9일이었다. 그믐밤 하늘이라 별이란 별은 모두 쏟아져 나왔다. 날씨가 풀려 깊은 산골짜기도 마치 봄날 같았다. 머지않아 지루한 추위가 다하고 아름다운 꽃이 피어날 것을 알리는 듯했다. 만각스님은 독경을 마치자마자 이날따라 참선에 들어가지 않고 고개를 푹 숙인 채 입을 꾹 다문 굳은 표정으로 곧장 일어섰다. 서둘러 절로 돌아갈 기색이었다. 허겁지겁 나타난 창우의 혼령이 앞을 가로막았다.

"스님! 저에게 말 한마디 없이 어디로 가시려고 이렇게 서둡니까? 저를 피하려 하십니까? 스님께서 지난번에 깊이 생각해 보겠다고 언약하신 바를 설마 잊어버리지는 않으셨겠지요?"

스님은 창우를 건너다보더니 깊이 한숨 짓다 입을 열었다.

"내 어찌 그 약속을 잊을 수 있겠나? 하지만 지난 이레 동안 여러 모로 생각해 보았는데 네 말을 들어주면 불도의 계율을 깨뜨리고 만다. 내가 파계승이 될 뿐이다. 저기 절벽 위를 보아라. 자장율사(慈藏律師)께서 수도하시던 자장암이 아니더냐? 네가 아버지의 정기로 생을 얻은 곳이기도 하지. 너는 그로부터 시작하여 비록 짧았으나마 나름대로 한 바퀴 삶을 돌고 마지막으로 여기 와서 다음 세상으로 갈 뿐이다. 그것은 마치 북극성이 중심에 있고 여러 별들이 둘레를 도는 이치와 마찬가지라 어떻게 할 수가 없다. 그 진리, 그 순리를 부정하고 네게 얄궂은 방책을 일러 준다면 부처님이 밝히신 인연의 법을 거역하고 자장율사께서 마련하신 승가(僧伽)의 지엄한 계율을 깨뜨리는 짓이다. 어떻게 해야 할는지 참으로 난감하구나. 나무아미타불 관세음보살."

"스님께서 제가 삶의 씨앗을 얻은 저 자장암의 자장율사께서 마련하신 계율을 핑계 삼아 저의 비원(悲願)에 고개 돌리신다면 더 드릴 말씀이 없습니다. 그간 재 올릴 때마다 스님이 읊어 주신 부처님 말씀의 오묘한 뜻을 하나로 꿰뚫어본다면 오로지 부처님의 큰 자비를 세상에서 이루려는 것이 아닙니까? 자장율사의 계율도 그렇습니다. 저의 이야기를 들어 보십시오. 제가 몇 해 전 어머니 따라 이 절에 왔을 적에 만났던 어떤 낯선 스님으로부터 들었습니다. 어느 때 자장율사께서 멀리 가셨다가 자장암으로 돌아오시는 길에 저 너머 대각 마을에 이르렀는데 여러 날 곡기(穀氣)가 끊긴 나머지 허기가 져서 주막에 들렀으나 음식이 술과 개고기뿐이라 드시지 않고 그냥 나와 나무그늘에 쓰러져 잠이 들었데요. 그때 꿈에 한 도인이 나타나 스님을 보고 참으로 어리석다 꾸짖고 도를 닦는 것도 몸이 성한 연후라고 일러주어 잠에서 깨어나자 크게 깨닫고 주막을 찾아가 배를 채우고 힘을 내어 암자로 돌아오셨답니다. 꿈에 들고 크게 깨달은 곳이라 해서 마을 이름을 큰 대자 깨달을 각자의 대각(大覺)이라 했다더군요. 스님께서는 자장율사의 계율이 그 한 조목 한 조목을 그대로 따르고 고집스레 지키기보다는 큰 자비를 실현하기 위한 법도라는 것을 모르십니까? 핑계만 마시고 저를 위하여 제발 좋은 방도를 가르쳐 주십시오."

한동안 지그시 눈을 감고 침묵하며 괴로운 표정으로 무언가 생각하던 스님이 고개 들어 하늘을 쳐다보며 입을 열었다.

"아! 어느 것이 중도(中道)의 법이고 무엇이 자비의 묘(妙)인가? 너의 피맺힌 울부짖음을 감당하지 못하여 약조하고 말았으니 이 무슨 망발이었나? 큰 이치와 작은 이치가 서로 막힘 없이 통하는 것이 부처님의 법인데 어리석은 내가 참다운 길을 알지 못하여 괴롭구나. 아! 그렇긴 하지만…, 그렇긴 하지만…."

"스님…."

"그렇기는 하다만, 창우야 근심하지 마라. 비록 부처님께 큰 죄를 지어 무간지옥(無間地獄)에 떨어지는 한이 있어도 내 너를 위하여 다음 마지막 재에서 방도를 일러 주리라. 나무아미타불."

"방도를 일러 주겠다고 했습니까? 약속하셨습니다, 스님. 틀림없이 약속했습니다. 그럼 다음 뵈올 날을 기다리겠습니다."

더 오래 머물다 스님이 혹시나 마음 바꿀까 두려운 듯 창우의 혼령은 서둘러 자리를 떴다.

드디어 1월 16일이 왔다. 음력으로 동짓달 초엿새, 마지막 재를 올리는 날이다. 스님은 목욕재계하고 향을 준비해서 절 뒤쪽 절벽 밑으로 왔다. 시베리아 동토를 지나온 차가운 바람이 대송면 넓은 들판을 단숨에 내달아 운제산 좁은 골짜기로 몰아치고 있었고, 일흔 살 노인네도 '내 알고는 처음'이라고 말하는 매서운 추위였다. 물도 얼고 산도 얼고 하늘도 얼었다. 삼라만상 모두가 제자리에 얼어붙었다. 귓가를 스쳐 앙상한 나뭇가지를 흔들고 지나가는 바람마저 추위에 떨고 있다.

만각스님은 향을 피우고 불경을 외우며 허공에 절하여 재를 끝내고 정좌하여 참선에 들어갔다. 어느새 창우의 혼령도 가까이 다가와서 마주 보고 아무 말 없이 앉았다. 서로 인사말조차 건네지 않았다. 바야흐로 생과 사를 판가름 지으려는 팽팽한 긴장감이 소리없이 흐른다. 이윽고 스님이 입을 열었다.

"창우야, 다시 삶을 얻어야겠다는 생각은 변함이 없느냐? 지금이라도 생각을 바꿔 줄 수 없겠나?"

"예, 스님. 나무아미타불 관세음보살. 제발 저의 비원(悲願)을 들어주십시오."

혼령이 흐느낀다. 그 흘리는 한 방울 두 방울 눈물이 그대로 얼어 차가운 바위에 떨어져 부서질 듯하다. 스님이 감았던 눈을 뜨고 말했다.

"그러자. 언약을 지키마."

"정말입니까? 스님, 정말이십니까?"

"내 일찍이 이 절을 떠나 깊은 산 깊은 골 어느 이름 없는 동굴에서 백일 동안 참선으로 수행할 적에 무한한 빛이요 무한한 생명의 부처이신 서방극락정토 아미타불(西方極樂淨土阿彌陀佛)의 지극히 신묘한 법 하나를 몰래 훔쳐보았다. 지옥의 유황불을 무릅쓰고 그 묘법을 네게 일러 줄 것이다. 잘 듣고 잊어버리지 마라."

"천번 만번 명심하겠습니다."

"너는 이 소나무 가지에서 오래오래 기다려야 한다. 1년이 될지 10년이 될지, 아니면 그 열 배나 백 배가 될는지도 모른다. 언제가 되었든 이 소나무 아래에서 죽는 이가 있을 때 그 손을 잡아 주검에 너의 혼령을 채워 넣으면 다시 살아날 수 있다. 할 수 있겠느냐? 너는 그런 때를 기다리겠느냐?"

"예, 스님. 언젠가 어머니와 함께 절에 왔을 때 스님께서 법문하신 바를 지금도 생생하게 기억합니다. 석가모니께서는 전생에서 '수마띠(Sumati)'라는 청년이었을 적에 연등불(燃燈佛) 앞에서 장차 반드시 부처가 되겠다는 서원(誓願)을 하고 수백 수천의 생을 거듭하는 동안 무한 공덕을 쌓으시며 무려 십만 겁(劫) 세월을 보냈다고 했습니다. 그렇게는 못할지언정 마땅히 수십 년 세월쯤이야 참고 기다려야겠지요."

"여러 해 전에 내가 설(說)한 본생담(本生譚)*을 넌 아직 잊어버리지 않았구나."

"잊어버리다니요."

"또 있다. 너는 다시 살아날 때까지 저승사자를 피해야 한다. 저승사자에게 이끌려 한번 귀관(鬼關)＊으로 들어가 버리면 누구를 막론하고 어떤 재주로도 밖으로 나올 수 없다. 지금까지는 내가 불법에 의지하여 재를 지내다 보니 네 혼령이 나에게 맡겨져 저승사자가 나타나지 않았으나 이제 그 재가 끝났음을 알고 초하루와 보름날 자시(子時)에 널 데리러 올 것이다. 네가 새로 몸을 얻을 때까지는 그 저승사자에게 잡혀가지 말아야 한다."

"무슨 방도가 있겠습니까?"

"재는 끝났지만 방도가 없는 것은 아니다. 초하루 보름마다 법당에서 내가 법회를 열 테니 너는 와서 그 법문을 들어라. 내가 이 절에 머무는 동안은 널 위해서라도 법회를 빼먹지 않으며, 그때마다 빠짐없이 너를 부를 것이다. 지극히 존귀하고 장엄한 부처님의 법을 듣고 있는 동안은 아무리 저승사자라 한들 감히 잡아가지 못한다. 법회가 끝나거든 재빨리 산신각(山神閣)에 가서 자거라. 산신각에는 무서운 호랑이가 있고 저승사자를 우습게 알고 천년 이천년을 살아가는 신선이 있어 그 또한 함부로 엿보지 못하니 저승사자가 잡으러 오는 자시(子時)가 다 지나갈 때까지 그곳에서 한 발짝도 나오지 마라."

"명심하겠습니다, 스님. 나무아미타불."

"그렇게 저승사자를 피하며 이 소나무 가지에서 기다리고 있다가 죽어 혼령이 빠져나가 버린 빈 몸이 생기거든 주저하지 말고 그의 손을 잡아라. 너의 혼령은 잡은 손을 통하여 그 몸에 들어가 다시 삶을 얻게 될 것이다. 그러나 반드시 지난날 너의 주검이 내걸리고 혼령이 그 주검을 빠져나갔던 이 나뭇가지에서라야 한다. 네게 이곳은 생사의 관문이다. 이곳에서 죽어 혼이 몸 밖으로 나왔으니 바로 이곳이 아니면, 한 뼘만 틀려도 새 몸으로 들어가지 못하고 너의

149

새로운 삶은 없다.”

“마음에 깊이 새기겠습니다.”

“그런 기회를 살리지 못하면 어쩔 수 없이 저승으로 가야 한다. 누구도 말릴 수 없다. 뿐만 아니라 세상 사람들이 바라고 짐작하는 것과는 달리 그로써 이 세상과의 모든 인연은 끝난다. 이승에서 저승을 알 수 없는 것과 마찬가지로 저승에서도 이승을 알 수 없다. 네가 살아 있을 때 한 일에 따른 업(業)이 남고 다음 세상의 종자(種子)인 식(識)이 남는 것밖에는 서로 아무런 관련이 없다. 내 너를 위하여 온갖 어려움을 무릅쓰고 일러주는 것이니 그 기회를 절대로 놓치지 마라.”

“명심 또 명심하겠습니다.”

“오늘이 섣달 초엿새구나. 아흐레 뒤가 보름이다. 그때 첫 법회가 열릴 테니 법당에서 보자. 나무아미타불 관세음보살.”

“고맙습니다, 스님. 정말 고맙습니다. 나무아미타불.”

창우의 혼령은 그제야 만족스러운 듯 흐뭇하게 미소 짓고 고개 숙여 인사한다.

17

마현댁은 날이 가고 달이 지나고 해가 바뀌면서 창우를 저세상으로 떠나보낸 것이 곧 깨어날 악몽이 아니라 피할 수 없게 주어진 현실임을 뼈저리게 느끼며 살고 싶지 않은 나날을 살았다. 열다섯에 혼인하여 스물셋에 처음으로 남편의 이슬 받고 녀석이 태어났다. 오직 한 번 소매 스치듯 만나고 스무 해를 남편 없이 살다보니 여성의 욕구는 하얗게 바래어 오로지 창우만이 빛나는 희망이요 지극한 보

람이었다. 그 희망과 보람이 연기처럼 사라지고 이제 자기를 이 세
상에 붙들어 줄 가느다란 끈조차도 보이지 않았다. 여러 차례 죽음
의 문턱을 어슬렁거렸다. 하지만 홀로 계신 시아버지를 모시고 남편
이 돌아오기를 기다려야 한다는 것 또한 지워지지 않게 가슴에 새겨
져 있었다. 죽고 싶어도 일단 집으로 돌아온 남편을 보고 '당신이
왔으니 나는 이제 창우 따라간다.'고 분명하게 말한 다음이라야 죽
을 수 있을 것 같았다. 정말이지 천지신명이 마련한 목숨을 스스로
어떻게 할 수 없었다. 하루하루가 너무나 슬프고 괴롭고 외로웠다.

1948년 10월, 창우가 죽은 지 1년이 가까워 오던 어느 날이었다.
그날따라 하늘은 드높고 바람조차 맑았다. 농사일거리 없는 머슴이
정성들여 쓸어낸 마당은 따스한 가을 햇살을 듬뿍 담고 있었다. 시
아버지는 추수한 곡식을 처리하려고 어제 경주로 가고 계시지 않았
다. 절에서 얻어온 불경을 꺼내 소리 낮춰 읽으면서 슬픔을 달래고
있었다.

그때 바깥에서 사람을 찾는 젊은 여자 목소리가 들렸다. 방문을
열자 한 처녀가 공손하게 절하며 물었다.

"한월당 어른 댁이십니까?"

"그런데요."

"주인 아주머니 계십니까?"

"난데요."

대답하면서 대문 밖을 내다보니 고급스러운 검은색 승용차에서
잘 차려입은 점잖은 노부인이 내리더니 안으로 들어서고 있었다.
그녀를 따라온 처녀가 먼저 들어와 안주인을 찾은 것이다.

방으로 안내받은 노부인은 나이가 예순을 넘은 듯 보였다. 얼굴
모습이나 옷차림이 한눈에도 지체 높은 귀부인이었다. 방으로 들어

와 마주 앉자 입을 열었다.

"새댁, 이렇게 연통 없이 찾아온 무례를 용서하오. 새댁에게 긴히 할 말이 있다오."

"말씀하십시오."

"시아버지께서는 어디 가셨나요?"

"볼일이 있어 경주 가시고 안 계십니다."

"새댁, 혹시 시아버지로부터 삼월향이란 이름을 들어 본 적이 있소?"

그녀는 속으로 멈칫 놀랐다. 삼월향이라니? 어쩐지 이 여자가 그 삼월향일 것이라는 예감이 번개처럼 스쳐갔다. 한동안 멍청하게 쳐다보며 뭐라고 할 말을 찾지 못하다 이윽고 입을 열었다.

"시아버지께 들은 바는 없고 근 30년 전 시어머니께서 돌아가실 때 저를 불러 놓고 말씀해 주셨습니다. 당신께서는 아비의 생모가 아니라시며 삼월향이란 분의 이름을 잊지 말라고 했습니다. 그래서 기억하고 있습니다."

"그 삼월향이 바로 나요."

예상한 대로라는 생각이 들었지만 고개를 숙인 채 다음 말을 기다렸다.

"그때 다른 말은 없었소?"

"있었습니다. 아비 생모를 일찍 모셔오지 못한 것이 후회스럽다고 하셨습니다."

"광산댁이 역시 예사롭지 않았네. 사대부 가문의 여식다웠군. 생전에 한번 보았으면 참 좋았을 것을…."

"그러시다면 부인께서는 저의 시모 되십니다."

"그렇다네."

마현댁은 벌떡 일어나 새로 본 시어머니에게 큰절을 올리고는 고개 숙여 말했다.

"돌아가신 시모님으로부터 분명히 들었으나 시어른 일에 함부로 나서지 못하고 어언 스물여덟 해를 지나 오늘에 이르렀습니다. 용서해 주십시오."

절 받고 난 그녀가 다시 말한다.

"나는 아무래도 상관없네. 오로지 며느리의 불행이 가슴 아플 뿐이야. 참담한 그 일을 이미 소상히 듣고 있네."

"저의 잘못입니다. 귀한 자손을 지키지 못한 죄를 꾸짖어 주십시오."

그렇게 말하는 동안에 눈물이 두 뺨을 타고 주르르 흘러내렸다. 삼월향이 측은한 듯 바라보고 자신도 손수건을 꺼내 눈물을 닦으며 입을 열었다.

"당치 않네. 내 지난날이 떳떳치 못하고 한월당에게 조금이라도 누가 될까 두려워 그동안 스스로 삼가그 숨어 살아 왔으나 작금의 일이 이 지경에 이르고 보니 영기의 생모 되어 더 이상 보고 있을 수 없기에 이렇게 불쑥 찾아온 것이네. 이것 한번 보시게."

그녀가 내놓은 것은 보자기에 싼 편지 뭉치였다. 편지는 하나같이 손바닥 크기의 한지 조각에 가는 붓으로 쓰여 우표 붙은 봉투에 담겨진 채로다. 아주 오래되어 한지가 변색한 것이 많고 간혹 그렇지 않은 새 것도 있다. 아마 백 장이 넘을 듯했다.

"자네 시모님 돌아가셨다 듣고 철마다 시부께 문안인사를 드렸다네. 솔직히 말하자면 혹시나 내가 이 댁에 필요할까 해서였네. 보면 알겠지만 그 스물여덟 해 동안 돌아온 것은 한결같이 어느 달 어느 날에 글 받았다는 한 줄짜리 답장이었어. 이걸 한번 읽어 보라고.

꼭 같이 그 한 줄이야."

마현댁은 시어머니가 건네주는 대로 받아 몇 개를 펼쳐 보니 '三月十七日見書 閑月堂' '閏四月初八日見書 閑月堂'… 모두 이런 간단한 것이었는데 시아버지의 필적이 분명했다.

"이게 무슨 말이겠나? 죽지 않고 이곳에 살아 있어 편지는 틀림없이 받았지만 할 말이 없다는 뜻이겠지? 아무리 목석같은 사람이라지만 세상에 어떻게 이럴 수가 있나? 곧바로 달려와야 할 것이었으나 그 고집불통에게 굽히기 싫은 내 못된 오기로 그냥 한 해 참고 또 한 해 참고 그렇게 평생을 보내고 말았네."

마현댁이 생각해 보니 시아버지가 출타하고 계시지 않을 때 우체부가 가져온 편지를 받아 사랑방에 두었던 적이 여러 번이었다. 시어른 편지라 유심히 살피기가 내키지 않았고 발신인이 옛 시어머니에게 들었던 예명이 아니라 본명이어서 누군지 몰랐으니 관심도 없었다. 보낸 편지에 뭐라고 썼던지는 알 수 없으나 이제 보니 언제나 꼭 같이 어느 달 어느 날에 편지 받았다고만 적혀 있었다. 답장을 안하면 혹시 어떻게 되었는지 궁금해서 직접 찾아올까 두렵고 사연이 길면 진심을 잘못 읽어 은애(恩愛)하는 것으로 비칠까 걱정했을는지도 모른다. 어떻든 두 분의 고집과 오기가 참으로 쌍벽을 이루지 않았는가?

그녀는 잠깐 쉬어 숨을 가다듬고 다시 말을 잇는다.

"이젠 아닐세. 내가 있을 곳은 누가 뭐래도 다 키운 애 잃고 슬픔에 빠진 이 집, 바로 자네 곁이야. 천륜에 따르는 것일 뿐 한월당이 있고 없고를 가릴 때가 아니겠지. 하늘이 보살펴 한 점 혈육인 영기가 돌아온다면 그를 쳐다보며 여생을 보내고 싶은 욕심도 있고."

"욕심이라니요? 당연한 마음입니다."

"그렇지. 당연한 것 맞지? 자네에게만 하는 말이지만 워낙 답답해서 어떤 용한 점바치에게 물어보았어. 그 점바치는 어미가 기다리고 있어야 자식이 하루라도 빨리 돌아올 것이 아니냐고 꾸짖더군. 내 굳이 그 말을 따르는 것은 아니지만 늦게나마 쓸데없는 오기로 맞섰던 잘못을 뉘우치고 작심하여 찾아온 것이네. 며느리에게는 염치없는 부탁이나 추호라도 어렵게 생각 말고 구석방 하나를 내준다면 시부를 모시고 살아가는 자네에게 얼마라도 도움과 위안을 주려 하네. 그동안 부산에서 경영하던 두역업을 정리하고 우선 부리던 사람 둘을 데려왔어. 짐이 되지 않드록 하겠네. 이 일은 고부간에 뜻이 맞아야 하는 법, 그래 며느리 생각은 어떠신가? 스스럼없이 말하게나."

"어머님 말씀을 듣고 보니 생각하고 말고 할 것이 없습니다. 응당 제가 모셔야 할 시어머니이십니다. 어머님의 애타는 마음이 당신께 닿아 하루라도 빨리 돌아오신다면야 그보다 더 다행스러운 일이 어디 있겠습니까? 어머님을 뵈오니 절망 속에서 희망이 살아납니다. 오늘부터 이 큰방에 머무십시오."

"아니네. 그러면 민망하여 견딜 수가 없네. 내 스스로 구석방을 구하지 않았나? 심려 마시게."

새 시어머니는 며느리와 의논한 끝에 사랑채 비워 둔 방에다 기거토록 해서 가져온 짐을 들였다. 마을 젊은이들이 글 읽던 방이다. 그녀는 김유탁이 집을 비운 사이에 쳐들어와 하룻밤 사이에 안주인이 되고 오랜 소망을 이뤘다.

하루하루를 외롭게 지내 온 마현댁에게는 그녀가 귀찮지 않았다. 남편을 기다리는 사람이 하나 더 늘어난 것이 반가웠다. 희망이 살아난다는 것이 빈말이 아니었다. 적막한 세상에서 자기 편을 얻은 마음이었다.

며칠 뒤 시아버지가 돌아왔다. 방문 앞에 이르러 옆방을 낯선 가재도구가 차지한 것을 보더니 눈이 동그래졌다. 마침 시어머니는 뒤쪽 우물가에 있었다.

"아버님 돌아오셨습니까?"

"그래, 잘 있었나? 아가야 이게 뭔가? 이게 어떻게 된 일인가?"

"어머님께서 오셨습니다."

그 한마디로 짐작했는지 고개를 끄덕이고 더 이상 며느리에게 표정을 보이지 않으려는 듯 얼굴을 돌렸다. 가타부타 다른 말이 일절 없었고 그날부터 한 식구가 되어서 살았다. 일찍이 정분을 맺은 것이 김유탁은 스물다섯, 삼월향은 열일곱 살 때였지만 어느덧 각각의 나이가 일흔넷, 예순여섯이었다.

아침이면 그녀는 며느리 대신 김유탁의 방문 앞에 가서 일어나셨는지 묻고 밥은 며느리와 함께 큰방에서 먹었다. 김유탁은 혼자 사랑에서 며느리가 들여 가는 아침상을 받았다. 부리는 사람은 젊은 여자 하나가 더해져 셋으로 늘었다. 둘이 한방에서 자는 것을 본 사람은 아무도 없었다. 필요한 약간의 말은 주고받았지만 그뿐이었다.

그녀는 하루 한 번쯤은 큰채 며느리에게 건너와서 서로 이야기를 나눴고 그러지 않을 때는 주로 책을 읽으면서 시간 보냈다. 가끔씩 거문고도 탔다. 옆방의 한월당이 그 소리를 들을 것인데 더 해 보라거나 그만두라지 않았다. 등위는 대여섯 집이 모여 사는 아주 한가하고 조용한 작은 마을이었다. 동해면 도구로 이어지는 마을길은 왕래하는 사람이 뜸한 데다 그 기척이 거의 들리지 않을 만큼 알맞게 떨어져 있었다. 남향집이다 보니 추운 겨울에도 따뜻한 햇볕을 듬뿍 받아 포근했다. 솔솔 바람이 불면 집을 둘러싼 대나무 숲의 댓잎 부딪히는 소리가 대지의 은밀한 속삭임으로 들렸다. 조용하게 여생을 보낼 만한 곳인지도 몰랐다. 한 해에 두어 차례 맡겨 놓은 농토를 돌아보러 울산에 다녀오는 것밖에는 나들이도 거의 없었다.

18

정삼달의 세 아들 원도와 원호, 원구는 오천면 용덕에서 태어나고 자랐지만 성 다른 형 동수가 친구 김창우를 불러내어 죽이고 논 살 돈을 몽땅 훔쳐 월북해 버리자 이듬해 초에 어머니와 함께 연일면 택전 큰집으로 옮겼다. 갑자기 두 어머니를 모시게 되었으나 큰어머니가 낳은 다섯 딸은 모두 출가한 뒤였다.

1950년 6월 25일 새벽 4시에 북한 공산군이 38선 전역에서 일제히 남침하여 전쟁이 일어났다. 중학교 6학년이던 원도는 곧바로 학도의용군에 지원했다. 그는 몇몇 학우들과 함께 대구로 가서 전국 각처에서 모인 다른 지원자들과 합류하고 수백 명이 함께 김석원 장군의 수도사단을 찾아갔다. 수도사단은 인민군 제12사단을 맞아 안동에서 싸웠으나 역부족으로 당하지 못하고 의성으로 밀려났다.

학도병들은 김석원 장군을 임전무퇴·백전백승의 군신(軍神)으로 추앙하고 있었다. 공산군의 침략으로 국가가 누란의 위기에 직면하자 청년 학도들이 그분의 군인 정신을 숭상하고 그 밑으로 모여들었다. 장군이 8월 7일부로 동해안의 육군 제3사단장으로 전임되자 그들 중 71명이 끝까지 장군을 따르겠다며 김용섭을 책임자로 뽑아 제3사단이 있다는 포항으로 향했다. 정원도도 그 일행에 끼어 있었다.

157

그들은 기차 편으로 8월 8일 밤늦게 포항역에 도착하여 역 대합실에서 밤을 새우고 이튿날 날이 밝자 제3사단 후방 지휘소가 있다는 포항여자중학교로 찾아갔다. 김석원 장군은 전선으로 직행하고 아직 포항에는 부임하지 않아 인사처에 일행의 명단을 제출해 놓고 장군이 도착하기를 기다리며 무기와 숙소를 제공해 달라고 요구했다.

8월 10일 밤 10시경 작전처에서 인솔자를 불렀다. 김용섭이 달려가니 작전과장은 지도를 펴놓고 전황을 설명하며 오천비행장에 주둔하고 있는 미 해병대에서 무기를 빌려 오기로 했으니 30분 안에 운동장에 집합하라고 일렀다. 운동장에 모인 학도병은 1개 중대 2개 소대로 편성하고 만장일치로 김용섭을 중대장으로 뽑았다. 제1소대장은 유명욱, 제2소대장은 김일호, 중대 연락병은 김만규가 맡았다.

사단 작전처 트럭이 미 해병대에서 싣고 온 것은 M1소총 68정과 탄환 2만여 발, 수류탄 3발이었다. 총과 실탄이 모두에게 골고루 나누어져 그들은 밤늦도록 복도에 늘어앉아 지급받은 총을 분해하여 기름걸레로 닦고는 교실로 들어가서 잤다.

원도는 잠이 오지 않았다. 고향땅을 밟으니 새삼스럽게 좌익에게 끌려가 죽은 김창우 선배와 그를 죽이고 북으로 넘어간 동수 형 생각이 났다. 김창우의 빼어난 재주와 절제 있고 너그러운 성품은 견줄 사람이 없었다. 그를 생각하면 동수 형이 너무 원망스럽고 도무지 납득하기 어려웠다. 무엇 때문에 좌익에 가담하여 조국을 배반했으며, 하필이면 가장 친한 친구를 불러내어 죽였나?

동수 형이 친구를 죽이고 돈을 훔쳐 월북해 버리자 어머니는 이웃 사람들 보기 민망스럽다 했고 그도 부끄럽고 괴로웠다. 일가족이 서둘러 택전 큰집으로 옮기면서 오천을 떠났다. 소실인 것이 남

부끄럽고 큰어머니 간섭받기 싫다며 따로 살기를 고집하던 어머니가 스스로 이사 가자고 우겼다.

온갖 생각에 빠져 몸을 뒤척이다 건물 뒤쪽 변소로 소변 보러 나왔다. 그때 서북쪽 산마루에서 한 가닥 불줄기가 하늘 높이 솟아오르는 것이 보이고 곧이어 어렴풋이 총소리가 들렸다.

"총소리가 나네."

그는 잽싸게 교실로 들어와 자고 있는 중대장 김용섭을 깨웠다.

"중대장, 총소리 난다. 일어나 봐."

곧이어 두 번째 총소리가 들렸다. 그를 데리고 밖으로 나오자 이미 3사단 장병들도 여럿이 나와 있었다. 다시 소티재 쪽에서 불줄기가 하늘 높이 솟아오르며 세 번째 총소리가 들렸다. 시계를 보니 새벽 4시였다.

"원도! 신호탄 아닌가?"

"용섭아! 저것 봐라. 또 한 발, 어? 또 한 발."

"저건 인민군 예광 신호탄이다. 모두 깨워. 기상! 기상! 전원 운동장에 집합!"

그 사이에 소티재 쪽에서 전투가 벌어진 듯 총소리가 어지럽게 들려왔다. 늦게 잠들었던 학도병들은 눈을 비비고 일어나 총을 들고 운동장으로 모였다. 작전처 장교가 이미 나와 있었다.

중대장 김용섭이 장교에게 말했다.

"적이 소티재를 넘어 시내로 침공해 오는가 봐요. 우리가 학교 밖으로 나가 저 나루끝에서 막겠습니다."

정문에서 남쪽 200m 지점 학교 진입로가 시작되는 곳에 나루끝이 있었다. 옛날에 강나루여서 그런 이름이 붙었다지만 시가지가 개발되면서 강의 흐름은 간 곳 없고 달전이나 흥해 쪽에서 7번국도로 시 경계인 소티재를 넘어 시가지로 들어오는 서북쪽 관문 구실을 했다. 길 양편에 국도와 교차하는 철교의 두 교각이 마치 성문의 문설주처럼 버티고 있어 그곳에서 적을 막는다면 성 안쪽 시가지를 지키는 것처럼 보이겠지만 실제로는 참호나 엄폐물 등 어떤 방어 시설도 없었다. 작전처 장교는 고개를 흔들었다.

"중대장, 여기는 후방 사령부다. 보다시피 병력이 몇 되나? 시가지를 지킬 힘이 없고 보급품과 기밀 서류를 후송하라는 명령도 받았네. 자네들도 우리와 함께 후퇴하는 것이 어떻겠나?"

"아무도 막지 않으면 저들이 거침없이 밀고 들어올 텐데요. 우리는 여기서 저들의 발을 붙들어 두어야죠."

"생각이 꼭 그렇다면 학도병이 이곳에서 적을 견제하여 시간을 벌어 주면 좋겠네. 무턱대고 밖으로 나갈 것이 아니라 이 학교 정문을 중심으로 좌우 울타리에 산개하여 사령부 정면을 방어하는 것이 유리해. 적이 침공하면 서둘러 공격하지 말고 침착하게 기다리고 있다가 결정적인 순간에 한방 먹이는 게 좋겠어. 기회를 보아 재빨리 철수하는 것도 잊지 말게."

"알겠습니다. 저희들에게 맡기십시오."

"고맙네. 무운을 비네."

학교는 높이 1m쯤의 제방 위에 촘촘하게 심은 측백나무 울타리로 사방이 둘러싸여 있고 그 제방 안쪽을 따라 참호를 파놓고 있었다.

김용섭 중대장이 울타리를 둘러보고는 두 소대장에게 작전 지시를 내렸다.

"우리 학도대는 울타리 제방의 참호에서 대기하다가 적이 공격해 오면 격퇴한다. 지금 즉시 산개하여 제1소대는 교문을 중심으로 좌측 100야드 선에, 제2소대는 우측 100야드 선에 산개하라."

중대장의 명령에 따라 학도병들은 각각의 참호로 흩어져 초조하게 시간을 보냈고 소티재 쪽의 총소리는 더 이상 들리지 않았다.

날이 밝아 오자 상수도 배수 시설이 있는 수도산 능선에서 갑자기 붉은 깃발이 올랐다. 6시경이었다. 시가지의 서쪽이지만 학교에서 보면 남쪽 나루끝 너머다. 곧이어 따발총과 소총 소리가 귀 따갑게 들렸다. 공격 부대가 산을 내려와 시가지로 침투하는 듯했다. 중대장이 연락병을 보내 지시를 내렸다.

"지금 시각은 6시 15분이다. 소대장은 전투 준비 상태를 계속 유지하라. 명령 없이는 절대로 사격하지 마라."

원도도 제1소대가 배치된 교문 왼쪽 제방 밑 참호 안에서 바깥을 향하여 총을 겨누고 기다렸다. 정문 앞 학교 진입로 양쪽은 밭이어서 시야가 확 트여 있었다. 그 길로 적병 몇 놈이 가로질러 지나갔지만 학도병들을 본 것 같지는 않았다. 연락병 꼬마 김만규가 다가와서 속삭였다.

"적이 나타났어요."

김만규는 가장 어리고 키도 작은 하급생이었다.

시가지 쪽에서 들리던 총소리가 멀어지자 이번에는 학교 진입로로 200명에 가까운 인민군이 다가오는 것이 보였다. 10여 발의 박격포 포탄이 날아와 운동장 여기저기에서 폭발했으나 모두 참호 속에 숨어 있어 피해는 없었다. 원도는 의무병 노릇을 맡아 온 신정호와 함께 참호 안에서 바깥을 응시하고 있었다. 바로 옆 참호의 제1소대장이 중얼거렸다.

"저 녀석들은 아직도 우리의 매복을 눈치채지 못하는 것 같군. 그렇지? 좋아. 가까이만 와 봐라."

적은 포항여자중학교에 국군 제3사단 후방 사령부가 설치된 것을 알았겠지만 조용하게 숨죽이고 있었던 탓에 모두 철수했다고 믿었을까? 어떻든 저들은 정문 바깥 전방 50m 지점까지 태평스럽게 접근해 왔다. 바로 그때 김용섭 중대장의 명령이 떨어졌다.

"사격 개시!"

학도병들의 소총이 일제히 불을 내뿜자 순식간에 많은 적들이 쓰러졌다. 그들은 큰 피해를 입고 앞쪽 7,80m쯤 떨어진 철둑 너머로 후퇴했다. 수도산 낭떠러지 밑을 지나온 철둑은 나루끝에서 국도와 교차하고 학교 진입로를 비켜 차츰 멀어지며 북북서 방향으로 뻗어 있었다. 일제 말기에 동해북부선 철로를 부설하려던 공사가 레일이 깔리지 못한 채 방치된 것이었다.

옆에 있던 제1소대장이 말했다.

"놈들이 제방 뒤로 숨어 버렸다. 이제는 우리 위치를 알아낸 것 같지?"

"무턱대고 쏘다간 총알만 허비한다. 정확하게 조준해라."

조금 지나자 저쪽에서 외치는 소리가 들렸다.

"학생 동무들! 더 이상 대항하면 개죽음당한다. 항복하면 살려 주겠다."

저들은 상대가 학도병이라고 알아낸 것이 분명했다. 학도병들은 대답 대신 총알만 퍼부었다. 하지만 실탄이 모자랐다.

"실탄 좀 줘라."

"실탄 더 없나?"

곳곳에서 실탄을 달라고 외쳤다. 그때 정문 앞 진입로에 장갑차 5대가 나타나 그중 2대가 교문 안으로 들어오더니 기관포를 난사하고 방망이수류탄을 던졌다. 실탄이 떨어져 가는 학도병들이 날아오는 수류탄을 되받아 던지고 육박전으로 대항하자 학교 바깥으로 나가 버렸다. 이 근접전에서 많은 적을 죽였으나 학도병들의 희생도 적지 않았다.

시간이 더 지나자 실탄이 모두 떨어지고 학도병 측의 총소리는 아예 멎어 버렸다. 저들이 학교 안으르 들어온다면 맨몸으로 맞부딪칠 수밖에 없다. 원도는 더 이상 어떻게 해볼 수 없다는 것을 직감했다. 함께 참호 안에 있던 신정호가 다급하게 말했다.

"총알이 다 떨어졌어. 살아 있는 대원이 열도 안되는 것 같아. 여기에서 개죽음을 당할 수 없잖아? 탈출하자."

제1소대가 배치된 동쪽 울타리의 바깥에는 야산 밑에 자리 잡은 주택 몇 채가 있었다. 적들의 눈을 피하기가 쉽다. 원도가 그쪽을 가리키며 말했다.

"울타리 둑을 넘어 저 집 쪽에서 갈라지자. 좌우로 갈라서면 우리 둘 중에 하나는 살아남을지도 모르겠네."

"그래. 앉아서 죽음을 기다릴 수는 없지."

두 사람은 참호를 나와 민가가 가장 가까운 곳까지 살금살금 기어갔다.

"뛰자!"

둘은 동시에 용수철처럼 튀어나가 측백나무가 심어진 제방을 뛰어넘고 바깥에 나가떨어졌다. 둘을 겨냥한 총알이 마구 쏟아졌다.

원도는 민가로 들어가려 했으나 총알이 한순간에 얇은 울타리 판자를 벌집으로 만들어 놓았다. 사방을 들러봐도 어디에서 쏘는지 도무지 알 수 없었다. 이리저리 살펴보니 두 채 집 사이에 콩밭이 있었다. 엉금엉금 기어가 울타리 밑에 웃자란 콩 포기 사이에 숨었다. 엎드려 있으니 잔등이 저들 눈에 띌 것만 같아 조마조마했다.

멀지 않은 곳에서 인민군 둘의 목소리가 들려왔다.

“두 놈이 이쪽으로 왔는데 숨었나? 도망갔나?”

“틀림없이 이쪽인데.”

다시 두 발의 총소리가 가까이서 들렸다. 고개를 들 수가 없었다. 찾지 못해 쏘는 헛총질일까? 같이 뛴 정호가 발견된 것은 아니겠지? 총 맞고 피투성이가 된 정호가 쓰러져 누운 참혹한 모습이 떠올랐다. 숨 죽이고 있으려니 그 뒤로는 아무 소리도 들리지 않는다. 포항여중 쪽에서도 전투가 끝난 듯 총소리가 완전히 멎었고 8월 한낮의 뙤약볕만 따갑다. 시계를 보니 낮 3시, 적어도 8시간 이상 저들을 상대로 싸웠다는 말인가? 도무지 믿어지지 않았다.

그는 울타리 아래쪽의 부서진 판자 조각을 조심스럽게 뜯어내어 구멍을 만들고 집 안으로 기어 들어갔다. 모두 피란 갔는지 아무도 없다. 헛간 문을 열고 안으로 들어가 보니 깜깜해서 아무것도 보이지 않았다. 차츰 눈이 밝아지자 말아 놓은 멍석을 발견하고 그 위에 길게 누웠다. 며칠째 잠을 자지 못했다. 팔다리가 늘어지고 눈꺼풀이 무겁게 내려오면서 어떻게 해볼 겨를도 없이 잠 속으로 빠져들고 말았다.

얼마나 흘렀을까? 이상한 소리와 뭔가 얼굴에 닿는 차가운 감촉 때문에 잠을 깼다. 쥐였다. 여러 마리 쥐가 제 세상 만난 듯 ‘찍-찍-’ 괴성을 지르며 헛간 안을 마구 몰려다니고 있었다. 소름이 끼쳐 벌떡 일어나 앉았다. 엉성한 출입문 틈으로 보이는 바깥은 어둡고 조용하다. 야광 손목시계가 밤 10시를 가리키고 있었다. 배가 고프고 목이 말랐다.

밖으로 나온 원도는 부엌으로 들어가 물동이를 찾아내 쪽박으로 물을 퍼 마셨다. 다시 더듬어 보리쌀 바구니를 찾아내고 삶은 보리쌀 한 덩이를 입안에 쑤셔 넣자 약간 쉰 냄새가 났지만 아랑곳 않고 삼켰다. 부엌을 나와 울타리 틈새로 살펴보니 사람 다니는 기척이 없다. 오전의 일로 미뤄 포항이 저들에게 통째로 점령되었을 것이다.

그는 집을 나와 학교 뒤쪽 산자락을 돌고 철둑을 피하면서 시가지를 등지고 북쪽으로 걸었다. 어디로 가야 인민군으로부터 벗어날 수 있을는지 알 수 없다. 철둑에 올라서면 걷기 편하고 방향을 잡을 수 있겠지만 평소에 주민들이 자주 이용하는 길이어서 눈에 잘 뜨이고 그들을 만나기 쉽다. 저만치 거리를 두고 한참 걸어가니 둑길 옆으로 야산을 개간한 과수원이 가로막고 있었다. 사과가 먹고 싶어 침이 꼴깍 넘어갔지만 참을 수밖에 없었다. 조금 더 가면 터널인 것을 알고 있다. 터널은 폭격이나 함포 사격에서 안전하기 때문에 인민군이 탄약고로 쓰거나 통신 시설 따위를 차려 놓았을 가능성이 크다. 피하는 것이 좋다. 과수원을 비켜 산길로 접어들고 능선을 넘은 다음 더 이상 북으로 가고 싶지 않아 방향을 동쪽으로 돌렸다.

조심스럽게 주변을 살피느라 걷다가 서고 섰다가 걷는 동안에 동이 트고 어둠이 물러가기 시작했다. 양덕동 들녘이 내려다보였다. 산비탈의 우거진 억새풀 그루터기 사이로 들어가 몸을 숨겼다. 멀리 마을에 장총을 맨 인민군 서넛이 지나가는 것이 보였다.

원도는 문득 죽천에 사는 누나가 떠올랐다. 죽천은 시내에서 북쪽으로 20리 가까이 떨어져 있어 여기에서 똑바로 동쪽으로 가면 닿을 수 있다고 어림잡았다. 그곳에는 배다른 다섯 누나 중의 맏이인 큰누나가 시집와서 살고 있다. 나이가 자기보다 열여섯 살이나 많고 자형은 경찰 간부다.

"큰누나는 무사히 피란 갔을까? 그쪽으로 가 보자."

그녀를 찾아가기로 마음을 굳혔다. 하지만 경찰 가족이라고 인민군이 그냥 두지 않았을는지도 모른다는 걱정이 앞서면서 빨리 만나야겠다는 조바심이 불길처럼 일어났다.

온갖 생각으로 시간을 보낸 끝에 기나긴 하루가 지나가고 다시 해가 졌다. 사방이 어두워지자 억새풀 사이에서 빠져나와 논길을 걸었다. 시계는 밤 10시 반을 가리킨다. 죽천 마을을 코앞에 두고 있었다.

주변을 살피며 조심스럽게 걷고 있는데 가까운 곳에서 사람 한숨 소리가 들렸다. 한순간에 머리털이 쭈뼛했다. 납작 엎드려 숨 죽이고 기다려 보니 그러고는 아무런 기척도 없다. 자기가 가까이 오는 것을 알아차리고 누가 숨은 것 같은데 그냥 두고는 발걸음이 떨어지지 않는다. 인민군이라면 밤에 혼자 이런 곳을 다니지 않을 것이라는 생각이 들자 용기를 내어 나지막한 소리로 말을 걸었다.

"그 누고?"

저쪽에서 조심스러운 반응이 왔다.

"원도 아닌가?"

함께 탈출한 신정호였다. 그가 원도의 목소리를 알아낸 것이다.

"정호구나. 원도 맞다."

"정원도?"

"그래, 정원도다."

둘은 다가가서 왈칵 마주 안았다.

"정호야. 너 살아 있었구나. 총 안 맞았나? 콩밭에 숨어 있을 때 네가 도망친 쪽에서 두 발의 총소리가 들렸어. 들켰을까 걱정했지."

"그땐 오히려 괜찮았어. 저들이 우리를 찾지 못해 화가 나서 마구 쏘았을 게다. 정작 그곳은 무사히 빠져나왔는데 어두워지자 산비탈에서 결국 들키고 말았어. 총알이 왼쪽 팔을 스쳤는데 죽어라고 도망쳤지. 그야말로 구사일생이야."

"상처는 어때?"

"상처가 크지는 않아. 내가 갖고 있던 약과 붕대로 치료했다. 넌 무사했나?"

"그래."

"이제 우린 어떡하지? 낯선 곳이라 어디가 어딘지 알 수가 있어야지."

"걱정 마라. 내가 포항 사람 아닌가?"

"아, 그렇지!"

"큰누나가 죽천에 살고 있어. 조금 더 가면 바로 죽천이다. 이제 거의 다 왔어. 찾아가서 피란 갔는지 알아보고 그냥 있으면 도움을 청할 작정이다. 너도 함께 가자."

"나까지 따라가도 괜찮을까?"

"무슨 소리냐? 전우를 버리고 혼자 가란 말인가? 아무 말 말고 따라만 오너라."

원도는 정호를 데리고 한참 걸어 바닷가의 작은 마을로 다가갔다. 온 마을이 어둠과 정적에 잠겨 있었다. 꼭 한 번 와 보았을 뿐인데 담 옆에 서 있는 큰 소나무를 보고 누나 집을 어렵지 않게 찾았다. 불 꺼진 집 안에서 갑자기 개 짖는 소리가 들렸다. 피란 가지 않았다는 말인가? 담 너머로 고개를 내밀어 살피고 있으니 조심스럽게 방문이 열리더니 나지막한 말소리가 들린다.

"달수냐?"

누나 목소리가 분명하다.

"원도다, 큰누나!"

"누구라고?"

"큰누나, 나 원도다, 원도."

누나는 맨발로 뛰어나와 대문을 열었다. 어둠 속에서도 당장 알 아보고 와락 껴안았다.

"원도구나. 살아 왔구나. 아버지! 우리 원도가, 원도가 살아 왔어 요. 넌 어디서 이렇게 왔니?"

"포항여중에서 인민군과 싸우다 도망쳐 왔어."

"뒤에 서 있는 분은 누군가?"

"친구야. 친구와 함께 왔어."

"너 학도병 보내 놓고 아버지가 걱정이 대단하셨어."

"내가 불효자식이야."

"아니야. 우리 원도만 한 효자가 세상에 어디 있겠니?"

"자형은 소식이 있나?"

"인민군이 포항 들어오기 전에 국군과 함께 영덕 장사에서 싸운 다고 소식 보내왔다. 어제 아침에 포항이 점령되었다는데 그쪽은 어떻게 되었는지 모르겠어. 눈앞이 캄캄하구나."

"너무 걱정하지 마라. 그러나저러나 누나는 왜 이러고 있었지? 빨리 피란 가지 않고."

"국군도 엔간히 버틴다기에 안심하고 있었어. 여기는 촌구석이라 아직은 별일 없었다만 날 밝으면 저들이 몰려오겠지. 지금 피란 가 려 준비하고 있다. 너 마침 잘 왔다. 아주 잘 왔어."

한층 소리를 낮춰 귀에 속삭이듯 말을 잇는다.

"지난해에 머슴 살던 달수가 곧 올 게다. 배 태워 달라고 부탁해 뒀어. 인민군들이 날 경찰 가족이라고 그냥 두겠나? 너도 함께 가 자."

"어디로 가려고?"

"바다 건너 동생네 사는 대보로 가 보자."

"잘 생각했다. 그게 옳겠어."

누나는 이미 간단한 피란 보따리를 싸고 애들도 데려갈 준비를 해 두고 있었다. 마당 안으로 들어가 툇마루에 걸터앉아 있으니 스무 살쯤으로 보이는 청년이 왔다. 낯선 사람들을 보자 깜짝 놀란다.

"달수야, 이 사람은 내 친정 동생이다. 걱정 말고 함께 떠나세."

달수란 청년은 고개를 끄덕이더니 아무 말 없이 앞장서서 바닷가로 나갔다. 누나와 조카 셋, 원도와 정호, 그까지 합치면 모두 일곱이었다. 달수와 원도가 모래톱 위에 얹혀 있던 작은 배를 밀어 어렵잖게 물 위에 띄웠다. 그때 멀지 않은 곳에서 얕은 물 위를 걷는 철벅거리는 발자국 소리와 억양 센 북한말이 뒤섞여 들려왔다.

"빨리 타세요, 빨리 빨리."

달수가 막내조카를 안아 배에 올려놓으며 낮은 소리로 서두른다. 모두가 숨 죽여 가며 배에 오르자 그가 배를 힘차게 떠밀고는 잽싸게 올라타 노를 잡았다. 바다는 칠흑처럼 어두워 지척을 분간하기 어려웠지만 상관없다는 듯 힘껏 노를 젓는다. 노 부리의 삐걱대는 소리가 모래톱에 몰려드는 파도 소리에 묻혔다. 100m쯤 왔을 때 해안에서 여러 사람의 왁자지껄하는 소리가 들리더니 이쪽으로 향해 총 서너 발을 쏘았다. 총알이 날카로운 쇳소리를 내며 머리 위로 날아간다는 느낌이 들었다. 깜짝 놀란 막내조카가 잽싸게 엄마 품에 파고든다. 경찰 가족이 탄 배가 떠난 것을 알아차렸을까? 누나는 두려움에 턱을 덜덜 떨면서 막내를 꽉 껴안고 원도를 돌아보며 말했다.

"조금만 늦었으면 우리가 잡힐 뻔했지."

해안에서 200m쯤 와서 달수는 돛을 올렸다. 지독하게 낡고 마구 찢겨 여기저기 구멍 난 누더기 돛이었다. 약한 바람이 불었다. 누나가 물었다.

"달수야, 돛이 있어 다행이다. 어디에서 났니?"

"못 쓴다고 창고에 버려 둔 걸 가져왔죠."

비록 낡은 돛이지만 그런대로 바람을 받아 노 젓지 않아도 배는 어둠을 뚫고 동쪽으로 향하여 미끄러지듯 나아간다.

누나가 잠자코 있기 불안했던지 다시 물었다.

"달수야, 자네 성이 장가지?"

"예, 장달수 아닙니까."

"정말 고맙네. 마침 친정 동생이 와서 함께 배를 탔으니 얼마나 다행인가? 자네 은혜를 크게 입네."

"별말씀을요. 마님께서 그동안 제게 베풀어 주신 은공을 갚아야 죠."

"우리 내려 주고 어쩔 작정인가? 마을로 돌아가면 저놈들이 가만 두겠나? 당분간 대보에 머물게. 머물 만한 곳을 알아볼게."

"아니요. 제게도 생각이 있습니다. 군대에 지원하렵니다."

"그런가?"

누나가 원도에게 말했다.

"달수는 고향이 강원도 울진*이고 죽천에는 가족이 없어."

하늘에는 달이 보이지 않고 별빛만 총총하다. 그 별들이 차츰 드물어지더니 이윽고 동쪽이 희멀겋게 밝아 온다. 손꼽아 보니 8월 13일 새벽이다. 차츰 시야가 드러났지만 바다 저편 떠나온 쪽은 물안개가 자욱할 뿐 아무것도 보이지 않는다. 앞쪽으로 멀지 않은 곳에 육지가 나타나자 손가락으로 가리키며 정호가 물었다.

"저긴 어디야?"

"장기곶 끝일 게다."

"장기곶이라니?"

"지도에서 보면 영일만을 감싸면서 바다로 뻗은 땅이 장기곶이다. 저기는 그 뾰쪽한 끝이야."

배는 장기곶 돌출부인 구만 마을 해안을 따라가며 대보로 향했다. 그때 이쪽을 향하여 한 척 모터보트가 쏜살같이 달려왔다. 군용이 아니고서 그렇게 빨리 달릴 배는 없다. 장달수가 당황하고 있었다. 원도가 말했다.

"달수 씨, 아무 일 없을 테니 걱정 말고 그냥 배를 세우세요. 돛을 내리든지."

장달수가 돛을 내렸다. 다가온 것은 미군 셋이 탄 고무보트였다. 미군이 총을 겨누며 가까이 오더니 비무장이고 여자와 아이들까지 탄 것을 알자 총을 내리고 보트를 배에 붙였다.

미군이 뭐라고 큰 소리로 묻자 원도가 어설픈 영어로 대답했다.

"I am student. student soldier."

그러고는 두 주먹을 번쩍 들어 왼쪽을 'north-korea'라 하고 오른쪽을 'I am'이라 하며 자기를 가리키다 두 주먹을 마주 보게 하여 서로 싸우는 흉내를 냈다. 다시 누나를 가리키며 말했다.

"Her husband is policeman."

그들은 단어만 겨우 맞춘 시원찮은 발음을 얼마쯤 알아들은 모양이었다. 고개를 끄덕이며 배를 대보 포구로 끌고 갔다. 그곳에는 미군 MP와 한국군 헌병이 있었다. 원도가 한국군 헌병에게 말했다.

"우리는 학도병입니다. 저는 정원도라 하고 이 친구는 신정호입니다. 포항여중에 주둔한 제3사단 후방 사령부를 지키다가 그저께 오전에 인민군과 싸웠어요. 학우들이 거의 전사하고 둘이 함께 탈출해 죽천 바닷가에서 배 타고 오는 길입니다."

듣고 있던 헌병은 놀랍다는 듯이 입을 딱 벌리고 고개를 끄덕이며 말했다.

"아, 그렇습니까? 무사히 탈출해서 다행입니다. 실례지만 여자분은 누구시죠?"

"흥해면 죽천동 사는 저의 누님이고요, 자형이 경찰 간부입니다. 포항여중에서 탈출해 누나 집에 찾아갔다가 함께 탔습니다. 배를 몰고 온 사람은 누님 이웃 청년입니다."

신분을 밝힌 일행은 둘째누나 집으로 찾아갔다. 여기에서 원도는 아버지가 두 어머니와 동생들 데리고 셋째가 사는 장기 쪽으로 피란 갔다는 소식을 들었다. 택전 마을이 인민군에게 점령당하지는 않았으나 지척의 형산강에서 격전이 벌어지자 피란길에 나섰다고 했다.

둘째누나 집에서 일단 안식을 찾았지만 정호의 팔 부상이 예사롭지 않았다. 가볍게 보고 가졌던 약으로 대충 치료한 뒤로 며칠 동안 그냥 내버려 두었던 탓에 상처가 부어오르고 온몸이 펄펄 끓어오르며 밤새도록 끙끙 앓았다. 원도는 부두로 나가 처음 만났던 헌병을 찾아가서 간단한 응급약과 미군이 주는 약을 가져와 치료해 주었다.

원도는 아버지 어머니를 찾아가려 마음이 급했지만 정호 때문에 꼼짝할 수 없었다. 결국 미군으로부터 얻은 페니실린 주사를 맞고서야 겨우 부기가 가라앉고 열도 내렸다. 17일 아침에 두 누나와 작별하고 정호와 달수를 데리고는 군용 트럭에 편승하여 구룡포로 나왔다. 정호를 집으로 돌려보내고 아버지 어머니를 만나러 갈 작정이었다.

구룡포에 닿고 보니 좁은 거리가 온통 국군 장병들로 들끓고 있었다. 지나가는 사람을 보고 물었다.

"어느 부대랍니까?"

"3사단이라지. 김석원 장군이 사단장이라더군."

"3사단이라고요?"

거리를 메운 군인 행렬은 3사단 장병 모두를 풀어 놓은 듯 많았다. 강구 남쪽 장사(長沙)에서 지킨다던 3사단이 모두 이곳에 왔단 말인가? 포항이 점령되었는데 어디로 후퇴했기에 여기 모였는가? 고개를 갸웃거리고 있을 때 한 장교가 지나갔다. 첫눈에도 그가 포항여자중학교에서 무기를 나눠 주던 작전처 장교라는 것을 알아보았다. 원도가 달려가 붙잡았다.

"대위님! 저를 알겠습니까?"

"아! 자네 여기 어떻게 왔나? 학도병들은 포항여중에서 어떻게 되었나?"

"한판 붙었어요."

"그래서?"

"3시가 가깝도록 공방전이 계속되었지요. 적군 사상자가 백여 명 될 겁니다. 하지만 실탄이 바닥나서…. 대부분의 학우들이 전사하고 저와 이 친구는 막바지에 주택가 골목으로 빠져나왔어요."

"저런! 아까운 우리 학도들이 그렇게들 산화하다니…. 2만 발 실탄을 다 쏘았다면 알 만하구나. 적 병력은 얼마나 되던가?"

"수백 명이었어요. 장갑차 2대가 운동장에 들어왔다니까요."

"대단한 전투였구나. 정규군은 제대로 싸워 보지도 못했는데 학도병이 정말 장하다. 우리는 몰려오는 인민군을 피하며 겨우겨우 시가지를 빠져나와 형산교 넘어와서 기다리다 후퇴하는 병력을 모아 여기로 왔지. 인민군의 추격이 예상보다 빠르지는 않았는데 자네들이 발목을 잡고 있었기 때문일 거야. 그 참에 수천 명 피란민도 형산강을 넘을 수 있었지. 함께 싸우지 못해서 미안하다. 정말 부끄럽네.”

“이 많은 병력이 모두 3사단입니까? 모두 형산강 다리 넘어왔나요?”

“모두 우리 사단이지만 형산강 넘어온 건 아니야. 인민군이 포항과 흥해를 점령하면서 장사에 있던 주력이 남과 북으로 포위되었던 것을 미군이 LST 네 척을 송라면 독석 해안에 보내 철수했다는군. 조금 전에 들은 이야기로 오늘 아침 7시에 그쪽에서 마지막 배가 떠났는데 사단장 각하께서도 그 배에 탔다가 방금 상륙하셨다는군. 지금 장군께 보고하러 가는 길이야.”

“배가 어느 부두에 정박했나요?”

“LST는 부두가 아니라도 해안이라면 어디든 배를 댈 수 있어.”

“저도 김석원 장군을 뵈어야겠어요. 우리가 장군 휘하에서 싸우려고 포항에 왔잖아요?”

“그렇지. 구룡포국민학교로 가셨다더라. 그곳으로 가 보자.”

원도는 정호와 달수를 데리고 그를 따라 포항 쪽으로 걸었다. 많은 장병들이 길 양쪽으로 갈라서 같은 방향으로 행군하고 있었다. 그때 트럭 한 대가 지나다 멈춰 섰다.

“처남!”

운전수 옆자리에 타고 그를 부르는 이는 군복 차림의 자형(姉兄)이었다.

“아, 자형!”

“처남이 여기 웬일이야?”

“학도병으로 포항여중에서 싸우다 탈출했죠. 죽천 가서 큰누나와 함께 12일 밤에 애들 데리고 배로 영일만을 건너왔어요.”

다시 확인하듯 묻는다.

“뭐, 누나와 함께 왔다고 했나?”

“큰누나는 지금 대보 작은누나 집에 가 있어요. 애들이랑 모두 잘 있으니 걱정 마세요.”

“정말 다행이다. 걱정하고 있었는데 다행이야. 어떻게 건너왔나? 무슨 배로?”

“여기 장달수 씨가 돛단배 몰고 왔어요.”

그제야 뒤처져 있던 장달수가 앞으로 나와 인사한다.

“주인어른 무사하셨나요?”

“아, 장 군. 자네가 왔구나. 정말 고맙네. 자네 덕에 우리 가족이 모두 무사했구나. 전쟁 끝나면 자네 은혜부터 갚겠네.”

“아, 아닙니다. 저도 덕분에 잘 피란했는데요.”

원도가 물었다.

“큰누나 말 들으니 자형이 장사에서 싸운다고 했는데 어떻게 여기 오셨나요?

“3사단과 함께 싸우다 LST 타고 같이 철수했어.”

“큰누나가 무척 걱정하고 있어요. 그쪽으로 가서 만나보세요.”

“무사하다면 됐다. 만나볼 틈은 없지만 연락은 할게. 급해서 그만 간다. 처남 잘 가. 몸조심하게.”

“누나에게 꼭 연락하세요.”

“그래.”

“자형! 꼭 연락해요.”

출발하는 트럭의 엔진 소리에 마지막 말은 묻혀 버렸다. 뒤쪽 적재함에는 국방색 전투복을 입고 총 멘 경찰들이 가득 타고 있었다.

자형을 보내고 얼마 안 가서 길가에 학교가 있었다. 정문 안쪽 운동장에서 선 채로 여러 참모들과 이야기를 나누는 장군을 보았다.

카이젤 수염을 멋지게 길러서 누구보다도 먼저 눈에 뜨였다. 함께 갔던 장교가 다가가서 거수경례하고 보고했다.

"사단장 각하! 후방 지휘소 작전과장 대위 윤동구 신고합니다. 명령받은 대로 포항에서 철수했습니다."

"아, 그래."

"후방 지휘소를 지키던 학도병 중에 둘이 생환해서 각하에게 전투 상황을 보고하겠답니다."

김석원 장군이 원도를 건너다보며 말했다.

"자네들이 학도병인가? 이름이 뭔가?"

"옛, 학도병 정원도입니다."

"학도병 신정호입니다."

"의성에서 포항으로 왔다지? 도착한 병력은 얼마였나?"

"8월 9일 밤 포항에 도착했습니다. 71명이었습니다."

"적의 공격을 받았다며?"

"8월 11일 6시 30분경에 수백 명의 적이 각종 중화기와 장갑차를 동원해서 후방 사령부로 공격해 왔습니다. 전투는 낮 3시 가깝게 계속되어 100명에 가까운 적을 사살했으나 실탄이 떨어져 마지막에는 육박전으로 싸우다가 대부분이 전사하고 몇 명 전우가 현장을 탈출하였을 것으로 짐작됩니다. 그 뒤는 모르겠습니다."

옆에 있던 작전처 장교가 덧붙였다.

"적군이 학도병과 싸우느라 진격이 늦어져 각 군 후방 요원과 수천 명 피란민들이 무사히 시내를 빠져나왔습니다.

"아, 그래? 쯧쯧, 학생이 군대 대신에 희생되었구나."

천하무적 백전백승의 김석원 장군이지만 젊은 학도병들이 많이 전사했다는 보고를 듣자마자 두 눈에 이슬이 맺혔다. 오른팔을 번쩍 들어 나란히 선 원도와 정호의 어깨를 차례로 두드리며 말했다.

"장하다. 우리 젊은 학도병! 정말 장하구나. 제군들이 흘린 피로 조국은 반드시 다시 일어설 것이다."

원도가 말했다.

"장군님, 장군님 휘하에서 끝까지 싸워 죽음으로써 나라를 지킬 것입니다. 종군하도록 허락해 주십시오. 다만 여기 이 전우는 탈출하던 중에 오른팔이 적탄을 맞아 부상을 입었습니다. 당장에 종군하기는 어려울 것으로 생각합니다."

장군은 다시 물었다.

"자네 이름이 뭐라 했던가?"

"정원도입니다."

"자네는?"

"신정호입니다."

장달수를 보며 물었다.

"자네는 누구인가? 학도병은 아니지?"

원도가 대신 설명했다.

"이 청년은 탈출할 때 배를 태워 준 장달수라는 청년입니다. 자원 입대하겠다고 합니다."

장군이 옆에 선 장교를 돌아보며 말했다.

"인사참모, 정원도 학생을 즉각 입대시키고 소위로 현지 임관해요. 장달수는 신병으로 입대 조치하고 신정호 학생은 부상이 심하다니 군의관에게 보여 치료하고 귀가시키게."

"옛, 각하."

장군 앞을 물러나오자 정호가 말했다.

"둘 중의 하나는 살아남을는지 모르겠다더니 둘 다 살아남았구

나. 자네 덕분이야."

"아직 기뻐하긴 일러. 전쟁터가 날 기다리고 있잖아."

"그렇구나. 포항에서 도와준 은혜 잊지 않을게. 무운장구하길 빈다. 전쟁 끝나면 만나자."

"잘 가. 몸조심해라."

원도는 신정호와 헤어지고 소위로 임관되어 다른 장병들과 함께 집결지로 정해진 동해면 도구에 있는 동해국민학교로 향하여 행군했다. 장달수도 그를 따랐다.

19

이동수는 1947년 말경에 박돌쇠를 따라 배 타고 북으로 넘어갔다. 박강석은 며칠 전 모스크바로 떠나 버려 만날 수 없었지만 미리 부탁해 두었던 탓에 여러 사람의 도움을 받았다. 그는 곧바로 인민군에 입대하여 군관으로 임명되었고 2년 반이 지나 6·25 남침 전쟁이 시작될 즈음에는 대위로 승진하여 제766부대의 중대장으로 복무하고 있었다.

제766부대는 오진우 총좌가 지휘하는 독립 유격대였다. 남한 후방 지역의 주요 시설과 교통망을 파괴하는 임무를 띠고 동부 지역으로 침공한 인민군 제5사단 및 제12사단과 합동 작전을 벌였다.

인민군 제12사단은 국군 수도사단을 밀어내고 안동에서 청송·도평을 거쳐 8월 9일에는 아무런 방비가 없던 기계로 진출했다. 한편 인민군 제5사단은 8월 초에 동해안의 영덕과 강구를 점령했으나 국군 제3사단이 강구 남쪽 10Km의 영덕군 남정면 해변 마을 장사(長沙)에서 7번 국도를 깔고 앉아 만만찮게 저항하고 있었다. 7번 국도는 동해안의 남북을 잇는 단 하나의 도로였다.

제5사단의 진격이 예상 밖으로 늦어지자 인민군 지휘부는 하루빨리 포항을 점령하려고 기계 방면의 제12사단 1개 연대를 동쪽으로 진출시켜 포항을 공격하고 그 북쪽의 국군 제3사단을 포위하려 했다. 제766부대는 이에 합세하러 산악 지역으로 남하하였다. 8월 8일에 향로봉을 우회하여 8월 9일 아침에 해발 762미터의 비학산 능선에 이르고 곧이어 흥곡과 냉수를 거쳐 천곡사(泉谷寺)가 있는 도음산(禱陰山) 골짜기를 지났다.

그들이 소티재 발치의 달전면 학천동 찬샘이 마을에 도착한 것은 8월 11일 이른 새벽이었다. 이때는 이미 인민군 제12사단 1개 연대가 소티재에 배치되어 있던 국군 1개 중대를 가볍게 물리치고 난 다음이었다. 이동수의 중대는 아무런 저항도 받지 않고 포항 시가지 서쪽 수도산 능선에 전개했다.

영일군 소재지였던 포항읍은 1년 전인 1949년 8월에 시로 승격되어 있었다. 날이 밝자 발밑으로 영일군청과 포항경찰서, 포항국민학교가 내려다보이고 동빈동 항구까지의 시가지 전경이 한눈에 들어왔다. 지난 3년 동안 변한 것이 거의 없었다.

'따·따·따·따·따.'

'따·따·따·따·따.'

능선에서 아래쪽 시가지를 향하여 무턱대고 따발총을 한바탕 난사하는 것으로써 공격이 시작되었다. 기관총을 거의 갖지 못한 국군을 겁주려고 공격 개시 때 흔히 쓰던 방법이었다.

이동수는 선두에서 중대를 이끌고 산을 내려와 지척에 있는 항구동 부두로 진출했다. 바다로 도망치려는 국방군을 그곳 병목 지점에서 막아 항구를 빠져나갈 수 없게 하려는 의도였다.

그가 송도 숲이 건너다보이는 항구동 부두에 이르렀을 때 아니나 다를까 군인과 민간인들이 배를 얻어타려고 이리저리 뛰어다니고 있었다. 마침 길이가 4~5m에 불과한 작은 똑딱선(발동선) 한 척이 맨 앞에서 '통·통·통' 발동기 소리를 내지르며 막 부두에서 멀어지는 참이었다. 30m쯤 떨어진 거리였다. 얼핏 보니 이 작은 배에는 세 사람이 타고 있었고, 그중의 하나인 군복 차림 여자가 자기 쪽으로 손가락질하는 것이었다. 놓치지 않으려고 재빨리 쥐고 있던 권총으로 그를 향하여 연거푸 방아쇠를 당겼다.

'탕·탕·탕!'

무방비 상태로 마주 보며 뱃전에 앉아 있던 군복의 여자가 총을 맞았는지 앞으로 고꾸라졌다. 배를 몰아가는 선원은 재빨리 몸을 낮췄고 쓰러지는 그를 와락 끌어안는 또 다른 여자가 보였다.

"앗, 저건 안명옥?"

잘못 보았을까? 아니, 틀림없다. 총 맞고 고개 숙인 군복의 여자를 안아 부축하는 민간복 여자는 명옥이었다. 그녀가 총에 맞지 않아 정말 다행이었다. 권총을 든 오른손을 힘없이 내리면서 넋 놓고 지켜보고 있을 때 중대원들이 몰려왔고 배는 그냥 달아나 권총 사정권을 벗어나면서 다른 배 두 척이 그 뒤를 따라붙고 있었다. 달려온 전사들이 총을 들어 사격 자세를 취하자 발을 구르며 황급히 외쳤다.

"동무들! 앞쪽 배는 아니야. 뒤쪽 배를 조준하란 말이야, 뒤쪽 배. 지금 국방군들이 도망치고 있잖아."

전사들은 영문도 모른 채 총부리를 뒤따르는 배로 돌렸다. 먼저 따발총이 불을 뿜었다. 허겁지겁 항구를 벗어나려던 군인들이 물로 곤두박질했다. 장총 사격도 이어졌다. 육로로 후퇴할 길이 막혀 배를 타려던 군인들은 대부분 희생되었고 몇 명만 헤엄쳐 저편 뭍에 올라 숲 속으로 도망치는 것이 보였다. 명옥이 타고 있던 배는 항구를 벗어나 시야에서 사라졌다.

동수는 항구동 쪽에서 부두를 완전히 장악했다. 더 이상 어떤 배도 항구를 빠져나갈 수 없게 되었다. 나루끝 포항여자중학교 쪽에서는 아직도 총성이 계속되고 있었다. 그곳에 국방군의 저항이 예상보다 완강하다면 자기가 이 항구동 쪽으로 진출하여 병력 손실 하나 없이 임무를 완수한 것이 요행이라는 생각이 들었다. 어떻든 포항 시내 침공에서 첫 번째 임무가 멋지게 성공했다.

20

지난 1947년 늦가을에 창우가 동수에게 끌려가 죽자 명옥은 큰 충격을 받았다.

"내가 창우를 죽였어. 내가 죽인 거야. 괜히 창우를 사랑한다고 알려 줘 동수의 질투심에 불을 질렀어."

그녀는 창우를 마음에서 떨쳐내지 못하고 더욱이 자기 때문에 죽었다는 자책감으로 몇 번이나 자살하려 했다. 몰래 집을 나가 일월 못을 몇 바퀴나 돌았는가 하면 집 밖 소나무에 밧줄을 걸어 목 매려 한 적도 있었지만 아버지 안대기가 한순간도 놓치지 않고 감시하여 뜻을 이루지 못했다. 창우가 죽은 지 3년째 접어들어 얼마쯤 마음이 가라앉을 즈음에 6·25사변이 일어났다. 그 전쟁이 잠잠하던 명옥의 심기에 불을 질렀을까? 국군을 도와 빨갱이들에게 원수 갚겠다며 포항 해군통제부에 자원봉사자로 나갔다. 안대기도 그조차 말릴 수는 없었다.

8월 들어 국군이 영덕을 빼앗겼다는 소문을 듣자 안대기는 아무래도 명옥을 집으로 불러들여야겠다고 생각했다. 8월 10일 오후에 숲실 어장의 일꾼 김 씨를 불러 마침 집에 내려와 있던 큰딸 선옥이와 함께 정치망 어장의 생선 실어 나르는 똑딱선을 타고 포항으로 가서 내일 아침 일찍 명옥이를 집으로 데려오라 일렀다. 김 씨와 선옥이 탄 배는 영일만을 가로질러 해질 무렵 동빈항으로 들어가 해군통제부 앞 부두에 닿았다.

김 씨는 정박된 배에 남고 선옥은 내리면서 내일 아침 6시에 출발하기로 약속하고 명옥의 숙소에 들었다.

두 형제는 짐을 챙겨 두고 자리에 누웠으나 잠이 오지 않았다.

"명옥아, 그동안 많이 힘들었지?"

"언니. 아직도 김창우 그 사내가 내 머리 속에 꼼짝 않고 앉아 있어."

"죽은 지가 3년에 가깝다. 3년상(喪)도 벌써 지난 셈이 아닌가? 그만 잊어버려라."

"잊었으면 좋으련만 내 마음 나도 다스릴 수 없으니 어쩌나? 녀석이 날 붙잡고 영 놓아 주지 않네. 이 부두도 추억이 생생한 곳이야. 자원봉사하는 동안 나는 온통 옛 추억에 묻혀 지냈어."

"무슨 추억?"

"데이트 말고 뭣이겠나. 내가 그를 불러냈지. 동부국민학교 앞에서 만나 두무치재를 넘고 환호동 바닷가로 나가서 해안 따라 이곳까지 걸었어. 넓은 바다를 함께 보고 싶었던 거야. 선비 집안 귀한 손자로 얌전하게 자랐지만 그 역시 확 트인 넓은 바다를 참 좋아했어. 참, 그 사람 할아버지가 아버지의 스승이잖아? 아버지가 그 댁 집 지어 줄 때 창우 씨와 이야기 많이 나눴다면서 아주 똑똑하고 훌륭한 청년이라고 하셨어. 난 그 말씀 듣고 일찌감치 녀석을 남편감으로 점찍었지."

"너의 데이트는 처음부터 아주 계획적이었구나."

"빨갱이 설치고 사기꾼 들끓는 세상에 그만큼 믿을 만한 사람 어디 있겠나? 할아버지는 한학자요 아버지는 독립운동가 아닌가. 만나보니 아버지 말씀보다 더 멋진 사내였어. 어떻든 그를 불러내어 우리는 환호동 두무치산을 한 바퀴 돌고 이 앞 부두에 닿아 떡국으로 점심 먹고는 나룻배를 탔지. 송도토 건너가 종일토록 이야기 나누다 저녁때 시내로 들어왔었어."

"하루 종일 무슨 이야기를 했었니?"

"자기네 집 내력이나 우리 아버지 사업, 앞으로 유학 갈 계획, 그저 그런 거지 뭐. 창우 씨 아버지는 기미년 만세운동에 나섰다가 중국으로 망명해 임시정부에서 일했는데 해방되고 귀국할 즈음 모스크바로 출장 간다는 편지 보내 놓고 아직 소식이 없대."

"그 뒤로는 안 만났나?"

"왜 안 만났을라고. 그 다음엔 배 타고 형산강 건너 송정으로 가서 숲을 걸어 우리 동네까지 가기도 했었지. 송정 숲이 도구까지 뻗어 있잖아?"

"배 타고 강 건넜다고?"

"배가 우리 아버지 말 아닌가. 다른 사람이 말 탈 때 아버지는 배를 타셨지. 언니도 배 태워 여기 보냈잖아?"

"그렇구나."

"도구 숲은 언니 보지 못하는 동안 소나무가 많이 자랐어. 그 숲을 함께 걸으면서도 키스 한 번 못하고 떠나보낸 게 너무 아쉬워. 지금 옆에 있다면 모든 걸 남김없이 주어 버리고 싶어. 내 영혼 한 조각까지도 말이야."

"맺지 못할 사람에게 입술 줘서 뭘 하나? 상처만 더 깊어졌겠지. 죽은 사람은 그만 잊어버려라. 전쟁 끝나거든 좋은 혼처 골라 우리 함께 시집가자. 쌍둥이는 같은 날 시집 장가가면 잘산다더라. 스물세 살이라면 벌써 노처녀다. 시집가면 옛 사랑은 저절로 멀어진대."

"언니, 내 말 들어 봐. 창우를 밖으로 끌고 나간 이동수란 놈 말이야, 그놈이 내게 엔간찮게 치근거렸지. 처음에는 그냥 내버려뒀는데 자꾸만 따라다니며 못살게 굴기에 나는 좋아하는 사람이 있다고 잘라 버렸어. 그런데도 계속 따라다니기에 후배를 시켜 내 상대가 창우 씨라고 슬그머니 알려 줬어. 그쯤 하면 물러설 줄 믿었지. 녀석은 창우 씨와 한 마을에서 같은 날 태어났다더군. 이웃에 살며 아주 친한 친구가 되어 함께 자란 거야. 중학교에도 같이 들어오고. 그런 형제 같은 사이인데 어떻게 죽일 수 있어? 나 때문에 질투하고 앙심을 품었을 거야. 나 때문에 창우 씨가 당했어."

"질투심 때문만은 아닐 게다. 공산당은 부모형제도 밀고한다는데 친구 사이라고 봐주겠니? 그놈이 나쁜 사상에 물들었던 것이지 네 탓은 아니다."

"완전한 철면피야. 물불 가리지 않고 덤비는 녀석이었어."

"확실히 그 녀석이 죽였대?"

"학련 오빠들이 말하는 것 들으니 누가 칼을 휘둘렀는지는 몰라도 그놈이 불러냈다더라. 할머니 제사 지내러 간 사람을 말이야."

"어떻든 잊어버려라."

"어떻게 잊을 수가 있어? 공산당은 우리 민족의 원수고 나의 원수야. 이번에도 봐라. 일요일 새벽에 남침해 왔어. 모두들 자고 있는 일요일 새벽에 말이야. 나는 총칼도 없고 힘도 없지만 자원봉사라도 해서 그 원수를 만분의 일이라도 갚을 생각이었어."

"그만해라, 명옥아. 내일 아침 6시에 떠난다고 했지. 아버지 걱정이 이만저만 아니시다."

"아버지께 큰 죄를 짓고 있어. 집으로 돌아가면 아버지 어머니 속 썩지 않도록 해 드려야겠어."

"그래, 생각 잘했다. 그만 자고 내일 일찍 일어나자. 늦어도 5시에는 일어나야 하니까."

"그러나저러나 포항이 위험하다네. 미군이 참전했는데도 여전히 전세가 불리한가 봐. 정말 걱정이야. 언니 잘 자."

"그래, 너도 잘 자."

두 처녀는 말은 그렇게 했지만 다시 이야기가 시작되어 3시가 넘도록 이어지다가 새벽잠에 빠지고 말았다. 잠결에 총소리가 요란하게 들려와서 깨어났다. 인민군이 6시경에 서산(西山) 능선에서 발 아래 시가지로 내려오며 일제히 공격을 개시했던 것이다. 서로 맞붙는 시가전 따위는 일어나지 않은 일방적 침공이었다. 시내에는 소수의 군인들이 머물러 있었는데 그나마 각각의 부대를 지원하는 후방 병력이고 포항을 방어할 통합된 전투 부대가 아니어서 맞서지 못하고 뿔뿔이 흩어졌다.

선옥이와 명옥은 허겁지겁 밖으로 뛰어나왔다. 배는 부두에 붙여 정박시키지 못하고 네 척이 나란히 매어진 끝에 있었다. 군인과 민간인들이 배를 얻어타려고 이리저리 쫓아다니고 있었다.

"얘 명옥아, 얼른 타자."

"그래, 그래."

김 씨가 총소리에 잠을 깨어 시동을 걸어 놓고 기다리는 중이었다. 두 처녀가 동시에 배로 뛰어들자 곧 밧줄을 풀고 '통·통·통' 소리 내며 출발했다. 여러 척이 거의 동시에 부두를 떠나고 있었지만 그중에서는 맨 앞이었다. 그때 한 무리의 인민군이 부둣가의 상점 모퉁이를 돌면서 이쪽으로 달려왔다.

"언니, 저걸 봐. 인민군이다. 어쩌지? 앗! 저기 맨 앞에서 오는 놈이 이동수 닮았네."

선옥은 명옥이가 가리키는 곳으로 고개를 돌렸다.

"어디, 그 배신자 이동수가? 잘못 보았을 테지. 김 씨, 빨리요 빨리."

명옥이도 독촉한다.

"김 씨요, 배 빨리 몰아요."

김 씨가 익숙한 솜씨로 키를 잡은 배는 부두에서 차츰 멀어져 30m쯤 왔다. 그때 동수로 보이는 자는 부두 난간에 멈칫 서서 두 팔을 번쩍 쳐들었다. 오른손에 권총을 쥐고 왼손으로 떠받쳐 쏠 자세를 취한 것이다. 둘은 몸을 굽혔으나 배는 작고 뱃전은 얕았다. 정신없이 그를 보느라고 대처도 늦었다.

'탕 · 탕 · 탕!'

그가 쏜 권총 세 발 중의 한 발이 명옥의 가슴에 맞았다.

"억! 언니, 내가 총 맞았나 봐. 가슴이 뜨겁고 아프네."

"뭐라고, 총 맞았다고? 가슴에? 이를 어쩌나. 이를 어떡해. 김 씨, 빨리요 빨리."

선옥은 앞으로 쓰러지는 동생 명옥의 몸을 감싸 안고 김 씨는 허겁지겁 배를 몰아 항구의 병목을 빠져나왔다. 권총 쏜 자를 뒤따라온 인민군들은 요행히 총부리를 뒤따르던 배로 돌려 더 이상 총알은 날아오지 않았다. 명옥은 피가 흐르는 가슴을 손으로 감싸고 이를 빠드득빠드득 갈면서 말했다.

"언니. 그 녀석, 총 쏜 녀석이 틀림없이 이동수야. 그 짐승 같은 놈이 날 쏘았어. 그 짐승 같은 놈이….”

“이동수 그놈이라면 널 알아볼 터인데?”

“알아봤는지도 모르지. 녀석이 처음에 총 쏘고는 더 쏘지 않았지? 뒤따르던 녀석들에게 다른 배를 겨누도록 시키는 듯 보였어. 아니, 내가 군복을 입고 있잖아? 언니를 나로 보고 더 쏘지 않았을는지도 몰라.”

“그놈이 아직도 널 좋아할까?”

“몰라. 어떻든 난 오로지 창우를 사랑한다고 후배를 통해 알려 줬어. 그 악마는 생각만 해도 치가 떨려. 어젯밤에 이야기했었지? 창우야말로 재주 있고 핸섬하고 아주아주 젠틀맨이었어. 진정으로 그를 사랑해. 난 창우를 영원히 잊을 수가 없어.”

“죽은 사내를 영원히 잊지 못해 뭘 어쩌려고? 출혈이 심하다. 말할 때마다 피가 더 나온다. 제발 말하지 마라.”

어느새 송도 숲에서 멀어지고 배는 영일만을 가로지르며 숲실 포구로 향하여 똑바로 나아갔다. 선옥은 애가 타서 김 씨에게 다급하게 외쳤다.

“빨리 달려요. 속도를 더 내세요.”

“지금 최고 속도입니다.”

발동기 힘으로 움직이는 똑딱선이라 숨 막힐 것처럼 느렸지만 멀리 가물거리던 마을 뒷산이 어느새 성큼 다가오고 있었다.

“진정으로 창우 씨를 사랑했는데 날 버리고 죽다니…. 날 버리고 죽다니…. 벌써 3년이나 되었네. 나도 이동수 그놈이 쏜 총에 맞았으니 이대로 죽었으면 좋겠네. 죽어 저승 가면 창우 씨를 만날 텐데….”

“명옥아, 제발 좀 가만 있어. 출혈이 심하다.”

명옥은 언니의 호소에 아랑곳 않고 가쁜 숨을 몰아쉬며 말을 이었다.

"언니, 난 살지 못할 게다. 난 죽어서 창우 씨를 만날래. 그러잖아도 여러 번 따라 죽으려 했지만 아버지 어머니께 죄짓는 일이라 어쩌지 못했어."

그러고는 아무 말도 않았다. 명옥은 눈을 감고 있었다. 아무 말 안하는 것에 선옥은 덜컥 겁이 났다. 이제 포구 방파제까지는 300m쯤 남았다. 포구에 나와 늘어선 사람들이 보였다. 그때 명옥이 눈을 번쩍 뜨고 불쑥 말했다.

"언니, 나는 죽어도 언니와 함께 살아간대."

"그게 무슨 말이냐?"

"이제 막 꿈을 꾸었어. 언니와 함께 숲을 걷고 있는데 흰 수염을 길게 늘어뜨린 점잖은 노인이 나타나 '너희 자매는 쌍둥이다. 넌 죽어도 혼령은 언니와 함께한다'고 말했어. 두 자매가 혼령이 하나란 거야. 언니가 나고 내가 언니란 것이지. 그러니 영영 죽는 것이 아니라고 했어. 그러고는 사라졌어. 어떻든 저승에 가서도 창우 씨를 사랑할래. 만일 만나지 못하거나 창우 씨가 저승에서 그새 다른 여자를 사랑하고 있다면 다시 돌아올 거야. 다시 돌아와 언니의 혼령과 하나가 될 거야. 언니에게 덧붙어 하나가 된다고 했으니 혼자였던 나는 없어지고 말겠지. 그러고 보니 죽는 것이 아닌 것은 아니네. 내가 죽기는 죽을까 봐."

"명옥아, 넌 죽지 않아. 죽기는 왜 죽어?"

배가 숲실 포구에 닿았을 때까지도 살아 있었다. 포구에 나와 기다리던 안대기가 언니에게 안겨 피 흘리는 명옥이를 보자 황급히 배 안으로 뛰어들어 그녀를 안아 올리며 외쳤다.

"이런, 세상에! 얘가 왜 이러지? 명옥아 정신 차려. 명옥아! 명옥아!"

"아버지 어머니 죄송합니다. 전 창우 씨를 사랑했어요. 한월당 어른의 손자 김창우 아시죠? 보고 싶어요."

"그래, 네 마음 안다. 알고말고."

"창 … 우 … 씨, 사… 랑… 해… 요…."

어렵게 말 한마디 더 하는 것으로써 끝났다. 출혈이 많았던지 고개를 떨어뜨리고 숨을 거두었다.

<h1 style="text-align:center">21</h1>

국군 제3사단은 앞서 말한 대로 동해안의 영덕·강구에서 밀려 남쪽 해변 마을 장사(長沙)의 7번 국도 상에서 인민군 제5사단과 맞서고 있다가 기계를 점령한 인민군 제12사단의 1개 연대와 독립 유격대인 제766부대가 그 남쪽의 포항과 흥해를 점령하면서 남북으로 포위당하는 곤경에 빠졌다. 뿐만 아니라 인민군은 곧장 포항 남단을 흐르는 형산강을 넘어와 영일비행장(오천비행장)으로 진출할 기세였다.

이에 미 제2사단 부사단장 브래들리(Joseph S. Bradley) 준장은 제8군사령관 워커(Walton H. Walker) 장군의 명령에 따라 미 제2사단 제9연대 제3대대를 주축으로 미 제15야전포병대대 1개 포대와 그 밖의 각종 부대를 배속받아 '브래들리 특수임무부대'를 편성하고 한밤중에 영일비행장에 도착해서 방어 임무를 맡았다. 그러나 늦게 출발한 일부 병력이 8월 11일 01시경 경주에서 포항으로 들어오는 터널 고지 벼랑 밑을 통과할 때 매복 중이던 인민군 제766부대의 기습을 받고 70여 명의 인명손실이 발생하자 경주로 철수했다. 미군은 제40전투비행대대 F-51 전투기 1개 편대를 출격시켜 터널 고지를 강타하고 큰 피해를 주었으나 아침에 인민군이 포항 시내를 점령하자 고지 탈환 작전을 중단했다.

경주에서 흘러오는 형산강은 포항시의 외곽인 영일군 연일면*이 시작되는 지점에서 협곡 형산몍을 지난다. 그 남안에는 해발 257m의 형산(兄山)이, 북안에는 해발 211m의 제산(弟山)이 이마를 맞대다시피 마주 보고 있다. 터널 고지란 경주·포항 간의 철로 터널을 뚫어 놓은 제산을 말한다. 7번 국도는 터널이 아니라 강을 끼고 제산의 암벽 아래쪽을 지나간다. 제산에서 벼랑 아래 이 도로를 막으면 아주 쉽게 경주·포항 간의 교통을 끊을 수 있었다. 한 명의 병사가 천 명을 지킬 수 있는 지형이다.

인민군은 포항을 점령하기 이틀 전에 서쪽 14km에 있는 기계를 점령하고 하루 전에 이미 배후 산악지대로 진출하여 이 제산을 장악하면서 경주 방면으로부터 한·미 양군의 증원 부대가 진입하지 못하도록 대비했던 것이다.

포항이 점령당하여 장사에서 포위되었던 국군 제3사단 9,000여 병력과 경찰 1,200명, 공무원과 민간인 1,000여 명은 송라면 방석리 독석마을 해안에서 미군이 보낸 4척의 LST에 승선하여 8월 17일 아침까지 모두 구룡포항으로 철수했다. 그 제3사단이 구룡포에서 나와 동해면 도구에서 부대를 재편하고 포항 전선에 투입되면서 인민군이 형산강을 건너지 못하게 막아 비로소 포항 지역 전선이 정돈되었다.

한편 인민군 제12사단 주력이 경주를 공략하기 위하여 기계에서 안강 쪽으로 남하하려 하자 국군 수도사단과 포항 지구 전투사령부

* 현재 포항시 남구 연일읍

에 배속된 제17연대가 이를 막아서는 한편 의성으로 철수했던 수도 사단 제18연대와 독립기갑연대가 북쪽에서 적의 보급로를 차단하고 남으로 진격하여 기계 지구의 적을 남북으로 포위 공격했다. 국군은 이 작전으로 8월 17일에 기계를 탈환하면서 적 1,245명을 사살하고 포로 17명을 잡는 전쟁 이후 최대의 승리를 거두었다. 많은 무기와 탄약도 노획했다.

인민군은 포위망을 뚫고 그날 밤 북쪽에 있는 비학산의 서쪽 기슭으로 퇴각했다. 이로써 인민군 제12사단은 거의 괴멸 상태에 빠졌다. 저들은 유격대인 제766부대를 해체하여 병력을 합치고 신병을 보충해서 총병력 5,000명으로 사단을 재편했다. 이때 766부대에 있던 이동수 대위는 포항 출신이란 이유로 제5사단으로 차출되었다.

포항 쪽에서는 국군 제3사단이 시가지 북방으로 진출하여 제23연대가 8월 22일에서 23일까지 형산교에서 직선 거리로 10km 지점에 있는 93고지 일대에 침입한 2개 궤대 규모의 적을 공격했다. 이 고지는 일명 삿갓봉으로 비록 낮은 산이지만 주변 일대의 야산 지대와 흥해 면소재지에 이르는 개활지를 감제하고 부근 접근로를 통제할 수 있는 요충지였다. 주변의 우군이 취약했던 탓에 지켜내기 어려워 낮에는 빼앗고 밤이면 빼앗기기를 여러 차례 거듭했다.

23일 오후에도 아군은 고지를 거의 점령했으나 소수의 적군이 견고하게 축조된 벙커 안에서 끝까지 저항하였다. 아군의 피해가 적지 않았고 정원도 소위의 소대원 둘이 수류탄을 까들고 벙커로 들어갔지만 두세 차례 꽝음이 들려오고는 모두 나오지 못했다. 날이 어두워지면서 곧 후퇴하라는 명령이 떨어졌으나 부하들의 생사를 확인하지 않고 그냥 물러설 수는 없었다. 마침 장달수 이병이 자기를 따르고 있었다.

"장 이병, 내가 벙커에 들어갈 테니 밖에서 엄호해 주게."

"안됩니다, 소대장님. 날이 어두워져 곧 저들이 밀어닥칠 텐데요."

"부상자가 있으면 데리고 나와야지."

50m쯤 떨어져 지휘하던 중대장이 외쳤다.

"중대, 후퇴하라. 후퇴. 제1소대 정 소위도 즉시 후퇴하라."

정원도는 중대장의 명령을 뒤로 남긴 채 칼빈 소총을 들고 벙커 안으로 뛰어 들어갔다. 들어가 보니 소대원 둘과 인민군들은 모두 죽어 있었다. 그냥 나오려다 뭔가 끌어당기는 듯 이상한 기분이 들어 뒤돌아보았다. 인민군 군관 하나가 살아남아 마구 뒤엉킨 주검들 사이에 끼어 있다가 그를 공격하려고 누운 채로 팔을 빼내 죽은 자의 총을 잡으려 했다.

차츰 어둠에 익숙해진 정 소위는 곧바로 알아채고 재빠르게 칼빈총을 들이댔다. 녀석은 죽지 않으려고 얼른 총을 놓고는 두 팔을 번쩍 쳐들었다. 벙커 총구로 들어오는 희미한 빛을 받은 그 얼굴이 어쩐지 눈에 익었다고 생각되었다.

"살려 주소."

"앗, 형. 동수 형이네?"

"너 원도구나. 난 동수다. 동수 형이다. 살려 줘. 살려 줘."

형제는 주고받는 목소리로 서로를 알아차렸다. 이때 바깥에서 장달수 이병의 외침이 들렸다.

"소대장님, 빨리 나오세요. 빨리요 빨리. 후퇴 명령이 내렸잖아요."

아버지는 다르지만 한 어머니 뱃속에서 생명을 얻고 뼈와 살을 붙여 열여덟 살이 되도록 함께 살았다. 정원도의 뇌리에는 지난 일들이 등대 불빛처럼 깜박였다. 놀러 갈 때마다 끝까지 떼어놓고 돌아서던 매정한 성미, 칼싸움한다며 재 묻은 부지깽이로 명절 새옷을 버려 놓던 얄궂은 심술, 걸핏하면 아버지 어머니께 고자질했다고 몰아세우는 못된 버릇, 어린 시절의 하루하루는 일일이 셀 수 없는 갈등의 연속이었다. 창우를 죽이고 월북해 버려 정든 용덕동을 떠나지 않을 수 없던 참담함이 생각나고, 방금 희생된 소대원 둘의 얼굴까지 떠오르자 동정심이 전혀 일어나지 않았다. 하지만 차마 방아쇠가 당겨지지 않았다. 그렇다고 그냥 벙커 밖으로 나갈 수도 없었다. 이도 저도 아니게 마음이 뒤엉키자 동수가 기댄 흙벽을 향하여 마구 쏘았다. 포항여자중학교에서 쓰러진 학우들, 방금 이 고지에서 전사한 소대원들의 원한을 풀려는 것처럼 미친 듯이 쏘아댔다. 귀를 자르는 총소리가 그치자 동수는 겁에 질려 감았던 눈을 다시 뜨고 입을 반쯤 벌린 정신 나간 모습으로 쳐다보았다. 원도는 급히 벙커 밖으로 나오며 장달수를 향하여 고함쳤다.

"몽땅 죽었어. 뛰자."

원도는 장달수와 함께 정신없이 비탈을 달려 내려왔다. 멀리서 진격해 오는 적의 총탄이 여기저기서 흙먼지를 일으켰다. 따라오던 장달수가 다리에 총을 맞고 쓰러졌다. 뒤돌아보니 동수가 벙커에서 기어 나와 이쪽을 향하여 사격하고 있었다.

"앗! 동수 형이 쏘네. 저런 죽일 놈."

원도의 두 눈에는 전에 없던 불길이 이글거렸다. 전장에서만 느낄 수 있는 증오심일는지도 모른다. 달스를 재빨리 산자락의 개골창에 밀어 넣고는 고지를 향해 방아쇠를 당겼다. 이번에는 정조준이었고 거리도 무척 가까웠지만 무딘 격발 소리만 들리고 발사되지 않았다. 벙커 안에서 실탄을 모두 쏘아 버렸던 것이다.

곧이어 인민군 대대가 93고지로 밀어닥쳤다. 동수는 대대장을 보자 외쳤다.

"대대장 동무! 국방군이 모두 도망갔습니다. 모두 쫓아냈습니다."

"동무가 살아 있었소?"

"벙커 안에서 싸웠습니다."

"우리는 동무가 전사한 줄 알았소. 혼자서 이 고지를 사수하고 국방군을 내쫓았단 말이지요? 동무는 정말 대단하오. 연대장에게 보고하겠소."

"감사합니다, 대대장 동무!"

국군이 멀리 후퇴해 버리자 연대장도 93고지를 찾아왔다. 대대장이 이동수를 치켜세웠다.

"연대장 동무, 이동수 대위가 이 고지에서 국방군을 격퇴하는 혁혁한 전공을 세웠습니다."

연대장이 그 말을 받아 이동수에게 물었다.

"수고하셨소. 동무가 이곳 포항 출신이라던데 맞소?"

"예, 그렇습니다."

"동무의 전공을 사단장 동무께 상세히 보고하겠소."

"감사합니다. 공화국을 위하여 충성을 다했을 뿐입니다."

돌아서려던 연대장이 멈칫하며 물었다.

"고향이 포항이라면 하나 묻겠소. 동무는 우리 인민군대가 이 포항에서 발이 묶여 버린 원인이 무엇이라 생각하오?

"소신대로 말씀드려도 괜찮겠습니까?"

"물론이오."

"포항 점령 초기에 12사단의 작전에 문제가 있었다고 생각합니다. 시가지가 아니라 주력을 형산면에 집중시키고 지체 없이 도강하여 안강 방면의 국방군을 포위했으면 전투의 주도권을 잡고 큰 전과를 얻었을 것인데 기회를 놓쳤습니다. 당시에 766부대가 형산면에서 미군의 진입을 차단하지 않았습니까?"

"그렇지! 동무가 그 766부대 출신이잖소. 동무의 말이 일리가 있소. 지금은 어떻소?"

"지금이라도 늦지 않습니다. 형산면으로 도하하면 승기를 잡을 수 있습니다."

"잘 알겠소. 이동수 동무, 수고하시오."

연대장은 돌아서며 연신 고개를 끄덕였다. 자기 사단이 동해안 강구에서 국방군과 맞서 있는 동안에 12사단이 포항을 점령해서 체면 구겼다고 생각하던 참에 그 12사단의 과오를 지적하는 동수의 말을 들으니 속이 후련했다.

동수는 전쟁터에서도 안명옥을 만날 기대를 버리지 않았다. 8월 11일 새벽 포항을 점령할 때 동빈동 부두에서 1분만 빨랐어도 붙잡을 수 있었는데 놓쳤던 것이 너무 아쉬웠다. 그 뒤로 전선이 고착되어 여러 날이 지나자 하루빨리 형산강을 건너고 도구를 점령해야 한다는 꿈에 사로잡혀 있었다. 3년 전에는 창우라는 라이벌 때문에 외면당했으나 이미 그는 오래 전에 죽었으니 자신이 해방군으로서 당당하게 나타나면 사정이 달라질 것이라고 생각했다.

창우 문제도 그렇다. 제사 지내러 온 그를 속임수로써 불러내긴 했지만 어디까지나 혁명 동참을 권유하기 위한 선의에서였다. 보라! 자신이 선택한 북쪽의 찬란한 승리가 지금 눈앞에 다가와 있지 않은가. 더구나 창우를 죽인 사람은 직접 칼을 휘두른 이름 모르는 대장 동무와 박돌쇠 등이라고 생각하고 양심의 가책을 별로 느끼지 않았다. 월북한 뒤 인민군에 입대하여 군관에 임명되고 개전 후 날마다 전장을 누비면서 공산혁명을 위해서는 수단방법을 가릴 필요가 없다는 논리에도 공감하고 있었다.

22

창우의 혼령은 재가 끝나고서 여태까지 두 해 반 동안 절에 오는 신자들 틈에 몰래 끼어들어 한 번도 빠지지 않고 초하루와 보름에 열리는 만각스님의 법회에서 법문을 들었다. 신도들은 육신이 아닌 혼령의 그가 함께 앉아 있는 것을 알아차리지 못했다.

창우는 음력 오월 보름날의 법회에서 6·25 동란이 일어난 것을 처음으로 들었다. 양력으로 6월 30일이었다. 스님은 북한 괴뢰군이 6월 25일 새벽에 삼팔선 전역에서 침공해 오며 전쟁이 일어났다고 했다. 자주 있었던 소규모 무력 충돌과는 전혀 다른 전면 전쟁이라는 것이다. 오월 보름은 아버지 어머니가 만나고 자기의 씨앗이 어머니 몸 속에 뿌려지던 참 좋은 날인데도 고약한 소식을 듣고 말았다. 이틀 전에 서울을 빼앗겼다는 이야기는 스님이 아니라 동석한 젊은 여자 신도의 입에서 나왔다. 서울까지 빼앗겼다면 앞으로 어떻게 될는지 점치기 어려울 것이다.

음력 유월 초하루인 7월 15일의 법회에는 신도들의 숫자가 크게 불어났다. 자식과 남편을 군대에 보냈거나 서울이나 경기도 쪽에 있는 가족의 소식을 듣지 못한 사람들이 많이 왔다. 그 법회에서 창우는 국군이 밀리고 있으며 미군이 참전했다고 알게 되었다. 다시 음력 유월 보름인 7월 29일에 듣기로 국군이 아직도 계속 밀리고 있고, 미군을 포함한 유엔군이 참전했으나 전세가 좋아지지 않았다고 했다. 음력 칠월 초하루인 8월 14일의 법회에는 모인 사람이 몇 되지 않았다. 3일 전에 포항이 점령당하면서 대부분의 신도가 피란 가 버렸던 것이다. 어느새 인민군은 바로 코앞까지 다가왔다.

8월 28일은 음력으로 칠월 보름 백중(百中)날이었다. 이날 법문에서 스님은 포항이 아직도 인민군의 수중에 있고 지척의 형산강을 사이에 두고 대치하는 판세라 오어사에도 앞으로 어떤 위험이 닥쳐올는지 모른다고 걱정했다.

스님은 그 위험보다는 지옥문이 열리는 좋은 날이라는 점을 더 강조했다. 전생에서 죄업을 짓고 지옥의 유황불에 떨어진 혼령도 이날에는 구제받을 수 있다니, 말하자면 죽은 자를 위한 재생의 날이고 부활의 날이며 절망 속에 살아 있는 희망의 날이라는 것이다. 인민군에게 점령되어 암흑 속에 갇혀 버린 포항도 마치 백중날 지옥문이 활짝 열리듯 오래지 않아 자유를 찾을 수 있을 것이라고 했다.

법문을 마친 만각스님은 늦은 시간에 창우의 혼령이 머물고 있는 산신각까지 찾아와서 신신당부했다.

"네가 절벽 밑 소나무에 깃들인 지도 어느덧 천여 일이 지났구나. 오늘이 백중날 아닌가. 내 예감에 이제 곧 기회가 올 것 같다. 환생의 기회는 1천이 아니라 1만, 10만의 밤낮이 지나가도 잡기 어려운 법이다. 부처님은 여래가 세상에 나타남이 우담바라 꽃이 피는 것과 같이 지극히 만나기 어렵다고 말씀하셨는데 비유하자면 바로 그와 같다. 너는 제발 긴장을 늦추지 말고 기다리다가 혹시나 사지 멀쩡하게 죽은 몸을 만나거든 머뭇거릴 것 없이 혼령을 쏟아 넣고 서원(誓願)한 대로 세상에 다시 나오도록 해라."

"스님, 고맙습니다. 스님의 은혜로운 가르침을 결코 잊지 않겠습니다."

"부디 행운을 빈다. 나무아미타불 관세음보살."

이렇게 스님과 헤어졌다. 창우는 어떻게든 기회를 잡고 다시 살아 나가서 동수를 단 한 번만이라도 만나고 싶었다. 원수를 갚기보다는 배신 행위를 마음껏 비웃어 주고 싶었다.

동수는 달랐다. 창우의 죽음에 대하여 죄책감이 없어진 지가 이미 오래다. 빚 준 자와 빚 진 자가 다르고 맞은 자와 때린 자가 서로 다른 법이다. 고향땅을 누비면서도 명옥을 만날 핑크색 기대만 가졌지 죽은 창우를 가엾게 돌아보는 마음은 털끝만큼도 일어나지 않았다.

9월 6일 오전이었다. 동수는 연락병으로부터 사단장이 자기를 부른다는 연락을 받았다.

"왜 부를까? 93고지 전투에 관해서는 이미 칭찬받을 만큼 받았는데…. 내가 뭘 잘못했나? 혹시 참호 안에서 국방군의 총부리에 굴복하고 삶을 구걸했던 일이 탄로나지나 않았을까? 원도가 살아 돌아간 것을 추궁당하지는 않을까? 나밖에는 아는 자가 없는데…."

그는 사단장 벙커로 들어갔다.

"제2중대장 대위 이동수입니다."

사단장이 앉아 있다가 벌떡 일어나 반가운 얼굴로 악수하자며 손을 내민다.

"이동수 동무, 반갑소. 사단장이오."

동수의 걱정은 일단 괜한 것이었다. 사단장은 잠시 뜸을 들이더니 말했다.

"동무의 무공을 잘 들었소. 포항 부두를 선제 공격하여 항구를 봉쇄하고 게다가 혼자서 93고지를 사수했다니 정말 장하오. 그 두 차례의 공로를 인정하여 소좌로 특진시키고 제11연대 제1대대장에 임명하는 바요."

이동수는 너무나 급작스러워 얼떨떨하면서도 감격했다.

"감사합니다. 감사합니다. 공화국에 충성을 다하겠습니다."

동석하고 있던 11연대장도 악수를 청한다.

"이동수 동무, 수고가 많소. 동무의 영웅적 승리를 잘 들었소. 나는 11연대장이오. 우리 연대는 이동수 동무를 적극 환영합니다."

다시 사단장이 말했다.

"연대장 동무, 이 소좌에게 지금의 상황과 임무를 설명해 주시오."

"옛, 사단장 동무."

연대장이 지도를 짚어 가며 설명했다.

"이동수 동무, 동무가 맡을 제1대대에 1개 중대를 더 증강시킬 거요. 지금 제1대대는 여기 이 터널 고지에 포진하고 있고 전면의 적은 국방군 3사단에 배속된 8사단 10연대요. 10연대는 이곳 터널 고지 맞은편 우측 부조에서 형산강을 따라 좌측인 하류로 약 3km에 걸쳐 배치되어 있소. 대대장 동무는 지금 곧 터널 고지로 가시오. 동무의 제1대대는 오늘 밤 안에 공격을 개시하여 터널 고지 아래쪽으로 형산강을 도하하고 아군의 교두보를 확보하는 동시에 신속하게 진격하여 동남방 9km 지점의 운제산을 점령하시오. 운제산 주봉은 481고지요. 그 일대를 장악하면 동북 9km 지점에 있는 미국놈의 영일비행장을 견제할 수 있소. 또한 서쪽 9km 지점에는 포항에서 경주로 이어지는 7번 국도가 남북으로 이렇게 지나가요. 그 국도를 차단하면 곤제봉과 호명리에서 으리 12사단에 맞서 있는 국방군 수도사단을 포위 섬멸하고 경주로 진출할 수 있소. 지난번에 12사단이 우리 전면의 국방군 3사단을 포위해서 국면을 타개해 주었던 빚을 갚게 되는 것이오. 정말 통쾌하지 않겠소?”

대답할 여유도 없이 사단장이 말을 이었다.

“구태여 12사단을 의식할 필요는 없소. 핫 핫. 이 작전은 경주 진출에 필수적이고 경주 진출은 곧 부산 점령의 디딤돌이오. 영용한 동무의 대대가 도하에 성공하면 우리는 잇따라 다른 부대를 보내 좌측의 연일면 소재지와 우측의 옥녀봉을 확보할 것이오. 그렇게 되려면 선봉에 선 동무가 반드시 운제산을 점령해야 하오. 내일 정오까지 작전을 종료하시오.”

이동수가 꼿꼿이 차려하면서 복창했다.

“사명을 완수하겠습니다, 사단장 동무.”

그가 제1대대 지휘소에 닿았을 때는 9월의 해가 이미 서산으로 넘어가고 있었다. 쌍안경으로 전방을 살펴보니 일이 만만치 않아 보였다. 그들이 깔고 앉은 제산의 주봉은 211고지고 마주 보는 형산은 258고지로 이쪽이 훨씬 낮았다. 산 아래 강은 서로가 발 아래로 내려다볼 수 있었다. 두 고지는 좁은 여울을 사이에 두고 바짝 다가 서 있지만 제방에 연이은 피아의 진지는 배후의 개활지가 강 하류로 내려갈수록 넓어졌다. 개활지가 넓으면 노출되기 쉽고 개활지가 없는 여울 가까이는 고지에서 쏟아질 포화를 감당하기 어렵다. 이 래저래 큰 희생 없이 강을 건너기는 쉽지 않을 터였다.

동수는 더 머뭇거릴 수 없어 중대장 4명을 불러 모아 지도를 펴 놓고 작전을 지시했다.

“우리 대대의 공격 목표는 동남방 9km 지점의 이 운제산 481고지다. 오늘 밤 12시에 공격을 개시하여 터널 동쪽 200미터 지점에서 형산강을 건너고 내일 정오 안으로 공격 목표를 점령한다. 제1중대가 선두에 서고 제2중대, 제3중대, 제5중대 순서로 뒤따른다. 일단 도강하여 적을 섬멸하고 적진을 돌파하면 제1중대는 능선으로 올라서거나 골짜기로 들어가지 않고 산자락의 농로를 따라 중단·택전·남성·공수·대각으로 신속하게 진격한다. 제2중대는 제1중대 좌측 논밭에 100미터 이내로 산개하여 제1중대의 좌측면 적정을 정찰하면서 진격한다. 제3중대는 제1중대 후미를 따르고 적의 추격을 견제한다. 증강된 제5중대는 도강한 지점의 국방군 진지를 점령하여 교두보를 확보하고 후속 부대가 도착하면 인계한 뒤 운제산으로 합류한다. 세부 사항은 별도로 지시하겠소. 이상이오."

중대장들은 고개를 갸웃거리고 돌아서기 바쁘게 서로 한마디씩 중얼거리며 각자의 진지로 흩어졌다.

"뭘 어떻게 하자는 것인가? 어떻게 강을 건너?"

"막무가내로 강물에 뛰어들어 정면 돌파하겠다고?"

도강의 구체적인 작전 계획을 내놓지 않았으니 정면으로 돌파하자는 것인데 엄청난 희생이 불 보듯 하다. 중대장들의 볼멘소리가 당연할는지도 모른다.

"어떻게 하지? 어떻게 하지?"

중대장들을 보내고 혼자 남은 동수는 대지에 내려앉은 어둠 속에서 눈 아래 형산강 물줄기와 앞을 가로막고 선 형산을 바라보았다. 맞은편의 국방군은 8사단 10연대라고 했다. 강을 건널 아무런 방법도 찾지 못한 채 주어진 시간은 재깍재깍 다가오고 있었다.

"만일 오늘 밤에 강을 건너지 않는다면 명령 위반이다. 기어코 건너겠다고 만용을 부린다면 병력의 80%를 잃어도 저쪽 제방에 발 붙일 수 있다고 장담하지 못한다. 어느 것이든 군법에 의한 처단을 피하기 어렵겠다. 어쩌라고 날 이리로 보냈지?"

이동수답게 이것저것 계산해 보니 어쩌면 오늘의 이 국면은 지난

번 삿갓봉에서 연대장에게 형산면에서 형산강을 돌파해야 한다고
생각 없이 지껄였던 결과다. 꾀 많은 연대장이 그 의견으로 사단장
을 꼬드겨 형산강 돌파의 위험을 왼쪽에 포진한 어수룩한 11연대장
에게 떠넘기려 했을까? 어둠은 차츰 짙어지고 있었다. 꼼짝 않고 온
갖 생각에 매달리다 깜빡 졸았다.

　흰 옷을 입은 여자가 다가왔다. 저 미인이 누굴까? 가까이 다가온
여인은 명옥이다. 강바람에 가벼운 옷자락이 나부낀다. 명옥이가
생긋 웃고 있다. 반가웠다.

　"안명옥! 안명옥!"

　"동수 씨, 안녕하세요?"

　"나는 잘 지냈소. 이렇게 소좌로 진급했잖소. 앞으로 장군까지 올
라가고 사단장도 될 거요. 내게 시집오면 명옥 씨는 행복하게 살 수
있을 것이오. 지난번 부두에서는 큰일 날 뻔했죠? 명옥 씨 향하여 총
쏘려는 전사들을 내가 말리지 않았으면 살아남지 못했을 것이오."

　"말렸다고요? 부두에서 얻은 전공으로 진급했네요. 생사람 잡아
소좌로 승진하고 대대장에 임명된 것이 자랑스럽죠?"

　"생사람 잡다니요. 전쟁이란 원래 죽고 죽이는 싸움 아니오."

　"좋아요. 하지만 동수 씨는 지금 어려운 처지에 빠지고 말았어
요."

　"내가 어렵다는 것을 어떻게 아시오? 무슨 좋은 방도라도 있나
요? 날 좀 도와주시오."

　"도와달라고요? 그러죠. 내가 시키는 대로 하세요."

　"시키는 대로?"

　"11시가 되거든 병력을 끌고 산 아래로 내려가 강을 건너세요. 내
가 이처럼 흰옷을 입고 앞장에 설 테니 따라오세요. 총 쏘지 말고

그냥 날 따라와 거침없이 운제산으로 진격하세요. 큰 공을 세울 거 예요.”

“안돼요. 12시로 시간을 잡아 놨소.”

“12시면 이미 늦어요. 내가 시키는 대로 하세요.”

새침해진 명옥이가 갑자기 사라지며 어깨가 흔들렸다. 깜짝 놀라면서 눈을 떴다. 졸면서 꿈을 꾸었던 것이다. 꿈의 잔영이 아직 남아 있었다.

“명옥이는 어디 갔지?”

“명옥이라니요?”

되묻는 자는 제1중대장이었다. 그가 어깨를 흔들면서 깨웠던 것이다.

“아, 꿈이었나?”

“대대장 동무, 피곤에서 졸았군요. 졸면서 애인 만나는 꿈을 꿨네요. 하 하 하. 전쟁터에서 애인 꿈이라….”

“아, 그런가요? 잠깐, 1소대장을 불러요.”

그는 자신도 모르게 꿈에 나타난 명옥의 말에 기울어지고 있었다. 시계를 보니 10시였다. 공격 개시를 11시로 앞당기려면 지금 당장 척후를 내보내야 한다. 1소대장이 바로 뒤에 서 있다 앞으로 나섰다.

“대대장 동무, 제1소대장입니다.”

“소대장 동무, 지금 바로 척후로 나가 전방의 적정을 정탐해 봐요.”

“옛, 척후로 갔다 오겠습니다.”

복창하며 나갔던 소대장이 곧 돌아와서 보고했다. 목소리가 약간 흥분되어 있었다.

"대대장 동무. 지금 맞은편 국방군 진지에는 아무런 기척도 없습니다. 개미새끼 한 마리 없이 텅 비었습니다."

기척 없는 것은 사실이었으나 텅 비었다는 말은 다가가서 직접 확인해 보지 않은 허풍이었다. 조약돌 몇 개를 던져 보았을 뿐이다. 하지만 동수는 단박에 맞장구쳤다.

"뭐, 진지가 비었다고?"

방금 꿈에서 강을 건너라던 명옥의 말이 다시 생각났다.

'명옥이가 11시에 강을 건너라고 하지 않았던가? 12시면 늦다고 했지. 총을 쏘지 말고…. 그렇구나. 꿈에 나타나서 나를 가르쳐 주었네. 창우가 죽고 나니 결국 내게로 올 수밖에 없겠지. 아니야. 날 사모하고 있겠지. 내가 누군데? 대대장 이동수 소좌가 예사 군관인가?'

그는 혼자 속으로 생각하며 혼자 빙그레 웃고 대기 중이던 각 중대 연락병들을 급히 불러 모아 지시했다.

"지금 즉시 각 중대장에게 전달하라. 공격 개시 시간을 11시로 앞당긴다. 각 중대는 신속 은밀하게 적진으로 침투하고 백병전으로 격파한다. 지시가 있기 전에는 절대로 사격하지 마라. 질문 있나?"

"없습니다."

"백병전이다. 지시가 없으면 사격하지 않는 것 알겠지? 작전 지시를 빨리 전달하라."

어느 연락병이 되물었다.

"총 쏘지 말라고요?"

"그렇다. 소리 없는 백병전!"

전령들은 재빨리 각 중대로 흩어졌다. 동수는 11시 5분 전에 몇몇 대대 참모, 제1중대장과 함께 산 아래로 내려와 터널의 포항 쪽 입구에서 200미터쯤 떨어진 철둑 밑 개골창에 엎드렸다. 강 건너에는 여전히 기척이 없다. 웬일일까? 척후의 보고대로 정말 진지가 비었을까?

"백병전으로 결판낸다고? 이건 바로 유격부대 방식이군."

뒤따르던 제1중대장이 귓속말로 옆에 있던 소대장에게 속닥거리자 소대장이 고개를 끄덕였다.

이동수는 손목시계를 들여다보고 있다가 11시가 되자 뒤쪽으로 수신호를 보내고는 참모들과 함께 살금살금 철둑을 넘고 길을 건너 강바닥으로 내려섰다. 강 이쪽은 좁은 고수부지보다 2~3m 높은 도로가 그대로 제방 구실을 했다. 각 중대는 제1중대를 따르고 있었다. 앞으로 내다보니 어둠 속에서 흰 물체가 보인다. 흰옷의 여인이 저만큼 앞서가고 있었다. 꿈에서처럼 옷자락이 바람에 가볍게 펄럭인다.

"역시 그렇구나."

권총을 빼든 동수는 자세를 낮추고 소리를 죽인 채 짧은 모래밭을 지나 물로 들어섰다. 가뭄에 수량이 줄었고 약간이나마 하류로 내려오면서 강폭이 넓어져 수심은 고작 무릎을 적실 만큼이었다. 흰옷은 어둠 속에서도 잘 보였다. 그녀는 어느새 건너편의 낮은 제방 위에 올라서서 마치 저녁 먹고 바람 쏘이러 나온 듯 빠르지도 늦지도 않게 사뿐사뿐 하류 쪽으로 걷고 있다.

"앞에 누가 있지?"

"아무것도 보이지 않는데요."

부관이 아니라고 대답하자 흰옷의 그녀는 오로지 자기에게만 보인다고 단정했다. 자기에게 지금 남이 알 수 없는 신통력이 생긴 것이다.

그는 부하들을 이끌고 숨을 죽인 채 제방으로 접근했다. 가까이 다가가 보니 높지 않은 제방에 연이은 국방군의 참호가 텅 비어 있다. 척후의 보고는 있었지만 도무지 영문을 알 수 없었다. 해질 무렵까지도 그 움직임이 건너다보이던 국방군들은 모두 어디로 갔을까? 뒤따르는 부하들도 모두 어리둥절해서 고개를 갸웃거린다. 전사들은 총마다 착검하고 있었지만 백병전은 소용없었다. 혹시 유인책은 아닐까? 갑자기 조명탄이 터지고 형산 꼭대기에서 총알이 쏟아져 내리지는 않을까? 만일 그런 사태가 일어난다면 그야말로 독안에 든 쥐다. 고개를 들어 지척의 형산을 쳐다보았다. 어둠에 잠겨 아무것도 보이지 않았지만 어떻든 기척이 없다. 꿈에 나타났던 명옥을 더 이상 의심하지 않기로 하자 전진을 망설일 필요가 없어졌다. 지금까지의 고민거리가 말끔히 사라져 날아갈 듯 기분이 좋아지면서 뿌듯한 자신감이 생겼다.

"내 생각대로군."

그는 새로 배속된 제5중대를 국방군이 비운 진지에 남겨둔 채 다른 중대를 이끌고 왼쪽으로 꺾어져 산을 끼고 전진했다. 앞서가는 흰옷의 여인이 더 가까워지는가 싶더니 서늘한 바람이 땀에 젖은 목덜미를 스쳐가자 갑자기 사라진다. 잠시 허탈했지만 이제는 내게 맡기고 그만두는가 생각했다. 그는 운제산 쪽으로 가는 길을 잘 안다. 옛날에 의붓아버지 본가에 왔을 때 몇 차례 다녀 보았다. 그 낯익은 길에 들어서자 강둑의 무방비가 국방군의 함정일는지 모른다고 의심하는 마음조차 깨끗이 사라졌다.

택전동으로 들어서서 의붓아버지 집 담 밑에 이르렀다. 담 너머 고개를 내밀고 살펴보니 넓은 집 안이 암흑과 정적에 싸여 있다. 모두 어디론가 피란가 버리고 빈집인 것 같다. 어머니가 그 집에 사는

지는 전혀 몰랐고, 알았다고 하더라도 꼭 만나야겠다는 생각은 일어나지 않았을 것이다. 의붓아버지를 특별히 미워할 일은 없었지만 길러 주었다고 고마움을 느끼거나, 논 살 돈 훔친 것이 미안하지도 않았다. 새사람으로 당당하게 변신한 자기만을 최선으로 생각했다.

택전 마을을 벗어나 한참 왔을 때 남기고 온 제5중대가 멋모르고 진지로 다가온 국방군을 격퇴했다고 통신병이 말했다. 시계를 보니 12시다. 깜짝 놀랐다.

"명옥이가 12시를 마다하고 11시로 못박은 것이 뜻이 있었네."

이동수는 공수동에 이르자 뒤따르는 3중대를 오른편 골짜기에 깊숙이 들어앉은 장동과 홍계동으로 우회하여 운제산으로 합류토록 하고 자신은 곧바로 전진하여 대각동 계곡으로 들어섰다. 많지 않은 집들이 여기저기 흩어진 한적한 산촌이다. 이 외가 마을에 몇 차례 와 본 적이 있다. 산세가 차츰 깊어지더니 운제산 밑에 닿았다.

비탈을 올라 해발 200m쯤에 이르자 진격을 멈추고 시계를 보니 새벽 3시였다. 총 한 방 쏘지 않고 연대장이 정해 준 시한보다 무려 9시간이나 앞당겨 목표를 달성했다. 연대장에게 운제산 진출을 무선으로 보고했다. 척후를 산 정상으로 보내 수색케 하고 제1중대와 제3중대 중대장에게 5부 능선 아래쪽에 각각 진지를 만들도록 지시하는 한편 제2중대에게는 서남쪽 2.5km 지점의 503고지를 정찰하도록 명했다.

모든 것이 일사천리로 진행되자 어느덧 전투에 자신감이 생겼다. 형산강을 도강하여 운제산을 점령한 것은 장차 부산까지 진격하는 상황을 예상할 때 정말 대단한 전공이다.

"내 이름이 청사에 빛날 것이다. 사단장? 군단장? 아니지. 최고 사령관이 직접 내 가슴에 번쩍번쩍 빛나는 훈장을 달아 주고 영웅

칭호를 내릴 것이다. 암, 그렇고말고. 내가 크게 출세하면 꿈에 나타나 조언해 준 명옥이도 꿈이 아니라 현실에서 득달같이 달려와 매달릴 테지.”

이동수의 대대가 저항 없이 형산강을 건널 수 있었던 것은 사실은 국군 측의 어처구니없는 실수 때문이었다.

그 즈음 포항 북방으로 깊숙이 진출했던 국군 제3사단은 좌측 수도사단과 방어선을 맞추려고 남으로 철수하여 9월 6일 형산강 남안에 제방 따라 방어 진지를 구축하였는데 그 방어선 가운데 부조에서 연일 읍내까지의 3km는 제3사단으로 배속된 제8사단 제10연대에게 맡겨졌다.

이때 영천이 적에게 넘어가자 제1군단장은 제10연대의 원대복귀를 명했다. 다만 진지가 적의 감제 하에 노출된 상황이라 야간에 제3사단 제22연대와 교대하기로 약속했다. 그런데 어떻게 된 영문인지 제10연대가 연락 없이 일찍 철수해 버려 공백 상태가 되었던 것이다.

아군으로서는 형산강을 건너와 운제산으로 진출한 인민군을 그냥 놔둘 처지가 아니었다. 그 일부가 운제산 서남방의 503고지 시루봉까지 진출한 것으로 보아 저들의 가까운 목표가 경주라는 것을 짐작할 수 있었다. 아무튼 시급한 대책이 필요했다.

미 제8군사령관 워커(Walton H. Walker) 중장은 제24사단 부사단장인 데이비슨(Garrison H. Davidson) 준장에게 운제산 탈환 임무를 부여하고 미 제19연대, 제9연대 제3대대, 전차중대, 야전포병대대 등으로 충분한 병력과 막강한 화력을 갖춘 ‘데이비슨 특수임무부대’를 급히 편성토록 했다. 그들은 9월 10일 이른 아침에 경주를 떠나 19시에 오천비행장 남쪽의 용덕동에 도착했다.

이동수는 데이비슨 부대의 출동을 이미 알고 있었다. 그들이 도강한 지점에 잠시 교두보가 마련되었으나 국군의 지속적인 공격을 받고 후속 병력의 도착이 어려워지자 그는 시루봉 제3중대 병력을 본대에 합류케 하고 늦게 도착한 제5중대와 합친 4개 중대로 방어 계획을 세웠다.

대대장 이동수는 중대장 4명을 불러 놓고 말했다.

"동무들! 이곳 지리는 내가 훤하게 알고 있소. 운제산은 지도에서 보듯이 오천면과 대송면 양쪽으로 통하고 있소. 오어사가 있는 항사로 나가면 오천면이고 우리가 왔던 대각으로 나가면 대송면이오. 이 운제산을 탈환하려는 미국 놈들이 내일 항사 쪽으로 진격해 올 것이 예상되오. 우리는 항사동 입구와 주변 고지에 척후를 보내고 주력은 이 주봉과 맞은편 자장암 절벽 사이의 좁은 계곡 양쪽에 매복하였다가 놈들이 계곡 안으로 들어서면 곧바로 공격해서 섬멸할 것이오. 지금 즉시 제1중대는 자장암 절벽 밑으로 가서 진지를 구축하시오."

이동수는 소좌로 특진하자마자 형산강 도강에 성공하면서 크게 고무되어 있었다. 미군과 교전한 경험이 없을 뿐만 아니라 유격전에 길들여져 후방의 지원이나 상대의 막강한 화력을 신중하게 고려하지 않았다.

미 데이비슨 부대는 9월 10일 용덕동에 숙영하고 9월 11일 아침에 운제산 공격을 개시했다. 미군의 진출 경로는 이동수 대대장의 예상을 크게 빗나가지 않았다. 다만 지형이 병목처럼 좁아지는 항사동 입구로 얼른 들어서지는 않고 10시경에 이르자 맹렬하게 포격을 개시하고 전폭기 편대도 공격에 가담했다. 게릴라 부대에서 잔뼈가 굵으며 개전 이후 기습 공격이나 적군과 서로 몸 부딪히는 보병 전투에 익숙해진 이동수가 미처 예측하지 못한 사태였다.

그는 대왕암이 있는 운제산 주봉 기슭에 대대 지휘소를 설치해 놓고 계곡 건너편 자장암 아래쪽의 제1중대 진지를 둘러보고 있었다. 그때 막 미군 전폭기가 나타나더니 기총 소사를 감행했다. 그는 우박처럼 쏟아지는 총탄에 혼비백산하여 빈 참호 안으로 뛰어들었다. 참호는 마침 벼랑이 병풍처럼 둘러선 안쪽의 구부러진 소나무 앞에서 낮고 펀펀한 바위를 등지고 있었다. 폭탄을 투하하기 어려워 공습에서 비교적 안전한 곳이었다.

전폭기가 지나가 버리자 동수는 주변을 살펴보고는 이상한 모습의 소나무와 펑퍼짐한 바위나 지형이 어쩐지 눈에 익었다고 느꼈다. 그 순간에 여기가 김창우를 데려와서 죽이던 곳이라고 깨달았다. 돌쇠 등 빨치산들이 소나무 가지에 토막 난 시신을 내걸었던 광경이 떠올랐다. 께름칙했다. 하지만 곧이어 반동분자를 무자비하게 처단하는 것이 혁명의 첫걸음이라던 대장의 말이 생각났다. 월북 이후 특히 남침 전쟁에서 줄곧 그런 신념으로 지내 왔기에 살벌했던 행위에 죄의식을 느낄 여지가 없었다. 자기합리화에 익숙해져 혼자 중얼거렸다.

"짜아식! 고집이 너무 센 게 탈이었지. 나를 따라 나섰으면 만사가 잘 풀렸을 텐데."

그 말이 미처 끝나기도 전에 포탄이 날아와 소나무 밑둥치에서 작렬했다. 바위틈에서 돋아나 바로 뻗지 못하고 화분에 심은 분재처럼 구부러진 채 차츰 굵어지는 무게를 겨우 견디며 100년인지 200년인지를 살아왔을 육중한 나무가 한순간에 쓰러졌다. 곧은 나무였거나 흙 속에 깊숙이 뿌리내리고 있다면 포탄 따위에 쓰러질 리가 없었다. 동수는 뒤쪽의 바위에 가려 파편을 맞지는 않았으나

가지 하나가 넘어오며 전투모를 쓴 그의 뒤통수를 세차게 때리고는 옆으로 굴렀다. 재빠르게 피하려던 참이어서 윗몸을 참호 바깥으로 걸친 채 엎어져 사지를 뻗고 말았다. 이웃 참호 안의 제1중대장이 목을 쑥 빼서 건너다보며 물었다.

"대대장 동무, 다친 데는 없소?"

"……."

대답 소리가 들리지 않자 다가가서 어깨를 잡고 흔들어도 역시 반응이 없다. 엎어진 그의 두 팔을 함께 잡고 끌어내려 하자 뒤통수에 약간의 피를 흘리고 사지가 축 늘어졌다. 그냥 내려놓고 제1소대장을 향하여 황급하게 말했다.

"소대장 동무!"

하늘에서 다시 우렁찬 비행기 소리가 들리며 그 말을 삼켜 버리자 얼른 자기 참호 속으로 뛰어 들어갔다. 프로펠러 전폭기 한 대가 이번에는 맞은편 산기슭의 제2중대 진지에 폭탄 둘을 연거푸 투하했다. 포탄과는 비교할 수 없는 큰 폭발이 일어났고 거센 폭풍과 엄청난 굉음이 좁은 골짜기를 흔들었다. 뿌리 뽑힌 나무도 크게 요동쳤다.

폭발의 흙먼지가 바람에 실려 가자 제1중대장이 외쳤다.

"소대장 동무! 대대장이 전사했소. 내가 임시로 대대장의 임무를 수행하겠소. 소대장이 보기로 지금 판세가 어떻소?"

그들은 새로 부임한 대대장과는 달리 전쟁 이후 줄곧 함께 싸웠던 전우였다.

"중대장 동무! 우리가 적진에 너무 깊이 들어왔죠? 미국 놈 개-새끼들! 코빼기도 안 보이면서 폭탄만 거붓고 지랄이네. 제기랄, 766부대 유격전이 여기서 통할 게 뭐람. 대대장 동무가 너무 경솔

했죠?"

　"이 산을 반드시 점령하라는 작전 명령을 받았으니 별수 있었겠소? 어쩐지 진급이 너무 빠르다 싶더니만."

<h1 style="text-align:center">23</h1>

　포탄이 작렬하여 소나무가 넘어지면서 그 가지에 걸려 있던 창우의 혼령도 따라 넘어졌다. 그때 참호 안에 있던 인민군 군관 하나가 쓰러지는 나무의 가지에 뒤통수를 얻어맞아 엎어진 그대로 사지를 쭉 뻗는 것을 내려다보았다. 다른 군관이 다가와 무슨 말을 건네며 두 팔을 잡고 그놈을 일으키려다 이미 숨이 넘어간 것을 확인했는지 다시 내려놓았다. 죽은 것이 틀림없다고 본 창우의 혼령은 깜짝 놀랐다. 스님이 말했던 상황이 그대로 현실이 되었다.

　"앗, 바로 이것이구나! 이제야말로 기회가 왔구나! 다시 세상에 나가야 한다. 어떻게 얻은 기회인데 놓쳐서는 안되지. 안되고말고!"

　혼령은 원숭이처럼 나뭇가지에 매달려 긴 팔을 쭉 뻗고는 군관이 놓고 간 주검의 손을 잡아 보려 했다. 그러나 아무리 애써도 닿지 않았다. 주검이 두 팔을 밖으로 뻗고 있어 고작 한 뼘을 떨어졌을 뿐인데 더 가까워지지 않았다. 거듭거듭 해보았으나 마찬가지였다. 법회에 갈 때는 한순간에 옮겨졌지만 그게 스님의 신통력 때문이었던지 막상 환생하려 하자 소나무에 걸린 자신을 전혀 움직일 수 없었다.

　"이걸 어떡해. 이걸 어떡해."

　환생은 혼령이 주검을 빠져나갔던 이 나뭇가지에서 이뤄질 수 있고 여기에서 손을 통하여 주검 안으로 들어가지 않으면 새로운 삶은 없다던 스님의 말씀이 떠올랐다.

"한 뼘만 더 뻗어지면 잡힐 터인데 움직일 수 없네. 아! 얼마나 애타게 이 순간을 기다려 왔나. 한 뼘 사이에서 뜻을 이루지 못하다니. 한 뼘 사이에서 다시 살아나지 못하다니."

손이 닿지 못하는 안타까움은 가슴을 바짝바짝 타들어가게 만들었다. 그때였다. 우레 같은 소리가 가까워지더니 다시 전폭기 한 대가 날아와 골짜기 건너편 산기슭에 큰 폭탄 둘을 떨어뜨렸다. 포탄 떨어질 때보다는 열 배도 넘는 엄청난 폭발음이 골짜기를 뒤흔들고 세상을 뒤집을 듯 거센 폭풍이 벼랑 밑으로 휘몰아치자 쓰러진 소나무가 뒤로 주춤 밀려나면서 혼령이 주검 쪽으로 한 발짝 다가갔다. 손을 내밀자 이번에는 겨우 주검의 손끝이 잡혔다.

"잡혔다, 손이…."

혼령은 혹시나 기회를 놓칠까 봐 숨 돌릴 겨를도 없이 손끝으로 이어진 주검 안에 막무가내로 밀고 들어갔다. 밀물처럼 쏟아져 들어가 눈 깜짝할 순간에 그 주검을 채웠다. 창우의 혼령을 받아들인 동수의 육신은 큰 숨을 한 번 내쉬고 숨결이 이어졌다.

그때 통신병이 제1중대장에게 다가와 말했다.

"중대장님! 아니, 대대장님! 연대 본부에서 무선이 왔습니다. 우리 뒤따라 형산강을 건너온 대대가 국방군의 공격을 받고 있답니다."

"그렇다면 큰일이네. 미군과 국방군에게 양쪽으로 포위당한 것 아닌가? 대대장이 길이 두 갈래라더니 한쪽은 미군, 한쪽은 국방군이군."

"그렇습니다."

전투에 경험이 많은 중대장은 바야흐로 절박한 위기에 처한 것을 직감하고 있었다. 가까운 참호 속에 웅크리고 있는 소대장을 건너다보며 외쳤다.

"소대장 동무, 이거 안되겠네. 포위당했어. 미국 놈들 화력에 전사들이 벌써 절반 넘게 당했소. 후퇴합시다."

"후퇴 명령이 없는데요?"

"포위망 뚫자는 것이지 도망가는 건 아니잖소. 그렇다면 통신병! 연대장에게 빨리 상황을 보고하고 명령을 하달받아요. 소대장! 각 중대에 연락병을 보내 후퇴, 아니 포위망 돌파를 준비하라고 전달해요."

"대대장 동무를 버리고 가서는 안되죠?"

"지금 상황에서는 도리가 없어. 시체까지 메고 갈 수야 있나?"

"전사한 것이 틀림없나요? 다시 한 번 살펴보고요."

"그래요, 동무."

소대장은 대대장의 주검 가까이 다가가 살폈다. 뒤통수에 피 몇 방울 흘린 것 말고는 다친 데가 전혀 없다. 몸을 뒤집어 손을 가슴팍에 넣어 보니 온기가 느껴지고 약하긴 하지만 숨도 멎지 않았다. 이마에도 피 몇 방울이 흘렀지만 살아 있었다.

"중대장 동무! 대대장이 살아 있어요."

"살아 있다고? 정말? 어디를 다쳤나?"

"뒤통수와 이마에서 피가 약간 흐르고요, 크게 다친 데가 보이지 않아요. 나무 쓰러질 때 뒤통수를 얻어맞고 기절했던가 봐요."

그제야 중대장은 다시 다가와 대대장 몸을 이리저리 살피고는 말했다.

"어? 살아 있네. 소대장 동무, 상처 치료부터 하고 들것을 준비시켜요."

"예, 중대장 동무."

제1중대장은 죽지도 않은 대대장을 버려두고 가면 누구에게서 어떤 비판을 받게 될는지 알 수 없다고 생각했다. 특히 대대장은 요즘에 사단장과 연대장의 총애를 받아 벼락진급을 한 자다. 그때 통신병이 와서 말했다.

"중대장 동무, 대대를 옥녀봉 능선 쪽으로 후퇴시키라는 연대장의 명령입니다."

"왜 옥녀봉인가? 옥녀봉이라면 서북쪽 5km 지점이니 12사단 지역이잖아? 그쪽 상황이 어떻데?"

"달리 퇴로가 없나 봐요. 국당, 왕신 쪽으로 들어온 우리 인민군대가 아직 그 고지를 확보하고 있답니다."

"알겠다. 연락병, 각 중대는 옥녀봉 능선으로 모이도록 연락해. 소대장 동무는 대대장을 책임지고 후송하소."

운제산에 진출했던 인민군은 많은 시체를 남긴 채 골짜기로 숨어들어가 옥녀봉 쪽으로 길을 열었다. 미근에 대비하여 여러 능선으로 분산 배치되었던 병력은 미처 합류하지 못하고 거의가 낙오되었다.

들것에 실려 가면서 창우는 차츰 정신이 맑아졌다. 뒤통수가 아파 손으로 더듬어 보니 머리에 붕대가 감겨져 있다. 그는 조금 전에 자기가 어떤 주검 안으로 들어왔으며, 동행하는 인민군의 말과 행동을 보면 자신의 몸이 인민군 대대장의 것이 분명했으나 그 밖의 상황은 전혀 알 수가 없었다.

그는 온갖 생각으로 머리가 뒤엉켰다. 만각스님이 마지막 법회에서 포항을 점령한 인민군이 침공할 것을 걱정하시더니 방금 차지한 육신이 며칠 전에 운제산을 점령하고 온갖 야단을 피워 오던 인민군의 대대장이라는 말인가? 육신을 남긴 대대장의 이름이 무엇이며 어떤 자인가? 인민군들은 자기를 그놈으로 볼 텐데 만일 처신이 여태까지와 다르고 말 한마디라도 엉뚱하다면 어떻게 되나? 우선은 김창우 자신을 찾기보다는 몸뚱이를 준 자로 행세해야겠지만 그게 누구인지도 모르고 그놈을 흉내 낼 수 없다. 어떻게 할까? 갑자기 기발한 아이디어가 떠올랐다.

"그렇지! 저들이 말한 대로라면 몸의 임자인 대대장이 얼마 전에 잠깐 기절했으니 그 순간에 모든 기억을 잃어버린 사람이 되어 보자."

부대가 옥녀봉으로 향하여 한참 왔을 때 그는 들것에서 내려 중대장을 따라 걸었다. 중대장이 좀 어떠냐고 서너 번 거듭 물었지만 아무것도 모르겠다는 듯 고개를 내젓고 얼빠진 사람처럼 말없이 멍한 표정을 지었다.

옥녀봉 중턱에 이르자 지루한 하루 해가 다하고 밤이 다가왔다. 모두가 지쳤지만 다시 날이 밝으면 국군이 본격적으로 공격해 올 것이므로 곧 강을 건너라는 명령이 내려졌다. 그들은 숨소리조차 죽인 채 국당 마을 뒷산에 이르러 주변을 살폈다. 좁은 들 너머 강 흐름이 어둠 속에서 마치 얼음처럼 유난히 차갑게 내려다보였다.

중대장은 대대를 인솔하여 들판을 가로지르고 강을 건넜다. 진격할 때는 형산면 아래쪽이었으나 지금은 그 위쪽이다. 국군이 도강을 알아채고 조명탄을 쏘면서 포화를 퍼부었다. 강 북안의 인민군 진지에서도 엄호사격을 시작했다. 강변은 조명탄과 포화의 불빛으로 명암이 요동치고 날카로운 쇳소리가 강과 산을 갈기갈기 찢는 듯했다. 중대장을 따라 강을 건너 돌아온 병력은 100명도 못되었다. 중대장이 연대장에게 대대장 일을 보고했다.

"대대장 동무가 전사한 줄 알았는데 다행히 곧 소생했습니다. 크게 다친 데는 없으니 아마 충격을 받고 기억상실증에 걸린 듯합니다. 좀 지나면 정신을 차릴 것입니다.”

연대장이 다가와서 말했다.

“이동수 동무, 다행이오. 귀관의 운제산 공격은 성공했소. 후속 부대가 제대로 투입되었으면 경주까지 점령할 수 있었을 텐데 정말 아쉽소.”

이동수 동무라는 말에 창우는 속으로 깜짝 놀랐다.

‘내게 이동수라니? 내가 이동수의 몸으로 환생했다는 말인가? 아니겠지. 삼천만 동포 중에 부르기 쉬운 그 이름 가진 자가 어디 하나둘이겠나. 자기를 죽이던 자들이 동수를 월북시킨다고 했지만 그래 봤자 3년도 못되는데 무슨 재주로 벌써 인민군 대대장이 될 수 있었을까? 이종수라든가 아니면 이용수라 한 것을 폭음에 멍든 귀로 잘못 들었을지도 모른다.’

어떻든 한시 바삐 자신의 얼굴을 봐야겠다고 생각했다.

창우가 제대로 응답하지 못하자 연대장이 중대장을 보며 말했다.

“크게 다친 데가 없다면 폭탄 소리에 놀랐나? 폭음에 놀라 기억을 잃었나? 생각보다 소심하군. 대대 지휘는 당분간 동무가 맡도록 하고 대대장이 회복될 때까지 책임지고 데려가요. 어떻든 우리 부대는 형산강을 돌파하고 운제산을 점령하는 동부전선 최대의 전과를 올린 것이오. 선전 선동에 활용할 필요가 있으니 그를 잘 데려가야 할 것이오.”

약삭빠르고 기회에 강한 연대장은 이동수에게 책임을 물으면 운제산 점령을 지휘한 자기에게 이롭지 않다고 보고 후속 부대가 없었다는 구실을 찾아냈다. 이동수는 이미 포항 시가지 침공 작전에서 부두를 선제 장악하여 국방군의 선박 탈출을 막았으며, 93고지 전투에서는 홀로 벙커에 의지하여 국방군을 격퇴시켰다. 더구나 이번에는 한 달 동안이나 전진을 가로막던 마(魔)의 형산강을 건너 영일비행장을 내려다보는 전설의 운제산을 단 4시간 만에 전광석화로 점령했다. 이 전공을 사단장에게 상신해서 해방전쟁 최대의 승리로 꾸미고 이동수를 전쟁 영웅으로 만들면 그를 지휘한 자신도 함께 영웅이 될 것이라고 계산했다. 하지만 우선은 국방군의 공격을 피해서 멀리 도망가기 급했다.

창우는 빨리 인민군의 대열에서 벗어나고 싶었다. 이놈들 사이에서 꾸물대다 어떤 봉변을 당할는지 알 수 없고, 일단 환생에는 성공했으니 이젠 자기다운 자기로 돌아오고 싶었다. 그러나 좀처럼 탈출의 기회가 오지 않았다. 더 급한 것이 동수라는 이름을 가진 자기가 어떻게 생겼는지 알아보는 일이었다.

후퇴하는 행렬은 무질서하게 흩어진 채 유금 마을을 거쳐 달전 쪽으로 몰려갔다. 인민군은 그곳에서 제11연대를 재편할 계획이었다.

그는 타는 듯 목이 말랐다. 행군이 잠시 멈췄을 때 맑은 물이 고인 조그만 웅덩이를 발견했다. 물을 마시려고 반갑게 다가가서 쪼그리고 앉아 무심코 내려다보았다. 자기 얼굴이 물에 비치고 있었다. 더 가까이 하다 그만 '앗' 하고 놀라 엉덩방아를 찧고 뒤로 벌렁 넘어졌다. 그 수면에 낯익은 이동수의 얼굴이 나타났기 때문이다. 붕대로 이마를 몇 바퀴 감기는 했지만 동수가 분명했다. 믿지 못하겠다는 마음으로 다시 물 가까이로 다가앉으며 자신을 내려다보았다. 하지만 이번에는 얼굴이 일그러지고 있었다. 때마침 전사 하나가 다가와 목을 쑥 빼고는 물에 입을 맞추었기 때문이다.

그는 호주머니 안에 뭔가 있을 것이라는 생각이 들었다. 돌아서서 뒤지니 작은 수첩이 나왔다. 맨 앞장에 총사령관의 사진과 이름, 상투적인 구호나 명심사항들이 나오고 그 다음 장이 신분증이었다.

‘소속 제766부대. 성명 이동수. 계급 대위. 부대장 총좌 오진우’ 등을 확인할 수 있었고 다음 장으로 넘기니 연필로 쓴 메모가 나왔다. ‘6월 25일 38선 총공격.’ 그리고 다시 한 장을 넘겨 ‘8월 11일 동빈항 제압.’ ‘사랑하는 명옥을 보고도 놓치다.’ 에서 그는 깜짝 놀랐다. 마치 고압의 전기에 닿은 듯 전율했다.

“원, 세상에! 이자가 이동수라니…. 이자가 이동수라니…. 이게 무슨 일인가? 아하, 이동수!”

이마에 식은땀이 맺히고 현기증을 느꼈다. 땅이 꺼질 듯 한숨을 쉬고 잠깐 눈을 감았다. 그러다 다음을 읽어 내려갔다. ‘8월 20일 제5사단에 편입. 8월 23일 원도와 마주치다. 삿갓봉 전투 승리. 9월 6일 소좌 특진 대대장 임명. 형산강 도하. 9월 7일 오전 3시 운제산 점령’ 까지 기록되어 있었다.

인민군 연대장이 그의 이름을 부를 때 좀 이상했지만 동명이인이거나 잘못 들었다고 생각했는데 이제 보니 몸뚱이를 물려준 자가 틀림없이 친구이자 원수인 이동수였다.

옛날 일을 돌이켜보았다. 3년 전 그 괴비린내 나던 밤에 무지막지한 돌쇠라는 사내와 그의 대장이 이동수를 월북시킨다며 함께 가라고 권했었다. 자기를 죽인 뒤 동수는 월북해서 인민군 장교가 되었다가 남침에 가담해서 포항으로 내려왔고, 포항 점령 당시에 명옥을 보고도 놓쳤으며, 어디선가 의붓동생 원도와 마주쳤고, 드디어 형산강을 건너 운제산까지 왔다가 묘하게도 오어사 뒤 절벽 밑에서 죽는 바람에 자기 혼령이 그 육신에 들어왔다는 것을 추리할 수 있었다.

이 기막힌 사연을 어떻게 받아들여야 하나? 당장 목숨을 끊어 더러운 동수의 몸뚱이를 벗어나고 그 주검이 외진 산속에 버려져 오가는 짐승들이 뜯어먹고 썩어 가게 만들어야 하나? 아니면 더러운 육신이지만 꾹 참고 이 현실을 절호의 기회로 받아들여야 하나?

문득 만각스님의 말씀이 떠올랐다.

"너는 이 소나무 가지에서 오래오래 기다려야 한다. 1년이 될지 10년이 될지 아니면 그 열 배나 백 배가 될는지도 모른다. 언제가 되었든 이 소나무 아래에서 죽는 사람이 있을 때 그 손을 잡아 주검에 너의 혼령을 채워 넣으면 다시 살아날 수 있다. 할 수 있겠느냐? 너는 그런 때를 기다리겠느냐?"

그는 흥분을 가라앉히고 생각을 가다듬었다.

"그렇지! 온전하게 운명한 주검을 가까이서 만날 기회는 결코 쉽게 다가오지 않는다. 동수의 주검도 처음에는 겨우 한 뼘이 떨어져 닿지 못했던 것이 아닌가? 어쩌면 기회가 영원히 오지 않을 수 있다. 아니, 그보다는 이제 동수의 몸을 벗어난다면 지난날처럼 법문을 듣고 산신각에 가서 자며 저승사자를 피하여 기다릴 수 없다. 뿐만 아니다. 스님 말씀이 저승과 이승은 아무런 관계가 없고 서로를 모르게 된다고 했으니 한번 저승 문으로 들어서면 이승에서의 나는 사라져 어머니나 명옥을 만날 기회는 영영 다시 오지 않을 것이다."

생각을 바꿔 보았다.

"동수의 몸을 차지한 것도 싫든 좋든 주어진 운명이요 어쩔 수 없는 인연이다. 이를 받아들여 세상으로 나가야 그리운 어머니와 할아버지를 만날 수 있고 얼굴조차 알지 못하는 아버지를 상봉할 수 있을 것 아닌가? 연세 높으신 할아버지는 언제까지 살아 계실는지 장담하지 못한다. 동수가 명옥이를 놓쳐 버렸다고 하니 다행이긴 하지만 그녀가 자기의 죽음을 진정으로 슬퍼하며, 자기가 그녀를 잊지 못하는 이상으로 그녀가 자기를 잊지 못하고 있음을 보아야 한다. 동수의 육체로 살아간다는 것은 너무나 역겹지만 어쩔 수 없이 현실에서 새로운 생을 누려야 한다.”

당연한 대가라는 생각도 들었다.

“이동수 그놈이 날 죽였지만 이제 바로 같은 자리에서 그가 죽어 내가 그의 몸을 차지했다. 그가 빼앗아 간 생명의 대가를 받아냈다. 말하자면 동수는 자기가 지은 죄를 한 뼘도 다르지 않은 같은 장소에서 몸으로 갚은 것이다. 보상해 준 것이다. 더구나 내가 죽인 것이 아니라 군인으로 싸우다 죽어 어차피 버려지고 썩어질 몸이다. 아무런 죄도 없는 내가 왜 그처럼 어렵게 얻은 희망을 꺾어야 하나?”

새로운 삶도 간단하지 않을 것 같았다. 월북하고 인민군에 복무하면서 그가 겪었던 과거를 전혀 알지 못하니 그들 사이에서 어떻게 처신해야 하느냐의 문제가 있다. 어떻게 하나? 방법은 오직 하나다. 지금처럼 기억을 잃은 듯이 행세해야 한다. 그래서 여태까지는 무난했다. 연대장과 중대장의 대화에도 기억상실증이란 말이 나왔다. 지척에서 포탄이 터지는 굉음과 소나무 가지의 타격 때문에 과거의 기억을 모두 잃어버린 듯 행세하면서 집으로 돌아갈 기회를 잡자고 생각했다. 그는 벌떡 일어나 아므 말 없이 후퇴하는 인민군 대열에 끼어들었다.

인민군 제5사단은 9월 8일에 차지했던 운제산과 형산면 남안의 형산 일대를 13일까지 모두 빼앗기고 진출했던 병력은 전멸하다시피 했다. 더 이상 공격할 힘을 잃고 수세에 몰렸다.

국군 제3사단은 9월 14일 형산강 방어선을 재편성하고 반격태세를 갖출 수 있었다. 9월 15일에는 맥아겨(Douglas MacAr’thur) 장군이 지휘하는 인천상륙작전이 성공하여 한반도의 전세는 완전히 역전되었다. 제3사단은 이런 상황에 고무되어 9월 17일에 반격을 개시하였고 9월 19일에 가서야 형산강 도하에 성공했다.

제3사단은 곧이어 포항을 탈환하고 흥해 - 장사 - 강구 - 영덕으로 이어진 7번 국도를 따라 북진했다. 김창우의 혼령을 받은 이동수 소좌는 대대장에서 해임되어 무보직 상태의 상이군인으로서 탈출 기회를 노리며 패퇴하는 인민군 제5사단 본부를 따라 북으로 향했다.

24

김영기는 1945년 11월에 중국 땅 중경(重慶)에서 귀국하는 대한민국 임시정부 일행에 끼지 않고 소련 관리들과 접촉해서 38선 이북에 대한 소련 점령 정책의 방향을 파악하라는 밀명을 띠고 모스크바로 떠났다. 하지만 그곳에 닿자마자 미국 간첩으로 의심받아 정보 기관에 억류되었다.

소련 당국은 그를 몇 차례 심문했으나 별다른 혐의를 찾지 못하자 제대로 된 재판도 없이 북극해에 가까운 어느 외딴 마을에 보내 버렸다. 그는 특유의 친화력으로 현지 사람들과 친분을 맺고 혹한과 싸우며 여러 해를 지냈다.

스탈린의 사주를 받은 6·25 남침 전쟁이 미국을 비롯한 여러 나라의 참전으로 전세가 역전되자 공산 진영은 중공군의 개입을 획책하게 된다. 이즈음에 소련 당국은 갑자기 김영기를 불러 소련군 대위 계급장을 달아 주며 군사고문단의 일원으로 북한에 보냈다. 중국말과 러시아말을 함께 할 줄 아는 한국인이 필요했던 것인데 마침 친하게 지냈던 현지 공산당 간부의 추천이 있었다.

김영기가 블라디보스토크를 경유하여 북한에 도착한 것은 1950년 10월 중순경으로 중공군이 참전하기 열흘 전쯤이었다. 국군은 이때 38선 너머로 북진하여 평양 점령을 눈앞에 두고 있었다.

그는 소련에 이용당하여 고문관 노릇이나 할 사람이 아니었다. 북한에 도착하자마자 교묘하게 고문단을 빠져나와 진격해 오는 미군에 귀순하여 자신을 소명하고 신원을 확인받아 여러 가지 정보를 제공한 뒤 그리운 고향집으로 돌아왔다. 오천에 닿은 것은 10월 31일이었다.

그날은 쾌청하고 시원한, 말 그대로의 가을 날씨였다. 하늘은 구름 한 조각 없이 맑아 눈부신 햇살이 남향집의 댓돌에 흠뻑 쏟아져 내렸다. 한월당 김유탁은 간밤의 숙취르 일어날 기력이 없어 목침을 베고 옆으로 누워 있었다. 손자가 참변을 당한 뒤로 술이 늘면서 주막에서 보내는 시간이 길어졌다.

삼월향은 오랫동안 바라던 대로 한월당과 한 가족이 되었지만 집안의 분위기가 싸늘하게 식어 버린 다음이었다. 그녀는 조용히 거문고를 탔다. 심심함을 스스로 달래고 옆방에 누워 있는 한월당에게 들려주려 했을 것이다. 쓸쓸한 자기 마음을 향하여 날갯짓하는 나비를 그려 보았는지도 모른다.

마현댁은 점심때 시아버지께 올리려고 부엌에서 녹두죽을 쑤고 있었다. 시아버지의 미음이나 탕약만큼은 찬모에게 맡기는 법이 없었다.

그녀는 나무주걱으로 죽을 저으며 그저께 찾아왔던 만각스님을 떠올렸다. 처음 불공드리러 갔을 적에 열 살도 못되던 동자승이었으나 이제는 절을 맡아 관리하는 주지다. 창우가 죽은 뒤로는 마을에 들어오면 반드시 찾아와서 위로해 준다.

"스님, 오랜만에 뵙습니다. 그간 평안하셨습니까?"

"보살의 댁에 이제 기쁨이 날아들 것입니다."

마현댁이 깊이 한숨 짓고 대꾸했다.

"스님, 그런 말씀 마십시오. 저희에게 무슨 기쁨이 있겠습니까?"

"하늘의 달을 보십시오. 초승달은 점점 더하여 둥근 보름달이 되고 보름달은 점점 줄어 그믐이 되는 것입니다. 마찬가지로 기쁨이 오래면 슬픔이 오고 슬픔이 가득 차면 기쁨이 찾아옵니다. 세상은 언제나 그런 이치로 굴러갑니다. 이 댁이라고 해서 항상 슬프기만 하고 어찌 기쁜 일이 없겠습니까?"

"혹시나 그 양반이 살아 돌아오시면 몰라도…. 아버님께서는 이제나저제나 그 양반 오시기만 기다립니다. 그게 아니면 우리가 기뻐할 일이 무엇이겠습니까?"

"나무아미타불 관세음보살."

스님은 그 이상의 말씀을 아니하셨지만 분명히 뭔가를 암시해 준 셈이다. 그러나 막연한 말 한마디가 지독한 불운으로 깊이 가라앉은 마음을 일으켜 세울 수 없었던지 무덤덤하게 지나쳐 버렸다. 그런 마현댁이 가을 햇볕이 깃든 마당을 내다보고 자신도 모르게 혹시나 하는 마음으로 돌아서면서 뭔가 새로운 상황이 펼쳐질 것 같은 기대가 가슴속에서 움트고 있었다.

"혹시나 그 양반이 살아 돌아오시면 몰라도……."

헛된 생각을 지우려고 고개를 내젓고는 다시 죽을 저으며 바깥을 내다보자 이번에는 예사롭지 않았던 간밤의 꿈이 떠올랐다. 남편이 말 타고 구름 위로 달려오는 것이 아닌가? 미군들은 지프차 타고 다니는데 이 양반은 아직도 옛날 군인처럼 말을 타는가 보다 여기면서도 그녀는 쫓아가지 않았다. 옛날의 꿈이 꿈속에서 되살아나 구름에 발이 빠질 것이라는 생각이 미리 들었던 것이다.

말 탄 남편 모습을 허공에 그리다 바깥으로 눈을 돌렸을 때 대문 한 짝이 반쯤 열리고 한 중년의 사내가 불쑥 나타나더니 뚜벅뚜벅 거침없이 걸어 들어오고 있었다. 첫눈에 그가 남편이라는 것을 알았다. 죽 젓던 주걱을 팽개치고 마당으로 달려 나갔다. 마음이 워낙 급해 부엌 문턱에 발이 걸려 넘어질 듯 기우뚱거리면서 고무신 한 짝이 벗겨져 맨발이 되었다. 하지만 쓰러지지 않고 몸을 바로잡으며 달려가 그를 와락 안았다.

"여보!"

"아! 여보."

한월당은 오랜만에 옆방에서 들리는 삼월향의 거문고 소리가 어느 때보다 좋았다. 그녀와 사랑을 불태웠던 꿈같은 젊은 시절을 그려 보며 스스로 황홀경에 취하여 지그시 눈 감은 채 듣고 있었다.

"정말 좋은 시절이었지. 마누라가 앙탈 부리지 않았으면 불장난이 계속되었을까?"

한참 생각을 굴리고 있는데 마당 가운데서 며느리의 짜릿한 외마디 소리가 들려왔다. 벌떡 일어나 방문을 왈칵 열어 젖히면서 아들을 보았다. 맨발로 마당으로 내려서면서 등 뒤에서 두 팔로 허리를 끌어안았다.

삼월향은 거문고 줄을 튕기던 손을 멈추고 소리 나는 문밖을 내다보았다. 그녀는 방금 마당에 들어서서 남편과 며느리와 엉켜 버린 사내가 첫칠 무렵 강보에 싸서 눈물과 함께 한월당에게 건네준 자기 아들이란 것을 단박에 알아챘다. 구르듯 마당으로 내려서며 두 손으로 왼팔을 붙잡았다.

영기는 비로소 자기가 집에 왔다는 것을 느꼈다.

"아버지, 절 받으십시오. 불효자 영깁니다."

아내와 아버지가 팔을 풀고 삼월향도 놓아 주자 눈물을 뚝뚝 떨어뜨리며 맨땅에서 그대로 엎드려 큰절을 올렸다.

"그래, 살아 왔구나. 내 자식이 살아 왔네. 아하! 내 자식이…. 으 흐 흐 흐."

한월당은 울음을 터뜨리다 영기 손을 잡고 사랑방으로 든다. 마현댁과 삼월향도 따라 들어왔다. 삼월향이 이 방에 들어온 것은 마현댁이 보기로는 처음이었다. 한월당이 삼월향을 가리키며 말한다.

"이분이 네 어미다. 생모니라."

영기는 병석에 누워 지내시던 어머니 아닌 생모가 따로 있다는 것을 이미 짐작하고 있었다. 그는 벌떡 일어나더니 엎드려 절한다.

"어머니!"

어머니 소리를 처음 들은 삼월당이 비로소 한마디했다.

"내 아들이구나. 내 아들이 이렇게 살아 돌아오다니…, 흑 흑."

그녀의 눈물이 방바닥에 뚝 뚝 떨어졌다.

그날 밤 둘이 되었을 때 마현댁은 남편에게 자장암에서 헤어진 뒤의 일을 들려주었다.

"당신이 떠나고 10분쯤 지났을까요, 한 사내가 어디선가 갑자기 나타나 술 냄새를 확 풍기며 내게 덤벼들었어요. 밀쳐내고 밖으로 도망치니 따라오잖아요. 법당을 두 바퀴나 돌며 잡힐 듯 말 듯했는데…."

영기는 입술이 바짝 마르자 다급하게 물었다.

"그래서요?"

"워낙 위급해서 저도 모르게 당신이 가신 숲을 향해 '서방님 날 살려요!' 라고 부르짖었어요. 살려 달라는 외침이 틀림없이 당신 혼에 닿았을 거요. 바로 그때 뒤쫓아오던 놈 발이 돌부리에 걸려 허공에 팔 내젓고 허우적거리다 절벽에 떨어져 죽었어요. 그날 일은 여태까지 어느 누구에게도 말하지 않았어요. 어떻게 돌부리에 걸렸을까요. 숨 넘어갈 순간에 당신이 날 지켜 주셨던가 봐요."

"상상할 수 없었던 일이네요. 내가 아니라 부처님이 당신을 지켰어요. 거룩하신 부처님이 하늘처럼 큰 자비로 갸륵한 당신을 지켜 주신 거요."

"그 죽은 사내는 알고 보니 이 동네에 새로 이사 와 살며 오어사에 일하러 다니던 머슴이었어요. 대각 처가에서 절로 돌아가던 도중이었다고 소문이 났어요."

"아, 그렇구나. 이제 생각나요. 내가 당신과 헤어져 암자를 내려올 때 올라가는 한 사내와 마주쳤는데 아마 그놈이었던 것 같소. 키가 나와 비슷한 건장한 사내였소."

"맞아요. 자장암 아랫마을 대각 처가에서 자고 올라왔던 거요."

마현댁은 쓰라린 옛날을 잠시 돌아보는 듯 침묵하다 다시 이야기를 이어 갔다.

"당신과 헤어지고 열 달이 지나서 아들을 낳았지요. 이름이 창우였어요."

"아버지 어머니 계시는 자리에서 말했잖소. 창우라는 아들이 죽었다고."

"맞아요. 그 창우예요. 하지만 그냥 죽은 게 아니에요."

"그냥 죽지 않았다니, 어떻게 된 것이오?"

"내가 창우를 낳던 날에 그 죽은 사내놈의 마누라 역시 유복자를 낳아 두 아이가 이웃에서 같이 자랐어요. 사이좋게 지내고 함께 중학교에 들어갔는데 무슨 까닭인지 빨갱이 여럿 데리고 와서 우리

창우를 불러냈잖아요. 그래서 그만….”

“저런, 그놈에게. 그래, 그놈은 어떻게 되었소?”

“월북했대요. 창우 그렇게 되고 곧이어 그놈이 월북했다는 소문이 났었어요. 도구의 아버님 제자 안대기 씨 알죠?”

“내 친구잖소. 안대기는 왜요?”

“창우가 그분의 딸과 연애했던가 봐요.”

“안대기 딸과?”

“그애가 지난여름 포항을 점령당할 때 인민군 총에 맞아 죽었는데 총 쏜 자가 기구하게도 그놈일 것이라고 아버님에게 들었어요.”

“쯧 쯧, 정말 고약한 인연이네. 어떻게 그런 악연이….”

“여보! 내가 당신의 하나뿐인 아들을 지키지 못했소. 스무 살이 되도록 키워 놓고 말예요. 나를 벌주세요. 내 죄를 용서하지 마세요.”

피맺힌 온갖 사연을 한꺼번에 쏟아내면서 마현댁의 얼굴은 온통 눈물로 범벅이 되었다.

“무슨 말이오? 나는 그 아들이 태어났다는 것조차 알지 못했소. 당신은 스무 해가 넘도록 혼자서 온갖 정성으로 길렀으니 할 일을 다하고도 남았어요. 내 책임이 더 무겁고 내 죄가 더 크지만 이왕 그렇게 된 일을 어쩌겠소? 우리가 뜻한 바 아니고 그 녀석이 타고난 운명이었던 것을…. 지나간 날은 다시 돌아올 수 없고 우리를 버리고 간 자식은 자식이 아닙니다. 그만 잊어버리시오. 눈물을 닦으세요. 옛날 말에도 자식은 새로 낳으면 된다고 했소.”

“뭐라고요? 새로 낳으면 된다고요? 당신 생각날 때마다 그애만 바라보고 애지중지 키웠는데…. 애지중지 키웠는데…. 당신 말씀처럼 그애 타고난 운명이니 어쩔 수 없다고 할지라도 새로 낳다니요. 새로 낳다니요. 우리 나이가 몇이오?”

"우리 나이요? 나는 쉰하나, 당신은 고작 마흔여섯이오. 둘도 낳고 셋도 낳을 수 있소. 옛말에도 '칠십에 생남했다고 내 아들이 아닐까?[七十生男非吾子]'라고 했어요. 우리 서로 사랑해서 대를 이을 새 자식을 얻도록 합시다. 그래서 아버지 소원을 풀어 드립시다."

"정말 아들을 다시 낳을 수 있을까요? 정말요?"

"낳고말고요. 그동안 당신과 떨어져 지낸 세월을 생각하면 반드시 새 아들을 얻어야 할 것이오. 어디로 가든 당신을 잊을 수 없었소. 반드시 돌아오라던 당신의 말 한마디가 없었으면 북극의 길고 추운 겨울밤을 어떻게 견딜 수 있었겠소?"

"창우는 아깝지만 새 아들 하나만 있었으면⋯."

"그럼요. 반드시 낳아야죠, 여보."

"당신을 사랑해요. 오래 기다렸어요!"

둘은 와락 달려들어 서로를 안았다.

이튿날 영기는 아버지 어머니를 큰방에서 지내시게 하고 자기 부부가 아랫방으로 옮기겠다고 했으나 한월당이 듣지 않자, 정 그렇다면 두 분이 밤에는 사랑채 어머니 방에서 함께 주무시고 낮에는 아버지가 큰사랑으로 나오시라고 제안했다.

"이제 너희들이 짝을 찾았으니 못할 것도 없다."

쉰 살만 되어도 으레 딴 방 거처하던 시대였으나 그 나이에도 김유탁은 선뜻 동의했다. 사실 그가 상처한 뒤 서른 해 동안이나 삼월향을 받아들이지 못한 까닭은 혼자 지내는 며느리에게 죄스러웠기 때문이었다. 하지만 이제는 아니다. 일흔여섯이고 예순아홉인 두 노인네는 서로 품었던 때로부터 실로 반세기에다 2년을 더한 긴 세월을 보낸 끝에 그때 얻은 아들이 돌아오면서 다시 한방에서 잠자게 되었다.

영기는 자기가 보지 못하는 사이에 태어나고 자라나 죽고 만 아들이 새삼 그리웠다. 몇 장 남긴 사진을 보며 눈물 흘렸다. 비록 늦었지만 앞으로 살아 있는 동안 변함없이 아내를 사랑하리라 다짐했다.

25

이동수 소좌의 몸을 빌려 기억상실증 환자 행세를 하며 북으로 후퇴하는 인민군을 따라간 창우는 여러 번 탈출할 기회를 노렸으나 성공하지 못하고 결국 함경남도 어느 산골짜기까지 쫓겨갔다. 국군과 유엔군이 거침없이 북진하고 있어 오래지 않아 통일이 되면 자신도 저절로 풀려날 것이라 믿었지만 뜻밖에도 중공군이 한반도에 들어오면서 하루아침에 전세가 역전되어 그 또한 어려워졌다.

인민군이 한숨 돌리자 이듬해 3월에 노동당에서는 그를 현역에서 제대시키고 노동당에 입당시켜 원산에서 가까운 시골의 어느 외딴 민가로 데려가 그곳에서 당분간 휴양하게 했다. 앞으로 건강이 회복되면 당 선전부에서 일하게 될 것이라 했다.

그가 기식할 집은 야산에 자리 잡은 어느 군부대 가까이였고 부대로 통하는 도로가 집 앞으로 지나갔다. 사람은 별로 다니지 않았으나 밤이 되면 수레나 차량이 자주 드나들었다. 병참 기지나 탄약고 같았다. 집에는 예순 살쯤인 노파가 혼자 살고 있었다. 그를 데려간 사람이 그녀에게 아주 공손하게 상대하는 것을 보며 예사 할머니가 아닐 것이란 생각이 들었다. 노파에게 자기를 소개해 줬다.

"할머니 동무, 이 동무는 경상도 포항 전투에서 큰 전과를 얻고 훈장까지 받은 이동수 소좝니다. 몸이 불편해서 요양 중이니 잘 좀 돌봐 주십시오.”

다시 동수를 향하여 말했다.

“동무는 당에서 주는 특별 배급과 급료를 받을 것입니다. 그것으로 이 댁에 밥값을 내고 기식하십시오. 이 댁 할머니 동무는 따님이 인민군 병원에서 근무하는 간호장교 윤양숙 중위입니다. 보시면 알겠지만 윤양숙 동무는 미인이라고 소문이 났습니다. 당에서 크게 배려하여 동무가 이 댁에 머물게 되었습니다. 앞으로 만나면 잘 사귀어 보십시오. 허 허 허.”

노파가 말했다.

“우리 딸 양숙이는 산 너머 인민군대 병원에서 자는 날이 많아 간혹 집에 옵니다. 어제 갔으니 며칠 지나야 오겠네요. 여러 가지로 불편하시겠지만 양해하십시오. 잘 모시겠습니다.”

그녀는 북한 말씨를 쓰지 않았고 말투에 교양이 엿보였다. 교육받은 남한 출신 여자가 분명하다는 생각이 들었다.

이튿날 낮이었다. 오토바이 소리가 나더니 집 앞에서 멎었다. 누가 온 듯 노파가 나가서 그 사람과 이야기를 나누는 소리가 들렸다. 누굴까? 누워 있다 엉거주춤 일어나 뚫어진 문구멍으로 가만히 내다보았다.

“앗! 박강석.”

창우는 소스라치며 입이 딱 벌어졌다. 박강석은 타고 온 사이드카를 세워 놓고 마당으로 들어왔다. 이동수를 찾아온 것이 틀림없다. 어떻게 맞을까? 그는 어느 누구보다도 이동수를 잘 아는 사람이다. 자신이 이동수의 몸을 갖고 있는 만큼 그대로 행세해야겠지만 자칫하면 의심을 살 수도 있다. 역시 기억상실증 환자를 흉내 낼 수밖에 없다. 노파가 방을 가르쳐 주었는지 문 앞에서 부르는 소리가 들렸다.

“이동수! 동수 있나?”

방문을 열었다. 4년 넘게 지났는데도 박강석은 크게 변하지 않은 그 얼굴이었다. 서로의 이념을 존중해 주고 사상이 다르다고 미워하지 말자던 약속을 뒤집고 자기를 월북시키라고 돌쇠 등 패거리에게 요청해서 죽음으로 내몬 것에 대한 원한이 한순간에 사무쳤다. 하지만 섣불리 그런 감정을 내보일 수는 없었다. 시치미 떼고 그를 쳐다보며 말했다.

“누구시죠? 내가 이동수요. 누구신데요?”

자기를 알아보지 못하자 기가 막힌다는 표정으로 말했다.

“동수야, 너 왜 이렇게 되었나?”

“나는 이동수인데 당신은 누구죠?”

“내, 박강석 아닌가? 날 모르겠나? 날 정말 모르겠나?”

“글쎄….”

한참이나 물끄러미 바라보다 갑자기 생각난 듯 말한다.

“아…, 그래 생각난다. 박강석! 국민학교 다닐 때 친구지? 그 박강석 맞지?”

“중학교다.”

“그렇던가? 그래, 중학교 때의 친구. 맞아, 맞아.”

“고작 그것인가? 달리 생각나는 것 없나?”

“별로 생각나는 게 없네. 내가 요즘에 좀 시원찮은가 봐.”

“김창우는 몰라?”

자기 이름을 듣자 속으로 움찔했지만 여전히 딴전을 부렸다.

“김창우라고? 글쎄….”

“허, 그참.”

박강석은 안타깝다는 듯 물끄러미 바라보더니 말한다.

"지난날을 잘 생각해 보아라. 정말 기억상실증에 걸렸네."

"어떻든 옛날 일이 생각나지 않아. 혼자 있으면 총소리 포탄 터지는 소리만 귀에 쟁쟁거려서 다른 건 잘 들리지도 않아."

"그참 안됐다만 곧 회복해서 옛날로 돌아갈 거다."

"그럴까?"

"난 모스크바에서 공부하다 지난 6월 전쟁 직전에 평양으로 돌아왔어. 당에서 일 보는데 얼마 전 이곳 함경남도로 파견되었어."

"그랬나?"

"지금 당에서는 자네 이야기를 많이 하고 있어. 포항 시가지 점령 때에 1개 중대로 항구를 봉쇄하는 큰 전공을 세웠다며? 삿갓봉에서 혼자 힘으로 국방군을 물리쳤다고 하더군. 형산강 전투에서 대대를 이끌고 도강 작전에 성공하여 운제산을 점령하고 적의 간담을 써늘하게 만든 그 영웅적인 활약에는 칭찬이 자자하네. 당에서는 이동수 따라 배우자는 말도 나왔지. 우리 인민근대가 모두 후퇴하는 바람에 비록 경주 점령에는 실패했지만 그건 자네가 책임질 일이 아니라더군. 경주만 점령했으면 전세가 확 달라졌을 텐데 정말 아쉬워."

"만나는 사람마다 내가 삿갓봉과 운제산에서 큰 전과를 올렸다고 칭찬하는데 나는 그게 어떻게 되었는지 전혀 몰라. 도무지 생각나지 않아."

"그런가? 너는 삿갓봉 승전의 공로로 특진되고 대대장을 맡은 바로 그날 밤에 귀신같은 작전으로 총 한 방 쏘지 않고 형산강 도하에 성공하여 운제산을 점령했다 하더군."

"그랬던가? 그게 정말인가?"

"그참, 내게 정말이냐고 묻나? 넌 그 공로로 지금 특별 대우를 받고 있는 거야. 특별 배급이랑, 봉급이랑, 다른 어떤 상이군인과도 비교할 수 없는 특단의 대우지."

"당의 배려는 고맙다만 내가 내 일을 모르니 어떻게 해야 할까?"

"앞으로 좋아지겠지 뭐. 어떻든 옛날 기억을 다시 찾을 때까지 특별한 보호를 받게 될 것이니 잘 요양해서 빨리 회복하고 공화국을 위해서 다시 큰일 할 날이 오기를 바라네."

"고맙다."

"뭐 불편한 것 없나?"

"없어."

"그만 간다. 오늘따라 참 바쁘네. 내 곧 다시 오마. 잘 있어."

"그래, 잘 가."

박강석이 다녀간 며칠 뒤 노파의 딸인 여자 군관이 집에 왔다. 스물넷 아니면 다섯? 어떻든 자기 또래였고, 들었던 것처럼 상당한 미인이었다. 그녀는 이미 자기 정보를 훤히 꿰뚫고 있는 듯했다.

"동무, 저의 집에 오신 것을 환영합니다. 저는 중위 윤양숙입니다."

"아, 예. 이동수입니다."

"이 동무의 영웅적인 무용담을 잘 들었습니다. 앞으로 잘 지내 봅시다."

"반갑습니다. 폐를 끼치게 되었습니다."

"동무는 아직 과거의 기억이 돌아오지 않았습니까?"

"글쎄요, 별로 기억이 나지 않습니다."

"달리 몸이 불편하신 데는 없습니까? 군의관 동무에게 말씀드려 약을 구해 볼 테니까요."

"머리가 약간 아프고요. 사람 상대할 때 가슴이 뛰고 기분이 거북스러워집니다."

"사람 만날 때 마음 불편한 것 제가 잘 고칩니다. 노력해 보겠습니다."

그 증세는 모두 거짓이었다. 기억이 나지 않는다는 것은 물론이고 머리가 아프다거나 사람 상대할 때 가슴이 뛴다고 한 것은 다른 누가 접근해 오는 것을 피하기 위해서인데 잘 고친다고 나서는 그녀는 이미 자기 꼭대기에 앉아 있는 듯했다.

이튿날 새벽에 윤양숙은 부대로 돌아가고 집 안에는 다시 그와 노파만 남았다. 노파가 뭐라고 말을 걸어올 것 같아 아침을 먹자마자 몸이 불편하여 만사가 싫다는 듯 오만상을 짓고는 자리에 누워 버렸다.

누워서 곰곰이 자기를 돌아봤다. 이동수의 육신을 물려받은 김창우. 무엇을 어떻게 해야 할까? 우선 이 북녘 땅을 빠져나가 고향으로 돌아가야 한다. 어떻게 빠져나갈 수 있을까. 걸어서 육지로? 배 타고 바다로? 인민군 따라오는 동안에 어떤 위험을 무릅쓰고라도 도망쳐야 옳았는데 이제는 정말 어려워졌다. 고향으로 돌아가서는 어떻게 하나? 창우는 이미 3년여 전에 죽은 사람이 되어 있으니 그냥 받아들여질 수 없다. 동수는 친구를 죽이는 데 가담했다가 월북하고 인민군 군관이 되어 남침에 앞장섰으니 얼굴 들고 다니지 못한다. 그래도 그건 다음 일이다. 우선 어머니와 할아버지가 보고 싶고 명옥이가 죽도록 그립다.

점심을 먹고 더 이상 방 안에 있을 수 없어 밖으로 나왔다. 나지막한 야산 너머로 높은 산등성이가 끝없이 이어져 있다. 봄을 맞아 날씨가 풀리고 눈이 녹으면서 꽃이 피며 새싹이 돋아나고 있었다. 참변을 당하기 전에는 새봄의 초록빛 엷게 번져 가는 산과 들을 바라보고 얼마나 가슴 두근거렸던가? 천여 일을 비뚤어진 소나무 가지에 대롱대롱 매달려 환생을 기다리며 차가운 비바람과 눈서리에 시달리는 동안 자연의 아름다움을 즐기는 여유로운 감정은 말라 버렸다.

어디로 정처 없이 떠나 버릴까? 저 높은 산 깊은 골짜기로 들어가 풀옷 입고 나무열매를 따먹으며 원시인처럼 살아가면 어떨까? 창우를 되찾을 필요도 없고 동수 행세를 할 까닭도 없다. 그렇지만 저승 귀신이 되지 않고 사람으로 환생시켜 달라고 애걸복걸 매달렸던 까닭이 무엇이었나? 세상을 등지고 숨는 것이 아니라 아들로서 손자로서 연인으로서의 나를 찾고 나의 자리로 돌아가자는 것이었다. 어떻게 해야 할는지 마음을 잡을 수 없었다.

부대 주변을 서성거리다 괜히 수상하게 보일까 봐 밖으로 뻗은 길에 나섰다. 나지막한 고개를 넘어서자 작은 마을이 나온다. 지나다니는 사람은 주로 군인이다. 군인들은 표정이 없다. 혹시 만나는 민간인들도 거의가 전쟁에 찌들어 죽을상이다. 만각스님이 법문 하실 때 스탈린과 김일성이 전쟁을 일으켰다고 했다. 그 뒤에 모택동의 중공군도 왔다. 사람들은 왜 좌우로 갈라지고 무엇을 얻으려 전쟁을 일으킬까?

이튿날 아침을 먹고 방에 누워 있으니 노파의 딸인 간호장교가 집으로 돌아왔다. 모녀가 나누는 이야기에 귀를 기울여 보니 그녀는 중공군을 의료 지원하기 위해서 갑자기 일선으로 가게 되었다고 했다. 이윽고 그녀가 건너와서 말했다.

"이동수 동무, 참 아쉽네요. 우리가 멋지게 사귈 수 있을 터인데 시간이 없네요. 오래지 않아 돌아올 터이니 저희 집에 그냥 계세요. 당에서 다른 곳으로 옮기라고 해도 이 집이 좋다고 우기세요. 어머니가 잘해 주실 거요. 돌아와서 다시 만납시다."

"그럽시다."

그는 표정 없이 대답했다. 그녀는 다시 자기 어머니를 향해서 말했다.

"엄마, 내 갔다 올 때까지 이동수 동두께 잘해 드려요. 부탁해요. 엄마도 몸조심하구요."

그녀가 손을 흔들며 밖으로 나가자 노파가 걱정스러운 얼굴로 대문 밖까지 따라갔다. 그녀의 말투와 행동은 마치 남편을 부탁하는 여편네 같다. 자기가 돌아올 때까지 이 집에 있어 달라는 말은 나를 좋아한다는 의미일까?

창우는 하루하루를 일없이 보냈다. 할 일이 없을수록 생각은 많아졌다. 오랫동안 어떻게 다시 세상 밖으르 나가느냐 만 생각했었지 남의 몸을 지니고서 살기가 이렇게 어려운지는 미처 알지 못했다.

한동안 아무 일도 없었다. 박강석은 다시 오지 않았고 윤 중위도 소식이 끊겼다. 당에서 내준 배급표를 들고 가 양곡을 받아 올 적에 만나는 사람들이 저들끼리 나누는 이런저런 이야기를 주워듣고 세상일을 짐작했다. 받아 온 양곡과 약간의 배급물자는 노파에게 주어 버리고 관심 두지 않았다.

처음에 중공군은 남한을 통째로 집어삼킬 듯 거침없이 남진했으나 얼마 지나지 않아 전선은 교착 상태에 빠졌다. 만신창이가 되었던 인민군은 한숨 돌리고 중공군 뒤치다꺼리에 바빴다. 노파는 저들이 봄에 대반격을 개시한다고 떠벌렸으나 성공하지 못했는지 그 뒤로는 말이 없었다. 전선이 더욱 밀려 서울 북쪽에서 오락가락한다고도 했다. 그럭저럭 전쟁 1주년이 되는 6월의 어느 날 전선으로 나갔다던 간호장교가 돌아왔다. 그는 방에 누워 문을 반쯤 열어 놓고 큰방에서의 모녀간 상봉을 가만히 엿들었다.

"엄마 어떻게 지냈어?"

"난 잘 있었어."

"건넌방 이 소좌도 잘 있지?"

"그래."

"건강은 어떻던가?"

"겉보기엔 말짱한데 맥이 없는 것 같아. 생기기야 얼마나 잘생겼나. 미남이지?"

"엄마 눈에도 미남으로 보여? 잘해 주지 그랬어?"

"할 만큼 해 주었어."

"건넌방에 가서 이야기 좀 하고 올게."

"그래."

그녀가 이쪽으로 건너올 모양이었다. 아랫목으로 내려가서 자는 듯이 누워 있었다.

"동무, 계십니까?"

우선 못 들은 척 잠자코 있자 다시 말했다.

"동무, 계십니까? 주무시나요? 들어가도 될까요?"

그냥 있을 수 없어 슬그머니 일어나 천천히 문을 열고 내다보았다. 달빛이 환하게 밝아 그녀의 맑은 표정까지 잘 보였다.

"누구시죠? 아! 간호군관이시네요."

"그동안 잘 계셨습니까? 건강은 어떻습니까?"

"어머님이 잘 보살펴 줘서 하루하루 좋아지고 있습니다."

"다행입니다. 그럼 잠깐 들어가겠습니다."

그녀는 다짜고짜 들어온다. 작은 호롱불을 켰다. 등화관제 하느라 밤에 대체로 불을 끄고 지내지만 작은 호롱은 항상 준비되어 있다. 불꽃이 차츰 높아지면서 군복을 입은 그녀의 아름다운 모습이 드러났다. 무슨 물건 하나를 들고 온 것 같았다. 앞에 내놓는 것을 보니 술병이다.

"동무, 동무의 영웅적 투쟁을 위로하려고 술 한 병 가져왔어요."

"저는 술을 잘 마시지 못하는데요."

"이게 어떤 술인지 아십니까? 장군도 구경하지 못하는 유명한 중국술이랍니다. 동무와 마시려고 어렵게 한 병 구해 왔습니다. 사양하면 섭섭해요."

장군도 구경하지 못한다는데 그녀는 어떻게 구해서 하필이면 내 앞에 내놓을까? 어떻든 말수를 줄이고 그녀 하는 대로 따라하는 것이 가장 현명하다고 생각했다.

"모처럼 집에 오니 살 것 같네요. 동두, 우리 한잔합시다."

자기가 가져온 작은 술잔 둘에 술을 따라 그중의 하나를 건네주고 자신도 하나를 들었다. 혹시나 취해서 실수하지 않으려고 마음으로 다짐하며 잔을 들었다.

"자, 건배합시다. 동무의 건강을 위하여 건배!"

"건배!"

그녀가 잔을 들어 술을 홀짝 들이켜자 별수 없이 따라 했다. 목이 탈 것처럼 독하다. 다시 한 잔씩을 채워 놓고는 그를 건너다본다.

"동무는 말수가 적네요. 뭐라고 말 좀 하세요. 말 좀 해서 분위기 살립시다. 이번에는 동무가 건배하세요."

무엇을 말할까? 이 자리에서는 그녀를 즐겁게 해 주는 것이 좋겠다고 생각했다.

"간호군관 동무, 아니 아름다운 윤양순 동무의 무사 귀가를 축하하며 건배!"

"건배."

그녀는 건배 말을 복창해 놓고는 아주 기분이 좋은 모양이었다. 건너다보며 환하게 웃음 짓더니 묻는다.

"제가 정말 아름다우세요?"

"그럼요. 보기 드문 미인이오."

"아이, 좋아라. 동무 우리 한 잔씩 더 합시다."

그녀는 석 잔째 술을 따라 놓고 물끄러미 바라본다.

"동무는 전쟁터 잘 아시죠?"

"알고말고요."

"야전병원에서 여러 사람이 죽어 나가는 것을 보면 사람 사는 것이 허무하다는 생각이 들어요. 팔다리가 떨어져 나가고, 머리통이 깨지고, 가슴이 뻥 뚫리고, 그야말로 언제 죽을는지 모르잖아요? 그걸 보면서 특히 여자로서 옛날의 고리타분한 도덕에 얽매여 살기는 너무 억울하다고 느꼈어요. 동무! 저를 욕하지 마세요. 욕해도 어쩔 수 없죠. 누가 뭐래도 마음 맞는 사람 만나 서로 사랑하면서 하루하루를 즐겁게 사는 것이 제일이죠. 동무, 자, 한 잔 더 합시다. 제가 건배하겠어요."

"하십시오."

"자, 우리의 사랑을 위하여 건배!"

"건배."

"아니, 그냥 건배라고 하지 말고 제가 말하는 대로 따라 말해 보세요."

"그러지요."

"다시 하겠습니다. 멋진 젊음을 위하여, 아름다운 사랑을 위하여, 행복한 오늘 밤을 위하여 건배!"

“약간 길지만 유쾌한 건배사네요. 따라 하겠소. 멋진 젊음을 위하여, 아름다운 사랑을 위하여, 행복한 오늘 밤을 위하여 건배!”

그녀는 흐뭇하게 미소 짓고 술잔을 비워 내려놓더니 갑자기 상체를 일으켜 왈칵 덤벼들면서 두 팔로 껴안고 밀어붙인다. 한순간에 밑에 깔렸다. 그녀가 목을 끌어안고 얼굴을 비비자 짙은 화장품 냄새가 코끝을 찔러 온다. 빠져나오려고 버둥거리자 더욱 거세게 덤벼들었다.

“빠져나가려고요? 안돼요, 동무! 날 힘차게 안아 주세요. 동무를 사랑해요.”

그녀는 손으로 그의 바지 혁대를 더듬는다. 한창 나이인 그도 육탄 공세에 초연할 수 없어 차츰 흥분의 도가 높아지고 있었다. 그녀 손이 마침내 혁대 고리를 풀었다. 그때 갑자기 문밖이 환하게 밝아지면서 지붕 위로 지나가는 우렁찬 비행기 소리가 들리고 동시에 가까운 곳 어디에서 ‘꽈당-’ 하고 폭탄이 터졌다. 마시던 술병이 왈칵 넘어지고 벽이 울렁거리면서 호롱불이 저절로 꺼져 버렸다. 이어서 두 번째로 ‘꽈당-’ 하는 폭음이 울린다. 그녀는 어느새 떨어져 나가 방문을 열었다. 다시 비행기 소리가 요란하게 들려왔다.

“동무, 이리 오세요. 빨리 방공호로 들어가요. 빨리.”

그가 방을 나와 신발을 신었을 때는 이미 비행기 소리가 멀어지면서 다시 어둠이 내려앉고 있었다. 부대가 폭격을 맞은 듯 그쪽에서 울부짖는 소리가 들린다. 죽은 자는 없을까? 그녀는 잠깐 망설이더니 창우에게 돌아가라고 손짓하고는 큰방으로 들어가 버렸다. 방으로 들어와 넘어진 술병을 세워 한구석에 밀어 놓고 불도 켜지 못한 어둠 속에서 길게 누웠다. 차츰 흥분이 가라앉자 평생 마셔 본 적이 없는 독한 술의 취기가 잠으로 몰아넣었다.

26

이튿날 늦잠에서 깨어났을 때 그녀는 가고 없었다. 며칠 뒤 사이드카 소리가 집 앞에서 멎더니 박강석이 다시 왔다.

"동수 있나?"

"아, 강석인가?"

"그동안 잘 지냈나?"

"그래, 잘 있었어. 오랜만에 보는구나."

"건강은 좀 어떤가?"

그는 잠시 대답을 미루면서 생각했다. 마침 집 안에 둘뿐이다. 노파는 조금 전에 마을로 나간다고 했으니 아직 돌아올 시간이 아니다. 아무래도 이 틈에 자신의 정체를 밝히고 갈 길을 열어야겠다는 생각이 들었다.

"건강은 괜찮다, 강석아. 그런데 네게 꼭 할 말이 있다."

"뭔가? 말해 봐."

"내 말을 믿어 줄는지 걱정이구나. 제발 날 믿어 다오."

"아니 이 친구, 무턱대고 믿어 달라니. 무엇을 믿으란 거야?"

"나는 말이야, 나는 말이야."

"네가 어떻다는 거지? 이제 좀 나아 가나? 옛날 기억이 되돌아오나?"

"그런 것이 아니다. 믿기 어렵겠지만 나는 동수가 아니다."

"그게 무슨 말이냐?"

"무슨 말이겠니? 나는 이동수가 아니란 것이지."

"뭐, 이동수가 아니라고? 이름이라도 고쳤나?"

"누가 이름을 고쳐? 그냥 동수가 아니란 거지."

"핫 핫 핫. 내가 박강석이야, 박강석. 내 앞에서 자기를 아니라고 하다니. 쯧 쯧, 증세가 아주 심하구나. 자기가 누구란 것도 기억하지 못하니 이걸 어쩌나."

"아니다. 내가 진실을 말하마."

"진실을 말한다고? 뭐가 진실이냐? 말장난하나. 말장난이 진실인가? 알았다, 알았어. 이제 그만해 그만."

"내 말 잘 들어라, 박강석! 정말 잘 들어 다오. 널 뒤따라 북조선으로 넘어와 군관이 되었던 이동수는 포항 전선에서 싸우다 운제산에서 전사했다. 나는 그 죽은 몸에 혼령을 불어넣어 다시 살아난 김창우다, 김창우."

"무슨 잠꼬대냐. 다시 말해 봐라."

"동수는 전사하고 나는 그 죽은 몸을 차지하여 다시 살아난 창우라는 말이다."

"죽은 김창우가 살아 왔다는 거야? 뭐, 죽은 몸을 차지했다고? 혼령을 불어넣었다고? 그런 말로 사람 골리지 마라. 그렇게 지난 일 덮으려 하지 마라. 내가 모스크바에 있을 적에 박돌쇠가 혁명 운운하며 김창우를 죽였다고 편지를 보냈기에 시키지도 않은 짓을 왜 했느냐고 꾸짖고 앞으로 당신을 만나는 날에는 그냥두지 않는다고 했었지. 몸이 아프다고 아무 말 않고 있었지만, 너도 창우 문제에 책임이 없지 않다. 네가 집으로 찾아가 창우를 불러냈다며? 내가 언제 창우를 설득하라고 시켰나? 언제 월북시키라고 했나? 우리는 서로의 이념을 존중해 주고 사상이 다르다고 미워하지 말자고 약속했는데…. 세상에서 하나뿐인 친구 창우가 죽은 생각을 하면 난 아직도 너무 슬프고 이가 갈려. 네게도 경고하겠는데, 비록 창우가 죽었다고 할지라도 그 이름을 팔 생각은 하지 마라. 그러면 우리 우정에 금이 갈는지도 몰라.”

“아니야. 내 말을 들어 보라니까. 난 동수 몸을 빌린 창우야. 동수가 아니라고.”

“네가 죽은 창우라고? 너 정말 예사롭지 않구나. 그냥 기억상실증에 걸린 정도가 아닐세. 옛날 어른들이 귀신 덮어씌었다 하더니 네가 그런가? 제사 지내러 간 창우 불러냈다더니 그 제사 귀신이 덮어씌었네. 어떻든 중증이야 중증.”

“넌 유물론자니까 사람의 혼령 따위는 믿지 않겠지? 그러나 이건 유물론 유신론의 문제가 아니다. 그런 거창한 사상이나 어려운 철학이 아니라 실제를 말하려는 거야. 내 말을 들어 줘. 믿어 줘.”

“혼령인가 뭔가 그게 있다는 말이지?”

“내 말이 끝날 때까지 제발 가만히 들어 줘.”

“정 그렇다면 들어 보자.”

“나는 1947년 11월에 할머니 제사 지내러 밤에 몰래 집에 갔다가 이동수와 박돌쇠에게 끌려 나가 오어사 뒤 자장암 절벽 밑에서 칼에 찔려 살해당했어. 그들은 나를 토막내어 나뭇가지에 내걸었어.”

“뭐, 토막냈다고?”

“더 들어 봐. 오어사에 만각스님이라고 계셔. 주지스님이지. 날 불쌍하게 여겨 아무도 모르게 칠재를 지내 주셨어. 나는 스님에게 그냥 저승으로 가기 억울하다며 다시 세상에 나오게 해 달라고 매달렸다. 스님은 나더러 죽은 자의 몸을 차지하면 환생할 수 있다고 가르쳐 주었지. 그래서 시키는 대로 혼령으로 남아 내가 죽은 그곳에서 기다리고 있었어.”

“허 참. 말 같은 소린가?”

"말 같지 않아도 들어 봐. 뒤에 알았지만 동수가 인민군 대대장이 되어 지난해 9월 7일에 졸병들 이끌고 형산강을 건너와 오어사가 있는 운제산을 점령했던 거야. 그 공로로 여태껏 내가 영웅 대접을 받고 있잖아? 9월 11일에 미군이 운제산을 탈환하려고 공격해 왔는데 포탄이 떨어져 굵은 소나무가 쓰러지면서 가지에 머리를 맞아 동수는 죽었어. 포탄 파편이 아니라 넘어지는 소나무 가지에 뒤통수를 맞았던 거야. 내가 죽음을 당해 조각난 시신이 내걸렸던 바로 그 나무야. 내 혼령이 그 나뭇가지에 머물러 있다가 혼령이 빠져나간 동수 몸에 들어왔지. 그래서 내가, 창우가 살아난 거야. 당시에 나는 죽은 자가 누군지도 모른 채 가까이서 죽었기에 좋은 기회가 왔다며 무턱대고 몸을 차지했는데 뒤에 보니 기막히게도 그게 동수였어. 정말 기가 막혀…. 어떻게 하필 동수 몸인지 나도 모르겠어."

"네 이야기를 꿈이라고 해야 하나 동화라고 해야 하나? 잘 꾸며진 소설 같구먼. 말하는 태도 하나는 정말 진지하네. 일류 배우 뺨칠 멋진 연기를 하고 있다. 허 허, 동수야. 넌 나를 잘 알잖아. 그런 신파로 사람 놀리지 마라."

"믿지 않으니 어쩔 수 없구나. 아! 어떻게 설명해 줘야 믿겠니? 무엇으로 믿게 하나?"

"진실이 아니니 방법이 없는 거지."

괴로운 듯 얼굴 찡그리며 무엇인가 생각하던 창우가 고개를 번쩍 쳐들며 힘주어 말했다.

"있어. 방법이 있어. 네가 믿지 않을 수 없는 증거가 있어."

"내가 믿지 않을 수 없는 증거라고? 그게 뭔데."

"다른 사람 아닌 강석이 너라면 그 증거로써 내가 창우인지 동수인지 구별할 수 있을 게다. 아무리 우리 셋을 쓰리스타라 하고 늘 함께 어울려 다녔지만 지나온 그 여러 해를 돌이켜 보면 내가 너하고 겪었던 일 중에 동수가 모르는 것이 반드시 있을 게야. 그걸로 내가 창우인지 동수인지 너는 가려낼 수 있지 않겠나?”

강석의 표정이 갑자기 일그러졌다. 무엇인가 끈을 잡으려는 태도에 환멸을 느꼈을 것이다.

“너 정말 창우라고 끝까지 우길 텐가? 너 정말 창우하고 나 사이에 있었던 일을 모두 알 수 있겠어? 정말 알아? 알지 못하면 어쩌지? 좋아, 일단 너를 창우라고 가정하겠다. 그럼 묻겠다. 뭐가 있더라? 가만 있자…, 아 그렇지. 우리 중학교에 들어가서 처음 만났을 때 무슨 말을 했던가? 어서 말해 보라고. 네가 창우가 아닌데 어떻게 알겠어?”

창우는 이미 생각해 둔 듯 거침없이 말했다.

“네가 한 말? ‘내 연필 못 봤나?’ 라고 하더라.”

“그래? 혹시 연필이 무슨 색깔이었는지 기억하나?”

“기억하고말고. 빨간 연필 한 자루였지. 아버지가 빨간색을 좋아해서 사다 주셨다고 했어.”

강석은 흠칫 놀라며 말했다.

“뭣, 빨간 연필? 네가 설사 창우라고 하더라도 그런 자그마한 일까지 기억하고 있다니. 미신 신봉자들 말처럼 정말 귀신 씌었군. 점쟁이 되려고 신 내렸나?”

“더 들어 봐라. 넌 연필을 아주 정성스럽게 깎았더라. 우리 반 어느 누구도 너처럼 정성을 다해서 수업을 준비하지는 않았어. 모두가 중학생이 되었다고 우쭐거리고 들떠 있었지. 넌 아니었어. 그 진지한 태도. 난 그때 너의 태도를 자세히 보고 적잖게 놀랐어. 앞으로 쉽지 않은 경쟁 상대가 될 것이라고 생각했지. 그래서 친구하자는 데 동의했고, 그래서 기억에 남은 거야."

잠시 추억에 잠기는 듯하던 강석이 다시 물었다.

"그때 다른 말은 없었나?"

"왜 하필 빨간 연필이냐고 따져 물었더니, 붉은색은 노동자 농민이 혁명에서 흘린 피를 상징한다더니 곧 다시 아무런 의미도 없다고 말을 돌렸지. 잠깐 착각했을 뿐이라면서…."

"정말 이상하구나. 창우가 아니면 누가 그처럼 예리하게 보고 생각하며, 누가 그토록 자세하게 기억할 수 있겠나? 동수로서는 그럴 수 없다. 그럴 능력이 없어. 하지만 창우의 혼령이 동수 몸에 들어왔다니, 말이 되나?"

강석은 고개를 절레절레 흔들더니 다시 말했다.

"하나만 더 묻겠다. 내게 돈 준 적 있나? 내 형편 어렵다면서…."

"난 잊어버리고 있었어. 네게 돈 주었던가?"

"지금 내게 되묻는 거냐?"

"그래, 되물었어."

"빨간 연필을 기억하면서 그걸 잊었다면 말이 되나? 네가 창우라는 걸 증명하려면 꼭 밝혀야 해."

"나는 본래 그런 건 잘 잊어버리지. 마음에 있어 준 것을 꼭 기억해야 할라고? 그런데 포항에서 마지막으로 헤어질 때 골목에 서서 바로 네가 말하더군. 그래서 기억이 살아나긴 했어."

"내가 골목에 서서 그걸 말했다고?"

"너를 마지막으로 만났을 때다. 대문 밖으로 열 발자국쯤 나와 있었어. 저만치 가다 다시 돌아서 오더니 돈 받은 것을 말했어."

"그건 그래. 첫 번째 준 것은 얼마였나?"

"20원이었다고 네가 말했지?"

"내게 모두 얼마 주었나?"

"95원이었다고 역시 그때 말하더군."

"나는 그 일을 결코 잊을 수가 없었어."

꼬치꼬치 캐물어 가던 강석은 갑자기 고개 숙이고 혼잣말처럼 중얼거렸다. 울고 있는지 차분히 깔렸던 목소리가 가늘게 흔들렸다.

창우가 말했다.

"내가 처음 돈 주려고 너를 부를 때 자퇴원서를 내려고 교무실로 막 들어설 참이었다고 했나? 그날로 학교를 그만둘 작정이었다면서? 역시 헤어질 때 골목에서 처음 말했어."

강석이가 고개를 들더니 무엇을 생각하는 표정으로 말했다.

"그 정말 이상하다. 바로 그렇게 말했어. 널 부인할 수도, 납득할 수도 없어."

"납득하지 못한다고 해도 할 말은 없다. 어떻든 나는 창우야. 네가 믿든 말든 나는 틀림없이 김창우야. 좌우로 갈라져도 서로 미워하지 말자고 헤어질 때 말은 했지만 내가 스스로 창우라고 고백해서 사상이 다른 우리 사이에 무슨 좋은 일이 있겠나? 하지만 그 때문에 손해 보고 네가 나를 당에 고발하는 일이 있어도 일단 진실을 말하고 싶어. 그동안 널 속인 것이 너무 괴로웠어. 나는 학련 간부였던 김창우야. 이곳 인민공화국으로서는 도저히 용납될 수 없을 테니 고발하든 체포하든 마음대로 해."

"뭐가 뭔지 모르겠다. 머리가 아파. 찬찬히 생각해 보자. 그만 갈래. 며칠 안에 다시 올게. 잘 있어."

"잘 가."

그는 대문 앞까지 나와서 요란한 사이드카 소리를 뒤로 남기고 서둘러 돌아가는 강석을 덤덤하게 작별했다. 고백해 놓고 나니 마음이 한결 편하다. 날 고발하려고 빨리 돌아가는 것일까? 사상에 물들면 부모형제도 없다는데…. 아무래도 좋다. 어차피 엎질러진 물이니까. 이제는 그의 앞에서나마 당당한 김창우가 되겠다고 생각하니 속이 후련해졌다.

강석이가 시야에서 사라지자 밖으로 나온 김에 바람을 쏘이다 길 저편에서 종대로 열 지어 오는 일단의 군인들을 보고는 그만 집으로 들어왔다. 김창우라고 스스로 폭로해 버려서인지 새삼스럽게 마음속에서 인민군에 대한 거부감이 일어나는 듯했다.

열흘쯤 지나서 마루에 앉아 햇볕을 쏘이고 있는데 또 사이드카 소리가 들리더니 강석이가 마당으로 들어섰다. 속으로 움찔했지만 태연스럽게 맞았다.

"또 왔구나. 이렇게 자주 오는 걸 보면 너는 한가한 모양이다."

그가 목소리를 낮춰 말했다.

"한가하지 않다. 할머니는?"

"마을 나갔나 봐."

"우리 바깥바람 좀 쏘일까?"

"그러지 뭐."

둘은 바깥으로 나와 호젓한 들길을 걸었다.

창우가 말했다.

"강석아, 이제는 내가 동수 몸을 차지한 창우라는 것을 믿겠니?"

"혼령이 들어와 차지했는지, 옛날이야기처럼 귀신 씌었는지, 진정으로 창우인지 동수인지 알 수는 없지만, 지금으로서는 동수다운 면은 전혀 찾아볼 수 없고 네가 완전히 창우 노릇을 하고 있는 것은 사실이야. 누구인지 정말 모르겠다만 창우 노릇을 하니까 창우로 인정할 수밖에 없네."

“고맙다, 강석아.”

“포항에서 어떻게 되었는지 들어 보자. 이야기해 줄래?”

“그러지.”

창우는 만감이 뒤섞여 바로 말하지 못하고 잠시 침묵하다 입을 열었다.

“너 월북했다는 소문이 나고 한 해가 흘렀어. 47년 11월 28일 밤이었어. 할머니 제사 지내러 몰래 집으로 갔었는데 동수가 어떻게 알고 찾아왔더라. 할 이야기가 있다기에 무심코 따라 나가다 대문간에서 괴한 셋에게 잡혔어. 그들은 나를 오어사 뒤편 골짜기로 끌고 가서 학련 그만두고 남로당에 들어오라며 강석이 네가 북에서 기다리니까 동수와 함께 월북하라는 거야. 나는 학련은 그만둘 수 있지만 할아버지와 어머니를 두고 월북할 수는 없다고 버텼어.”

“그래. 계속해 봐.”

“그들 세 놈 중의 하나가, 아마 그놈이 우두머리인 듯했는데, 갑자기 단도를 꺼내 내 옆구리를 찌르고 또 한 놈이 긴 칼로 가슴을 여러 번 찔렀어. 그렇게 날 죽이고 사지를 토막 내어…. 말로써 다 할 수 없어. 말로써 못해. 으 흐 흐 흐, 으 흐 흐 흐.”

“그게 정말인가?”

“내가 거짓말하겠니? 나는 아버지 없이 자랐지만 할아버지와 어머니로부터 온갖 사랑을 다 받았어. 그렇게 무참히 죽고 사지가 찢겨 나뭇가지에 걸리리라고 누가 상상이나 할 수 있었겠나? 으 흐 흐 흐.”

눈물을 뚝뚝 떨어뜨리고 흐느껴 우느라 이야기가 잠깐 중단되었으나 곧 다시 시작했다.

“오어사 주지 만각스님이 내가 죽은 자리에서 아무도 모르게 재를 지내 주셨어. 나는 그냥 저승 가기 너무 억울하다며 환생하게 해 달라고 졸랐지. 워낙 매달리니까 어쩔 수 없이 스님은 내게 비법을 가르쳐 주셨어. 그곳에서 죽는 자가 생기면 그 몸 안으로 혼령을 집 어넣으란 거야. 내 혼령은 저승으로 가지 않고 토막 난 팔다리가 내 걸렸던 나무에서 다른 사람이 죽기를 기다리고 있었어."

"그래서?"

"내가 죽고 3년이 지났지. 3년을 그 나무에 매달려 기다린 거야. 전쟁이 일어나 남으로 밀고 내려온 인민군이 포항을 점령하고 이동 수의 대대가 형산강을 건너와 운제산을 점령했던가 봐. 미군이 공 격해 온다며 그들은 방어 진지를 구축했는데 공격이 시작되자 포탄 이 떨어져 내가 매달린 소나무가 뿌리 뽑혀 넘어지면서 나무 밑 참 호 안에 있던 녀석이 그 가지에 뒤통수를 얻어맞아 죽었어. 녀석의 얼굴을 잘 살펴봐야 했는데 그때 마음이 너무 급했던 거야. 그런 기 회는 수천 년 수만 년이 지나도 다시 만나기 어렵다는 거지. 나는 재빨리 그 시신의 손을 잡아 내 혼령을 불어넣고 다시 일어나 바로 지금 이 상태로 된 거야. 동수 몸을 창우의 혼령이 차지한 이 상태 로 말이야. 처음에 그게 누구 몸인지 몰랐지만 다른 인민군들이 나 를 부축해서 후퇴하던 중에 목이 말라 웅덩이 물을 마시려다 물에 비치는 내 얼굴을 보니 바로 이동수였어. 깜짝 놀랐지. 그제야 호주 머니를 뒤져 수첩을 찾아보니 동수가 틀림없더군. 나는 동수로 행 세하기 어려워 기억상실증에 걸린 것처럼 가장하고 후퇴하는 인민 군을 따라 여기까지 왔어."

창우는 잠깐 끊었던 말을 다시 이었다.

"기억상실증이라니, 천만에! 난 똑똑히 지난 일을 기억하고 있어. 모든 과거를 유리알처럼 분명하게 기억해. 다시 말하거니와 기억상실증 따위는 아예 없었어. 하지만 인민군이 된 이동수의 행세를 제대로 할 수 없으니 어쩌겠어.”

　듣고 있던 박강석의 두 눈에서도 눈물이 뚝뚝 떨어졌다. 그가 괴로운 표정을 짓고는 목소리를 높였다.

　“이젠 소용없는 이야기지만 나는 맹세코 너의 월북을 요구하지 않았다. 자신의 신념에 따라 사는 너를 방해해서는 안된다고 생각해 왔어. 나는 너에게 빚을 지고 있을지언정 무엇을 요구할 권한은 전혀 없어. 이동수에게도 헤어질 때 멋모르고 약속한 것이 있어서 마음 내켜 월북하면 뒤를 봐주겠다고 돌쇠 편에 전했을 뿐이야.”

　“그렇구나.”

　“어떻든 너는 억울하게 희생되었어. 좌익과 우익이 날카롭게 맞선 이 비극적인 상황에 너를 끌어들여 어렵게 만들고 싶지는 않았어. 이 세상에서 우리의 인간적인 우정을 뒤엎어 버릴 만큼 가치 있는 사상이 무엇이겠나? 너와 내가 어떤 친구인가? 난 네게 피해 주기 싫어서 간다온다 말 없이 북으로 왔어.”

　“그렇게 이해해 주니 고마워. 너도 아니고 나도 아니고 어쩌면 동수도 아니다. 운명이 나를 이곳으로 끌고 와 버렸다. 엄마와 할아버지가 보고 싶고 아버지 일도 궁금하고 내 사랑하는 사람도 만나고 싶어. 하지만 집으로 돌아갈 방법이 없어. 다른 사람으로 사는 것이 너무 힘들어. 환생하는 것이 축복인 줄 알았더니 고통스러운 형벌이야. 하늘의 법을 거부한 죄로 모진 벌을 받고 있는가 봐. 정말 후회스러워. 죽음은 끝내 죽음일 뿐인데 순순히 받아들이고 그냥 저승으로 가는 것이 옳았어.”

　“창우야, 후회하지 마라.”

　“금방 창우라고 했나? 나를 창우라고 불렀지? 이젠 내 말을 믿고 나를 믿겠다는 것인가?"

"말했잖아. 일단 창우라고 볼 수밖에 없다고. 동수라고 부르면 네가 제대로 대답이나 하겠니? 어떻든 너의 죽음에서 나도 큰 책임을 느낀다. 그리고 창우야, 저승으로 가지 않은 것이 후회스럽다고 했나? 후회는 너만 하는 것이 아니야. 나도 마찬가지다."

"마찬가지라니?"

"내 월북은 잘못된 선택이었어. 사실은 내 자신이 아니라 아버지의 선택이었다. 나는 좌·우 사상에 대해서 잘 모르고 관심도 적어 해방 후의 사태에 어리둥절하고 있었는데 아버지가 욕심으로 날 이렇게 만든 거야. 자식으로서 날 낳고 길러 주신 부모를 원망하면 불효가 되겠지만, 정말이지 네가 충고해 준 것처럼 아버지의 그늘에서 벗어나야 했어. 네 판단이 옳았던 거야. 아버지의 삶이 아닌 나의 삶을 살았어야 하는 건데, 나의 삶을…."

"넌 월북해서 크게 성공했잖아?"

"난 북으로 와서 모스크바에 유학하고 돌아와 이 나이에 당의 요직에 배치되었으니 남들이 그렇게 보겠지. 하지만 전쟁을 일으킨 자들을 편들고 전쟁을 찬양하는 것에 양심이 괴로워. 뿐만 아니다. 보통 사람들의 관점에서도 내가 성공했는지 아닌지 단정할 수 없어. 내 눈에는 지금 월북한 우리 세력의 한계가 훤히 내다보이고 있어. 우리에게는 장래가 없어."

"그게 무슨 말이냐?"

"권력이란 말이다, 권력은 절대르 나눠 가질 수 없다. 부모 자식 사이에서도 나눌 수 없다 하잖아. 더구나 여기는 선거에 져서 권력을 잃으면 그냥 손 놓고 집으로 돌아가는 것으로 끝나는 서양의 민주주의가 아니야. 우리는 박헌영 부수상을 따라온 사람들 아닌가?

부수상 자신은 최악의 경우에 적당한 선에서 명예롭게 물러설 수 있다고 믿을는지 모르지만 그건 착각이다. 트로츠키 알지? 우리에게 공민(公民)* 가르치던 그 만물박사 선생님이 소련에서 스탈린과 트로츠키가 권력투쟁을 벌였다고 이야기했었잖아? 나는 소련 가서 공부하며 트로츠키와 그 일파가 스탈린에게 밀려 숙청당한 내막을 적어 놓은 비밀 문건을 볼 수 있었어. 지금까지는 좋았으나 앞날이 문제다. 결국 언젠가는 멕시코 망명지에서 암살자의 송곳에 찔려 죽은 트로츠키의 운명을 뒤따르는 것 말고 우리에게 무엇이 남겠나?”

“네가 그렇게 후회할 줄은 정말 몰랐구나. 천하의 수재 박강석의 후회라면 무엇인가 짐작 가는 게 있어.”

“너는 동수와는 달리 자신의 결심으로 이곳에 온 사람이 아니다. 너는 같은 길을 갈 동지가 아니라 허물없는 내 친구야. 마음은 맞지만 갈 길은 달라. 서로 이해하고 화합하고 사랑하면서도 한패가 될 수는 없는 화이부동(和而不同)의 벗이야. 네가 날 위해서 베풀었던 것처럼 이제 나도 널 위해서 뭔가 해야지. 너를 고향으로 보내 주마. 가서 어머니, 할아버지, 사랑하는 이도 만나보고 아버지 일도 알아봐라. 너를 남으로 보낼 방법을 알아보겠다.”

“정말인가?”

“며칠 안에 다시 올게.”

“그래, 고맙다. 잘 가.”

강석이는 서둘러 떠났다.

한동안 창우는 아무 일 없이 지냈다. 강석이가 남기고 간 말에 큰 기대를 걸지는 않았지만 그렇다고 기대가 전혀 없었던 것은 아니었다. 무엇보다도 마음이 편해졌다. 둘도 없는 친구 강석이의 인정을 받은 것이야말로 더없는 성취라고 생각되었다. 바람이 쌀쌀해지면서 겨울이 성큼성큼 다가오는 것을 느낄 수 있었다. 며칠이라더니 한 달도 더 지나서 강석이가 다시 왔다. 어쩐지 기분이 좋아 보였다.

"창우야, 많이 기다렸지?"

"넌 잘 지냈니?"

"이제 겨우 길이 열렸다."

"어떻게?"

"얼마 있으면 이 집 딸이 돌아올 게다."

"그래서?"

"그녀가 남파 공작조 조장으로 선발되었어."

"공작조라면 간첩인가?"

"그래, 간첩이다. 이 집 딸이 어떤 남자와 둘이 한 쌍이 되어 남파 될 예정으로 훈련받고 있었는데 갑자기 녀석이 싫다며 바꿔 달라 요구해서 그 자리에 너를 대신 집어넣은 거야. 다른 사람은 모두 퇴짜 놓고 너를 추천하자마자 마치 기다렸다는 듯이 반갑게 받아들였어. 너의 무공을 이야기하면서 당을 위해 생명도 바칠 사람이라고 열심히 주장했어. 널 좋아하고 있을까? 그동안 만나서 좋은 일이 있었나? 그 미인이 너를 아주 잘 보고 있더군."

"그럼 어떻게 되지?"

"그녀가 널 데리고 원산으로 가서 목선으로 남하해 우리 고향에 가까운 경주군 감포 부근 해안에 상륙한다. 그곳에서 오천비행장과 인근 해안의 군사 기밀을 탐지하는 거지. 그런데 말이야."

"상륙하는 곳이 포항에 가깝다면 정말 좋은 기회군. 그런데 어떻다고?"

"어디까지나 그녀가 조장이고 넌 갑자기 끼어든 조원이다. 조원을 정하는 일은 조장 마음대로야. 그녀가 마음이 바뀌어 너를 신임

하지 못하면 언제든지 싫다고 할 수 있고, 너에 대하여 더 자세히 알아봐 달라고 요구할 수도 있어. 그러면 다른 사람으로 교체되거나 조사를 받고 부적격자로 낙인 찍혀 때로는 숙청당할 수도 있어. 네가 탄 배가 남반부에 닿아 안전하게 집으로 돌아갈 수 있을 때까지는 그녀가 너를 신뢰하도록 만들어야 해.”

“어떻게 하면 될까?”

“그야 모르지. 어떻든 그녀 마음에 들도록 처신해. 훈련을 받았다고는 하지만 여자는 아무래도 감성적이야. 널 사랑하고 네게 빠지도록 하면 좋겠지만 그녀의 마음을 헤아릴 수 없으니 뭐라고 말하긴 어렵군. 너희 둘은 그쪽에 가서 부부 행세를 해야 하는데 그 부부관계를 미리 요구해서 테스트할는지도 모르겠군. 그러면 정말 멋진 로맨스가 되겠지?

“농담하나, 이 사람아.”

“하 하 하, 그런가? 어떻든 신임을 받아야 해. 앞서 선발된 자는 무엇 때문인지 그녀가 싫다고 해서 탈락한 거야. 일단 도착한 다음에는 네 마음대로 하라고. 절대로 눈 밖에 나지 않도록 조심하게. 이런 방법밖에 찾지 못해서 미안하구나.”

“정말 고맙다. 이 험악한 좌우 대립의 지옥에서도 우리는 역시 변함없는 친구구나.”

“그럼, 우리는 친구야. 영원한 친구!”

맞장구치는 강석의 눈에서는 눈물이 한 방울 두 방울 흘러 떨어졌다. 창우의 눈에서도 그칠 줄 모르고 눈물이 흘러내렸다. 한동안의 침묵이 지나고 강석이가 말했다.

“창우야 잘 가. 가서 더 자유롭고 더 사람답게 살아라. 너의 행운을 빈다.”

"강석아! 너도 잘 지내. 너의 은혜를 잊지 않을게. 부디 행운을…."

27

박강석이 돌아간 뒤 여러 날이 지나서 주인 노파의 딸 윤양숙 중위가 왔다. 그녀는 웃음이 넘치는 얼굴르 인사말을 건넸다.

"이동수 동무, 잘 계셨나요?"

"예, 할머니께서 잘 돌봐 주셨습니다.'

"오늘 밤에 한잔하시겠습니까?"

"영광입니다만 지난번에 남긴 술을 제가 모두 마셔 버렸습니다. 술이 없는데 어떻게 하죠?"

"걱정 마세요. 새로 한 병 가져왔습니다."

그녀는 큰방으로 들어갔다. 노파가 저녁상을 가져다 준 뒤 그들도 저녁을 먹는 기척이 들렸다. 모녀간에 무슨 이야기를 나누는 듯했지만 숟가락 소리에 뒤섞여 알아들을 수 없었다. 아마 자기가 돌아올 동안 살아갈 일을 당부하는 것이 아닐까? 소변 보러 나왔을 때 마침 방문 열고 나오는 노파와 마주쳤는데 전보다 더 호의적인 웃음을 지어 보였다. 무언가 눈치채고 있는 듯했다.

얼마 뒤 그녀가 간단한 술상을 차려 술 한 병과 함께 들고 들어왔다. 한동안 술병을 따지 않고 그를 지그시 바라보았다. 남편감으로 저울질해 보고 있을는지 모른다는 생각이 들었다. 아무리 위장 부부라고는 하지만 사실상의 부부가 되지 말라는 법은 없다. 더구나 지난번에는 사랑의 몸짓이 벌어질 참에 공습으로 그만두었다. 영겁결에 그렇게 되었지만 다시 같은 상황이 오면 여자를 육체적으로

257

상대해 본 적이 없어 어떻게 해야 할는지 두려움이 앞섰다.

그녀가 입을 열었다.

"오늘 날씨가 쌀쌀하네요. 가을이 깊어지고 있어요."

"벌써 10월 아닙니까? 난 더운 날이 좋아요. 옷이 얇아지면 윤양숙 동무의 아름다운 몸매를 마음껏 감상할 수 있으니까요. 핫 핫."

"아유, 동무 말씨가 짓궂네요."

"말이 아니라 사실이 그런걸요."

"동무의 계급이 소좌였죠? 대대장이시고요."

"그렇습니다."

"무용담을 좀 들려주세요."

그녀는 말을 하면서 술병을 들고는 마개를 열었다.

"무용담이랄 게 있나요."

"인민군대에서 모르는 사람이 없잖아요? 하지만 다른 사람을 거치지 않고 직접 듣고 싶어요. 특히 그 유명한 형산강 도강 작전을요."

"나는 기억 못해요. 모두 잊어버렸소. 뒤에 들으니 내가 대대를 이끌고 밤에 형산강을 건너가 운제산을 점령했대요."

"그 강을 건너기가 어려웠나요?"

"그렇겠죠. 협곡 사이를 흐르는 강이니까 서로가 지키기 좋은 곳이오."

"지키기 좋은 곳은 공격하기 어려울 텐데 어떻게 건넜어요? 동무를 영웅이라 칭찬하는 데는 그만한 이유가 있겠네요."

"글쎄요, 부끄럽습니다."

"운제산에 갔으면 오어사에는 가 보았습니까? 주지스님은 만나 보셨습니까?"

“오어사라…, 아 이제야 기억나네요. 절이 가까이 있다고 들었지만 가 보거나 스님을 만나볼 기회는 없었습니다.”

“만각스님은 잘 계실까?”

“누구요? 오어사를 아시나요?”

“예, 좀 알아요.”

“어떻게요?”

“꼬치꼬치 묻지 마세요.”

“죄송합니다.”

“자아, 한잔합시다. 우리의 사랑과 행운을 위하여 건배.”

“우리의 사랑과 행운을 위하여 건배.”

빈 잔을 다시 채워 놓고는 그녀가 말했다.

“동무는 멋진 남잡니다. 체격이나 용모도 그렇지만 말 한마디만 주고받으면 그 인격이 금방 느껴져요. 이 동무의 아내 될 사람은 참 좋겠어요.”

“윤양숙 동무야말로 미인 중의 미인이고 공화국에서 중요한 일까지 맡았으니 정말 매력이 넘치는 여성입니다. 동무와 한자리에 앉을 수 있는 것만 해도 저에게는 영광입니다.”

그녀를 한껏 높여 주었다.

그녀는 기분이 몹시도 좋은 듯 반짝이는 눈으로 정답게 바라보며 다시 건배를 제창했다.

“자, 동무와 저의 장도를 위하여 건배!”

창우는 짐짓 놀라는 표정을 지으며 물었다.

“장도라니요?”

“지난번 당에서 오신 분이 무슨 말씀을 하셨을 터인데요?”

“아! 말했어요. 앞으로 무슨 중요한 일을 맡게 된다면서 윤양숙 동두의 지시에 무조건 복종해서 일하라고 했습니다. 우리가 할 일이 무엇입니까? 저는 언제 무슨 일이든 마음의 준비가 되어 있습니다. 큰 영광이니까요. 명령만 내려 주십시오.”

그녀는 생긋 웃으며 말했다.

“동무, 그러면 오늘 밤에도 하라는 대로 하겠습니까? 지난번처럼 미적대지 않겠어요?”

“제가 미적댔나요? 서툴렀다 보시고 이해해 주십시오. 사랑하는 윤양숙 동무를 위하여 최선을 다하겠습니다.”

“서툴렀다? 변명이 그럴듯하네요. 듣기 좋은 말씀은 그만두시고 저를 힘껏 안아 주세요.”

그러고는 두 팔을 벌려 창우를 안으면서 뒤로 밀었다. 넘어지면서 그도 마주 안았다. 마주 안고 몸을 한 바퀴 굴렸다. 그때 번쩍 하는 블빛이 창호지 방문을 환하게 밝혔다. 깜짝 놀라 손을 놓았고 그녀도 두 손을 풀었다. 조명탄인 줄 알았는데 곧이어 ‘꽈르르릉’ 하는 천둥 소리가 들렸다. 번개와 천둥이었다. 그녀는 일어나 자세를 고치며 말했다.

“우리 일이 언제나 이렇군요. 이 가을에 난데없이 번개의 질투라…, 내 참, 사랑 놀음보다는 임무를 먼저 확인합시다.”

“예, 그럽시다.”

그녀는 금방 자세를 고쳐 앉는다. 어떻게 그처럼 쉽게 그만두고 제자리로 돌아갈 수 있을까? 아무래도 이번만큼은 번개를 핑계 삼아 자제하는 듯 보였다.

그녀가 문을 열고 밖을 내다본다. 갑자기 거센 소나기가 퍼붓듯이 내리고 있었다. 다시 문을 닫고 목소리를 낮춰 말했다.

“잘 들으세요. 우리는 내일 저녁때 공작원으로서 남반부로 내려

갑니다.”

“옛, 공작원으로요?”

“여기 도민증(道民證)*과 여러 가지 신분증이 있습니다. 우리는 남반부에 도착하면 전쟁으로 헤어진 형제를 찾아 정착하려고 부산에서 올라온 장사치로 행세합니다. 내일 저녁 9시에 해안으로 가서 배를 탑니다.”

“형제를 찾는다면 우리는 어떤 관계지요?”

“우리는 부부로 가장합니다. 정말 부부가 되는 것이 아니라 공화국의 임무를 수행하기 위하여 부부로 보이도록 하는 것입니다.”

“그렸습니까? 영광입니다.”

“영광이라고요? 부부로 가장하는 것은 어디까지나 공작 수행을 위한 방법입니다. 좀 아쉽네요. 그러나…, 그러나….”

“말씀하십시오.”

“서로 사랑하지 말라거나 진짜 부부가 되지 말라는 지령은 없었습니다.”

“하 하 하, 듣던 중에 가장 멋진 말씀이십니다.”

“소리를 낮추세요.”

“예.”

“내일 초저녁에 출발해서 다음다음날 새벽에 감포 부근 해안에 도착합니다. 그곳 지리를 잘 아시죠?”

“예, 대충 알고 있습니다.”

“공작 내용은 영일비행장의 군사기밀 탐지입니다. 그곳 사람들은 보통 오천비행장이라 한다지요? 동무가 그 부근에서 살았다면서요?”

“그렇습니다.”

“잘됐군요. 자세한 것은 잠자리에서 말씀드리겠습니다.”

“잠자리에서요?”

“같이 자는 것도 공작의 한 부분입니다. 같이 자지 않으면 부부로 가장하기 어렵겠죠. 다른 말씀 마세요. 아시겠죠?”

“알겠습니다.”

“엄마에게 갔다 올 테니 첫 과업을 시작할 준비부터 하세요. 호 호 호.”

그녀가 큰방으로 건너가자 일어나 술상을 밀어 놓고 이부자리를 폈다.

“첫 과업이란 게 뻔하지. 저 여자가 곧 이불 속으로 들어오겠지. 나는 사랑의 포로가 되었어. 나는 억지춘향으로 저 여자의 남편이 되고 말았어. 하지만 오래 가진 않을 거야. 안명옥, 날 용서해.”

그의 눈에는 한 방울 두 방울 눈물이 맺혔다. 명옥이가 보고 싶었다. 자리에 누워 있으니 곧 올 것으로 생각했던 그녀로부터는 뜻밖에도 아무런 기척이 없었다. 자기를 시험하고 있다는 생각이 들었다. 술기운이 올라와 곧 잠들고 말았다.

아침이 밝아 오면서 창우는 눈을 떴다. 저절로 잠을 깬 것이 아니라 그녀가 옆에 누워 팔꿈치로 쿡쿡 찔렀던 것이다. 바지를 벗어 머리맡에 아무렇게나 던져 두고 팬티만 입은 채 이불 속으로 들어와 지도를 펼쳐 놓고 엎드려서 열심히 보고 있었다. 잠 깬 것을 알자 오른팔을 벌려 그를 안았다.

“언제 오셨소?”

“방금요.”

“밤에는 왜 오지 않았소?”

“우리는 부부로 가장하는 사이입니다. 부부가 아닙니다.”

그는 속으로 깜짝 놀랐다. 얼마만큼 좋아하고 어디까지 믿어야 하나? 어떻든 행동을 조심하자고 스스로 다짐하면서 베개를 가슴에 묻고 그녀처럼 엎드렸다. 그녀가 말을 이었다.

"여기를 보세요."

한눈에도 그것은 그리운 고향의 영일만과 장기곶 지도였다. 그녀가 손가락으로 한 지점을 가리키며 말했다.

"우리는 여기 지행면 계원리 해안에 상륙해요. 감포읍 북쪽 6km 지점입니다. 예정 시간은 출발한 다음다음날 새벽 1시요. 그곳에는 해안을 따라 길이 나 있고 길 너머는 산입니다. 길 옆 산 속으로 들어가 옷을 갈아입고 밤을 지낸 다음 새벽에 내려와 감포읍 쪽으로 갈 겁니다. 현지 사정에 따라 정착할 곳을 물색하겠지만 첫 번째 행선지는 감포읍입니다. 미군 비행장이 있는 오천에 가까우면서도 영일군이 아닌 경주군이라 사람들 왕래가 적고 서로 낯설어요. 감포에 가면 우리는 부부가 되어야 해요. 그곳에서 정착할 방도를 찾아야지요. 본격적인 활동은 그 다음부터요."

그는 펼쳐진 지도를 물끄러미 내려다보며 명옥이와 함께 바라보던 바다 풍경을 떠올렸다. 두무치 절벽 아래를 걸으며 바라보던 수평선. 사랑의 순수함이 백합처럼 피어났던 그 송도 해수욕장의 푸른 물을 다시 볼 수 있을까?

그녀가 고개 돌려 쳐다보며 말했다.

"저를 좀 안아 주세요. 갑자기 안기고 싶어요."

두 팔로 그녀를 안으며 말했다.

"사실은 좀 헷갈려요. 어디까지가 사랑이고 어디부터가 임무인지? 어디까지가 가장된 부부이고 어디부터가….."

"저도 마찬가지요. 헷갈려요. 이런 일은 처음이니까요. 하지만 배를 내릴 때까지는 오로지 임무만 생각하고 참아야죠. 둘의 사랑이 한번 고개를 넘고 나면 우리도 모르게 행동이 변하고 눈치 빠른 사람들은 그 변화를 읽어 낼 것입니다. 우리가 진정으로 사랑하고 있는 걸 위에서 알면 절대로 안돼요. 둘이 도망가서 돌아오지 않을까 의심하거든요.”

그는 비로소 자기에 대하여 지금까지 뭔가 하려다 자꾸 머뭇거린 그녀의 애매모호한 행동을 얼마쯤 이해할 수 있었다.

그날 밤 그들은 미리 준비된 배를 타고 북한의 어느 한적한 포구를 출발하여 여러 시간 항해한 끝에 무사히 목적지에 닿았다. 계획했던 것처럼 감포읍 북쪽인 장기면 계원리 해안에 상륙한 것은 새벽 4시경이었다. 예상보다 두 시간이 늦었으나 아직도 사방이 캄캄해 은밀하게 행동할 수 있었다. 안내인이 고무보트로 모래톱에 내려 주어 곧바로 뭍으로 올라서서 해안도로를 가로 질러 30m쯤 떨어진 산기슭의 소나무 아래로 가서 숨었는데 오래지 않아 먼동이 터서 동쪽이 밝아 왔다. 어쩌다 농부 한둘이 지나가고 트럭이 간간이 지나다니는 것이 보였다. 좌우를 살피고는 재빠르게 산을 내려와 감포 쪽을 향하여 태연하게 걸었다.

왼쪽으로 푸른 수평선이 길게 펼쳐져서 이쪽저쪽 끝을 한눈에 넣을 수 없다. 명옥이와 함께 바닷가를 거닐 때보다 훨씬 넓어 동해바다 수평선 모두를 이어 놓은 듯했다. 한참 부지런히 걷다 보니 동쪽 하늘이 붉게 물들며 마침내 해가 솟아올랐다. 하늘은 맑게 개어 구름이라고는 찾아볼 수 없었다. 둘이 한참 걸으니 왼편 바다로 돌출한 땅 끝에 작은 등대가 보이면서 길이 오른쪽으로 꺾어졌다. 그녀는 이곳 지리를 잘 알고 있었다.

“이제 곧 내리막길이 나와요. 그 길을 내려가면 바로 감포읍 시가

지거든요. 저에게 교육받은 것 잊어버리지 않았죠? 우리는 부산 사는 부부고 장사꾼인데 전쟁통에 잃어버린 동생을 찾고 여기에서 눌러살려는 사람이란 것 아시겠어요?”

“동생을 찾지 못할 텐데 어떡하죠?”

“우리가 정착한 다음에 동생 할 사람이 내려올 거요.”

“아, 그렇군요.”

“이상하게 보는 사람은 없는 것 같아요. 이제 100미터도 못 가서 감포읍이 내려다보일 겁니다.”

“그렇겠죠.”

“도착하면 밥부터 사 먹읍시다. 부두에 가면 어부들에게 아침밥 파는 아주머니들이 있을걸요. 여관에 들어가 좀 쉬고. 그렇지요. 결혼부터 해야죠. 이젠 눈치 볼 일도 없잖아요.”

“그럽시다.”

“마음의 준비가 되어 있나요?”

“기다리고 있습니다. 정말 행복합니다.”

“그런데 뒤가 마려워요. 저 나무 밑에 가서 볼일 보고 올게요.”

“빨리 다녀오세요.”

그녀는 숲 속으로 20m쯤 들어가 무성한 관목이 가려 주는 곳을 찾아내고 바지를 내린 듯했다. 그녀의 대변 보는 시간이 생각보다 길었다. 멍청하게 기다리고 있을 때 감포읍 쪽의 비탈길에 트럭 한 대가 힘겹게 올라오고 있었다. 트럭은 다 올라와서 평지로 접어들자 속도를 높이려 거친 엔진 소리를 멈칫하면서 기어를 바꾸는 기계음을 ‘끄르르릉’ 토했다. 빈 트럭이었다.

그는 아무 생각도 하지 않았고 아직 어떻게 하겠다는 계획도 없었다. 자신의 꿈은 깜빡 잊고 그녀가 쳐놓은 행복의 유혹에 끌려들면서 숲 속 볼일을 마쳐 빨리 나오기를 바라고 있는지도 몰랐다. 그러다 소스라치며 자기를 돌아보고 무엇에 등 떠밀리듯 갑자기 달려가 트럭 적재함 뒤쪽 난간을 잡았다. 트럭이 일으키는 뽀얀 먼지가 온몸을 에워싸는데도 아랑곳 않고 팔을 힘차게 끌어당겨 풀쩍 뛰면서 단숨에 올라갔다. 흔들리는 적재함 위에서 넘어지지 않게 두 다리를 떡 벌리고 서서 뒤돌아보았다. 뽀얗게 일어났던 흙먼지가 바람에 실려 가자 이제 막 바지를 끌어올린 듯 일어서는 그녀와 눈이 마주쳤다. 단박에 알아본 모양이었다. 놓치고 말았다고 안타까워하고 있을까? 오른손을 번쩍 쳐들어 휘젓는 것이 보였다. 트럭이 속도를 높이자 그녀가 점점 멀어져 갔다.

"아주 쉬운 방법이 있었구나. 강석에게 미안한데. 하긴 강석이가 날 도망치라고 보낸 것이 아닌가? 아니, 저 계집애가 내 도망친 것을 당장 보고하지는 못할 거야. 비판을 받을 테니까. 나 좀 봐. 여기는 대한민국이잖아. 보고하면 어쩔 거야."

28

창우는 구룡포에서 트럭을 내려 어선들이 이마를 맞대고 정박한 부두에서 밥을 사먹고 거리를 빠져나와 포항 쪽으로 한참 걸었다. 생선을 싣고 가는 트럭이 자주 지나다니는 것을 알고 있었다. 비린내가 심하고 운반에 시각을 다투기에 적재함에 사람을 태우지 않는데다 생선 상자를 반듯하게 쌓아 포장으로 덮고 뒤쪽을 조금씩 비워 놓는다. 비린내가 심한 편이지만 남의 눈을 피해 빨리 가려면 그만한 것이 없다. 오래지 않아서 생선 트럭을 만나 뒤쪽으로 몰래 뛰어올랐다.

약전을 지나 도구에 가까워지자 차에서 뛰어내렸다. 사람들과 마주치지 않으려 인적이 드문 들길을 헤개며 하루해를 보낸 뒤 어두워지자 마을 뒤쪽으로 들어갔다. 꼭 한 번 심부름 왔던 기억을 더듬어 명옥의 집을 찾아내고는 보리 싹이 파랗게 돋아난 밭을 가로질러 돌담 밑으로 다가갔다.

그녀가 거처하는 곳은 담과 가까운 큰채 건넌방이다. 불빛이 환하게 밝혀져 있다. 책을 읽는지? 잘사는 집이라서 가물거리는 호롱불이 아니라 석유가 많이 닳는 남포등(램프)을 쓰고 있어 보인다.

그는 콩알만 한 조약돌을 주워 방문을 향해 던졌다. 두 번 세 번 거듭되자 한 여자가 문을 열고 두 무릎을 문지방에 걸친 채로 윗몸을 세우고는 돌 날아온 어둠 속을 살핀다. 명옥이다. 어둠 속에서도 명옥의 얼굴을 분명히 알 수 있었다.

'헉!'

하마터면 크게 소리 지를 뻔했다. 얼마나 그리운 사람이었나? 비뚤어진 소나무 가지에 매달린 채 얼마나 보고 싶어 애태웠던가? 가슴이 두근거리고 숨이 콱 막혀 혀가 목구멍 안으로 기어 들어가는 듯했다. 명옥이가 고개를 쳐들고 이티저리 살핀다. 흥분을 누르고 소리 낮춰 불렀다.

"안명옥!"

"……."

"안명옥!"

"누구요. 누가 명옥이를 부르나. 어느 못된 놈이 장난을 치나?"

그는 순간적으로 자신이 환생한 존재라는 것을 잊어버린 채 때를 놓치지 않고 말했다.

"창우요 창우! 장난이라니? 김창우가 왔소. 좀 만납시다."

“누구라고?”

“김창우라고요.”

방 안에서 쏟아져 나오는 불빛이 그녀의 윤곽을 비춰 주고 있었다. 흠칫 놀라며 방 안으로 들어가 버린다. 다시 불렀다.

“나는 김창우요. 좀 만납시다. 나와 보세요. 김창우가 왔다니까요.”

그녀는 다시 툇마루로 몸을 내밀고 고개를 쑥 빼서 허공을 향하여 말했다.

“죽은 김창우가 어떻게 살아왔다는 말이오?”

“앗, 그렇지.”

혼자 중얼거리며 창우는 죽은 사람이라 저쪽이 받아들일 리가 없다고 깨달았지만 곧장 거침없이 말했다.

“만나보면 알 것이오.”

“……”

“날 만나지 않겠소? 그만 돌아갈까요?”

“……”

“그만 돌아갑니다.”

그제야 그녀는 무릎을 세워 일어서며 툇마루로 나와 고개를 쑥 빼고 말한다.

“누가 김창우요?”

담 너머에서 한 손을 쳐들고 말했다.

“나요. 김창우요. 만나보면 알 것이오. 잠깐만 봅시다.”

“그 이상하네. 좋아요.”

그녀가 툇마루를 내려서서 담 쪽으로 다가온다.

“죽은 창우 씨가 어떻게?”

그녀가 담을 사이에 두고 선다. 얼굴이 마주쳤다. 바짝 다가서서 뚫어지게 보면서 묻는다.

"누구시오?"

"명옥 씨!"

"누구이기에 명옥이를 찾나요?"

"명옥 씨 아닙니까?"

"명옥이는 내 동생이오. 그애는 작년에 죽었어요."

창우는 깜짝 놀라며 엉거주춤 물러섰다. 한순간 다리에 힘이 빠져 그냥 주저앉아 버릴 참이었지만 손으로 담 위에 얹힌 기왓장 모서리를 잡고 몸을 가눴다. 손에 땀이 배고 턱까지도 덜덜 떨렸지만 다시 물었다.

"죽다니요?"

"내 동생 명옥이는 작년에 총 맞고 죽었어요."

"그럴 리가? 지난해 8월에 동빈동 부두에서 동수가 보고도 놓쳤다던데. 그 뒤에 또 무슨 일이 있었나요?"

"뭐라고요? 내 참, 무슨 말인지 모르겠네."

눈이 차츰 어둠에 익숙해져 가까이 다가온 그녀를 확실히 알아보게 되자 성난 어조로 말했다.

"당신이 바로 명옥 씨네요. 왜 죽었다고 그러죠? 왜요? 왜요?"

"명옥이는 총 맞아 죽고 나만 살아왔어요."

불현듯 지난날에 들었던 이야기가 떠올랐다.

"앗! 그럼 당신은 명옥 씨의 쌍둥이 언니 선옥 씨란 말이오?"

"내 이름을 어떻게 알죠?"

"명옥 씨에게 들었어요. 왜 총 맞았소? 언제 어디서요? 명옥 씨가 죽었다는 말 거짓이죠?"

“거짓이라면 얼마나 좋겠어요.”

“혹시 이동수 총에 맞은 것은 아니겠지요? 보고도 놓쳤다던데. 어떻게 죽었는지 자세히 이야기해 주세요.”

“그래요. 저 나무 아래로 가서 기다려요.”

담 밖 대문 가까이 서 있는 소나무를 가리키며 말했다. 키가 10미터를 넘고 둘레가 한 아름이 되고도 남을 큰 나무였다. 그가 소나무에 등을 기대고 서서 기다리자 대문을 나온 그녀가 다가와 마주 서며 물었다.

“댁이 방금 김창우라고 했죠? 죽은 창우 씨가 어떻게 여기 있어요? 그런데 방금 이동수 총에 맞은 것은 아니라고요? 보고도 놓쳤다고요? 아니요. 내 동생을 쏜 놈이 바로 이동수라 했어요. 바로 이동수 그놈이라던데….”

“이동수가 명옥이도 죽였다고요? 이동수가?”

“당신이 왜 자꾸만 죽은 김창우 이름을 파는지 그것부터 말하세요.”

“말하자면 길어요. 천천히 이야기할게요. 그런데 이동수가 명옥이를 죽였다고 누구에게 들었소?”

“누구에게 듣다니요. 내가 그때 함께 있었지요. 명옥이가 죽으면서 자기에게 총 쏜 그놈을 이동수라 했어요.”

“어떻게 그놈이 명옥이를 쏘았소?”

“작년 8월에 인민군에게 포항이 점령당할 때 동빈동 부두에서 나와 함께 배 타고 항구를 빠져나오다 갑자기 나타난 그놈이 쏜 권총에 명옥이가 맞았어요.”

“저런! 명옥이가 동수 놈 손에 죽다니, 거짓말은 아니죠? 그놈이 날 죽여 놓고 명옥이까지…. 이놈 이·동·수!”

그는 분해서 씩씩대며 흐르는 눈물을 소매로 닦아내고 이를 부드득부드득 갈았다. 그러나 선옥은 차분하게 물었다.

"당신이 김창우라 했죠? 이제 죽은 창우 씨가 어떻게 여기 있는지 말해 주세요. 설마 허깨비는 아니겠죠?"

보름달이 하늘 가운데로 떠올라 솔가지 그늘이 비켜 앉자 밝은 빛이 내려오며 명옥의 죽음을 듣고 험상궂게 일그러진 얼굴을 비췄다. 그녀가 창우 얼굴을 찬찬히 살피더니 다시 말했다.

"아니, 달빛에 보니 당신이 우리 명옥이를 쏜 이동수 바로 그놈의 얼굴인데요? 내 눈썰미는 틀림없어요. 배 타고 항구 빠져나올 때 달려와 권총 겨누던 그 얼굴이네요."

"그렇게 됐습니다. 이야기하자면 깁니다."

"그렇게 되다니요? 길든 말든 들어 봅시다. 당신이 명옥이 죽여 놓고 이렇게 나타나 딴소리하는 건 뭐요? 숨김없이 이야기하세요. 어서 말해요."

그녀는 와락 달려들어 멱살을 잡고는 이를 뿌뿌 갈며 부들부들 떨고 있었다. 당장에라도 가슴을 치고 옷을 뜯을 기세였다. 이번에는 창우가 침착하게 말했다.

"김창우는 댁의 아버지 안대기 씨의 스승이신 한월당 선생의 손자입니다."

"알아요. 그래서 어떻다는 거요?"

"들어 보세요. 이동수가 친구인 김창우를 불러내어 오어사 뒤 절벽 밑에서 죽였어요."

"그것도 알아요."

"내 말을 끝까지 들으세요. 김창우의 혼령이 너무 억울하여 저승으로 가지 못하고 죽은 자리에 머물고 있었는데 이동수는 월북해서 인민군 장교가 되어 포항으로 쳐들어왔어요. 형산면에서 자기 부대를 끌고 강을 건너 오어사가 있는 운제산을 점령했지요. 하지만 김창우가 죽었던 곳에서 이동수도 미군의 포탄 맞고 죽었어요."

"이동수가 죽었다면 당신은 어떻게?"

"이동수가 죽자 기다리고 있던 김창우의 혼령이 그 몸에 들어가 다시 소생하고 환생했습니다."

"마치 소설 같네요."

"소설보다 더 신비하지만 사실이오. 그래서 이동수의 얼굴을 가진 김창우가 만들어진 것입니다. 지금 제가 바로 그 사람입니다."

그녀는 깜짝 놀라면서 동수의 얼굴을 다시 찬찬히 다시 살핀 뒤 입을 연다.

"그걸 날더러 믿으라고요? 황당한 그 이야기를 믿으라고요?"

"거짓이 아닙니다. 사실입니다."

선옥은 멱살 잡은 손을 슬그머니 풀고 중얼거렸다.

"그참 알 수 없네. 믿을 수도 없고, 믿지 않을 수도 없고…."

"저를 믿어 주시오. 명옥 씨를 만나러 산 넘고 물 건너 왔소."

"믿을 수도 없고 믿지 않을 수도 없고…. 그럼 저의 이야기를 들어 보세요."

"다행히도 선옥 씨는 내 말을 쉽게 믿는 편이네요? 말씀하세요."

"믿고 싶은 이유가 있어요."

"인민군 들어오는데 명옥 씨는 왜 포항에 갔었나요?"

"창우 씨가 죽고 난 뒤 명옥이는 크게 상심하고 여러 번 목숨을 끊으려 했어요. 물에 빠져 죽겠다고 일월못으로 가서 못가를 헤매다 아버지에게 잡혀 오기도 했고, 바로 이 나무에 목매겠다고 몰래 밧줄을 건 적도 있었어요. 전쟁이 일어나자 창우 씨 원수를 갚으려면 국군을 도와야 한다면서 포항 동빈 부두 해군통제부에 가서 자원봉사자로 일했어요. 다른 부인네들과 함께 장병들 밥도 지어 주고 군복 빨래도 하고요. 포항이 위태롭다는 소문을 들은 아버지가 그애를 데려오라고 나를 보냈죠. 8월 10일 저녁에 어장 일꾼 김 씨와 함께 똑딱선을 몰고 동빈 부두에 닿았어요. 이튿날 새벽에 갑자기 인민군이 포항을 점령했을 때 우리 형제가 배를 타고 막 부두를 떠나는데 이동수 그놈이 수십 명 졸병들 끌고 달려오더니 권총으로 명옥이를 쏘았어요.”

“권총으로 맞힐 거리라면 그놈이 알아보았을 터인데요?”

“동생은 해군통제부에서 일하느라 군복을 입고 있었지요. 알아보았는지 어떤지는 알 수 없지만 한번 쏘고 더 쏘지 않은 것이 언니인 나를 명옥이로 보았는지도 모르죠. 우린 서로 닮았잖아요.”

창우는 갑자기 숨이 가빠지며 어금니를 꽉 깨물었지만 그러나 아무 말 없이 귀를 기울이고 있었다.

“가슴에 총알을 맞았던가 봐요. 배가 간신히 항구를 빠져나오고 영일만을 가로질러 숲실 포구에 닿자 명옥이는 숨을 거두고 말았어요. 그때 동생은 창우 씨 이름을 간절하게 불렀어요. 사랑한다면서…. 내가 데리러 갔던 날 밤에 창우 씨 일을 내게 모두 털어놓았어요. 그래서 앞뒤 사정을 잘 알고 있었지요. 이동수의 구애를 거절했다는 말도 해 주었어요.”

“아하, 그랬군요. 몹쓸 놈 이·동·수!”

“그 이동수의 몸을 죽은 창우 씨의 혼령이 차지해서 환생했다는 말이지요?”

“그렇소만, 아! 이 무슨 운명의 장난인가? 차라리 그냥 저승으로 갔으면 명옥 씨를 만났을 것인데….”

“이제 말씀을 듣고 보니 이동수의 몸을 빌린 김창우 씨를 인정하지 않을 수 없네요. 만일 내가 창우 씨를 인정한다면 창우 씨도 나를 인정해야겠죠?”

“선옥 씨는 명옥 씨의 언니지요? 알고 있는 사실인데 무엇을 또 어떻게 인정하라는 것인데요?”

“명옥이가 그놈 총 맞고 죽을 때 내게 말했어요. 잠깐 눈을 감더니 꿈을 꿨나 봐요. 눈을 떠서 말하기를, 우리는 쌍둥이다, 일란성 쌍둥이다. 그렇지요. 쌍둥이 중에서도 유독 더 닮은 쌍둥이가 있죠? 어머니 뱃속에서 하나의 난자에 두 마리 정충이 한꺼번에 들어가서 두 아이가 태어나면 ‘일란성 쌍생아’ 라 한다고 생물 시간에 배웠어요. 우리는 그런 쌍둥이란 것이지요.”

선옥의 말이 이어졌다.

“그래서 우리 혼령은 본래 하난데 다만 몸을 따로 받아 잠시 갈라져 있었다. 이제 본래의 하나로 되돌아간다. 언니와 합친다. 그러니까 언니 몸을 빌려 내 혼령을 이 세상에 남긴다고 했어요. 단 조건을 달았어요. 저승에서 창우 씨를 만나지 못하거나 창우 씨가 다른 여자를 사랑하고 있다면 다시 돌아와서 그렇게 하겠다고 했어요. 얼마나 창우 씨를 사랑했는지 알 수 있죠?”

“그렇군요. 아— 명옥 씨! 내 사랑 명옥이!”

“작년 8월에 그 아이 죽고 한 달 동안 마음은 슬펐지만 별일 없이 잘 지냈어요. 그런데 꼭 한 달이 되는 9월 11일부터 갑자기 우리가 하나라는 동생의 말이 자꾸만 귀에 쟁쟁거리고 내가 선옥인 동시에 명옥이라는 생각이 들기 시작하는 거예요. 아무도 가르쳐 주지 않았는데 내가 모르던 명옥의 지난 일을 조금씩 알게 되고요. 나 자신도 어쩔 수 없었어요. 뿐만 아니라 명옥인 내가 창우 씨를 만나는 꿈을 여러 차례 꾸었지요. 그애 말처럼 우리 둘의 영혼이 합쳐졌나 봐요. 그렇게 명옥의 혼령을 받지 않고 꿈도 꾸지 않았으면 이 밤에 갑자기 나타난 선생님이 이동수 몸을 빌려 창우 씨가 환생했다고 하는 말씀을 어떻게 믿을 수 있겠어요?"

"맞아요. 9월 11일이 바로 그놈이 죽어 내가 환생한 날이오. 그래서 명옥 씨의 혼령도⋯."

"그렇군요. 사실은 오늘 오후에 낮잠이 들었는데, 이상하죠? 꿈에서 내 속의 명옥이가 나타났어요. 내가 바로 명옥이라 하면서 이제 곧 창우 씨를 만난다고 기뻐했어요."

"아! 명옥 씨. 그가 선옥 씨 안에서라도 살아 있다면 얼마나 좋을까."

"그리고 이제 막 창우 씨를 받아들이려는 내 마음이 차츰 자라는 것을 느끼고 있어요."

"선옥 씨!"

"창우 씨!"

둘은 가까이 다가서서 두 손을 마주 잡았다.

선옥은 그를 집 가까이 밭머리에 있는 자기네 창고로 데리고 갔다. 고기잡이에 쓰는 그물이나 동아줄 등과 쟁기 같은 농기구 따위를 넣어 두는 곳이었다. 그 창고 안에서 하룻밤을 지냈다.

이튿날 선옥이가 몰래 가져다 주는 주먹밥으로 끼니를 때우고 말했다.

"선옥 씨, 명옥이 묻힌 곳으로 가 보고 싶어요, 그 무덤에요."

"명옥이 무덤은 없습니다. 처녀 죽음에 무슨 무덤을 만들겠어요. 화장했죠. 화장해서 앞바다에 뿌렸어요."

"그렇습니까? 무덤도 없다니 너무 허무하네요."

“살아 있는 제가 창우 씨 옆에 있지 않습니까?”

“맞습니다. 그럼 숲으로 갑시다. 명옥 씨와 함께 거닐던 바닷가의 숲을 다시 거닐어 보고 싶어요. 선옥 씨와 함께….”

“그래요.”

창우는 창고 안에 걸려 있던 낡은 모자를 눌러써서 변장을 하고 둘은 살그머니 밖으로 나와 큰길을 건너고 모래밭을 지나 숲 속으로 들어갔다. 여러 해 전에 심은 해송이 길 건너 바닷가에 십리 넘게 이어져 숲을 이뤘다. 마을이 모래바람에 시달리는 것을 막아 보려고 만든 방풍림이다. 하늘이 활짝 개고 바람이 거세게 분다. 명옥의 유골을 삼킨 바다의 울부짖는 파도 소리는 추억의 소나무 숲을 빠져나가는 거친 바람 소리와 어울려 웅장한 오케스트라를 연주하고 있었다. 그 오케스트라가 갑자기 장송곡처럼 들리며 마음이 어지러워진다. 눈에 익은 것들을 볼 때마다 명옥이와 함께 걷던 때가 떠올랐다. 선옥이가 명옥이를 대신하겠다고 나섰지만 어쩐지 어색하다. 그때는 서로가 얼마나 싱그럽고 아름답고 유쾌했던가?

그는 갑자기 집 생각이 났다.

“선옥 씨, 내일은 우리 집에 가 봐야겠어요. 집 나온 지가 4년이 가까워지네요. 내가 죽어 그동안 어머니는 얼마나 슬펐을까? 그 슬픔을 간직하고 어떻게 살고 계실까? 할아버지는 또 얼마나 낙담하시고 어떻게 지내실까? 모든 일이 너무나 궁금하오.”

“창우 씨, 집 소식을 모르시나요? 환생하시기 전 혼령으로 있었다면서요? 그때 집에 가 보지 않으셨나요?”

“집에 가 보다니요. 언제나 내 주검이 걸렸던 구부러진 소나무 가지에 대롱대롱 매달려 있었소. 다만 법회가 있을 때는 스님의 부름을 받아 부처님 법력으로 오어사에 갈 수 있었어요. 무슨 재주로 집에 가겠어요?"

"혼령은 마음대로 하늘을 날아다니고 무엇이든 알아낼 수 있잖아
요?"

"천만에요. 날개도 없는 혼령이 어떻게 마음대로 하늘을 날아요?
무엇이든 알아내고 무슨 일이든 자기 마음대로 할 수 있는 전지전
능한 존재는 이 땅이나 저 하늘 어디에도 결코 없을 것입니다. 저승
사자조차도 함부로 나를 잡아가지는 못했소. 하물며 내가 어떻게?"

"그렇다면 집 사정을 전혀 모르시나요?"

"전혀 몰라요. 알면 뭐가 답답하겠어요."

"아, 그렇군요. 말씀드리죠."

"뭐 아시는 게 있나요?"

"아버지에게 들었어요. 아버지는 당신 스승님의 일을 늘 마음에
두고 계시거든요. 어떻든 창우 씨의 어머니와 할아버지는 잘 지내
신답니다."

"아! 어머니-. 할아버지-."

"그리고 댁에서는 엄청난 일들이 잇따라 일어났데요. 무엇부터
먼저 말씀드려야 하나."

"엄청난 일이요?"

"순서대로 말씀드리죠. 창우 씨가 변을 당하신 이듬해에 할머니
가 돌아오셨답니다."

"할머니가요?"

"창우 씨 아버지의 생모인 할머니가 창우 씨 안 계시는데 할아버
지를 그냥 놔둘 수 없다면서 부산에서 사시다 갑자기 옮겨 오셨다
더라고요."

"아, 그래요? 아버지의 생모가요? 아버지를 낳은 분이 따로 계

셨나? 나는 처음 듣소. 어떻든 할아버지는 새할머니와 짝을 이루
셨네요. 할아버지는 좋으시겠지만 어머니는 더욱 외로움을 느끼시
겠어요.”

“아니요. 이야기를 더 들어 보세요. 창우 씨 아버지가 지난 가을
에 집으로 돌아오셨답니다.”

“앗! 아버지가. 아버지께서? 아버지께서 살아 돌아오시다니 이런
반가운 일이…. 이런 기쁜 일이….”

“그렇군요. 창우 씨만 그냥 계셨으면 정말 행복이 가득한 집이 되
었을 터인데…. 모두가 오래 기다린 끝에 얻은 사랑을 즐겁게 노래
할 것인데….”

“그렇겠죠. 아니, 나야 아무러면 어떻소. 오래 홀로 지내시던 할
아버지, 오래 외로우시던 어머니, 그렇게도 오래 기다린 끝에 무사
히 살아 돌아오신 아버지와 함께 지금이라도 모두 행복하시다면 나
는 아무래도 상관없어요.”

“또 하나의 반가운 소식이 있어요.”

“또 뭔데요? 또 뭐가 더 있나요?”

“창우 씨 어머니의 출산이 가까워 온답니다. 놀랍죠?”

“앗! 어머니가?”

“아버지가 창우 씨 댁에 가셔서 할아버지랑 아버님 뵙고 들었대
요.”

“어머니가 애를 낳는다면 내 아우가 태어난다는 말이네요. 아! 어
떻게 그런 좋은 일을 한꺼번에 맞다니…. 지긋지긋한 불행이 끝나
고 이제 행운이 왔나 봐요. 오늘 당장 오천으로 건너가겠습니다. 당
장 가서 직접 내 눈으로 보겠습니다.”

“그건 안돼요.”

"왜요? 내 집에 가서 직접 그 행복한 현장을 보겠다는 것이 안된
다니요?"

"창우 씨가 이동수 얼굴을 갖고 있다는 것을 잊지 마세요."

"아 참, 그렇군. 이를 어쩌나? 이를 어떡해?"

창우는 얼굴이 일그러지며 울상이 되었다. 눈물이 끝없이 흘러내
리고 있었다.

"너무 안타까워하지 마세요. 창우 씨가 진정으로 원하는 것이 무
엇입니까? 그분들의 행복입니까, 아니면 내가 그 행복을 누리고 내
눈으로 보는 것입니까?"

선옥의 위로하는 말에 한동안 아무런 반응도 없자 그녀도 더 이
상 입을 열지 못했다. 한참 지나서 창우가 결연하게 말했다.

"그게 무슨 말씀이오. 내가 보지 못해도 좋소. 나는 어떻게 되어
도 상관없소. 저승사자에게 잡혀 다시 저승으로 간다고 해도 좋아
요. 아버지와 어머니, 할아버지와 할머니가 행복하시다면…."

그제야 둘의 대화가 순탄하게 이어졌다.

"그러니 참으세요. 고요한 웅덩이에 돌 던지지 마세요."

"맞습니다. 그렇군요. 너무 흥분해서 잠깐 잘못 생각했습니다. 어
머니가 날 보시면 아들 죽인 원수가 나타났다며 내 멱살 쥔 채 기절
하고 말 것입니다. 참겠습니다. 몰래 살펴보고 먼빛에서나마 얼굴
보는 것으로 만족하겠습니다. 내 기분을 찾다가 네 분을 다시 슬픔
에 빠지게 하고 싶지는 않습니다. 나는 나대로 이렇게 환생하여 명
옥 씨와 하나 된 선옥 씨를 만나는 것으로 만족하겠습니다."

"정말 훌륭하십니다."

둘은 숲을 나와 큰길을 건널 참이었다. 그때 창우가 갑자기 깜짝
놀라며 선옥의 소매를 잡고 멈춰 섰다.

“창우 씨, 왜요?”

“잠자코 계십시오.”

“왜 갑자기요? 누구를 보았나요?”

창우는 잔뜩 겁을 집어먹고 가로수 뒤로 몸을 숨기며 말했다.

“나와 함께 남파되었던 여자가 방금 지나가고 있어요. 저-기 젊은 여자가 보이죠? 두리번거리는 짓이 날 찾는 게 틀림없어요.”

창우가 가리키는 여자는 50미터쯤 떨어진 곳에서 왼손에 종이쪽지를 들고 있었다. 사진 한 장이었다. 지나가는 사람을 이리저리 살피다가 지게를 지고 가까이 다가온 엿장수에게 무엇을 묻는 모습이다. 엿장수의 요란하던 가위 소리가 딱 멎었다. 그녀가 엿장수에게 사진을 보여 주는 듯했다.

“언제 내 사진을 찍어 두었다가 날 찾고 있나? 그렇지. 동수 사진이니까.”

창우가 한참 동안 말을 멈추고 그 여자를 바라보자 선옥이가 채근했다.

“창우 씨, 내 사진이라니요? 방금 남파되었다고 했나요? 무슨 말씀이죠? 저 여자를 아시나요?”

“아! 그렇지. 내 말하겠소.”

그러나 창우는 얼른 말하지 않은 채 마냥 그녀에게 눈길을 보내고 있었다. 그녀가 엿장수를 마주 보며 손가락으로 남쪽을 가리키자 엿장수는 왼손을 휘젓더니 서쪽을 가리켰다. 그녀는 고개 숙여 공손하게 절한 다음 사진을 호주머니에 집어넣고 돌아서서 바쁜 듯이 엿장수가 가리키던 포항 쪽으로 걷기 시작했다. 그녀는 차츰 멀어지고 있었다. 엿장수가 지고 있던 지게를 내려놓자 가위 소리가 다시 요란스러워진다. 아이 하나가 다가와 엿이 먹고 싶은지 엿골*

*⎯⎯⎯⎯
엿 담는 목판

을 기웃거린다.

"어서 말씀하세요."

"뭘 말이오?"

창우는 자다 깬 사람처럼 되묻는다.

"방금 남파되었다고 말했죠? 오어사 뒤에서 지난해 9월에 환생한 뒤 1년 넘게 어디서 어떻게 보냈는지 이야기하지 않았죠?"

"예, 그래요."

"말씀해 주세요."

"그러죠. 깜빡했소. 그걸 여태 말씀드리지 않았다니…. 나는 지난해 9월 11일에 이동수 몸을 빌려 환생한 뒤 국군에게 쫓겨 다른 인민군과 함께 후퇴했지요. 얼굴이 이동수인데 이동수 역할을 하기 어려우니 모든 기억이 사라진 것처럼 흉내 내면서 말이오. 빨리 그들을 벗어나고 싶었지만 기회를 얻지 못해 그냥 북으로 따라가서 용감하게 싸웠다며 칭찬받고 요양하며 지냈습니다."

"인민군 행세를요?"

"그렇죠. 그렇게 지내던 중 이달 초에 갑자기 노동당의 지시에 따라 간첩으로 남파되었어요. 오천비행장의 군사기밀을 탐지하라는 지령을 받았지요. 저 여자와 함께요. 저 여자가 조장이었어요. 어제 새벽에 우리는 감포 북쪽 해안에 상륙했어요. 감포 쪽으로 걷다가 그녀가 숲 속에 들어가 똥 누는 동안에 지나가는 트럭에 뛰어올라 도망쳐 버렸지요. 두리번거리며 사진 내놓고 묻는 꼴이 아직도 날 찾고 있는 모양이오."

"간첩으로 신고할까요?"

"아니요. 나도 간첩 누명을 벗기 어렵소. 달리 생각하면 날 이쪽으로 데려다 주었으니 고마운 여자이기도 하고요. 우선 피합시다."

둘은 그녀의 뒷모습이 완전히 사라지자 길을 건너고 마을 뒤로 돌아 어젯밤을 보냈던 창고로 갔다.

"창우 씨, 이젠 어떻게 하겠어요?"

"내일 우리 집으로 가 보겠습니다. 들어갈 수 없어도 멀리서 살펴보겠습니다."

둘은 이튿날 아침에 다시 만났다. 밖으로 나와 포도 농장 쪽으로 가는 비탈길로 올라섰다. 손 잡고 걸으니 흡사 서로 사랑하는 연인이다. 아니, 사랑하고 있다.

마을을 벗어나고 얼마 안 가니 길 양쪽이 공동묘지다. 추석 때 벌초를 하지 않았던 무덤 위에 무성하게 자란 억새가 하얀 꽃을 피워 바람에 흔들리고 있다. 오른쪽으로 멀지 않은 곳에 일월못이 보인다. 못 너머 비행장에서는 미군 제트기가 우렁찬 소리를 내며 뜨고 내린다.

"저게 일월못이지요, 선옥 씨?"

"그래요."

"저편 못가에 수양버드나무가 보이죠?"

"외롭게 서 있는 저 나무 말이죠?"

"어떤 처녀가 사랑을 이루지 못해서 저 나무에 목매어 죽었다 하더군요."

"창우 씨! 그만하세요. 명옥이도 그렇게 죽으려 했어요. 그때를 생각하면 슬퍼져요. 그런 기분 나쁜 이야기는 제발 잊어버려요."

"아, 죄송합니다. 내가 잠깐 실수했네요. 사랑이 얼마나 절실한가를 생각하다가 그만…."

"저 못은 연오랑과 세오녀의 전설을 간직하고 있어요."

"어떤 전설이죠?"

"삼국유사에 나와 있어요. 신라 제8대 아달라왕(阿達羅王) 때 바닷가에 살던 연오랑(延烏郎)과 세오녀(細烏女)라는 부부가 해초를 따려고 바위에 올라갔다가 그 바위가 떠내려가서 일본에 이르러 왕과 왕비가 되었다고 해요."

"왕과 왕비요?"

"그날부터 신라에서는 해와 달이 빛을 잃었답니다. 신라에서 사신을 보내 왕비가 된 세오녀가 짠 비단을 가져와 저 못가에서 하늘에 제사 지냈대요. 그러자 해와 달이 다시 빛나기 시작했답니다. 그 뒤로 저 못가에 귀비고(貴妃庫)라는 집을 짓고 비단을 보관하면서 해마다 제사 지냈다 하더군요. 그런 전설로 말미암아 저 못을 해와 달의 못, 일월못[日月池]이라 한대요."

"재미있군요. 일월동이란 명칭도 그래서 생겼군요."

"우리도 이 세상을 떠나면 해와 달이 어두워질까요?"

"아마 그럴 테죠. 아니, 해와 달뿐이겠어요? 세상 모두의 끝이 올 것입니다."

한참 걷자 비행장이 더 가까워졌다. 폭탄을 한 개씩 실은 조그만 트레일러 여러 대가 철로 위의 화물열차처럼 앞뒤로 길게 이어져 출격을 준비하는 전폭기로 끌려가고 있다. 감청색 제트기가 폭음을 쏟아내며 연달아 착륙해서 격납고 쪽으로 들어온다.

창우가 말했다.

"일제 말기에 이 공동묘지의 많은 무덤을 파헤치고 저 비행장을 닦았답니다."

"지금 남아 있는 무덤도 적지 않은데 옛날엔 엄청나게 많았겠어요."

"그럼요."

둘은 포도 농장 길로 접어들었다. 포도밭 울타리로 길 양쪽에 심은 탱자나무가 자라나 높이가 사람 키의 두 배를 훨씬 넘는다. 길이 남쪽으로 곧게 뚫려 있어 마치 탱자나무 터널을 지나가는 기분이다. 12만 평이 넘는 동양 최대의 포도 농장이었다는데 이젠 많이 쇠락했다. 농장이 끝나고 비탈진 들녘이 나오면서 그 아래로 등위 마을이 보였다.

"선옥 씨, 나는 집에 들어가지 않을 것입니다. 아무리 생각해도 너무 큰 혼란이 일어날 것 같아 무서워요."

"맞아요."

"우리 집을 둘러싼 낮은 언덕 비탈에 왕대나무가 무성해요. 그 대나무 숲에 숨어서 멀리서나마 아버지 어머니 할아버지 할머니 얼굴 한번 훔쳐보는 것으로 만족하겠습니다. 다음 일은 다음에 생각하고요."

"그렇게 하세요."

"들킬까요?"

"괜찮을 것입니다."

둘은 언덕을 가로질러 우거진 대나무 숲 속으로 들어갔다. 큰채와 사랑채 사이의 뒷마당과 우물, 그 우물 너머의 앞마당 한쪽이 내려다보였다. 무슨 일이 일어났는지 허리가 굽은 찬모 연산댁이 우물에서 물을 긷고 있고, 처음 보는 젊은 여자가 부엌 뒷문으로 들락거리며 바쁘게 설친다. 수탉을 잡아 두 발을 모아 쥔 늙은 머슴이 나타나 우물가로 다가서고 있다.

"무슨 일이 있나?"

점잖고 말쑥하게 생긴 노파가 무엇을 손에 들고 큰채와 사랑채 사이의 앞마당으로 나오신다. 할머니인 것 같다. 자세히 보니 큼지막한 숯 한 덩이와 붉은 고추 몇 개가 달린 새끼줄이다.

"앗, 저건 금줄인데…. 아이가 태어났다는 말인데…. 숯과 고추라… 옳지, 어머니가 아들을 낳았구나 선옥 씨 그렇지요?"

"맞아요. 잘 보셨네요."

그때 키가 훤칠하고 체격이 든든한 중년 남자가 앞마당에서 역시 우물 가까이 다가오는 것이 보였다.

"앗! 아버지다. 아! 아버지."

아버지를 한 번도 만난 일이 없지만 저절로 느꼈다. 아버지가 돌아오신 것을 알고 있어서가 아니다. 아버지와 자기가 하나로 겹쳐지는 것을 느낀다. 아버지를 부둥켜안고 홀어머니와 함께한 외롭던 지난날을 말하며 한없이 울어 보고 싶어진다. 자기도 모르게 달려 나가려고 일어서는 순간에 왈칵 문 여는 소리가 들렸다. 잠깐 지켜보니 할아버지가 사랑채에서 방금 나오신 듯 아버지를 뒤따라오시다 뭐라고 말씀하신다. 그동안 더 늙으신 것 같다. 새로운 생명의 탄생을 기뻐하는 기색이 모든 사람들 얼굴에 그려져 있다. 두 눈에 눈물방울을 매단 채 말없이 한참이나 지켜보던 창우가 이윽고 입을 열었다.

"어머니 말고는 모두 보았어. 그만 갑시다."

"누구보다도 어머니를 보셔야죠?"

"어머니를 꼭 보고 싶어요. 정말 뵙고 싶네요. 하지만 당분간 방 안에 누워 계실걸요. 밖으로 나오시지 않을 것입니다."

"참, 그렇군요. 이제 방금 몸 풀었으니."

"아마 삼칠일이 지나야 툇마루에라도 나오실 거요. 보지 않아도 행복하신 모습을 상상할 수 있어요. 이만 갑시다."

"가장 뵙고 싶은 분을 못 뵙네요."

"어머니의 행복하신 모습을 상상하는 것으로써 나는 행복합니다."

"그렇긴 하지만."

"모든 것을 빠짐없이 이루겠다면 지나친 욕심이오. 내 일찍이 아버지와 어머니가 다시 짝을 이루며 할아버지의 뜻처럼 후대가 이어지는 것을 두 눈으로 볼 수 있도록 새 삶을 허락해 달라고 스님께 빌었는데 꼭 그렇게 되었네요. 소원이 성취되었소."

둘은 작은 대숲을 빠져나왔다. 창우의 눈이 벌겋다.

"창우 씨 우셨나요?"

"아뇨. 울긴 왜 우나요. 아우가 태어났어요. 동수로부터 물려받은 이 몸보다 훨씬 소중한 내 분신이지요. 정말 기뻐요. 이젠 내가 떠날 수 있게 되었잖아요."

"떠날 수 있다니요. 그게 무슨 뜻이죠?"

"우리 집에 내가 들어가지 않아도 된다는 것이지요. 아니, 내가 들어갈 자리가 없어요. 생각해 보니 난 이제 영원히 집으로 들어갈 수 없겠네요. 하지만 아버지 어머니의 뼈와 살을 내려 받은 새로운 내가 태어났으니 걱정할 것이 없습니다. 어서 떠납시다."

"어디로요?"

"어디로든 가야죠. 자, 어디로 갈까?"

"절로 가시렵니까?"

"아, 그렇지. 우선 절로 갑시다. 내가 두 번이나 생명을 얻은 오어사에는 꼭 가 봐야지요. 나를 환생시킨 만각스님도 뵈어야지요."

"맞아요."

29

두 사람은 오어사에 닿자마자 법당 앞마당을 지나가는 낯선 젊은 스님을 만났다. 창우가 합장하고 말했다.

"만각스님을 뵙고자 합니다."

"큰스님이 오셔서 지금 법당에 계십니다."

"큰스님이요?"

"일각스님이 오셨답니다. 만각스님의 스승이랍니다."

"일각스님이?"

"금강산과 오대산에서 수도하시다가 어제 낮에 돌아오셨습니다. 외손녀가 모셔왔다 하네요. 지금 법당에서 만각스님과 말씀을 나누고 계십니다."

어릴 적에 어머니와 함께 절에 와서 보았던 일각스님 얼굴이 떠올랐다. 일찍이 그분이 어머니를 불공드리라 불러 자장암에서 아버지를 만나게 하고 자신이 태어나게 되었다는 이야기를 들었다. 갑자기 가슴이 벌렁벌렁 뛰었다.

"그분을 뵙게 되다니…."

선옥이가 물었다.

"큰스님을 아시나요?"

"아다마다요."

조용히 옆문을 열고 함께 법당 안으로 들어갔다. 향 태우는 짙은 냄새가 가득하다. 일흔 살도 훨씬 넘어 브이는 스님 한 분이 석가모니부처의 장엄한 위용을 등지고 앉아 주지인 만각스님을 앞에 앉혀 놓고 말씀 중이다. 많이 늙기는 했지만 얼굴 모습이 눈에 익었다.

만각스님은 꿇어앉아 죄 지은 사람처럼 고개를 푹 숙이고 있다. 부처님께 삼배를 올리고 만각스님 등 뒤로 가서 소리 없이 앉았다. 갑자기 늙은 스님의 카랑카랑한 목소리가 법당 안을 울린다.

"만각아! 네가 하는 일이 늘 이렇구나. 중도에서 꾸물거리지 말고 자장암으로 곧바로 올라가라고 거듭거듭 일렀는데 그 말라빠진 떡 한 조각을 탐내어 때를 놓지는 바람에 용대가 죽었던 옛날 일을 잊지 않았겠지?"

"잘못했습니다."

"잘못했다고? 이 아둔한 놈아! 지금 그 허물을 들추려는 것이 아니다. 그때는 네가 아직 철부지라 실수했던 것이고 내 이미 꾸짖은 바 있었다."

"지금도 꾸중 말씀을 명심하고 있습니다."

"뭐, 명심하고 있다고? 명심한다면서 그 모양인가? 그래 네가 말하는 환생이란 도대체 뭔가? 아미타불의 묘법을 몰래 훔쳐보았다고? 무한한 생명, 무한한 빛의 아미타불이 설한 법이 고작 그 헛된 환생이던가? 이런 해괴망측한 일이 있나. 석가모니부처가 두 그루 사라나무 사이에서 입멸하신 이후 단 한 번이라도 만났다는 사람이 이 세상에 있었더냐? 어쩌자고 잘난 체 나서서 죽은 혼령에게 환생할 수 있다고 꼬이고 고약한 일을 시켜 정도(正道)를 어지럽혔느냐? 젊은이가 꿈에 나타난 헛것에 홀려 건너서는 안될 강을 건너고 제 아비가 죽었던 한 맺힌 저 절벽 아래에서 죽은 일도 혼령의 환생을 도와주려고 억지로 마련한 것에서 크게 어긋나지 않다. 어찌 너와 상관없다 하겠느냐? 입이 있으면 말해 봐라."

"스승님, 무지몽매한 소승이 큰 죄를 지었습니다."

"미련한 늙은이…. 허깨비 쫓겠다고 공자 왈 맹자 왈? 구닥다리

논어 한 줄 모르는 놈 어디 있겠나? 원한에 사무친 허깨비를 좋은 말로 달래지 않고 괜히 소름 돋는 주문(呪文)으로 쫓아 버려 구업(口業)을 남기고 손자까지 죽게 만든 더리석은 한월이가 아끼던 그 손자 녀석 상판대기 한번 보자꾸나. 같이 온 아이하고….”

창우는 깜짝 놀랐다. 논어 한 구절로 허깨비 쫓은 할아버지의 이야기는 언젠가 들은 것 같고, 한번 보자는 상판대기가 자기를 가리키는 것이 분명하다. 한월이란 일각스님이 할아버지 아호 한월당을 그렇게 부른다고 들은 적이 있다. 아니나 다를까 꿇어앉아 있던 만각스님이 뒤돌아보고 죽을 맛이 되어 힘없이 말한다.

“마침 잘 왔네. 자네 소원은 풀렸구먼. 큰스님께서 자네들 둘을 보고 싶어 하시네.”

창우는 벌떡 일어나 큰스님께 삼배를 올렸다. 선옥이도 따라 했다. 다시 만각스님을 향하여 절을 올리려 하자 손사래 치며 말했다.

“그냥 앉아요. 큰스님 계신데 내게까지 할 것 없네.”

둘이 자리에 앉자 다시 만각스님이 말했다.

“큰스님께서는 내게 잠시 절을 맡기시고 여러 곳을 다니며 오래 수도하시다가 이번에….”

큰스님이 고개를 번쩍 쳐들어 만각스님의 말을 잘라 버리고 큰 소리로 말한다.

“죽으러 왔어. 이제 내 죽을 자리를 찾아온 것이야.”

쩌렁쩌렁 울리는 소리에 법당 안이 갑자기 숙연해졌다. 잠시 침묵한 뒤에 큰스님이 안색을 바꿔 느긋하게 둘을 보더니 창우에게 묻는다.

“자네가 누구더라?”

“방금 큰스님께서 뵙자고 하신 한월당의 손자 김창우입니다.”

"자네가 김창우라고? 내가 보기에는 이동수 얼굴인데? 그래, 그래. 집착에 빠진 자네하고 이거다 저거다 다퉈 뭘 하겠나? 김창우라고 해 두자."

이때 만각스님이 끼어들었다.

"큰스님, 저들에게 좋은 말씀을 내려 주십시오."

"좋은 말? 내 말을 명심하게. 전생에 업(業)이 많으면 죽어도 죽지 못하고 살아도 살지 못하는 거야. 자네들 그 두터운 업이 이젠 사라지려나 했더니 잠시 자리 비운 틈에 만각이 네놈이 나서서 일을 크게 그르쳐 놓았구나."

큰스님은 만각스님을 향해 꾸짖던 손가락을 거두고 오른손으로 주머니처럼 쓰이는 왼팔 소매 끝을 뒤지더니 무엇을 하나 끄집어내어 만각스님 앞에 획 내던진다. 가만히 보니 시꺼멓게 때에 찌들고 마구 뒤얽힌 실타래다.

"만각아, 이 실타래를 풀어 봐라."

만각스님이 냉큼 주워서 이리저리 만지고 한참 애써 보지만 실마리가 풀려 나오지 않는다.

"큰스님, 풀기 어려운가 합니다."

"이 실타래는 원래 실이 가지런한 것이었다. 꼭 써야 할 때 올을 가려내어 조심스럽게 풀어야 할 터인데 마구 다루다 얽혀 버렸다. 이 청년의 일도 그와 같다. 새로운 생명을 얻었다고? 환생했다고? 그래, 원효와 혜공이 서로 내 고기라고 떼쓴 것이 어떻다고? 다시 한 번 분명히 말하겠는데, 죽음이란 부처님도 피할 수 없었느니라. 누구나 알아들을 수 있도록 쉽게 말해 줄까? 해탈이란 육신과 무관하게 마음이 바뀌어 업과 인연이 끊기는 것이고, 죽음이란 마음과 무관하게 몸이 다하되 업과 인연이 이어지는 것이다. 너희 놈들끼리 환생 어쩌고 하지만 그건 삶도 아니고 죽음도 아니다. 삶이 아닌 것도 아니고 죽음이 아닌 것도 아니다. 삶이 아닌 것이 아닌 것도 아니고 죽음이 아닌 것이 아닌 것도 아니다. 말하자면 얽혀 버린 실타래다. 누가 풀어낼 것인가? 이제 어쩔 셈인가? 휴….”

큰스님은 말씀을 쏟아내느라 기가 빠져 몹시 피곤한 듯 한숨을 크게 한 번 쉰다. 법당 안에는 온 세상이 숨죽인 적막이 흐르다 한참 뒤에 큰스님이 소리를 낮춰 말한다.

“무련(舞蓮)을 들라 해라.”

만각스님이 잘 듣지 못했는지 다시 묻는다.

“무련 비구니 말씀이십니까?”

큰스님이 고개를 끄덕인다.

만각스님이 밖으로 나가 동자스님을 불러 무엇을 이르는가 싶더니 법당 안으로 되돌아온다. 조금 지나서 한 스님이 조용히 들어왔다. 창우는 고개를 숙이고 눈을 아래로 깔고 있어 먹물 가사 자락의 펄럭임으로 누군가 들어오는 낌새를 짐작했다. 잠깐 지나 고개를 들면서 옆눈으로 보니 한 여승이 정좌해 있다.

“앗!”

큰 소리를 내지르지는 않았지만 정말 깜짝 놀랐다. 벌어진 입이 다물어지지 않는다. 머리를 깎아 얼굴 모습이 크게 바뀌었으나 함께 남파되어 바로 엊그제 따돌린 대남 공작조 조장 윤양숙 인민군 중위가 틀림없었다. 이제 막 칼질한 듯 빤질빤질 눈부신 머리통에 불거져 나온 뒤통수가 유별나다. 그녀도 자기를 보았다. 하지만 얼굴 어디에도 놀라는 기색이 전혀 없이 천연덕스럽다. 그저 알 듯 말 듯 잠잠하게 웃는다.

그녀가 큰스님을 향해 입을 열었다.

“큰스님, 기운 좀 차리셨습니까?”

“그래 그래. 네가 돌봐 주니 다시 힘이 솟아나는구나.”

“꼬박 하루를 누워 계셨습니다.”

“늙어 쇠약해졌어. 죽을 때가 되었다는 게지. 나를 위해서 약을 짓거나 부처님께 빌지 마라. 정해 놓은 대로 살다 갈 것이니.”

만각스님이 창우를 돌아보고 말한다.

“무련스님은 속가에서 큰스님의 외손녀일세. 큰스님께서 출가하시기 전 속계에서 딸 한 분을 얻었는데 그분이 무련스님의 어머니라. 큰스님께서 해방 전에 금강산 유점사에 가셨으나 돌아오지 아니하여 무련스님이 외할아버지 만나러 이 절에 왔다가 그 이야기를 듣고는 전쟁 나기 전해에 모시러 갔었지. 하지만 우리도 모르는 사이에 큰스님께서 일찌감치 돌아오시어 아무에게도 알리시지 않고 오대산 외딴 암자에 계셨기에 헛걸음 쳤던 것이야.”

“아! 그렇군요.”

하지만 창우에게는 북에서 만나 함께 남하했던 윤양숙과 바로 옆에 앉은 무련스님이 같은 사람이라는 데 대한 마음의 갈등이 쉽게 사라지지 않았다. 그녀를 뚫어지게 바라보다 묻는다.

“무련스님께서는 몇 해 동안 어떻게 그쪽에서 마음대로 큰스님을 찾아다니셨나요?”

“소승의 속가 생부(生父)를 찾아가 의탁했습니다.”

그녀가 서슴없이 대답했다.

큰스님이 덧붙여 말씀하신다.

“이 아이 아비가 박 뭐 따라 저쪽으로 넘어간 사람 아닌가? 높은 자리 차지하고 제법 큰소리친다니 무련이 제 아비 만나 도움을 받았던 게지. 뭐, 인민군 중위까지 되었다나. 내 딸년이 살아 있었으

면 윤 서방 그놈이 공산당 하지 않았을 텐데…. 저 아이 어미 태어
나자마자 내 여편네가 죽고, 저 아이 낳자마자 그 어미가 죽었네.
업보지 업보야. 나무아미타불."

창우가 따져 물었다.

"무련스님께서 소생을 마음에 둔 듯 속인 것은 무슨 까닭입니
까?"

무련스님이 부끄러운 듯 눈웃음 짓고 대답했다.

"저 역시 여자가 아닙니까? 옆에 흗께 계신 분에게 죄송한 말입
니다만 동수 씨 만나고 이야기 나눠 보아 반하지 않을 여자는 아무
도 없을 것입니다. 솔직히 말씀드려 소승의 마음도 흔들렸던 것이
지요."

"김창우라 불러 주십시오."

"아, 그렇습니까? 창우 씨 만난 이후 사실은 욕망의 경계를 넘나
들며 모진 번뇌를 거듭했습니다. 이제 저는 출가하였기에 여태까지
의 망상에서 벗어나고자 합니다. 지나간 모두가 꿈결처럼 사라졌으
니 다시는 그런 일이 없을 것입니다. 앞뒤야 어떻든 소승을 너그럽
게 용서하십시오."

"북에 계신 어머니를 그냥 두고 와서 어떻게 하실는지요?"

"방금 어머니가 저를 낳다가 돌아가셨다는 이야기를 못 들으셨나
요? 북에 계신 어머니요? 제 어머니 돌아가시고 아버지가 유모로 들
였던 분이랍니다. 한때의 애인이기도 하고요. 아버지 따라 월북했
죠. 저는 그 유모와 함께 지내다 아버지께 졸라 내려온 것입니다."

"감포에서 스님을 두고 도망친 것은 제 잘못입니다. 북쪽 그늘을
벗어나려는 한 생각만으로 그렇게 되었습니다. 용서해 주십시오."

"아닙니다. 저는 은근히 그러기를 바라고 있었습니다. 북에서 아

버지 밑에 계시는 박강석 부위원장으로부터 남쪽에 닿으면 창우 씨를 놓아 주라는 부탁을 받았습니다. 용변 보려던 것이 아니라 기회를 드리고 싶어 잠깐 숨어 기다렸을 뿐입니다."

"강석이가 그런 부탁을…, 기회를 주었다고요? 그렇다면 도구에는 왜 가셨습니까? 도구에 가서 저를 찾지 않았습니까?"

"찾았습니다. 저도 여자라고 이미 말씀드렸습니다. 막상 떠나 보내고 나니 다시 그리워졌지만 그것이 저에게 다가온 마지막 번뇌였습니다. 그걸 보셨다니 역시 창우 씨는 눈이 밝으시네요."

그녀는 이 말을 하면서 또다시 엷게 미소 지었다. 창우는 자꾸만 헷갈렸다. 저 여자가 정말 자기를 좋아했을까? 옆에 앉은 선옥을 돌아본다. 말 한마디 않은 채 입을 꾹 다물고 있지만 잔뜩 긴장한 표정으로 두 눈에 불꽃이 일고 있었다.

큰스님이 다시 무련 비구니를 향하여 말씀하신다.

"그래, 북쪽에서 어디로 날 찾아다녔나?"

"금강산 유점사에 가 보았는데 안 계시기에 아버지에게 찾아 달라고 부탁드려 몇몇 곳을 살핀 끝에 전쟁 전에 이미 월남하시고 오대산을 거쳐 기림사로 가셨다는 정보를 얻었습니다."

"꼼꼼히도 뒤졌네. 뭣 땜에 그랬나?"

"할아버지를 찾아야지요. 생전에 만나뵙고 싶었어요."

"아버지 슬하에 그냥 머물지 왜 돌아왔나?"

"그곳은 사람 살 데가 아니었어요."

"그래? 마지막 보았을 때 너는 어렸는데 그새 참 많이도 자랐구나."

"세월은 물처럼 흐르고 사람은 세월 따라 사는 것 아니겠습니까? 그렇게 살다 보니 소손도 이만큼 자랐습니다."

"세월은 물처럼 흐르고? 그렇지."

고개를 끄덕이더니 다시 말을 잇는다.

"왜 출가하고 싶던가?"

"어릴 적에 아버지 따라 여기 왔을 적에 외할머니의 유물이라면서 보여 주시던 실타래를 지금까지 잊지 못했습니다. 살다 보니 세상은 역시 얽혀 버린 실타래였습니다. 그때 큰스님께서 실타래처럼 얽히고 설킨 인생을 풀고 세상 온갖 풍파를 헤쳐 나가려면 부처님을 따라 배우라고 하지 않았습니까? 외람되오나 소승은 지난날이야 어떻게 되었든 앞으로는 부처님을 스승으로 삼는 불제자로서 세상에 얽히지 않고 살고자 합니다."

"뭣이 급해서 오자마자 머리 깎았나? 너무 서둔 것 후회하지 않을 거냐?"

"할아버지 찾아 나설 때 이미 작정했습니다. 외할머니나 어머니의 불행을 저까지 포함한 삼대(三代)로 거듭하기 싫었습니다. 그래서 할아버지 모시고 오는 즉시 출가하기로 만각스님과 미리 약속해 두었던 것입니다. 차일피일 미루다 보면 창우 씨 뵈었을 때처럼 저도 모르게 마음이 흔들릴 수도 있지 않겠습니까?"

"그랬군. 어제는 나를 어떻게 만났니?"

"여기서 말씀드리기가 좀 민망합니다."

"괜찮다. 수계한 불제자는 매사에 거리낌이 없어야 한다."

"그래도 좀….'"

"감출 것 없다지 않나?"

"기림사에 계신 것으로 알고 찾아가던 중 감포 읍내에서 마침 그 절에 계시다는 스님 한 분을 만났지요. 그 스님 말씀이 여태까지 머물다 여러 스님이 말리는데도 듣지 않고 며칠 전에 탁발하시겠다며 구룡포로 간다고 떠나셨다는 거예요. 당장 발걸음을 돌려 구룡포로 와서 이리저리 헤매다 밥장수 아주머니에게 물으니 포항 쪽으로 가시더라고 했습니다. 부지런히 뒤를 밟다가 도구에서 엿장수를 만나 사진 내놓으니 두어 시간 전에 보았다고 했어요. 포도 농장 쪽으로 가시더냐고 물으니 역시 포항 쪽으로 가시더라고 하지 않겠습니까? 아! 이제는 찾았구나. 포도 농장 지름길이 아니라 신작로로 찬내에서 오천 쪽으로 꺾어 절로 오시려는가 짐작하고 부지런히 걷다가 찬내 못 미친 몰개월에서 길에 쓰러진 할아버지를 보았습니다. 미군 차들이 꼬리 물고 다녔어요. 지나가는 지프 하나를 세워 미군 소령에게 'old Buddhist'라며 태워 달라고 부탁해서 이곳으로 모셨지요. 사진 덕을 톡톡히 보았어요."

"사진 따위를 함부로 찍을 것이 아니었구나."

창우는 무련스님의 말에 그만 얼떨떨해졌다. 윤양숙이 감포읍으로 가자고 한 것은 간첩 활동의 터를 잡으려는 것이 아니라 외할아버지를 찾기 위해서였고, 도구에서 두리번거리고 엿장수를 만나 사진 보이며 묻던 것 또한 그 때문이었다. 공작원으로 남파된 것 자체가 눈속임이 아니었던가?

무련스님이 큰스님에게 물었다.

"할아버지, 가까운 지름길을 두고 왜 구태여 먼 길로 오셨어요?"

"그걸 지금 말하라고?"

"양포에서 곧바로 오천 쪽으로 오시면 사오십 리를 줄일 수 있고 도구에서 포도 농장 지름길로 드셔도 십 리 넘게 빠르잖아요?"

"그렇겠지. 불제자는 매사에 거리낌이 없어야 한다고 큰소리쳤으니 나도 말해 줘야겠네. 그건…, 그건 내 출가의 길이야."

"출가의 길이라니요?"

"일찍이 네 외할머니 죽었을 때 내가 겪었던 번뇌는 말로써 이루 다할 수 없었다. 갓난아기인 네 어미를 형수님께 맡기고 집을 나와 정처 없이 걸었지. 감포를 지나 오른쪽으로 바다를 바라보며 발길 닿는 대로 구룡포와 도구를 거쳐 몰가월까지 온 거야. 나는 기진맥진하여 모래바람이 불어오는 그곳 몰개월 길가에 쓰러졌어. 몇날 며칠을 밥은커녕 물 한 모금도 마시지 않았던 게야. 마침 지나가던 한 스님이 바랑의 생쌀 한줌을 씹어 내 입에 넣어 주고 마을 샘에서 떠 온 물 한 쪽박을 먹여 주시더라고. 그걸로 다시 기운을 차리고 그 스님을 따라 이 절로 왔어. 이 절을 지키던 무연(無緣)스님이었어. 세상에서 용납될 수 없는 내가 할 수 있는 일이 무엇이겠나? 여기 오어사에서 출가했던 거야. 나는 죽기 전에 다시 한 번 그 출가의 길을 걸어 보고 싶었어. 출가의 그 길을 이 세상의 내 마지막 길로 삼고 싶었어. 내가 왔던 길이 내 가야 할 길 아닌가? 이제 생각해 보니 아무것도 아닌 일인데 꼭 그렇게 하고 싶어 끝내 하고 말았으니 그 집착이 참으로 질겼구나. 나는 아직도 집착을 다 털어내지 못한 맹추 같은 돌중이야."

"할아버지도 참. 출가의 길을 다시 걷겠다는 마음은 집착이 아니라 구도(求道)예요. 시작과 마침이 가지런한 구도의 길이잖아요. 화엄경의 선재동자(善財童子)께서 가시던 길이지요."

잠깐의 고요가 흐른 뒤에 큰스님이 창우를 향해 말했다.

"한월당 손자 보시게. 그래, 할아버지 어머니 계시는 자네 집에는 갔던가?

"가 보았습니다. 할아버지, 할머니, 아버지의 모습을 먼빛으로 보았습니다."

"먼빛으로 보다니…, 자네 집인데 왜 들어가지 않고?"

"들어갈 수 없었습니다."

큰스님이 고개를 끄덕이며 말을 이었다.

"그렇겠지. 바로 그런 것이야. 한 걸음 물러서서 내가 자네를 이동수 아닌 김창우로 본다 한들 이제 자네는 그 댁 인연에서 떨어져 나왔네. 다시 끼어들 수가 없지. 끼어들 자리도 없을걸."

"큰스님, 집에 돌아갈 수 있든 없든 저는 역시 그 댁 아들이고 손자입니다."

"아들? 손자? 아니지. 나일 수도 없고 나 아닐 수도 없는 자네 또한 풀지 못할 실타래야. 풀어 봐야 그 실이 어디로 이어졌는지 알 것 아닌가? 이젠 마음을 돌리게. 자네도 집착을 풀게. 네 분이 오래 기다려 제자리 찾고 사랑이 열매 맺었으니 마음 넓게 먹고 그것으로 만족하시게."

"명심하겠습니다."

큰스님은 다시 목소리를 높이신다.

"세상에 없는 것, 세상에 있어서는 안되는 것을 추구함은 떨쳐야 할 망상이요 버려야 할 탐욕이니라. 형산강을 흘러간 물을 다시 형산강에서 볼 수 없듯이 한번 떠나간 자는 다시 사바세계에서 허용되지 않는 법이다. 내 말의 뜻을 알겠나?"

"큰스님 말씀을 가슴에 새기겠습니다."

그때 만각스님이 나서서 말했다.

"큰스님, 가련한 이 청년을 위하여 좋은 말씀 한마디만 꼭 남겨 주십시오."

큰스님이 대답했다.

"좋은 말? 그래, 하지. 잘 들어 보라고. 부처님이 이 세상에 나타나실 적에 하신 말씀이 뭐였던가? 천상천하유아독존(天上天下唯我

獨尊)이라. 유아독존, 오로지 나 홀로 존엄하다는 것은 오로지 나 홀로 있다는 것과 다를 수 없고, 마침내 그 내가 있음이 삶을 지닌 사람의 참모습이야. 그러나 지금 할 수 있는 말은 이 한마디다. 젊은이여! 그대는 없다. 천상천하 어디에도 너는 없다.”

창우가 눈물을 흘리며 감히 고개를 들지 못한다. 큰스님은 다시 만각스님을 향하여 갑자기 언성을 높이면서 말씀하신다.

“이 맹추 같은 돌중 만각아! 왜 날 찾으러 보냈느냐? 내 떠나면서 죽을 때는 이곳으로 돌아온다지 않았던가? 아닌가?”

“큰스님께서는 분명히 이곳에서 생을 마치겠다고 하시었습니다. 어디에라도 살아 계시리라고 믿었습니다.”

“빨리 와서 빨리 죽으라고 찾으러 보냈나?”

“그럴 리가 있겠습니까? 제가 보낸 것이 아니라 무련스님께서 찾으러 가시겠다기에 젊은 여자로서 삼팔선 넘기 어렵다고 여러 차례 말렸으나 소승의 말을 따르지 않고 북으로 떠나셨는데 그 뒤 전쟁이 일어났으니 정말 속이 탔습니다. 다무튼 큰스님께서 무사히 돌아오셨으니 건강하게 오래 사십시오.”

“그랬나? 하지만 오래 살라니? 이놈이 또 악담하는구나.”

비구니 무련과 만각스님에게 하시는 큰스님의 말씀은 삶에 연연하지 않겠다는 뜻이라 모두 창우 자기 들으라고 하시는 것 같았다. 비로소 자기를 돌아보았다. 그렇다. 나가 태어남은 비록 자장암 부처님의 크나큰 자비에서 비롯되었지만 절벽 밑으로 불려나와 삶을 다함은 누구도 바꾸지 못할 업의 대갚음이요 인연의 귀결이다. 물처럼 세월처럼 흘러가지 못하고 삶을 구걸하여 이 세상으로 기어이 환생함으로써 또다시 인연이 얽히고 갈았다. 어떻게 그 실타래를 풀어야 하나? 창우는 지나온 날을 생각하며 다시 한 번 뜨거운 눈물을 흘렸다. 그러나 어느덧 눈물은 마르고 눈빛은 결연한 의지로 빛났다. 이윽고 선옥을 돌아보고 말했다.

"내가 갈 수 있는 길은 단 하나요. 나도 무련스님처럼 출가하여 얽히고 설킨 실타래를 풀 것이오."

한순간에 큰스님 앞이란 것을 잊어버린 채 또렷하고 당당하게 말했다. 선옥은 무련스님을 힐끗 돌아보더니 말했다.

"저 또한 죽은 아우의 혼령을 이미 받아들였으니 아우와 내가 얽힌 것이 창우 씨와 다르지 않습니다. 역시 출가하여 함께 실타래를 풀 것입니다.

"그렇지 않습니다."

"그렇지 않다니요? 창우 씨나 저는 분명히 같은 길을 걷고 있으니 창우 씨가 출가한다면 나 역시 그러는 것이 옳겠지요."

"내가 태어나고 살아 왔던 과거는 우리 어머니나 할아버지에게는 한 자락 꿈이었어요. 이제 깨어났으니 아무것도 남아 있지 않소. 나는 어머니 앞에 꿈에 보듯 나타나신 아버지로 말미암아 이 세상에 태어났고 악연이 사무쳐 꿈처럼 사라진 것이오. 내 환생이야말로 철저한 환상이었소. 내가 몸담을 곳, 내가 서 있을 땅은 아무 데도 없소. 나는 있어서는 안되는 사람이오. 하지만 선옥 씨는 다릅니다. 아우의 혼령을 받아 두 삶을 하나로 만들었다는 그것이 바로 가당찮은 꿈이오. 이제 방금 유아독존이란 말씀을 듣지 못했소? 아무리 쌍둥이라고 해도 따로 생명을 받았으니 꿈 깨고 나면 명옥 씨가 없고 오로지 선옥 씨가 홀로 있을 뿐이오. 선옥 씨를 기다리는 사람, 그 꿈에서 깨어나기를 기다리는 사람이 이 세상에는 많이 있어요. 나와는 다릅니다. 나를 따르는 것은 옳지 않아요."

큰스님이 꼿꼿하게 앉은 채로 두 사람을 건너다보시더니 창우의 말이 끝나자 고개를 가볍게 끄덕이고 자비롭게 미소 지었다. 창우 말이 옳다는 표정이었다. 말씀은 안하시고 자비로운 미소만이 오래 이어지면서 앉은 그대로 눈꺼풀이 점점 아래로 내려앉았다. 한번 감긴 눈을 다시 뜨지 않았다.

30

오어사 왼쪽 샛문 바깥 빈터에서 일각 큰스님의 다비식이 치러졌다. 활활 타오르던 불꽃이 다하여 마침내 속세의 삶이 한줌 재로 남았다. 뜨거운 기운이 빠져나가자 만각스님은 몇 알 사리를 가려내고 남은 재를 바랑에 담아 골짜기로 들어가더니 굽은 소나무 뿌리가 뽑혀 나간 언저리에 뿌렸다.

"큰스님, 이젠 악업이 다했겠지요? 이 재를 거름 삼아 곧고 당당한 한 그루 낙락장송이 자라나도록…, 나무아미타불 관세음보살."

다비가 마무리되자 창우가 말했다.

"선옥 씨, 이제 내 차례요. 나는 출가할 것이오. 그것만이 오직 하나 남은 나의 길이오."

"저도 이미 창우 씨를 따르겠다고 맹세했어요. 함께 출가하렵니다."

"그래도 모르겠소? 아직도 깨닫지 못했나요? 창우는 이 세상에 없다지 않았소. 선옥 씨는 명옥 씨와 하나가 되던 그 가당찮은 꿈에서 깨어날 때가 되었소."

"꿈에서 깨어났어요. 꿈에서 깨어난 새로운 선옥이가 창우 씨를 사랑하고 있어요. 창우 씨는 새롭고 영원한 사랑이에요. 그냥 보낼 수 없어요."

"맞아요. 바로 그 새롭고 영원한 사랑 때문에 더더욱 당신을 이 사바세계에 남기려는 것이오."

그녀는 대답할 말이 없었다.

사흘 뒤 오어사에서는 한 청년이 삭발하고 수계하는 의식이 치러져 새로운 사문(沙門)이 태어났다. 그는 곧장 만각스님을 작별하고 서둘러 떠날 참이었다. 일각스님의 다비식이 치러졌던 절 오른쪽 샛문 밖으로 나오자 따라나선 선옥이 통곡하고 몸부림치며 가사(袈裟) 소매를 잡고 놓지 않는다.

"가지 마세요. 가지 마세요, 스님!"

"내 말 한마디를 잊지 마시오. 이제 세상에는 삶을 되돌린 창우도 없고, 친구를 배신한 동수도 없소. 그대는 부모님 계신 집으로 돌아가소. 내 가는 곳을 묻지 말며, 내가 이 세상에 있다는 망상도 버리세요."

사문은 소매를 뿌리치고 합장하여 고개 들고 자장암을 쳐다보더니 땅에 엎드려 세 번 절한 다음 염주를 굴리며 대송면 대각 마을로 넘어가는 골짜기 안으로 천천히 걸어갔다. 선옥이 땅에 쓰러져 목놓아 울고 있었지만 뒤돌아보지 않았다. 까마귀 몇 마리가 나뭇가지에서 '까악까악' 운다.

주지 만각스님과 동자스님도 함께 샛문 앞에 배웅 나와 있었다. 동자스님이 멀어져 가는 사문을 향하여 고함쳤다.

"스님! 어디로 가십니까?"

그의 고함이 골짜기를 흐르는 바람 소리에 묻힌 듯 대답이 없자 만각스님을 쳐다보며 말했다.

"어제는 무련스님이 가시더니 오늘은 새 스님이 떠나시네요."

"그렇구나. 큰스님 열반하시고 나니 모두가 뿔뿔이 흩어지네."

"새 스님은 어디로 가신대요? 저쪽은 대각인데…, 대각 마을로 가시나요?"

"아니다. 대각 마을이 아니라 대각(大覺)의 길을 떠나는구나. 환생의 헛된 꿈을 버리고 크게 깨우치려는 것이지. 나무아미타불."

성홍근 장편소설

대각의 길 떠나다

2015년 3월 25일 초판 1쇄 인쇄
2015년 3월 30일 초판 1쇄 발행
지은이 · 성홍근
펴낸이 · 이미례 | **펴낸곳** · (주)학은미디어
주 소 · 서울 양천구 오목로 128, 302호
전 화 · 02)2632-0135~7 | **팩 스** · 02)2632-0151
등록번호 · 제13-673호

편집책임 · 육은숙
디자인 · YP-design
ⓒ 2015, 성홍근, (주)학은미디어
ISBN 978-89-8140-545-8   03810